BRUTAL

BRUTAL
LUKE DELANEY

Tradução de Maira Parula

FÁBRICA231

DEDICATÓRIA

Há tantas pessoas a quem eu poderia dedicar este livro, sem as quais minha carreira de escritor teria terminado antes mesmo de começar, mas creio que uma dedicatória compartilhada pode perder grande parte de sua força e eu não queria que esta, em específico, fosse tão pessoal para mim e para os outros que eram próximos do homem.

Assim, dedico este primeiro romance a meu pai, Mike. Para preservar o anonimato da minha família, meus amigos e de mim mesmo, não posso contar muito, nem ele ia querer isso. Eu poderia falar de seu brilhantismo em sua área e do respeito e admiração mundiais que tinha entre seus pares. Poderia falar de sua ascensão meteórica, dos primórdios muito humildes até o topo de sua difícil profissão, mas não é assim que me lembro dele.

O que mais me lembro nele é de sua bondade, sua gentileza, a incrível generosidade e uma honestidade dolorosa. Ele foi a melhor bússola moral que um jovem poderia ter, especialmente um jovem com ambições de ingressar na polícia. Eu estaria mentindo se dissesse que não tive oportunidades tentadoras, mas a ideia de decepcionar não só a mim, como a meus pais, me manteve verdadeiramente íntegro.

Meu pai me ensinou uma coisa acima de todas as outras – que não importa o quanto você se realize na profissão que escolheu, não importa quanta riqueza e poder possamos obter –, o que realmente importa é ser um bom homem. Seja apenas um bom homem. Ele era muito bom.

Infelizmente, Mike faleceu há três anos, na juventude dos 72. Outra vítima do grande ceifador dos homens – o câncer. O mundo parece um lugar mais pobre desde então. Ele deixa muitas saudades e foi muito amado.

Para Mike.

1

Sábado. Concordei em ir ao parque com minha mulher e meus filhos. Eles estão ali, no outeiro gramado, pouco depois do lago. Comeram, deram comida aos patos e agora alimentam sua crença de que somos uma família feliz e normal. E, para ser justo, no que diz respeito a eles, nós somos. Não vou deixar que a visão deles estrague meu dia. O sol brilha e estou ficando meio bronzeado. A lembrança da última visita ainda é recente e satisfatória. Mantém o sorriso na minha cara.

Olhe só toda essa gente. Felizes e relaxados, eles nem imaginam que eu os observo. Vejo as criancinhas se afastando das mães, distraídas demais com um bate-papo para perceberem. Depois elas notam que seus queridinhos se afastaram muito e soltam aquele grito estridente de um genitor superprotetor, seguido por um tapa na perna da criança e mais gritos.

Por enquanto, estou satisfeito. A diversão que tive na semana passada manterá esse meu estado de ânimo por algum tempo, então todos estão seguros hoje.

Desfrutei inteiramente do tempo que passei com a bichinha. Fiz com que parecesse violência doméstica. Soube que as brigas entre pessoas como ele podem ficar feias, então me diverti um pouco com a ideia.

Foi fácil despachá-lo. Essa gente leva uma vida perigosa. Dão vítimas perfeitas. Então cacei no meio deles, procurando alguém, e encontrei.

Já decidira passar a noite seguindo os clientes de uma boate em Vauxhall, a Utopia. Que nome ridículo. Mais parecia o Inferno, se quer minha opinião. Eu disse à minha mulher que viajaria a negócios, guardei algumas roupas, produtos de toalete e as coisas de sempre numa mochila para uma noite fora e reservei um quarto de hotel em Victoria. Não podia aparecer em casa de manhã cedo. Isso levantaria suspeitas. Eu não podia deixar que isso acontecesse. Tudo em casa precisava parecer... normal.

Também levei um traje de papel de fantasia que comprei na Homebase, vários pares de luvas cirúrgicas – disponíveis em todo tipo de lojas –, uma touca de banho e alguns sacos plásticos para cobrir meus pés. Meio barulhentos, mas eficazes. E por fim, mas não menos importante, uma seringa. Tudo coube bem arrumado em uma mochila pequena.

Evitando as câmeras de vigilância em profusão na área, olhei a entrada da boate das sombras da ponte ferroviária enquanto o barulho dos trens reverberava pelas arcadas.

Eu já havia espionado meu alvo entrando na boate naquela mesma noite. A excitação fez meus testículos endurecerem. Sim, ele valia mesmo minha atenção especial. Não era a primeira vez que eu o via. Já o observara algumas semanas antes, vira se prostituir dentro da boate com quem concordasse com seu preço. Estive procurando pela vítima perfeita, sabendo que a polícia só olharia as imagens das câmeras da noite em que ele morreu ou, se fosse especialmente diligente, talvez da semana anterior.

Postei-me no meio da horda pulsante de humanidade fedorenta e imunda, corpos se esfregando em mim, maculando meu ser com sua imperfeição doentia e ao mesmo tempo inflamando meus sentidos já excitados e intensificados. Também queria agarrar cada um deles, pegar todos pelo pescoço, esmagar traqueia após traqueia enquanto os mortos começavam a se empilhar a meus pés. Foi uma luta controlar a urgência da força em mim, mas depois o pavor me pegou, um pavor que nunca senti na vida. Pavor de que meu verdadeiro eu estivesse se revelando, que todos à minha volta pudessem ver minha transformação diante de seus olhos, minha pele brilhando, vermelha, a luz branca e forte derramando-se de meus olhos e das orelhas, vomitando de minha boca. Pesadas gotas de suor corriam sinuosas por minhas costas, guiadas por meus músculos dilatados e paralisados. De algum jeito, consegui mexer as pernas, abrindo caminho por uma multidão de adoradores barulhentos até chegar ao bar e olhar o espelho imenso pendurado atrás do balcão. O alívio correu por mim, reduziu meus batimentos cardíacos e esfriou o suor quando pude ver que eu não tinha mudado, não traíra a mim mesmo.

Agora acabou o tempo de observar. Era hora do meu prêmio, meu gozo, meu alívio. Tudo estava no lugar. Tudo era como precisava ser. Enfim, eu o vi saindo da boate. Gritava suas despedidas, mas parecia estar só. Andou despreocupadamente sob a ponte ferroviária, seguindo para a ponte Vauxhall. Eu segui rápida e silenciosamente para o outro lado da ferrovia e esperei por ele. Quando se aproximou, avancei. Ele me viu, mas não pareceu ter medo. Retribuiu meu sorriso quando o abordei.

– Por favor.

– Sim? – respondeu ele, ainda sorrindo, aproximando-se da luz da rua para me enxergar melhor. – Há alguma coisa que eu possa fazer por... você? – disse ele, o reconhecimento espalhando-se por seu rosto. – Precisamos parar de nos encontrar assim. – Sim, eu estive com ele antes. Um risco, mas calculado. Pouco mais de uma semana atrás, dentro da boate, eu me apresentei sem dizer nada, certificando-me de que ele visse minha cara sorridente por tempo suficiente para me reconhecer de novo. Mais tarde encontrei-o do lado de fora. Paguei o que ele pediu, adiantado, e fomos a seu apartamento, onde eu me enfiei dentro dele e até deixei que ele se enfiasse em mim. O sexo não era importante, nem mesmo prazeroso – não era o motivo de estar com ele. Eu queria senti-lo enquanto ele estava vivo, entender que ele não era apenas um objeto inanimado, mas uma pessoa viva e real. Não pude ficar com ele assim naquela noite em que o despachei, para não deixar o mais leve vestígio de sêmen ou saliva em seu corpo. Estar com ele, mais ou menos uma semana antes daria a qualquer prova o tempo para se degradar e morrer. E é claro que praticamos sexo seguro: ele para se proteger da Peste Gay, e eu, para me proteger da detecção. Depilei meus pelos pubianos e usei uma máscara de borracha que cobria toda minha cara e a cabeça, impedindo que qualquer fio de cabelo fosse deixado na cena, assim como luvas de látex para eliminar o risco de deixar digitais – e tudo isso o viadinho pensava simplesmente fazer parte da brincadeira. Mas a diversão, a verdadeira diversão, ainda viria, e eu tinha mais de uma semana para fantasiar com os eventos que vinham pela frente.

Os dias se passaram aflitivamente lentos, testando ao limite minha paciência e meu controle, mas as lembranças da noite que tive com ele e a ideia do que viria me levavam adiante e logo ele estava parado diante de mim, seus dentes pequenos, brancos e retos cintilando à luz da rua, sua cabeça oval, grande demais para o pescoço esquelético, assentada em ombros magros e estreitos. O cabelo era louro e liso, na altura dos ombros, um corte que fazia com que parecesse um surfista, mas a pele era clara e o corpo, fraco. A coisa mais atlética que ele fazia era se ajoelhar. A camiseta era apertada e curta demais, revelando o abdome reto, que desaparecia dentro da surrada jeans hipster de grife para provocar os impulsos sexuais de seus iguais.

Eu disse que precisava ficar com ele de novo. Menti que estive na boate e que o vira dançar, que fiquei nervoso demais para me aproximar, mas agora realmente o queria. Falamos mais algumas abobrinhas e ele disse: "Sabe que não sou barato. Se quiser ficar comigo de novo, vai sair caro."

Ele sugeriu ir à minha casa e eu disse que meu namorado estaria lá, mas ele começou com o blá-blá-blá de não levar gente a seu apartamento e que da última vez foi uma exceção, até que puxei outras duas notas de cinquenta de minha carteira e enfiei em sua mão. Ele sorriu.

Fomos até meu carro com placas falsas e dirigi até o seu buraco no sudeste de Londres, onde cuidei para não estacionar perto demais de seu prédio. Dizendo a ele que não queria correr o risco de ser visto entrando no edifício com ele, sugeri que fosse na frente e deixasse a porta destrancada.

Esperei alguns minutos e depois, quando a rua estava vazia, sem ninguém olhando pelas janelas, andei até o apartamento. O prédio era antigo, frio e cheirava a urina, mas ele tinha sido um bom garoto e deixou a porta destrancada. Entrei em silêncio e passei a tranca. Ele apareceu no canto do final do corredor, do que eu sabia ser a sala de estar.

— Você trancou a porta?
— Sim — respondi. — Hoje em dia, todo cuidado é pouco.
— Com medo de que alguém nos flagre e estrague a festa?
— Algo parecido.

A excitação era insuportável. Meu estômago estava tão revirado de expectativa que eu mal conseguia respirar. Por dentro, minha mente gritava, mas eu ainda plantava meu sorriso nervoso ao entrar na sala.

O michê estava agachado perto do CD player. Eu disse que queria me lavar e fui ao banheiro, no final do corredor.

Levei a mochila e rapidamente, embora meio desajeitado, vesti o traje, a touca de banho, as luvas de borracha e por fim os sacos plásticos nos sapatos. Olhei-me no espelho, enchendo os pulmões do ar que puxava com força pelo nariz. Eu estava pronto.

Plenamente preparado, voltei à sala de estar. Ele se virou e me viu vestido e radiante. Já havia tirado a camiseta e começou a rir, cobrindo a boca como se quisesse se reprimir.

— Então é esse o joguinho erótico de hoje?
— Mais ou menos — respondi. — Mais ou menos.

Foram suas últimas palavras, embora ele deva ter dito "por favor" um pouco depois. Nessa hora o sangue lhe subiu pela garganta, transformando o por favor num gargarejo.

Com um movimento veloz, suave e bem treinado da mão peguei sobre a mesa lateral uma estatueta de ferro de um índio nu e usei para quebrar seu crânio, sem bater com força para não matar logo, só para deixá-lo semiconsciente e praticamente paralisado. Ele estava de joelhos quando o golpeei, o que foi bom — uma queda de uma distância menor significava menos barulho quando ele batesse no chão.

Observei-o por um tempo, parado acima dele como o vencedor numa luta de boxe, vendo seu peito subir e descer a cada respiração dolorosa e tensa, o sangue a princípio jorrando da ferida na cabeça, depois reduzindo-se a um fluxo lento à medida que o coração ficava fraco demais para bombear na pressão que o corpo exigia para continuar vivo. A cada poucos segundos, sua perna direita se contorcia como uma ave moribunda.

Não teria sido como sonhei se ele não estivesse pelo menos um pouco consciente quando avancei para ele com um picador de gelo que achei em seu bar. Precisava que estivesse vivo enquanto eu o furava. Precisava vê-lo tentar me impedir sempre que eu estocasse seu corpo moribundo: não apunhalando freneticamente, mas encostando o picador na pele clara antes de empurrar a ponta com um estalo deliciosamente prazeroso. De vez em quando, ele estendia a mão e melancolicamente tentava se defender da tortura. Eu disse para não ser rebelde e continuei meu trabalho. Era uma pena que sua hemorragia cerebral deixasse seus olhos vermelhos, porque eu queria o contraste dos olhos azuis na pele clara e ensanguentada. Da próxima vez, farei melhor.

Seu corpo perfurado quase começou a me enojar, a fazer com que eu quisesse fugir da cena, mas ainda não podia parar. Não antes que tudo estivesse o mais próximo possível de como eu vira em minha mente da primeira vez que soube que o visitaria. Eu continuaria meu trabalho, apesar do fedor que emanava dos buracos em sua barriga e nos intestinos, a urina e as fezes que agora vazavam de seu corpo transformado.

Ele suportou quarenta minutos, com os olhos palpitando um pouco ao se abrirem alguns minutos de cada vez. Quando se abriam, eu fazia meu trabalho, parando sempre que ele desmaiava, incapaz de tolerar a dor ou entender a situação. Tinha de esmurrá-lo na cara de vez em quando para ele não desmaiar. Não que ele pudesse ter soltado mais do que um gemido. Ainda assim, eu precisava ter certeza.

Quando ele enfim morreu, um silvo lento e baixo de ar escapando de seus lábios e das frestas de sua caixa torácica me disse que minha brincadeira chegara ao fim. Pus um novo par de luvas cirúrgicas e peguei no bolso de sua calça as trezentas libras que eu lhe dera antes. Não queria deixar isso para trás. Com cuidado e em silêncio, quebrei parte dos móveis e arrumei a sala como se tivesse ocorrido uma luta violenta. Em seguida, usei a seringa que trouxe para tirar sangue de sua boca e espalhar pela sala: nas paredes, nos móveis, no carpete, criando um padrão de borrifos que sugerisse uma briga. Depois passei para o canto da sala, que tinha deixado limpo. Tirei a roupa e as coloquei num saco plástico, que meti dentro de outro saco, e repeti o processo mais duas vezes. Certifiquei-me de que cada saco plástico estivesse bem amarrado e por fim os coloquei na mochila. Pus novos sacos plásticos nos pés, sem querer me arriscar a pisar numa mancha de sangue – pode ser difícil explicar esse tipo de prova. Coloquei outro par de luvas cirúrgicas e saí da sala. Eu queimaria tudo no meu jardim na noite seguinte, a forma mais segura de dispor de objetos incriminadores. Queimá-los num local público poderia chamar atenção, ao passo que enterrar os deixaria à mercê de animais inquisitivos.

Fui lentamente até a porta da frente. Tirei os sacos plásticos dos sapatos e olhei pelo olho mágico. Ninguém à vista. Só para ter certeza, coloquei o ouvido na porta, com o cuidado de não permitir que a orelha encostasse e deixasse uma marca, como uma digital, o que soube que pode acontecer.

Quando me dei por satisfeito, saí do apartamento de mansinho, deixando a porta aberta para não fazer mais barulho do que o necessário. A estatueta do índio e o picador de gelo, joguei no Tâmisa ao ir para meu hotel, ao norte. Agradava-me a ideia de a polícia perder horas procurando por armas que não ajudariam em nada sua investigação.

Ao chegar ao hotel, entrei pela porta lateral ao lado do bar, em geral usada como saída de incêndio. Eu sabia que abria por fora e que não tinha câmera de vigilância apontada para ela. Já estava com o cartão-chave de meu quarto, tendo feito o registro naquele mesmo dia, mais cedo. Tomei um longo banho, deixando a água o mais quente possível, esfregando a pele, as unhas e o cabelo vigorosamente com uma escovinha até todo meu corpo parecer estar ardendo em chamas. Tirei a tampa do ralo para deixar que qualquer coisa lavada de meu corpo escoasse facilmente para a rede de esgotos de Londres. Depois da ducha, tomei um longo banho quente e me esfreguei de novo. Após me secar, deitei-me nu na cama e bebi duas garrafas de água, agora em paz. Satisfeito. Logo o sono veio e tive o mesmo lindo sonho sem parar.

2

Manhã de quinta-feira

Eram três da madrugada e o detetive-inspetor Sean Corrigan seguia de carro pelas ruas sombrias de New Cross, no sudoeste de Londres. Ele nasceu e foi criado na vizinha Dulwich e, desde que se entendia por gente, essas ruas eram um lugar perigoso. As pessoas podiam se tornar vítimas rapidamente ali, independentemente de idade, sexo ou cor. A vida pouco valia.

Mas essas eram preocupações para os outros, não para Sean. Eram para pessoas que tinham empregos em horário comercial em lojas e escritórios. Aquelas que chegavam de olhos baços ao trabalho toda manhã e corriam para casa nervosas toda noite, só se sentindo seguras depois de se trancarem atrás de portas fechadas.

Sean não temia as ruas, pois lidara com o pior que elas podiam jogar nele. Era detetive-inspetor encarregado de uma das Equipes de Investigação de Homicídios de South London que cuidavam de mortes violentas. Os assassinos caçavam suas vítimas e Sean os caçava. Ele dirigia com a janela aberta e as portas destrancadas.

Menos de uma hora antes, ele dormia em casa quando o sargento-detetive Dave Donnelly telefonou. Houve um homicídio. Dos feios. Um jovem espancado e esfaqueado até a morte em sua própria casa. Num minuto, Sean estava deitado ao lado da mulher, no outro, indo de carro ao lugar onde a vida de um jovem fora ceifada.

Ele encontrou o endereço sem dificuldade. As ruas perto da cena do crime eram silenciosas e sinistras. Ficou satisfeito ao ver que os policiais uniformizados tinham feito seu trabalho direito e passaram um grande cordão de isolamento em volta do prédio. Ele já esteve em cenas em que o cordão começava e parava na porta da frente. Quantas provas eram levadas das cenas de crime nas solas dos sapatos? Ele nem queria pensar nisso.

Havia duas viaturas estacionadas junto do Ford descaracterizado de Donnelly. Ele sempre ria das cenas de crime da TV, com dezenas de viaturas na frente, todas com as luzes azuis rodopiando. No interior do prédio, dezenas de detetives e os peritos estariam se atropelando. A realidade era diferente. Inteiramente diferente.

O mais perturbador das verdadeiras cenas de crime era o silêncio – a morte violenta da vítima deixava a atmosfera abalada e brutalizada. Sean podia sentir o horror se fechando em volta dele ao examinar a cena. Era seu trabalho descobrir os detalhes da morte e com o tempo ele ficou calejado, mas não imune. Ele sabia que aquela cena não seria diferente.

Estacionou na frente do cordão de isolamento e saiu do isolamento de seu carro para a solidão morna da noite, as estrelas no céu limpo e as luzes da rua removendo toda ilusão de escuridão. Se fosse outra pessoa, fazendo qualquer outro trabalho, teria percebido a beleza da noite, mas esses pensamentos não tinham lugar ali. Ele mostrou o distintivo ao policial uniformizado que se aproximava e grunhiu seu nome.

– DI Sean Corrigan, Crimes Graves, Grupo Sul. Onde fica o apartamento?

O policial era jovem. Parecia ter medo de Sean. Ele devia ser novo, se um mero detetive-inspetor o assustava.

– Tabard House, nº 16, senhor. Fica no segundo andar, suba a escada e vire à direita. Ou pode pegar o elevador.

– Obrigado.

Sean abriu a mala do carro e lançou um rápido olhar para o conteúdo espremido em seu interior. Duas grandes latas de plástico quadradas continham tudo de que precisava para um exame inicial da cena. Trajes e chinelos de papel. Sacos plásticos para provas de variados tamanhos, sacos de papel para roupas, meia dúzia de caixas de luvas plásticas, rolos de etiquetas adesivas e, é claro, uma marreta, um pé de cabra e outras ferramentas. A mala do carro de Sean poderia servir de modelo para carros de detetives do mundo todo.

Ele vestiu um traje de contenção forense e foi para o poço da escada. O prédio era comum naquela área de Londres. Prédios residenciais baixos feitos de tijolos cinza-amarronzados escuros e opressivos, construídos depois da Segunda Guerra Mundial para abrigar os expulsos por bombardeios das antigas regiões de cortiços. Na época, foram uma revelação – banheiros internos, água corrente, aquecimento –, mas agora só os aprisionados na pobreza moravam neles. Pareciam prisões e de certo modo eram exatamente isso.

O poço da escada cheirava a urina. O fedor de gente vivendo amontoada uns sobre os outros era inconfundível. Era verão e a ventilação dos apartamentos bombeava os cheiros de dentro para fora. Sean quase teve ânsias de vômito, a visão, o som e odor do prédio lembrando-o com nitidez de sua própria infância, morando numa casinha de três cômodos de propriedade da prefeitura com a mãe, dois irmãos, duas irmãs e o pai – o pai que o afastaria dos outros, levando-o ao quarto de cima, onde coisas aconteciam. A mãe com medo demais para intervir – o pensamento de pegar uma faca na gaveta da cozinha girava em sua mente, mas desbotava quando sua coragem a abandonava. Mas a maldição de sua infância o deixara com uma rara e sombria vantagem – a capacidade de entender a motivação daqueles a quem caçava.

Quase sempre as vítimas de abuso tornam-se algozes quando a escuridão cai sobre elas, o mal originando o mal – um ciclo abominável de violência, quase impossível de ser detido –, e assim os demônios do passado de Sean eram profundamente arraigados em seu ser para ele conseguir se livrar deles. Mas Sean *era* diferente porque podia controlar seus demônios e sua fúria, usando a infância despedaçada para descobrir coisas com que outros policiais só poderiam sonhar nos crimes que investigava. Ele compreendia os assassinos, estupradores e incendiários – compreendia por que tinham de fazer o que faziam, podia interpretar suas motivações –, ver o que eles viam, farejar o que exalavam – sua emoção, o poder, desejo, repulsa, culpa, remorso, *medo*. Ele podia desvendar investigações que os outros se esforçavam para entender, preenchendo os espaços com sua imaginação singular. As cenas de crime ganhavam vida, passando em sua mente como um filme. Ele não era paranormal nem vidente, era apenas um policial – mas um policial com um passado massacrante e um futuro perigoso, seu dom para interpretar os que caçava nascido desse passado sombrio e aterrador. Que lugar melhor para um discípulo fracassado do verdadeiro mal se esconder do que no meio de policiais? Que lugar melhor para pôr em prática o seu talento peculiar do que na polícia? Ele engoliu a bile que subia pela garganta e foi para a cena do crime.

Sean parou brevemente para cumprimentar outro policial uniformizado postado na porta de entrada do apartamento. O guarda ergueu a fita que atravessava a porta e o viu se abaixar, entrando. Ele olhou o corredor do apartamento. Era maior do que parecia de fora. O sargento Donnelly esperava por ele, seu corpanzil enchendo a soleira, o bigode sem esconder o movimento dos lábios enquanto falava. Dave Donnelly, mais de vinte anos como veterano da Polícia Metropolitana e braço direito das antigas de Sean. Sua âncora para o curso lógico e prático de uma investigação e muleta ocasional em que se escorar. Eles tinham suas altercações e discordâncias, mas se entendiam – confiavam um no outro.

– Bom-dia, chefe. Ande por aqui, à direita do corredor. É a rota que estamos tomando para entrar e sair – grunhiu Donnelly com seu forte sotaque de Glasgow misturado com cockney, o bigode se retorcendo ao falar.

– O que temos? – perguntou Sean, sem rodeios.

– Sem sinais de entrada forçada. A segurança é boa no apartamento, então provavelmente ele abriu a porta para o assassino. Todos os danos infligidos à vítima parecem ter sido feitos na sala de estar. Uma sujeira danada lá. Sem sinais de perturbação em outros locais. A sala fica na última porta à direita no corredor. Além dela temos uma cozinha, dois quartos, um banheiro social e um lavabo. Pelo que vi, a vítima mantinha as coisas razoavelmente limpas e arrumadas. Bom gosto na mobília. Há algumas fotos da vítima pela casa... posso dizer assim. Seus ferimentos dificultam um pouco ter certeza absoluta. São muitas dele, como direi, *abraçando* outros homens.

— Gay? — perguntou Sean.

— Parece que sim. É precipitado ainda, mas tem um sistema de som decente, uma TV e várias fotos de nosso garoto em cantos distantes do mundo. Deve ter custado alguma grana. Não estamos lidando com um pobretão aqui. Ou ele tinha um bom emprego, ou era um malandro dos bons, mas tenho a impressão de que esta casa não é de um malandro. — Os dois homens esticaram o pescoço pela área do corredor, como que para confirmar o que Donnelly avaliara até então. Ele continuou: — E encontrei algumas cartas endereçadas a Daniel Graydon. Nada para mais ninguém.

— Bem, Daniel Graydon — perguntou Sean —, o que aconteceu com você? E por quê?

— Vamos? — Com a mão estendida apontada para o corredor, Donnelly convidou Sean a continuar.

Eles seguiram de um cômodo a outro, deixando a sala para o final. Andavam com cuidado, passando pelas beiras para não perturbar nenhuma marca de pegada invisível que tenha ficado nos carpetes ou as provas mínimas, mas vitais: um fio de cabelo, uma gota minúscula de sangue. De vez em quando Sean tirava uma foto com a pequena câmera digital. Ele guardaria as fotos apenas para uso pessoal, para se lembrar dos detalhes do que vira, mas também para poder voltar à cena do crime sempre que precisasse senti-la novamente, sentir o odor do sangue, o gosto doce e pegajoso da morte. Sentir a presença do assassino. Ele queria poder ficar a sós no apartamento, sem a distração de ter de falar com alguém — para explicar o que via e sentia. Sempre foi assim desde que ele era um jovem policial, sua capacidade de entrar na pele do criminoso, ser um ladrão arrombador ou um assassino. Mas só as cenas mais alarmantes pareciam incitar essa reação. Andando por cenas de assassinatos domésticos ou esfaqueamentos de gangues, ele via mais do que a maioria dos outros detetives, mas não sentia mais do que eles. Essa cena já lhe parecia diferente. Ele queria ficar sozinho ali.

Sean estava pouco à vontade no apartamento. Como um invasor. Como se devesse pedir desculpas constantes por estar ali. Ele afugentou a sensação e mentalmente absorveu tudo. A limpeza dos móveis e do chão. Os pratos foram lavados e guardados? Ficou alguma comida de fora? Alguma coisa, por menor que fosse, parecia deslocada? Se a vítima mantinha as roupas bem dobradas, então uma camisa no chão atiçaria a curiosidade de Sean. Se a vítima morava na desordem, um copo recém-lavado ao lado de uma pia cheia de pratos sujos chamaria sua atenção. Na realidade, Sean já notara alguma coisa errada.

Sean e Donnelly chegaram à sala de estar. A porta estava entreaberta, exatamente como foi encontrada pelo jovem guarda. Donnelly entrou. Sean o seguiu.

Era forte o cheiro de sangue – muito sangue. Um cheiro metálico. De cobre quente. Sean lembrou-se das vezes em que sentiu o gosto do próprio sangue. Sempre o fazia pensar que o gosto era idêntico ao cheiro. Pelo menos esse homem foi morto recentemente. Era verão – se a vítima estivesse aqui há alguns dias, o apartamento estaria fedendo. Moscas teriam enchido a sala, larvas infestariam o corpo. Ele sentiu uma pontada de culpa por se sentir feliz de o homem ter sido morto há pouco tempo.

Sean se agachou ao lado do corpo, com o cuidado de não pisar na poça de sangue grosso que se formara em torno da cabeça da vítima. Ele vira muitas vítimas de homicídio. Algumas quase não tinham ferimentos visíveis, outras tinham feridas horrendas. Essa era das ruins. Das piores que já vira.

– Deus do céu. Mas o que aconteceu nesta sala? – perguntou Sean.

Donnelly olhou em volta. A mesa de jantar estava virada. Duas de suas cadeiras foram destruídas. A TV tinha sido derrubada da estante. Fotos amassadas no chão. CDs espalhados por toda a sala. As luzes do CD player piscavam, verdes.

– Deve ter sido uma luta dos diabos – disse Donnelly.

Sean se levantou, incapaz de tirar os olhos da vítima: branco, jovem, cerca de vinte anos, nu da cintura para cima, usando um jeans ensopado de sangue. Uma meia ainda estava no pé direito, a outra fora de vista. Jazia de costas, a perna esquerda dobrada sob a direita, os braços estendidos em cruz. Não havia evidências de que fora amarrado. O cabelo claro da vítima deixava ver dois cortes graves indicando fraturas horríveis no crânio. Os olhos estavam inchados, quase inteiramente fechados, e o nariz fora esmagado, com sangue coagulado a sua volta. A boca não escapou do castigo, os lábios mostravam vários cortes fundos, o queixo pendia, deslocado. Sean se perguntou quantos dentes estariam faltando. A orelha direita não estava ali. Ele rezava para que o homem tivesse morrido do primeiro golpe na cabeça, mas duvidava disso.

A poça de sangue junto da cabeça da vítima era a única área pesada de saturação além das roupas. Para todo lado havia dezenas de salpicos: nas paredes, na mobília e no carpete. Sean imaginou a cabeça da vítima sendo jogada pela ferocidade dos golpes, o sangue de seus ferimentos espargindo pelo ar até cair onde permanecia agora. Depois de examinadas adequadamente, essas marcas forneceriam um mapa útil de como o ataque se desenvolveu.

O corpo da vítima não foi poupado. Sean não ia começar a contar, mas devia haver pelo menos de cinquenta a cem ferimentos de corte. As pernas, o abdome, o peito e os braços foram brutalmente atacados. Sean procurou por armas na sala, mas não viu nenhuma e voltou a olhar o corpo destruído, tentando libertar a mente, ver o que aconteceu com o jovem agora morto no chão da própria casa. Por um rápido momento ele viu uma figura recurvada sobre o moribundo, algo que se assemelhava a uma chave de fenda, e não uma faca na mão, mas a imagem sumiu com a mesma rapidez com que chegou. Por fim, ele conseguiu desviar os olhos e falar:

– Quem encontrou o corpo?

– Nós mesmos – respondeu Donnelly.

– Como?

– Bom, nós, por intermédio de um vizinho preocupado.

– O vizinho é um suspeito?

– Não, não – Donnelly desprezou a ideia. – Uma garota de algumas portas além no corredor, a caminho de casa com seu kebab e fritas depois de uma noite de sexo e bebida.

– Ela entrou no apartamento?
– Não. Não faz o gênero heroico, segundo dizem. Ela viu a porta entreaberta e decidiu que devia nos comunicar. Se estivesse sóbria, provavelmente nem teria se dado ao trabalho.

Sean assentiu. O álcool tornava algumas pessoas solidárias da mesma forma que tornava outros psicopatas temporários e violentos.

– O guarda mandou uma unidade para dar uma olhada lá fora e encontrou nossa vítima aqui – acrescentou Donnelly.

– Ele pisou na cena?

– Não, é um aprendiz saído de Henson e ainda com medo suficiente para se lembrar do que devia fazer. Ele ficou pelas bordas, sem tocar em nada.

– Que bom – disse Sean automaticamente, com a cabeça já avançando, já ficando pesada de possibilidades. – Bom, quem fez isso ou estava com muita raiva, ou é muito doente.

– Não há dúvida nenhuma – concordou Donnelly.

Houve uma pausa, os dois homens aproveitando a oportunidade para respirar fundo e se controlar, limpando a mente, um prelúdio necessário antes de tentar pensar com frieza e lógica. Ver uma brutalidade dessa nunca seria fácil, nunca seria simples.

– Muito bem. A primeira hipótese é de crime doméstico.

– Uma briga de amantes? – perguntou Donnelly.

Sean concordou.

– Quem fez isso deve ter apanhado muito – acrescentou ele. – Um homem que luta por sua vida pode causar muito estrago.

– Vou dar uma olhada nos hospitais locais – ofereceu-se Donnelly. – Ver se deu entrada alguém que pareça ter estado numa briga séria.

– Procure o mesmo nas centrais de polícia locais e acorde o resto da equipe. Vamos reunir todo mundo na central às oito para as instruções. E podemos ver se achamos um patologista para examinar o corpo enquanto ainda está aqui.

– Isso não vai ser fácil, chefe.

– Eu sei, mas tente. Veja se o dr. Canning está disponível. Ele às vezes sai quando o caso é dos bons, e ele é o melhor.

– Farei o que puder, mas não prometo nada.

Sean avaliou a cena. A solução da maioria dos homicídios não demora muito. O suspeito mais óbvio em geral é o suspeito certo. A natureza de pânico do crime dava uma caverna de Aladim de provas periciais. O suficiente para uma condenação. Em casos assim, os detetives costumam fazer pouco mais do que esperar que o laboratório examine as provas da cena e lhes dê todas as respostas. Mas enquanto Sean olhava em volta, algo já incomodava os seus instintos.

Donnelly voltou a falar:

– Parece óbvio?

– É, estou bem feliz com isso. – Ele deixou a frase no ar.

– Mas...?

– A vítima quase certamente conhecia o assassino. Não houve entrada forçada, então ele o deixou entrar. Um namorado é a melhor aposta. Isso tem cheiro de crime doméstico. Alguns drinques a mais. Uma discussão acalorada. Começa uma briga, que fica cada vez mais feia, os dois terminam se esmurrando e um deles morre. Um crime passional que o assassino não teve tempo de preparar. Ele fica algum tempo perdido, matou um amante. Agora só o que quer fazer é fugir. Sair do apartamento e ficar em um lugar seguro para pensar no que fazer. Mas, para mim, faltam algumas coisas.

– Por exemplo?

– Eles devem ter bebido, mas não tem copo em lugar nenhum. Consegue se lembrar de algum crime doméstico que não tenha envolvido álcool?

– E se ele limpou um pouco o lugar? – propôs Donnelly. – Lavou os copos e os guardou.

– Por que ele se incomodaria de lavar um copo quando o sangue e as digitais dele devem estar por todo o apartamento depois de uma briga dessas?

– Pânico? – sugeriu Donnelly. – Não estava raciocinando direito. Ele lavou o copo, talvez tenha começado a limpar outras coisas antes de perceber que era uma perda de tempo.

– Talvez.

Sean refletia intensamente. A falta de sinais de álcool era uma questão menor, mas qualquer detetive experiente teria esperado encontrar provas de seu uso numa cena dessa. Uma garrafa vazia de sidra. Meia garrafa de scotch, ou uma garrafa de champanhe para incitar a fúria dos ricos. Mas era a imagem que ele começava a visualizar que o atormentava de dúvidas – a imagem em sua mente era montada com evidências que faltavam, assim como as que estavam presentes. A imagem de uma figura agachada intencionalmente sobre a vítima. Sem frenesi, sem fúria, mas a maldade na forma humana.

– Tem mais uma coisa – disse ele a Donnelly. – É óbvio que o crime aconteceu na sala de estar. Sabemos que ele deve ter saído pela porta da frente porque todo o resto está bem trancado. Mas o corredor está limpo. Nada. O carpete é bege-claro, mas não há sinal de pegadas com sangue. E a maçaneta da porta? Nada. Sem sangue. Nada.

– Então nosso assassino espancou e apunhalou a vítima num acesso frenético de fúria e ainda assim se demora para lavar as mãos antes de abrir qualquer porta. Depois de matar um homem que pode ter sido seu amante, ele de repente está calmo o bastante para tirar os sapatos e sair deste lugar na ponta dos pés. Isso não faz muito sentido.

Donnelly se juntou a ele.

– E se nosso rapaz parou para se limpar antes de sair, onde ele se limpou? Ele tinha duas opções. A pia do banheiro ou a pia da cozinha.

Sean continuou por ele:

– Já vimos os dois lugares. Imaculadas. Sem nenhum sinal de uso recente. Nem mesmo um borrifo de água.

– É – disse Donnelly. – Mas não deve significar nada. Estamos pressupondo demais. Talvez a perícia vá provar que estamos errados e encontrará algum sangue no corredor que não podemos ver.

Sean não estava convencido, mas, antes de poder responder, o guarda da porta da frente chamou:

– Com licença, senhor, sua equipe de laboratório está aqui.

Sean gritou uma resposta:

– Já vou!

Ele e Donnelly saíram do apartamento com cuidado, mantendo a rota que usaram ao entrar. Foram à beira do cordão de isolamento, onde sabiam que o sargento-detetive Andy Roddis estaria esperando com sua equipe de detetives especialmente treinados e peritos de cenas de crime.

O sargento Roddis viu Sean e Donnelly se aproximarem. Observou os trajes de perícia, mas não ficou impressionado.

– Imagino que os dois já pisotearam minha cena toda. – Ele tinha razão de ficar irritado. As regras diziam que ninguém entrava na casa, exceto a equipe da perícia. – Da próxima vez, vou apreender suas roupas como provas.

Sean precisava ter Roddis a seu lado.

– Desculpe, Andy – disse ele. – Não tocamos em nada. Eu garanto.

– Soube que tem um morto para mim no apartamento 16. É isso? – Roddis ainda estava irritado.

– Receio que sim – disse Donnelly.

Roddis se virou para Sean.

– Alguma coisa especial que queira de nós?

– Não. Nossa aposta é crime doméstico, então fique no básico. Pode deixar os brinquedos caros bem guardados.

– Muito bem – respondeu Roddis. – Então são sangue, fibras, impressões, pelos e sêmen.

Donnelly e Sean já se afastavam. Sean chamou por sobre o ombro.

– Vou reunir minha equipe às oito da manhã. Tente me conseguir um relatório preliminar até lá.

– Talvez eu lhe passe alguma coisa por telefone. Pode ser?

– Pode – disse Sean. Neste momento ele aceitaria qualquer oferta.

Passava pouco das oito da manhã e Sean estava sentado sozinho em sua lúgubre sala funcional na central de polícia de Peckham, cercado pela mesma mobília barata de madeira que adornava cada prédio policial de Londres. A sala tinha tamanho suficiente para abrigar duas mesas oblongas e surradas de 1,20 metro e duas cadeiras desconfortáveis para as visitas frequentes. Dois computadores parecendo antigos ficavam em cada mesa e as luzes fluorescentes e irritantes no alto tingiam tudo de um amarelo opaco. Como ele invejava os detetives da TV, com suas poltronas de couro giratórias, filas de computadores avançados e sobretudo as luminárias de leitura Jasper Conran baixas sobre mesas de vidro reluzente. A realidade era prosaica e funcional.

Sean pensava na vítima. Que tipo de pessoa terá sido? Era amado? Sua falta seria sentida? Ele logo descobriria. O telefone tocou e o fez saltar.

– Inspetor Corrigan. – Ele raras vezes desperdiçava palavras ao telefone. Anos falando em rádios tinham aparado seu discurso.

– Sr. Corrigan, é o sargento Roddis. Queria uma atualização para sua reunião? – Roddis não reconhecia nenhuma patente acima da própria, mas graças à sua posição de poder ele nunca era desafiado por seus superiores. Ele decidia os recursos forenses atribuídos a cada caso, e naquela área era ele que conhecia as pessoas certas nos laboratórios certos que podiam concluir o trabalho. Todo mundo, independentemente de patente, respeitava seu monopólio.

– Obrigado por ligar. O que tem para mim?

– Bem, é muito preliminar.

Sean sabia que a equipe de laboratório teria feito pouco mais do que se organizar.

– Entendo isso, mas gostaria de saber o que conseguiu.

– Muito bem. Demos uma olhada superficial por lá. O ponto de entrada e saída está surpreendentemente limpo, dada a natureza do crime. E o corredor também estava limpo. Talvez encontremos algo quando tivermos uma iluminação melhor e lâmpadas UV. Além disso, nada de definido. O espargimento de sangue nas paredes e nos móveis me deixa meio confuso.

– Confuso? – perguntou Sean.

– Depois de ver os ferimentos da vítima, tenho certeza de que o golpe na cabeça quase a matou e certamente a nocauteou. Tenho um padrão de espargimento de sangue numa parede que seria condizente com um golpe na cabeça feito por um objeto pesado.

– E qual é o problema?

– Se a vítima estava prostrada quando os outros ferimentos foram infligidos, então eu esperaria salpicos pequenos e localizados, mas tenho vários outros, no carpete, nos móveis quebrados, pelas paredes. Não são consistentes com os ferimentos.

– Então ele deve ter outros ferimentos que ainda não vimos – sugeriu Sean. – Ou talvez o sangue seja do agressor.

– É possível. – Roddis não parecia convencido. – Ainda não temos nenhuma arma evidente – continuou ele –, mas deve aparecer quando entrarmos propriamente na busca.

– Mais alguma coisa? – perguntou Sean, com mais esperanças do que expectativa.

– Temos cadernetas de endereços, diários, extratos bancários e assim por diante. Não deve ser muito difícil confirmar a identidade da vítima. Até agora, é isso.

Sean podia não gostar particularmente de Roddis, mas valorizava seu profissionalismo.

– Obrigado. Será útil na reunião. Pode manter a equipe acordada. – Ele desligou.

Reclinando-se em sua cadeira, Sean olhou o copo de café morno na mesa. O que significaria se o padrão dos salpicos não combinasse com os ferimentos na vítima? Será que o assassino se feriu muito e os salpicos de sangue vieram dele? Ele duvidava disso, especialmente se Roddis tivesse razão sobre a vítima ter sido quase nocauteada pelo primeiro golpe na cabeça. E se ela foi nocauteada no primeiro golpe, então que diabos eram as outras lesões? As respostas viriam, ele se tranquilizou. Espere pelo exame pericial completo na cena, o *postmortem* da vítima. As respostas viriam. Elas sempre vinham.

Ele se levantou e olhou pela janela o estacionamento da central de polícia. Viu a sargento Sally Jones do lado de fora, fumando furiosamente um cigarro, rindo e brincando com uma das meninas da papiloscopia.

Ele a observou, admirando-a. Um feixe de energia de um metro e sessenta. Suas pernas magras e atléticas contrastavam com a parte superior do corpo, masculina e atarracada. Ele tentou se lembrar se algum dia vira seu cabelo claro sem estar preso num rabo de cavalo.

Sean adorava sua capacidade de se relacionar com as pessoas. Ela sabia conversar com qualquer um e fazer com que sentissem que ela era a melhor amiga do mundo e, assim, ele às vezes a usava para fazer as coisas que ele achava impossível fazer bem. Falar com parentes enlutados. Dizer a um marido que sua mulher fora estuprada e assassinada em sua própria casa. Sean via assombrado Sally dizer às pessoas coisas impensáveis e depois de meia hora ela estaria rindo e brincando, fumando um cigarro, conversando com quem estivesse perto dela. Ela era durona. Mais do que ele um dia conseguiria ser. Ele sorriu ao olhar para ela.

Sean se perguntou por que ela ainda estava sozinha. Ele não conseguia imaginar alguém trabalhando naquilo e depois ir para uma casa vazia. Sally lhe disse uma vez que ela era demais para qualquer homem. Ele costumava tentar sentir alguma tristeza nela. Alguma solidão. Nunca conseguiu.

Ele olhou a hora. Ela chegaria atrasada para a reunião. Ele podia chamar pela janela e avisá-la, mas decidiu que seria mais divertido deixar assim.

Sean andou a curta distância pelo corredor movimentado e fortemente iluminado: portas dos dois lados, cartazes velhos e novos presos com tachas nas paredes, ignorados uniformemente por quem passava, todos concentrados demais, tentando chegar aonde quer que fosse para parar e anotar os pedidos de ajuda de alguém. Ele chegou à sala de reuniões e entrou. Sua equipe não parou a conversa. Dois deles, inclusive Donnelly, murmuraram um cumprimento. Ele assentiu em resposta.

A equipe era relativamente pequena. Dois sargentos-detetives – Sally e Donnelly – e dez detetives. Sean se sentou em sua cadeira de sempre, à cabeceira de uma mesa de madeira retangular, a mais barata que o dinheiro podia comprar. Colocou o celular e o bloco diante de si e olhou em volta – para ter certeza de que todos estavam presentes. Assentiu para Donnelly, que entendeu a mensagem. Eles trabalhavam juntos há tempo suficiente para conseguirem se comunicar sem precisar falar nada.

– Muito bem, pessoal, escutem. O chefe quer falar e temos muito o que discutir, então estacionem os traseiros, e rápido. – Os murmúrios se esvaíram enquanto a equipe começava a se sentar e se concentrar em Sean.

O detetive Zukov falou:

– Quer que eu busque a sargento Jones, chefe? Acho que ela está fumando no pátio.

– Não. Não se incomode – disse-lhe Sean. – Ela chegará logo.

A sala ficou em silêncio, Sean olhando para Donnelly sem o mais leve sorriso no rosto. Os dois se viraram para a porta da sala quando a sargento Sally Jones entrou de rompante. Houve um zumbido baixo de risos reprimidos.

– Merda. Desculpe o atraso, chefe. – O zumbido de risos baixos aumentou. Sally deu um tabefe na cabeça de um dos detetives ao passar. Ele ergueu as mãos, como em protesto.

– Eu te disse para ir me pegar, Paulo. – O detetive não respondeu, mas o sorriso em sua cara dizia tudo.

Sean interveio.

– Boa-tarde, Sally. Obrigado por se juntar a nós.

– É um prazer, senhor.

– Como sei que todos já deduziram, pegamos outro homicídio. – Alguns na equipe gemeram.

Sally se pronunciou:

– Ainda estamos no verão e já temos dezesseis homicídios só nesta equipe. Oito ainda precisam de preparação para o tribunal. Quem vai organizar a apresentação ao tribunal, se estamos constantemente sendo sobrecarregados? – Houve um murmúrio de aprovação pela mesa.

– Não tem sentido reclamar – disse-lhes Sean. – Todas as outras equipes estão igualmente atarefadas, então pegamos esse. Como todos, sem dúvida, devem estar cientes, não temos uma investigação em andamento, então somos a alternativa óbvia.

Sean estava preparado para os resmungos. Os policiais sempre resmungavam. Ou reclamavam de estar ocupados demais ou se queixavam de não ganhar horas extras suficientes. Era uma realidade da vida na polícia.

Ele continuou:

– Muito bem, o trabalho é este. O que sabemos até agora é que nossa vítima foi espancada e apunhalada até a morte. A essa altura acreditamos que a vítima é Daniel Graydon, o morador do apartamento onde temos certeza de que o crime aconteceu. Mas seus ferimentos faciais são graves, então a identificação visual ainda não foi confirmada. Estamos tratando o apartamento como nossa cena primária de crime. Dave e eu já demos uma olhada e não é nada bonito. Parece que a vítima foi golpeada na cabeça com um objeto pesado e que pode ter sido o ferimento crucial, embora tenhamos de esperar que a autópsia confirme isso. Os ferimentos de perfuração são numerosos e se espalham por uma área ampla. Foi um ataque cruel e brutal.

"Suspeita-se de que a vítima seja gay, e a teoria inicial é de que deve ter sido um crime doméstico. Se for assim, o assassino deve ter se ferido. Já verificamos os hospitais e as cadeias na eventualidade de ele ter sido apanhado por algo mais depois de fugir da cena. Não quero que isso se complique, então vamos nos ater à simplicidade. Uma investigação simples e elegante, do tipo ligue os pontos, me parecerá boa."

Sean olhou para Sally.

– Sally, quero que pegue quatro homens e comece o porta a porta imediatamente. Àquela hora da noite, morto por espancamento, alguém deve ter ouvido ou visto alguma coisa. O resto de vocês, suspenda fogo. O laboratório está verificando os objetos pessoais da vítima, então teremos uma longa lista de pessoas a localizar e interrogar muito em breve. Não espero que demore muito para termos uma boa ideia de quem é nosso principal suspeito.

"Dave. Você coordena este caso da central." Donnelly assentiu, entendendo. "O resto de vocês verifique suas atribuições com Dave pelo menos três vezes por dia. E lembrem-se", acrescentou Sean, "as primeiras horas são as mais importantes, então vamos comer de pé e nos preocupar em dormir só quando o assassino estiver encarcerado lá embaixo."

Cabeças se moveram em aprovação enquanto o grupo começava a se levantar. Sean podia sentir o otimismo deles, a confiança em sua liderança e sua capacidade crítica. Ele não os decepcionara ainda.

Ele rezou para que esse caso não fosse diferente.

Era quase uma da tarde e Sean passara a manhã ao telefone. Contou a mesma história uma dezena de vezes. A seu superintendente, à Unidade de Inteligência, ao agente de ligação com gays e lésbicas, ao guarda de serviço no local, ao inspetor de segurança comunitária. Estava enjoado de falar. Sally e Donnelly voltaram para sua reunião e se sentaram em sua sala. Sally trouxera café e sanduíches, que Sean comeu sem sentir o gosto. Era a primeira coisa que comia desde que o telefone tocou com Donnelly naquela madrugada, então ele ficou feliz de ter alguma coisa no estômago.

Entre uma mordida e outra, eles conversaram, todos cientes de que não tinham um minuto a perder num almoço adequado. Os primeiros dias de uma investigação de homicídio sempre eram iguais – muito a fazer e muito pouco tempo. As provas periciais se degradavam, as lembranças de testemunhas desbotavam, fitas de câmera de segurança seriam regravadas. O tempo agora era inimigo de Sean.

– Alguma coisa do porta a porta, Sally? – perguntou ele. – Me dê só as boas-novas.

– Nada – respondeu ela. – Ainda tenho uns caras batendo em portas, mas até agora só o que nos disseram é que Graydon era muito reservado. Não dava festas barulhentas. Sem brigas. Sem problemas. Nada de nada. Todo mundo diz que ele era um garoto legal. Quanto à noite passada, ninguém viu, nem ouviu nada. Outra noite tranquila em South London.

– Não pode ser verdade – argumentou Sean. – Um homem sendo espancado até a morte a pouca distância de uns quatro apartamentos, e ninguém ouviu nada?

– Foi o que nos disseram.

Sean suspirou e se virou para Donnelly.

– Dave?

– Bem, conseguimos fazer cópias de seu diário, caderneta de endereços e do que pegamos. Temos alguns rapazes repassando isso agora. Espero ser informado sobre um parente próximo dele em breve. Mas ainda sem namorado nenhum. Nenhum que tenha aparecido repetidas vezes. Mandarei um pessoal localizar amigos e colegas quando tivermos mais informações dele. Ah, e o legista telefonou. O corpo foi removido do local e levado ao Guy's Hospital. *Postmortem* às quatro da tarde de hoje.

A mente de Sean viu súbitas imagens de autópsias anteriores a que compareceu enquanto ele empurrava de lado o que restava do sanduíche.

– Quem vai fazer?

– Seu desejo foi atendido, chefe. É o dr. Canning. Algo mais da perícia na cena?

– Ainda não. Roddis calcula que só terminarão amanhã, a essa hora. Então, como sempre, tudo vai para o laboratório e temos de esperar.

Um jovem detetive da equipe de Sean apareceu à porta segurando uma pequena folha de papel presa entre os dedos.

– Acho que encontramos o endereço dos pais dele. – Os três detetives continuaram a olhá-lo.

– Eu fico com isso, obrigada – disse-lhe Sally. O jovem detetive lhe entregou o bilhete e foi embora.

Sean sabia de suas responsabilidades.

– Irei também. Merda, isso vai ser divertido. Dave, verei você aqui lá pelas três e meia. Pode me levar ao *postmortem*.

– Estarei aqui – Donnelly garantiu-lhe.

Sean vestiu o paletó e foi para a porta, Sally em seu encalço.

– E lembre-se – disse ele a Donnelly –, se alguém perguntar, é um crime doméstico simples. Ninguém precisa ficar animado.

– Tem alguma dúvida? – conseguiu perguntar Donnelly, antes de Sean ir embora.

– Não – respondeu Sean, não inteiramente sincero. Por um segundo ele estava de volta ao apartamento, de volta à cena do massacre, vendo o assassino andar em volta do corpo prostrado de Graydon, mas não viu pânico nem fúria em seus atos, nem ciúme ou raiva, só uma frieza – uma satisfação.

A voz de Donnelly o trouxe de volta:

– Está tudo bem, chefe?

– Desculpe, sim, estou bem. Só encontre o namorado... Quem quer que seja. Encontre-o e terá nosso principal suspeito.

– Farei o que puder.

– Sei que fará – disse-lhe Sean enquanto o via voltar à sala principal.

3

Fim da tarde, quinta-feira

Sean e Donnelly andavam pelos corredores do Guy's Hospital a caminho do necrotério. Eram acompanhados pelo detetive Sam Muir, que agiria como oficial das provas – assumindo a responsabilidade por quaisquer objetos que o patologista encontrasse sobre ou dentro do corpo durante a autópsia. Sean perguntou-se se encontraria a esposa, Kate, entre os pouquíssimos médicos que atendiam ao interminável fluxo de pacientes do setor de emergência e acidentes – os doentes e feridos dos bairros vizinhos de Southwark, Mermondsey e mais além. Alguns londrinos mais pobres e mais esquecidos viviam em apartamentos subsidiados, onde a violência e o crime não ficavam longe, ainda assim sua degradação e sofrimento passavam despercebidos e invisíveis aos enxames de turistas que andavam pela Tower Bridge e a Tooley Street. Se soubessem o quanto estavam perto de alguns dos territórios mais perigosos de Londres...

Sua mente voltou aos pais da vítima. Ele e Sally foram à pequena casa em Putney, um bairro agradável, mas tumultuado nas noites de fim de semana. Sally falou na maior parte do tempo.

Daniel era filho único. A mãe ficou arrasada e não se importou que a vissem cair no chão, aos gritos. Seu desespero era uma dor física. Quando conseguiu falar, só o que pôde dizer foi o nome do filho.

O pai ficou perplexo. Não sabia se ajudava a mulher ou ele mesmo entrava em colapso. Acabou não fazendo nenhuma das duas coisas. Sean o levou à sala de estar. Sally ficou com a mãe.

Eles sabiam que o filho era gay. No início isso incomodou o pai, mas ele acabou por aceitar. O que mais podia fazer além de afastar o garoto? E ele nunca faria isso. Disse que o filho trabalhava como gerente de uma boate. Não tinha certeza do local, mas Daniel estava se saindo bem e não tinha problemas financeiros, ao contrário de outros jovens.

Não conhecia nenhum dos amigos do filho. Daniel não mantinha contato com os ex-colegas de escola. Vinha em casa com frequência, quase todo domingo, para almoçar. Se tinha namorado, nem ele nem a mulher sabiam. O filho dizia que não estava interessado em nada disso. Eles não o pressionaram.

O pai perguntou o que eles iam fazer agora. A mulher ficaria acabada. Ela vivia para o menino, e não para ele. Ele sabia disso e não se importava – mas com o garoto morto?

Ele queria saber quem tinha feito aquilo com seu menino – quem faria aquilo com eles? Por quê? Sean não tinha respostas.

Ao entrarem no necrotério, os três detetives viram o dr. Simon Canning preparando-se para o *postmortem*. Um corpo jazia coberto por um lençol verde no que Sean sabia que seria uma mesa cirúrgica de metal frio. Corria água continuamente sob o corpo até um ralo enquanto o patologista fazia seu trabalho, assim a coisa toda parecia uma banheira larga e rasa de aço inox.

Alguns detetives podiam se desligar da realidade feia das autópsias, enterrando-se na ciência e na arte do procedimento. Infelizmente, Sean não era um desses detetives. Durante dias, as imagens de sua própria autópsia se misturariam com as lembranças de sua infância estilhaçada. Enquanto isso, o dr. Simon Canning estava ocupado, arrumando seus instrumentos – de metal reluzente, brilhantes, para torturar os mortos.

– Boa-tarde, detetives.

– Doutor. É bom vê-lo novamente – respondeu Sean.

– Duvido disso – disse o patologista. Canning era suficientemente agradável, mas pragmático e sucinto. – Espero que não se importe, inspetor. Comecei sem o senhor. Estava limpando um pouco antes de continuar. E então, vamos prosseguir?

O médico puxou o lençol que cobria o corpo com um movimento rápido do braço. Sean quase esperava que ele dissesse "*Voilà!*", como um garçom erguendo a tampa de uma travessa de prata.

O cabelo atrás e na lateral da cabeça estava colado de sangue – parecia pegajoso. Sean via claramente os cortes na lateral e as pequenas marcas de perfuração por todo o corpo nu.

– Setenta e sete – disse Canning.

Sean percebeu que falavam com ele. Olhou para o médico.

– Como?

– Ferimentos por perfuração distintos. Setenta e sete no total. Nenhum na parte de trás do corpo. Todos na frente. Feitos por algo no formato de um estilete, ou um picador de gelo, mas foi o primeiro golpe na cabeça que o matou. No fim.

Canning apontou o ferimento na cabeça. Sean se obrigou a se aproximar mais do corpo.

– Pode-se ver que falta uma orelha. Não foi cortada, mas parece que a vítima recebeu um golpe tão violento que esmagou o crânio e ainda teve força suficiente para arrancar a orelha no movimento do objeto.

– Que bom – foi só o que disse Sean.

– E a vítima estava de joelhos quando recebeu o primeiro golpe – continuou o médico. – Podemos ver que o corte no escalpo tem ângulo descendente, e não ascendente. O assassino golpeou para baixo.

– Ou ele foi atingido por trás? – propôs Sean.

– Não – disse-lhe Canning. – Ele caiu para trás, e não para a frente. Veja as manchas do fluxo de sangue. Correm para a parte de trás da cabeça, e não para a face.

Ele olhou os detetives, certificando-se de que estavam concentrados no que ele dizia, e não no que viam. Ele tinha a atenção de todos.

– Mas tudo isso é evidente. O interessante é o ângulo dos ferimentos de perfuração. Tendo em mente que nosso amigo aqui tem ferimentos dos tornozelos ao pescoço, posso afirmar quase com certeza que a vítima já estava prostrada no chão quando foi apunhalada. Isso em si não é incomum. – O médico parou para recuperar o fôlego, antes de continuar sua aula: – O interessante nisso é que... a maioria dos ferimentos tem o ângulo de entrada errado. Está vendo?

– Não estou acompanhando o senhor, doutor.

– É assim. – Canning procurou um objeto em volta. Encontrou uma tesoura. – Primeiro, sei que o assassino deve ser destro. O ângulo dos ferimentos me diz isso, assim como o fato de que a vítima foi atingida no lado esquerdo da cabeça. Agora, imagine que sou o assassino. A vítima pode fazer o próprio papel. Para apunhalar alguém da cabeça aos pés, o assassino teria de estar ao lado do corpo. Não por cima dele, como se imaginaria a princípio. Se ele se colocasse sobre o corpo, teria sido difícil alcançar e apunhalar as coxas e os tornozelos. – O médico torceu o corpo para os pés da vítima, dando uma demonstração prática. Seu argumento foi confirmado.

– Então o assassino estava ajoelhado ao lado da vítima quando o apunhalou. Isso não me ajuda em nada – disse-lhe Sean.

Canning continuou:

– O que estou dizendo é que o assassino não se agachou ao lado da vítima, nem a esfaqueou como esperaríamos nos crimes passionais mais frenéticos. Esse assassino contornava o corpo, apunhalando-o em áreas diferentes. Não tenho nenhuma dúvida disso. É como se o assassino não quisesse ficar desconfortável. Ele não queria se esticar demais, quase como se estivesse infligindo feridas rituais, ou algo dessa natureza. É estranho.

"Se quer minha opinião, eu diria que não deve ter sido um ataque frenético. Esses ferimentos foram feitos meticulosamente. Foram controlados. O assassino não teve pressa nenhuma."

Sean sentiu um frio se apoderar de seu corpo e mente enquanto lhe voltava a imagem que ele teve dos atos cautelosos e maquinais do assassino ao matar a vítima a punhaladas. Passou a mão lentamente pelo cabelo castanho curto. Podia negar muita coisa, mas não seus instintos. Seu íntimo lhe dizia que as coisas ficariam difíceis. Complicadas. A hipótese de violência doméstica começava a lhe escapar, e com toda probabilidade eles não procuravam mais um amante rejeitado. Não haveria um suspeito choroso rendendo-se à prisão porque não conseguia conviver com a culpa. Eles agora estavam atrás de outra coisa. Sean tinha certeza disso. Ele soltou o ar longamente, com a cabeça girando de perguntas.

– Precisamos voltar ao escritório. Terminou aqui, doutor?

– Quase. Uma última coisa. – Ele apontou para os pulsos da vítima. – É muito fraco, mas está presente. Nos dois pulsos.

Sean olhou mais atentamente. Podia ver alguma descoloração na pele da vítima. Faixas finas de tecido um tanto mais escuras. Canning continuou sua análise.

– São hematomas antigos. Provavelmente causados por ligaduras. Ele foi amarrado com alguma coisa. Terei de olhar sob a ultravioleta, ela mostrará quaisquer outras lesões antigas. Vou examinar o corpo todo. Todas as minhas descobertas estarão no relatório final.

– Tudo bem – disse Sean, com a urgência clara na voz.

– Por favor, inspetor. Não quero prendê-lo aqui. Eu o manterei informado.

– Quer que eu engavete a busca pelo namorado, chefe? – perguntou Donnelly.

Sean meneou a cabeça.

– Não. Vamos verificar isso, naturalmente. O namorado ainda pode ser o assassino. O jovem Daniel aqui pode ter se metido com algum anormal e nem sabia disso. Não houve entrada forçada no apartamento, lembra? – disse Sean, mas ele não acreditava nisso. Além do mais, se houvesse algum namorado, ele tinha o direito de saber de Daniel. Eles precisavam encontrá-lo de qualquer modo.

– É melhor voltarmos e dar a boa notícia.

– Vai contar isso ao superintendente, chefe? – perguntou Donnelly.

– Não tenho muitas opções. – Ele consultou o relógio. – Está ficando tarde. Não quero estragar a noite dele. É melhor contar amanhã... Depois disso, vai parecer que o circo chegou à cidade. Só não seja um dos palhaços.

– E o resto da equipe?

– Eles têm mais do que o suficiente para trabalhar por esta noite. Marque uma reunião para amanhã de manhã. Então informarei a todos.

Sean e Donnelly foram para a saída. Sean precisava de ar fresco. Passaram pelas portas de vaivém e saíram.

4

Se vocês fossem sequer capazes de entender a beleza e a clareza do que estou fazendo. Vejam só, meu próprio ser é um testamento à Natureza. A seu caráter impiedoso. Sua completa falta de compaixão. Sua violência. Vocês precisam deixar de lado as regras da Natureza e escolher viver segundo outras leis. Moralidade. Moderação. Tolerância. Eu não.

Então aqui estamos, espremidos neste caixão mecânico, rolando sob as ruas de Londres. Os engraçadinhos chamam esta linha de Miséria. Olhem só vocês. Nenhum de vocês tem a mais remota ideia do que eu sou. Vocês me olham e veem um reflexo de si mesmos. Este é um disfarce necessário.

Cheguem mais perto e lhes mostrarei quem realmente sou.

Droga, esses trens podem ser insuportáveis no verão. Todos somos obrigados a respirar a sujeira dos outros. Seis e meia da noite – todo mundo tentando chegar em casa para anestesiar seu cérebro com álcool, cocaína, televisão, o que for. Qualquer coisa para apagar o caráter medonho de sua vida infeliz e sem sentido. Mas, antes que possam ceder a esses pequenos prazeres, eles precisam sofrer essa última tortura.

Costumo me distrair escolhendo um passageiro ao acaso e imaginando como seria arrancar seus olhos e cortar sua garganta depois. O fedor de todos esses possíveis objetos é muito estimulante para minha imaginação. Quem sabe eu posso me apresentar a alguém antes de ir para casa, para minha esposa dócil e meus filhos bem-comportados? Um dia, quando eu pensar em como me safar dessa, cortarei a garganta deles também.

E aquela passageira ali? Uma moça bonita. Bem-vestida, corte de cabelo atraente, um bom corpo. Sem aliança de noivado ou casamento. Interessante. Sinais reveladores como esses me dão todas as informações de que preciso. A falta de aliança pode significar que ela mora sozinha ou com amigas. Posso segui-la até seu apartamento. Sim, tenho quase certeza de que mora num apartamento. Eu fingiria ser um vizinho que acabou de se mudar. Passaríamos pela portaria juntos. Eu me lembraria de tilintar umas chaves para ela não desconfiar de um crime. Depois ela poderia me convidar para um café: isto já aconteceu. Uma olhada rápida para ver se mais alguém entrou ou é esperado para breve e, se não, bom, posso ter alguma diversão com a linda mulher de belo corte de cabelo.

Mas não esta noite. Devo chegar em casa na hora e ser um bom marido. Disfarces tão bem-sucedidos como o meu precisam de muita manutenção. Mas não posso esperar muito mais tempo. Antes do viadinho, fiquei algumas semanas sem visitar alguém, e mesmo esse não passou de uma rapidinha. Um mero esboço. Um advogado com pasta executiva. Fiz com que parecesse roubo. Dei duas facadas no coração e me lembrei de pegar o dinheiro em sua carteira.

Ele pareceu surpreso. Perguntei-lhe a hora e, enquanto seus lábios se separavam para falar, eu o esfaqueei. Tirei a faca de seu peito, depois a cravei de novo. Dessa vez deixei a lâmina e a segurei ali enquanto ele arriava no chão. Ele tinha o mesmo olhar dos outros. Mais indagativo do que temeroso. Tentava falar. Como se quisesse me perguntar: "Por quê?" As pessoas sempre querem saber por quê. Por dinheiro? Por ódio? Amor? Prazer sexual? Não, por nenhuma dessas motivações mesquinhas.

Então cochichei o verdadeiro motivo em seu ouvido. Seria a última coisa que ele iria ouvir:

– Porque preciso.

5

Manhã de sexta-feira

Fazia um calor que só uma metrópole gigante pode ter. O calor misturava-se com o escapamento de quatro milhões de carros de passeio, táxis e ônibus. Deformava a rua.

Era manhã de sexta-feira e Sean estava atrasado. Tinha um informe a dar às dez e queria chegar ao trabalho com pelo menos uma hora e meia de antecedência para preparar seus pensamentos. Graças ao trânsito pela Old Kent Road e sua filha de 3 anos, Mandy, que decidiu ter um ataque de birra porque Sean não cumprira a promessa de levá-la à Legoland, ele mal teria tempo de ler os e-mails recebidos. Tentou ler no iPhone quando o trânsito empacava, mas, depois de quase bater na traseira do carro da frente pela terceira vez, achou melhor desistir.

Sua equipe recebera tarefas iniciais no dia anterior – agora ele torcia para que essas tarefas tivessem avançado a investigação. O informe que ele logo estaria presidindo era uma oportunidade de a equipe dizer o que havia descoberto até agora. O sargento Roddis e sua turma da perícia terminaram na cena, e ele estaria presente para detalhar suas descobertas. Descobertas que podiam ser críticas para a investigação.

Ele ligou para Sally, avisando que chegaria atrasado.

– Estarei aí em meia hora, se este trânsito começar a se mexer. A reunião ainda será às dez, a não ser que eu ligue novamente.

– Quer todo mundo na sala de reuniões? – perguntou Sally.

– Hum... não – respondeu Sean depois de pensar por alguns segundos. – Vamos fazer em nossa sala de incidentes, tem mais espaço.

– Tudo bem. – Sally tinha mais a dizer e sabia que teria de falar rapidamente ou Sean já desligaria. – Chefe...

Ele a ouviu bem a tempo.

– Que foi?

– Achei que devia saber que apareceram umas testemunhas com um nome para nosso assassino.

Sean sabia que não ia gostar disso.

– Continue.

– Uns caras o batizaram de "Exterminador de Bichas".

Sean ficou em silêncio. Sua expressão endureceu ao pensar no que a família diria se soubesse que a polícia que investigava a morte do filho chamava o assassino de "Exterminador de Bichas".

Depois de cinco segundos, ele falou:

– Diga a eles desde já que a partir deste segundo qualquer um que usar esse nome estará fora da equipe, de volta às ruas fardado e orientando o trânsito no Soho assim que tirarem as medidas para um capacete novo. Considere isso meu primeiro e único aviso, Sally.

– Entendo. Vou cuidar para que não seja usado novamente.

– Ótimo. – Ele desligou e continuou sua jornada tortuosa pelo ar irrespirável. Antes do homicídio de Daniel Graydon, pretendia tirar o dia de folga e passar um fim de semana prolongado com a família, fazendo coisas normais que faria uma família normal – o tipo de coisa que ele nunca fez quando criança. Mais promessas feitas a sua mulher e filhos que ele não cumpria. Seu estômago se apertou com a tristeza que de repente o engolfou – um desejo quase fóbico de estar com sua família. Ele afugentou os sentimentos ao máximo, expulsando-os do corpo e da mente como se fossem uma fraqueza que não podia carregar ao trabalho. Além disso, não havia nada que ele pudesse fazer a respeito. Eram os ossos do ofício. Era seu trabalho.

Sean e sua equipe estavam de volta à sala sem divisórias que era sua sala de incidentes e segundo lar. Mesas foram espalhadas por ali, principalmente em grupos de quatro, e a maioria era enfeitada com monitores de computador antigos e imensos e, se o dono tivesse sorte, um telefone com fio. Os assassinatos em Londres ainda eram resolvidos, apesar do equipamento disponível, e não graças a ele. Sean olhou pelo Perspex para a sala do outro lado, vendo os detetives: a maioria preferia se sentar na beira das mesas, conversando em grupos, enquanto outros andavam decididos, pegando material de escritório de última hora ou espremendo um último telefonema antes da chegada de Sean.

A sala de incidentes já mudava enquanto a investigação se desenvolvia. Onde havia quadros brancos sem nada e paredes nuas na noite anterior, agora havia fotografias da cena do crime, da vítima, os resultados iniciais da autópsia, presos com tachas, sem nenhuma ordem específica. O nome da vítima foi confirmado: Daniel Graydon. Adornava um pedaço de cartolina branca e estava colado acima das fotos de seu corpo mutilado e de seu lar violado. Sean notou que ocupavam apenas um canto da parede. O resto ficou vazio. Claramente alguém de sua equipe acreditava que podia haver mais fotos. Mais vítimas.

As tarefas eram listadas no quadro branco, "ações" a serem empreendidas e quais detetives foram designados a cada uma delas. Todas eram numeradas, e quando se concluía alguma, uma linha era traçada por ela e assim, se a investigação estivesse fracassando, o quadro diria. Ele nunca mentia. Nenhum progresso significava cada vez menos tarefas a colocar no quadro, levando os superiores de Sean a ficar ainda mais ansiosos, mais desesperados e com uma probabilidade maior de interferir; mas essas preocupações ficavam para depois. Os dois primeiros dias seriam movimentados o bastante com a coleta e conservação das provas. Os primeiros dias eram fundamentais. As provas perdidas agora podiam ser perdidas para sempre.

Sean deu os poucos passos de sua sala para o corpo principal da sala de incidentes e esperou que os detetives se aquietassem e parassem – o nível de ruído diminuiu, como se ele baixasse o volume de um amplificador. Ele falou:

– Muito bem, pessoal, antes de começarmos, que fique claro que se alguém usar a expressão "Exterminador de Bichas" nesta investigação, estará fora. Entenderam? – Toda a sala assentiu sua concordância. – Muito bem. Agora que esse absurdo está resolvido, podemos passar ao trabalho.

"Primeiramente, todos precisam saber que, à luz da autópsia, eu não acredito mais que seja violência doméstica. O dr. Canning me disse que a vítima teria sido incapacitada por um primeiro golpe na cabeça, o que significa que não houve luta violenta."

– E os móveis quebrados e os salpicos de sangue que sugeriam uma luta? – perguntou Sally.

– Encenados – disse-lhe Sean. – Encenados com inteligência, mas ainda assim encenados. Ele está tentando nos afastar do rastro. Os ferimentos por perfuração têm a aparência de um ritual de morte, e não um ataque frenético.

"A maioria de vocês sabe que o sargento Andy Roddis está aqui, o líder da equipe de perícia. Andy gentilmente cedeu seu tempo para nos colocar a par de quaisquer descobertas na cena."

– É uma puta gentileza de sua parte, Andy – interveio Donnelly, para a diversão da plateia.

– Muito bem, muito bem. – Sean silenciou a sala. – Sugiro enfaticamente que prestem atenção ao que ele vai lhes dizer. – Ele se virou para o sargento Roddis, gesticulando com a mão aberta para ele começar. – Andy.

O sargento-detetive Roddis foi até as fotos da cena presas na parede atrás dele.

– Obrigado, senhor. – Ele andava de um lado a outro ao contar a história. – A maioria das evidências da cena foi levada ao laboratório forense, então não sabemos do quadro completo antes que sejam examinadas. Isso levará mais alguns dias. Os cientistas não trabalham nos fins de semana, assim só saberemos mais na terça-feira, no mínimo. – Houve uma pequena onda de risos na sala.

– Além de encenar o crime, acreditamos que o suspeito tenha noções de perícia criminal. Não há sinais evidentes de sêmen, saliva nem nada que possa ter vindo dele.

A equipe ouvia atentamente. Roddis sabia tudo o que se devia saber da cena do crime, eles não sabiam nada. Era hora de ouvir e aprender, sem perguntas ou discordâncias. Isso viria depois, quando eles soubessem o que Roddis sabia, mas até lá era hora de honrar o antigo código dos detetives: manter a boca fechada e os olhos e ouvidos abertos.

– Há muito sangue, mas estou apostando que pertence inteiramente à vítima. Os testes preliminares mostram que é do mesmo tipo sanguíneo dela. Uma confirmação de DNA levará mais alguns dias. Encontramos vários fios de cabelo pelo lugar, mas eles também parecem pertencer à vítima. Foi colhido material do corpo antes de sua remoção da cena, portanto nunca se sabe o que a sorte nos reserva... Ainda podemos, mediante exame laboratorial, encontrar alguns fluidos corporais pertencentes ao suspeito. Essa é nossa melhor conjectura para obter o DNA do suspeito.

"Ainda não foi encontrada a arma do crime, mas é possível que o suspeito a tenha limpado depois de usar e colocado em algum lugar no apartamento. Todas as armas possíveis foram enviadas ao laboratório para ver se combinam com os ferimentos da vítima.

"A busca de digitais foi completa, usando tratamento químico. Lacramos o apartamento e bombeamos gás. Para os desinformados, usamos uma substância que leva qualquer digital a se revelar. Muito mais fácil do que engatinhar pelo lugar com um pincel e pó de alumínio. Esperávamos que aparecessem muitas digitais diferentes, o que é comum nesse tipo de busca, mas ficamos surpresos ao encontrar apenas alguns marcadores diferentes. Tenho certeza de que as digitais da cena não foram limpas pelo assassino. Baseio isso no fato de que encontramos muitas impressões, mas eram predominantemente da vítima."

Sean interveio:

– Mas havia impressões na cena além daquelas da vítima?

– Sim – respondeu Roddis. – A não ser que a vítima fosse um completo recluso, era de esperar encontrar impressões estranhas na cena. – Ele parou por um segundo e recomeçou: – Será que essas impressões estranhas podem pertencer ao nosso assassino? Sim, podem, mas de algum modo duvido disso. O assassino se esforçou muito para não deixar provas na cena, então acho improvável que ele nos fizesse a gentileza de deixar uma digital clara.

Ele podia ver que Sean estava prestes a se meter novamente, mas ainda não estava pronto para ceder o palco.

– Porém, as impressões que recuperamos já foram enviadas à Divisão de Digitais para uma busca. No mínimo, podem nos dizer algo sobre quem se associava à vítima. Sempre é útil.

Sean assentiu sua aprovação.

– E por fim, mas não menos importante, tivemos sorte pelo carpete do corredor ser novo e de boa qualidade. Era macio e fundo e descobrimos a cena com rapidez suficiente para recuperar algumas marcas de sapato interessantes que ainda não se degradaram. – Roddis tirou uma série de fotos da pasta e as prendeu ao quadro como um médico preparando raios X para exame. As marcas de calçado pareciam negativos.

– Esse conjunto – ele apontou duas fotos – pertencia à vítima. Foram combinadas com relativa facilidade. Pertencem a um tipo raro de tênis All Star, e as marcas únicas do solado, as cicatrizes, se preferirem, batem com os cortes e marcas individuais dos calçados da vítima.

Roddis deu um passo à esquerda e apontou outra foto de pegada.

– Este Dr Marten tamanho 42 pertence ao guarda que entrou primeiro na cena. Felizmente, ele se lembrou de seu treinamento e andou pela lateral do corredor das portas, então não destruiu o que estou prestes a lhes mostrar. – Novamente Roddis deu um passo à esquerda e apontou o quadro.

– Esta marca – continuou Roddis, dando um tapinha na foto – foi feita por alguém que entrou na cena. Foi feita por um calçado de couro de solado plano que apareceu recentemente. Podemos ver, pela quase completa falta de cicatrizes, que estes calçados mal foram usados. Mesmo que recuperemos o calçado que fez esta reentrância, não haveria marcas únicas suficientes na sola para serem de valor como prova. Precisaríamos de aproximadamente quinze cicatrizes únicas antes de podermos provar que eram idênticos.

– Está sugerindo que esse cara usou intencionalmente calçados novos para não deixar uma pegada distinta? – perguntou Sally.

– Não estou sugerindo nada, sargento Jones. Só estou aqui para lhes dizer o que descobrimos. As sugestões pertencem a sua área, creio eu.

Roddis passou ao último conjunto de imagens. Pareciam estranhas até nas fotografias. Longas cicatrizes corriam pela sola em todas as direções e pareciam grossas demais. Roddis tocou as fotos, acompanhando as marcas com os dedos.

– Ficamos confusos com isto aqui por um tempo – disse-lhes ele. – Fizemos muitos testes para tentar reproduzir as marcas. Nada. Depois, na ausência de qualquer outra ideia brilhante, experimentamos uma coisa. Pusemos sacos plásticos normais em volta das solas de um par de sapatos e, bingo, exatamente o mesmo tipo de marca. Não sou de fazer apostas, mas colocaria minha aposentadoria no fato de esta marca ter sido feita pelo mesmo calçado daqui – ele apontou a foto anterior que havia discutido. – Só que agora o sapato tem um saco plástico cobrindo a sola. Podem ver ainda a forma da sola, e certamente bate com a outra sola também no tamanho.

Sally voltou a falar:

– Por que colocar sacos nos sapatos? Ele já andou pela cena sem os sacos, então por que se dar ao trabalho de tentar esconder suas pegadas com sacos plásticos na saída? – A sala caiu num silêncio pensativo.

Pense com simplicidade, lembrou Sean a si mesmo, analise parte por parte. Eles se precipitavam – tentando adivinhar o assassino num jogo de Detetive antes de alguém lançar um dado. Concentre-se no básico. Não faz sentido entrar na cena sem cobrir os pés e depois cobri-los para sair. Então, se ele não fez isso para esconder as pegadas, por que fez? A imaginação de Sean veio em seu socorro, levando-o de volta à cena do crime, olhando pelos olhos do assassino, vendo suas mãos ao se curvar e colocar cuidadosamente sacos plásticos nos sapatos e prendê-los. Vendo o que ele via. Sentindo o que ele sentia. A resposta saltou na sua mente.

– Estamos tentando ser inteligentes demais – disse Sean. – Ele não fez isso para esconder as marcas dos sapatos. Tinha os sacos nos pés para ter certeza de não ter sangue nos belos sapatos novos.

Sally pegou seu fio de raciocínio.

– E se ele chegou ao ponto de proteger os sapatos, então é provável que tenha protegido tudo. O corpo todo.

Ela e Sean se olharam. Todos na sala pensavam o mesmo. O assassino era um filho da puta cuidadoso. O assassino entendia de perícia. O assassino sabia o que a polícia procuraria. O assassino podia pensar como um policial? Sean rompeu o silêncio:

– Tudo bem. Então ele é cuidadoso. Muito cuidadoso. Mas deve ter cometido um erro em algum lugar. Ainda não temos os resultados do laboratório, então é cedo demais para supor que o assassino deixou uma cena limpa. Não vamos dar muito crédito a esse homem. Ele provavelmente se revelará outro esquisito vivendo na casa da mãe, deslocando-se de trem e se masturbando quando não está à caça de celebridades... Provavelmente viu programas policiais demais no *Discovery Channel* e agora quer colocar à prova o conhecimento que acabou de adquirir.

O clima na sala ficou mais leve. Sean ficou aliviado. Ele não queria uma equipe tensa. Eles não deviam temer tão cedo que a investigação fosse um beco sem saída, uma investigação que se arrastaria sem chegar a lugar nenhum. Investigações fracassadas parecem uma doença contagiosa, contaminando todos os envolvidos por anos, limitando opções de carreira futura, a transferência às mais glamourosas unidades da Polícia Metropolitana como o Flying Squad ou as equipes antiterrorismo.

Ele voltou a falar:

– Sally, sua equipe terminou o porta a porta?

– Grande parte, chefe. Nada a acrescentar desde a última vez. Ninguém consegue se lembrar de muita gente entrando ou saindo do apartamento dele, o que bate com a falta de digitais de outras pessoas na cena. Ele tinha um convidado ocasional, mas certamente não dava festas. – Sally deu de ombros. – Lamento, chefe.

Ele prosseguiu. Se Sally não apareceu com nenhuma testemunha ocular, então não havia nenhuma. Sean não tinha dúvida disso.

– Dave? – Ele olhou para Donnelly, que se remexeu na cadeira.

– Tá, chefe. Estivemos trabalhando com a agenda de endereços da vítima e situamos a maioria dos amigos íntimos. Os que aparecem com frequência na agenda. Vamos localizar os amigos e parceiros restantes logo.

"Até agora, todos dizem o mesmo... A vítima era um garoto legal. Era mesmo homossexual. Um dos amigos, um cara chamado Robin Peak, teve um relacionamento com ele. Tem certeza de que Daniel estava trabalhando como garoto de programa. Mas não andava pelos banheiros públicos da King's Cross. Ao que parece, ele era relativamente sofisticado, daí as coisas decentes em seu apartamento, mas esse Robin disse que Daniel nunca levava clientes lá. Só uns poucos eleitos que podiam pagar as cem libras a mais que ele cobrava pelo privilégio. Ele em geral ia à casa dos clientes ou a um hotel razoável, ou às vezes cuidava de um cliente em banheiros próximos, mas tinha um custo extra se você quisesse que ele baixasse o nível.

"O apartamento dele era um esconderijo secreto. Só algumas pessoas sabiam onde ele morava, e falamos com a maioria delas. Nenhum deles me pareceu do tipo maníaco da faca. De qualquer modo, temos todas as informações deles.

"Segundo o sr. Peak, a vítima gostava de boates. Boates gays. Também era assim que ele conhecia a maioria dos clientes. Ele é conhecido em várias casas noturnas gays. Vamos começar a verificar assim que for possível." Donnelly olhou a sala.

– Quantas? – perguntou Sean.

– Umas cinco ou seis.

– Algum amigo dele pôde nos dizer onde a vítima estava na quarta-feira à noite, ou na manhã de quinta?

– Não. Mas o consenso é de que ele devia ter ido a uma boate chamada Utopia, em Vauxhall. Sob os arcos da ferrovia. Seu paradeiro habitual das quartas-feiras.

– Muito bem – disse Sean, antes de passar instruções de seu jeito veloz de sempre. – Andy... Fique no pé do laboratório. Quero meus resultados o quanto antes. Pra ontem. – O sargento Roddis assentiu.

– Dave... pegue quem quiser e vá localizar testemunhas que estivessem na Utopia na quarta-feira. Comece pelos funcionários. – Donnelly tomou nota num bloco.

– Sally... leve quem sobrar e comece a verificar registros de pessoas que já assaltaram homossexuais. Não as bobagens, quero dizer agressões sérias, inclusive sexuais. Comece com a Met, e se não der em nada, verifique as forças do bairro, depois parta para a nacional, se tiver de ser. – A cabeça de Sally balançou sua aquiescência enquanto ela também tomava notas. – Verifique primeiro os nomes levantados da agenda da vítima... Nunca se sabe se teremos sorte.

Sean gesticulou, levando a uma redução temporária dos crescentes murmúrios.

– Alguém consegue pensar em alguma coisa? Deixamos algo de fora? Algo óbvio? Algo não tão óbvio? Falem agora, pessoal. – Ninguém falou. – Nesse caso, a próxima reunião deverá ser na segunda-feira, no mesmo horário. Preciso de alguns resultados até lá. Os poderosos vão querer respostas fáceis a isso, então vamos encontrá-las e terminar esse caso antes que se transforme numa saga.

A reunião foi encerrada com o mesmo nível de barulho de uma turma de estudantes dispensados para o fim de semana. Sean foi a sua sala sozinho, fechando a porta ao entrar. Pegou um envelope grande que esperava em sua mesa e sem pensar esvaziou seu conteúdo. Cópias de fotografias da vítima se derramaram diante dele. Ele as olhou, sem tocar. Depois olhou pela janela – o sol ainda brilhava no céu. As fotos o pegaram de guarda baixa. Se ele soubesse que estavam no envelope, teria se preparado sem pressa antes de entornar o inferno na mesa.

Agora ele queria se retirar de seu mundo. Queria telefonar para a mulher, entrar em contato com uma realidade mais branda por um ou dois minutos – queria ouvir a voz tranquilizadora da médica. Queria que ela lhe dissesse coisas sem importância sobre as filhas, Mandy e Louise. Kate já teria arrumado as duas para uma ida ao parque. Ele precisava de um instantâneo de sua outra vida, uma vida melhor, mas se demorou por alguns segundos, tempo suficiente para que pensamentos feios corressem para sua mente. Ele fechou os olhos enquanto a imagem do punho do pai batia em sua cara, a cara de sua infância – um hálito quente e penetrante que chegava cada vez mais perto. Apertou os nós dos dedos nas têmporas e expulsou o passado. Depois que sua mente clareou, pegou o telefone na mesa e discou o número que conhecia tão bem, rezando para que fosse atendido por uma voz que existia no aqui e agora, e não só uma gravação mecânica da pessoa que ele precisava ouvir ao vivo. Instantes depois, o telefone foi atendido por uma voz simpática, mas prática – a voz de sua mulher.

– Alô – disse ela, o tom de sua voz subindo no "ô".

– Sou eu.

– Achei que devia ser... O número era privado.

– Os números do hospital não são privados?

– Alguns são. Por um segundo tive medo de estar prestes a ser chamada a trabalhar para uma ou outra emergência. Mas então... Como você está? – Sean respondeu com um suspiro que ela já ouvira muitas vezes. – Tão bom assim, é? Esse é dos ruins?

– Existe algum bom?

– Não. Acho que não.

– Mas então... O que está fazendo?

– No parque com as crianças. Um dia lindo demais para ficar dentro de casa. E você?

– Em minha sala, vendo... uns relatórios – mentiu ele quando os olhos caíram nas fotos da cena do crime. Ele sabia que Kate podia lidar com isso, melhor talvez do que ele, mas essas coisas não tinham lugar no parque com sua mulher e filhas num dia ensolarado.

— Lamento. — Ela se solidarizou, procurando sinais na voz dele.
— Sean?

— Oi.

— Você está bem?

— Estou ótimo.

— Tem certeza?

Ele suspirou novamente, antes de continuar:

— É só que... O bairro da cena do crime me lembrou... você sabe do quê.

— Sean — aconselhou-o ela —, muita coisa o lembra de sua infância... Não dá para evitar isso. Seu passado sempre será parte de você... Nada pode mudar esse fato.

— Eu sei — garantiu-lhe ele. — Mas as lembranças, as imagens são muito mais reais, mais nítidas quando estou dentro ou perto de uma cena de crime. Na maior parte do tempo eu quase posso esquecer minha infância, mas não quando estou num lugar como aquele... Não quando estou numa cena daquelas.

— Entendo, mas já conversamos sobre isso... muitas vezes. Fica mais nítido porque você usa sua imaginação como ferramenta e, quando abre a porta para sua imaginação, deixa que alguns demônios saiam, Sean. Não pode evitar, mas pode ser controlado... Você já demonstrou isso.

— Eu sei — admitiu ele. — Eu estou bem.

— Por que não vem para casa mais cedo... e tem uma vida *normal* por algumas horas, bebendo demais e namorando?

— Sem chance — disse-lhe ele. — Pelo menos não por alguns dias.

— Alguma ideia de quanto tempo esse vai levar?

— Sabe que eu não sei?

— Isso não é bom.

— Não é sempre assim?

— É — disse Kate. — Quando chegar em casa, conosco... Aí ficará bom.

— Quando eu estou aí.

— Então venha para cá. Lembre-se, muito trabalho e sem diversão faz de Sean um...

– Faz de mim o quê? – interrompeu ele, uma raiva mal velada de repente na voz.

– Nada – respondeu ela. – Eu só estava... Nada. Agora tenho de ir... As crianças escaparam. A gente se vê à noite. Se cuida. Eu te amo. – A linha ficou muda – antes que ele tivesse a chance de se desculpar por engrossar com ela – antes que ele tivesse a chance de perguntar sobre as meninas – antes que ele tivesse a chance de dizer que também a amava.

6

Sexta-feira, final da manhã

Sean dirigia o carro pelo pesado trânsito do centro de Londres enquanto Donnelly falava, com o bloco aberto na coxa:

— O homem com quem precisamos conversar trabalha para uma financeira internacional, a Butler & Mason. Depois da reunião desta manhã, passei em uma das boates da lista. O lugar em Vauxhall. Eles estavam limpando a sujeira da noite, mas o chefe de segurança ainda estava lá. Também trabalha na porta da boate no horário de funcionamento. — Sean ouvia sem interromper. Donnelly olhou o bloco. — Stuart Young é o nome do sujeito. Agora, ele diz que conhecia nossa vítima; não eram amiguinhos, mas se falavam e ele sabia que ele trabalhava na boate atrás de clientes.

— E não tinha problema com isso? — perguntou Sean.

— Pelo visto, não. Para ele, essas coisas acontecem. Se ele tentasse impedir cada michê que entra na boate, não ficariam muito tempo no mercado. — Sean ergueu as sobrancelhas. — E o jovem Daniel aparentemente era sutil com isso, não tinha tantos clientes, mantinha tudo muito discreto.

— Se eu fosse cínico, poderia suspeitar que o sr. Young fazia vista grossa porque Daniel pagava a ele para isso.

Donnelly continuou:

— De qualquer modo, Young confirma que Daniel esteve na Utopia na noite de quarta-feira.

— Estava com alguém em particular?

— Acho que não. Segundo Young, Daniel passou algum tempo com dois frequentadores, uns caras que vão à boate há anos.

– Já falamos com eles?

– Falei com eles eu mesmo. Deixei meu número com Young e pedi que telefonasse se aparecesse algum cliente regular da vítima. Entre os que já me deram retorno, estão os homens com quem ele estava na quarta à noite. – Donnelly folheou o bloco de novo. – Sam Milgford e um Benjamin Briggs. Os dois pareciam muito chateados com a história toda, mas felizes em fornecer amostras. Nenhum dos dois é material para suspeitas.

– Mais algum cliente entrou em contato?

– Certamente. O boca a boca vem funcionando muito bem para mim, mas todos são muito parecidos... Todos muito chateados, todos dispostos a cooperar. Ainda nenhum bom suspeito, mas talvez isso mude quando eu os encontrar pessoalmente.

– Mas não pensa assim, pensa?

Donnelly deu de ombros.

– Os clientes da vítima não me pareciam muito prováveis, então tive de cavar mais um pouco.

– E?

– OK. – Donnelly parecia imitar um apresentador de TV. – Possível suspeito número um... Steve Paramore, homem, 32 anos, branco. Sally colocou Paulo para ver os registros da inteligência local e ele descobriu que esse cara foi libertado há pouco de Belmarsh, depois de cumprir oito anos por tentativa de homicídio de um michê adolescente em 2005. Ao que parece, ele quase matou a vítima de pancada com as próprias mãos.

– Ótimo.

– Depois de solto, voltou a viver com a querida e velha mamãe, que tenho certeza de que deve ter ficado deliciada.

– Qual é o endereço dele?

– Bardsley Lane, em Deptford.

– Perto do apartamento de Graydon – disse Sean.

– Bem perto – concordou Donnelly. – E ele é um homem furioso... Cumpriu quase toda a sentença devido a mau comportamento dentro da prisão. Também se suspeita de que seja ele mesmo um homossexual enrustido.

– É o que você pensa que nosso assassino é?
– O quê, homossexual?
– Não. Furioso.
– Não acha?
– Talvez. Dê uma olhada nele, de qualquer modo. Na realidade, diga a Paulo para verificar... Foi ele que desencavou o cara.
– Tudo bem. Agora, passando ao suspeito número dois: Jonnie Dempsey, branco, 24 anos, australiano, trabalha como barman na Utopia e é conhecido como amigo de Daniel, embora ainda não tenha aparecido nenhuma sugestão de que fosse algo mais... Mas então ele devia estar trabalhando na noite em que Daniel foi assassinado, só que não apareceu. E não vai lá desde então. O gerente tentou falar com ele no celular e no número de sua casa sem parar, mas nada. Jonnie Dempsey está totalmente desaparecido. Amante secreto de Daniel? – sugeriu Donnelly.
– Não sei. – Sean não pareceu se convencer. – Como eu disse, isso não parece violência doméstica.
– Talvez não seja – concordou Donnelly em parte. – Quem sabe há mais em Jonnie Dempsey do que alguém pode suspeitar?
– Ótimo. Encontre-o. Investigue o cara. Mas nem Paramore nem Dempsey parecem trabalhar na Butler & Mason International Finance, então por que vamos lá? Vamos estragar o dia de quem?
– O cara em que estamos prestes a cair em cima se chama James Hellier. – Sean percebeu que Donnelly não precisou ver o bloco para lembrar o nome.
– E por que eu devia me interessar por James Hellier? – perguntou Sean, tentando limpar a mente da avalanche de burocracia e protocolo com que tinha de lidar desde que a investigação começara. Ele precisava ter a mente limpa se quisesse ter alguma chance de pensar livre e imaginativamente.
– Me mostre um mentiroso e um homem com muito a perder e eu lhe mostrarei um bom suspeito... Hellier é as duas coisas.
– Por quê?

— Stuart Young me disse que Daniel preferia a segurança, ficar com os clientes regulares e estabelecidos, e assim sempre é meio surpreendente quando aparece um cara novo no pedaço.

— E um cara novo apareceu no pedaço?

— É – explicou Donnelly. – Só apareceu cerca de uma semana atrás. Ficou na moita, não se misturou, não causou problemas também, mas Young tem certeza de que ele teve relações do tipo pago com Daniel pelo menos uma vez. Ele disse que viu os dois na frente da boate, antes de eles irem embora juntos.

— Continue – estimulou-o Sean, ouvindo agora com mais atenção, um quadro mental do homem que eles estavam prestes a conhecer começando a se formar em seus pensamentos. Não de sua aparência física, mas de seu estado de espírito, suas possíveis motivações, sua capacidade ou não de tirar a vida de um companheiro.

— Tudo bem. Primeiro, Young me disse que ele perguntou a Daniel sobre o recém-chegado algumas noites depois de ver os dois juntos do lado de fora... Nada pesado, só um papinho. Daniel disse a ele que o cara se chamava David, não disse o sobrenome, e que trabalhava na City e morava sozinho em algum lugar a oeste. Mas depois as coisas ficaram meio complicadas. Veja só, Young estava trabalhando na porta na noite em que o novato apareceu pela primeira vez, quando um frequentador entrou, um tal de... – Donnelly rapidamente olhou o bloco – ... Rioer Bennett. Agora Bennett, que conhece Young há anos, vê esse novato, David, e dispara para a saída. Young pergunta a ele se tem algum problema, e Bennett diz que tem, o problema é que Bennett conhece nosso amigo David.

— Como? – perguntou Sean, sem nenhuma necessidade.

— Do trabalho. Bennett trabalha para uma grande revista masculina no West End... Daquelas para retardados, só de carros e peitos. De qualquer modo, esse cara novo esteve no escritório dele algumas vezes para fazer a contabilidade.

— E daí? – Sean ficava impaciente.

— O problema é que Bennett é gay, como pode ter imaginado, mas ele não quer que ninguém do trabalho descubra. Ao que parece, não cairia bem em seu escritório. Então ele pica a mula da boate e pede a Young para dar uma ligada se e quando David desaparecer de cena.

"Não é grande coisa, mas imagino que se David foi visto com a vítima, precisamos falar com ele de qualquer modo. Então Young me deu o número de Bennett e eu telefonei para ele e perguntei onde podemos encontrar esse David. Ele me disse que não tem a mais remota ideia do que estou falando, mas quando lembro a ele da noite em que ele saiu da boate às pressas etc. etc., tudo volta e ele abre o jogo. E adivinha só o que ele me disse?"

Sean respondeu de pronto:

— Ele não se chama David e não trabalha na City.

Donnelly franziu a testa por um segundo, meio murcho por Sean ter dado o salto sem precisar de mais informações.

— Na mosca, Bennett acha que o verdadeiro nome de David é James Hellier e ele trabalha na Butler & Mason International Finance. Mas você já sabia disso, né?

Sean não respondeu.

— O que você não sabe – continuou Donnelly, com um sorriso satisfeito se abrindo na cara – é que, segundo Bennett, Hellier também tem mulher e dois filhos. Interessado?

— Hummm – respondeu Sean. Ele estava interessado. – Como eu disse, "me mostre um mentiroso e um homem com muito a perder...". Mas esse porteiro, Young, ele nunca viu Hellier na boate antes daquela noite, ou depois dela?

— Não, mas não trabalha lá toda noite.

— Câmeras de vigilância?

— O sistema deles é antigo... Ainda grava em VHS, se dá para acreditar. Eles reutilizam as fitas depois de sete dias. As fitas da semana passada já foram regravadas, mas podemos ver as fitas atuais para saber se ele esteve lá em algum momento nos últimos dias.

— Faça isso – disse-lhe Sean enquanto eles paravam na frente da antiga mansão georgiana convertida em escritórios exclusivos. Prédios idênticos tomavam a extensão da rua comprida, todos pintados de branco com janelas pretas e portas enfeitadas com números de bronze reluzentes e pesados. Grades de metal pontudo cercavam as entradas para o porão, em arabescos pelo curto lance de escadas que levava à porta da frente, onde os visitantes eram recebidos por placas de bronze imaculadas anunciando a empresa que ocupava o prédio. Atualmente, só os árabes e a aristocracia podiam pagar para morar ali.

Os dois detetives saíram de seu Ford e atravessaram a calçada até a entrada do prédio.

– Aqui estamos, Butler & Mason International Finance. Vamos? – Donnelly tocou a campainha da segurança do lado de fora. Não tiveram de esperar muito tempo. Uma voz feminina estalou no interfone: "Butler & Mason. Bom-dia. Em que posso ajudar?"

– Inspetor Corrigan e sargento-detetive Donnelly da Polícia Metropolitana. – Donnelly deliberadamente evitou declarar que eles eram da Equipe de Investigação de Homicídios. – Estamos aqui para ver o sr. James Hellier. – Ele queria dar a impressão de que tinha hora marcada. Não funcionou.

– Ele espera pelos senhores? – veio a voz pela caixinha de metal. Donnelly olhou para Sean e deu de ombros. Hora de pressionar um pouco:

– Não. Ele não está esperando por nós, mas posso lhe garantir que vai querer nos ver.

Quem estava no interfone não se intimidava com facilidade.

– Posso perguntar do que se trata, por favor?

– É um assunto particular, relacionado com o sr. Hellier – disse-lhe Donnelly. – Acreditamos que alguém possa ter roubado alguns cheques dele. Precisamos falar com ele antes que alguém esvazie sua conta bancária. – A ameaça de perder dinheiro costuma abrir portas.

– Está bem. Entrem, por favor.

A porta zumbiu. Donnelly a abriu para dentro. Eles passaram por uma segunda porta de segurança e entraram na recepção da Butler & Mason, onde foram recebidos por uma jovem alta e atraente. Usava óculos caros e um terninho de aparência igualmente cara. O cabelo era castanho e preso num rabo de cavalo perfeito. Sean achou que ela parecia irreal.

– A voz no interfone, imagino? – perguntou Donnelly. Ela abriu um sorriso perfeito e experiente que não significava nada.

– Bom-dia, cavalheiros. Posso ver suas credenciais, por favor?

Nem Sean nem Donnelly estavam com os distintivos preparados. Donnelly revirou os olhos enquanto eles pegavam as pequenas carteiras de couro no bolso interno do paletó e as abriam para a secretária.

– Obrigada. – Ela os olhou depois de examinar os distintivos mais atentamente do que eles estavam acostumados. – Se puderem me acompanhar, o sr. Hellier concordou em recebê-los imediatamente. Sua sala fica no último andar, então tomem o elevador.

Claramente, Hellier estava se dando bem. Eles a seguiram ao elevador, onde ela abriu a porta pantográfica antiquada e depois a porta do elevador. Ela entrou e esperou que eles se juntassem a ela antes de apertar o botão para o último andar. Eles subiram em silêncio até que o elevador parou com um solavanco. Ela abriu as portas e mais uma grade. Sean perdia a paciência com a farsa. Eles saíram na cobertura do prédio e andaram por corredores opulentos sem falar, o teto alto proporcionando muito espaço na parede para pendurar retratos de gente que morreu há muito tempo. Todo o lugar fedia a dinheiro e era muito maior por dentro do que se esperaria por fora. Por fim chegaram a uma grande porta de mogno. A placa afixada trazia a inscrição *James Hellier, sócio júnior*. A secretária bateu duas vezes antes de abrir a porta sem esperar por uma resposta.

– Dois cavalheiros da polícia querem vê-lo, senhor.

James Hellier era tão elegante quanto a secretária. Cabelo castanho-claro, de corte imaculado. Ele parecia saudável e em boa forma, como os ricos costumam ser. Boa alimentação. Boas férias. Academias caras e produtos para a pele. O terno devia custar mais do que Sean ganhava em um mês. Talvez dois.

Hellier estendeu a mão.

– James Hellier. A srta. Collins disse algo sobre cheques meus roubados, mas não creio que seja provável, porque...

A secretária já saíra da sala e fechara a porta. Sean interrompeu Hellier:

– Não é realmente por isso que estamos aqui, sr. Hellier. Seus cheques estão ótimos. Precisamos lhe fazer algumas perguntas, mas pensamos que seria melhor sermos discretos até termos a oportunidade de falar com o senhor.

Sean o examinava. Num interrogatório como este, uma testemunha podia se transformar em suspeito em questão de segundos. Ele parecia o assassino de Daniel Graydon?

– Espero que não tenham vindo aqui para tentar obter informações de clientes. Se vieram, espero que tenham trazido um mandado.

– Não, sr. Hellier. Trata-se de suas visitas ao club Utopia.

Hellier sentou-se lentamente.

– Desculpe. Não estou familiarizado com esse clube. O único clube a que pertenço, além do clube de golfe, é o Home House, na Portman Square. Talvez conheçam.

Sean tentava avaliar criticamente o homem. Tinha certeza de que Hellier mentia, mas parecia extraordinariamente confiante.

– O sargento Donnelly aqui fez algumas perguntas no clube, que é uma *boate*, sr. Hellier. O senhor foi reconhecido.

– Por quem? – perguntou Hellier.

– Não estou preparado para lhe dizer isso, por ora.

– Sei – disse Hellier, sorrindo. – Uma denúncia anônima, então.

– Não. Só alguém que quer ficar no anonimato por enquanto.

– Bem, seja quem for, está mentindo. Posso garantir que nunca ouvi falar de uma boate chamada Utopia.

– Sr. Hellier, temos todas as gravações do circuito interno da boate das últimas duas semanas. Enquanto conversamos aqui, alguns agentes meus as estão examinando. Eles produzirão instantâneos de todas as pessoas nas gravações. Tem certeza de que quando olharmos os instantâneos não veremos uma imagem sua? Porque, se virmos, vou começar a me perguntar por que está mentindo. Entendeu?

Houve uma longa pausa antes de Hellier responder.

– Quem o colocou nessa? – perguntou ele por fim, num tom calmo. – Quem o pagou para me seguir? Foi minha mulher?

Sean e Donnelly se olharam, confusos.

– Sr. Hellier – explicou Sean. – Esta é uma investigação de homicídio. Somos policiais, e não detetives particulares. Estou investigando o assassinato de Daniel Graydon. Ele foi morto na noite de quarta-feira, ou manhã de quinta, no apartamento dele. Creio que o senhor conhecia Daniel. Está correto?

– Assassinado? – perguntou Hellier entredentes. – Desculpe. Eu não sabia. Como foi que...?

Sean observava cada tique no rosto de Hellier, cada movimento da mão e dos dedos, cada sinal que podia lhe dizer se o choque de Hellier seria autêntico. Ele sentiu algum vestígio de compaixão?

– Ele foi morto a facadas em sua própria casa – disse-lhe Sean, e esperou pela reação dele.

– Sabem quem fez isso... E por quê, pelo amor de Deus?

– Não – respondeu Sean enquanto sua mente processava a performance de Hellier – e era o que ele tinha certeza de que o homem fazia. Era muito refinada, muito convincente, mas ainda assim era uma performance. – Na realidade, pensamos que talvez o senhor pudesse nos ajudar com o quem e o porquê.

– Lamento, mas não vejo como. Eu mal conhecia Daniel. Não sei nada da vida dele. Tivemos um breve relacionamento físico, mais nada.

– Ele sabia que o senhor era casado? – perguntou Sean.

– Não. Acho que não. Como poderia saber?

– O senhor é um homem rico. Ele sabia alguma coisa de sua situação financeira? – Sean acelerou o ritmo do interrogatório.

– Não que fosse de meu conhecimento – respondeu Hellier rapidamente e com confiança.

– Daniel Graydon em algum momento tentou lhe extorquir dinheiro ou outros favores, sr. Hellier?

– Olha, acho que sei aonde quer chegar com isso, inspetor... Desculpe, não me lembro de seu nome.

– Corrigan. Sean Corrigan.

– Bem, inspetor Corrigan, acho que meu advogado deveria estar presente antes de eu dizer alguma coisa.

Donnelly se curvou para ele.

– Está tudo bem, sr. Hellier. Por mim, pode ter um painel de juízes presentes, mas agora é uma testemunha. E não um suspeito. Então por que precisa de um advogado? Não tenho certeza, mas desconfio de que sua mulher não tem ciência de suas atividades noturnas. E os outros sócios aqui, nesta linda empresa? Eles sabem que o senhor tem preferência por garotos de programa? Acho que é tudo uma questão de o quanto o senhor confia que seu advogado mostrará absoluta discrição. E em mim também.

Hellier olhou duro os dois invasores de sua vida, os olhinhos inteligentes disparando entre os detetives, antes de se levantar de repente.

– Tudo bem. Tudo bem. Por favor, falem baixo. – Ele voltou a se sentar. – Fui lá uma vez, há cerca de uma semana, mas, por favor, minha mulher não pode descobrir. Isso acabaria com ela. Nossos filhos seriam motivo de piada. Eles não devem ser castigados por minhas fraquezas. – Ele parou. – Pode ser difícil para vocês entenderem, mas eu amo minha mulher e meus filhos, só que tenho outras necessidades. Eu as reprimi por mais de vinte anos, mas recentemente eu... não pude me conter.

– Quando viu Daniel Graydon pela última vez? – perguntou Sean.

– Não lembro exatamente.

– Faça um esforço.

– Há mais ou menos uma semana.

– Precisamos saber exatamente quando e onde, sr. Hellier – insistiu Sean.

– Olhe em sua agenda, iPhone ou o que costuma usar – sugeriu Donnelly.

– Não estaria em minha agenda – disse-lhes Hellier incisivamente. – Sei que compreendem por quê.

— Mas algo estará — disse Sean. — Uma reunião falsa de negócios, um jantar com clientes que nunca aconteceu. O senhor teria colocado alguma coisa ali para ter cobertura.

Hellier examinou Sean e os olhos dos dois se fixaram inconscientemente. Ele estendeu a mão para o iPad, com um suspiro. Seu dedo deslizou pela tela e segundos depois ele encontrou o que procurava — uma falsa reunião à noite em Zurique.

— A última vez que vi Daniel foi na terça-feira da semana passada... Há oito dias.

— Onde? — pressionou Sean.

— Na Utopia.

— Foi ao apartamento dele?

— Não.

Sean tinha vontade de ser cruel.

— E pagou a ele para ter sexo com o senhor na boate ou em outro lugar?

— Eu pago por sexo porque é menos complicado. Mantém as coisas simples. Não posso me arriscar a me envolver num relacionamento. Isso me deixaria vulnerável. Não precisa fazer cara de nojo, inspetor. Não gosto do fato de pagar por sexo. Não gosto do fato de que abuso da confiança de familiares e amigos. Mantenho tudo muito simples para o bem de todos.

— Então onde fez sexo com ele?

— Eu admiti que tive sexo com ele... Não basta?

— Tem certeza de que não foi ao apartamento dele, nunca? — perguntou Sean.

— Certeza absoluta.

— E na noite de quarta-feira. Onde estava na noite de quarta? — continuou Sean.

Hellier parou, antes de responder, semicerrando os olhos:

— Não acha... Não pensa seriamente que eu tenho algo a ver com a morte dele, pensa? — Ele olhou os dois, incrédulo e frustrado.

— Só preciso saber onde esteve — repetiu Sean com um sorriso quase simpático.

– Bem, se precisam saber, fiquei em casa a noite toda. Tinha uma pilha de papéis para colocar em dia, então saí daqui lá pelas seis e fui direto para casa, onde passei a maior parte da noite trabalhando em meu escritório.

– Alguém pode confirmar isso?

– Minha mulher. Jantamos juntos, mas, como eu disse, passei a maior parte da noite trabalhando, sozinho.

– Então precisamos falar com sua esposa – insistiu Sean.

– Olha – vociferou Hellier. – Eu sou suspeito ou não?

– Não, sr. Hellier – respondeu Sean. – É uma testemunha, a não ser que eu diga o contrário. Mas ainda precisamos falar com sua mulher.

– Não se preocupe. – Donnelly tranquilizou Hellier. – Não diremos a ela o que estamos investigando.

– E o que dirão a ela?

– Ah, não sei. Que procuramos uma fraude em identidade, um caso de troca de identidade – propôs Donnelly. – Quanto mais cedo ela confirmar que o senhor estava em casa na noite de quarta-feira, mais cedo poderemos arrumar toda essa confusão. Não é justo?

– Quer nos ajudar, não quer, sr. Hellier? – perguntou Sean.

Hellier ficou sentado em silêncio por um tempo antes de se curvar para a frente e pegar caneta e papel. Escreveu rapidamente algo e empurrou o papel para Donnelly.

– O nome de minha esposa e o endereço de minha casa – disse ele. – Imaginei que um telefonema não satisfaria os cavalheiros.

– Muito agradecido – disse Donnelly, colocando o bilhete no bolso do paletó.

– Ela estará em casa agora? – perguntou Sean.

– É possível – respondeu Hellier.

– Que bom – foi só o que Sean respondeu.

– E quando minha mulher confirmar que eu estava em casa, suponho que será o fim de tudo isso.

Sean quase riu.

– Não, sr. Hellier, é um pouco mais complicado. Precisamos que vá à central nos próximos dois dias. Na hora que for conveniente para o senhor. Leve seu advogado também, se quiser.

– Mas eu lhes contei tudo o que sei – argumentou Hellier. – Desculpe, mas não posso ajudá-los.

– O senhor teve sexo com um jovem que agora está morto – disse-lhe Sean. – Assassinado. Pegamos amostras no corpo da vítima. Amostras periciais. Se teve sexo com ele nas últimas semanas, parte do senhor ainda pode estar na vítima. Precisamos eliminar quaisquer amostras estranhas no corpo que possam ter sido deixadas pelo senhor.

– Isso não seria realmente necessário. Eu sempre usei camisinha. Posso ser um tolo, mas não sou louco. Não vão encontrar nenhum... – Hellier parou, tentando pensar nas palavras certas – ... nada que pertença a mim no corpo dele. Não precisam me examinar.

Sean levantou-se e curvou-se para mais perto de Hellier.

– Ah, sim, precisamos, sr. Hellier. E o senhor me dará o que preciso. Se não der, eu o prenderei por suspeita de homicídio e pegarei as amostras de qualquer maneira. Conseguirei um mandado e darei uma busca em sua casa. Darei uma busca em seu escritório... E não seremos discretos com nosso assunto, como fomos até agora.

Ele não estava blefando; quanto mais grave o crime, mais ele podia estender seus poderes ao limite. Ele abriu a carteira, pegou um de seus cartões de apresentação e o jogou na mesa.

– Estes são os números de meu escritório e do celular. Tem um dia para me ligar. E também vou exigir uma declaração completa sua, por escrito. Terá de nos contar de sua relação com Daniel Graydon. Absolutamente tudo. Um dia para telefonar, sr. Hellier, e então...

A porta da sala de Hellier se abriu inesperadamente. Outro homem bem-vestido entrou na sala sem pedir licença. Sean supôs que o homem de aparência rica devia ter uns trinta e poucos anos ou quarenta e devia ser o chefe de Hellier. Ele olhou bem o homem, apreendendo em detalhes o que só um policial conseguia ver. Fazia isso com todo mundo quase o tempo todo, um risco ocupacional de que quase não tinha consciência. O homem era decidido e tinha atitude, não só por sua presença física: tinha pelo menos um metro e oitenta de altura, forte, o terno sob medida não disfarçava o peito largo e a cintura magra. Mas também tinha uma aura, um senso de poder e controle. Sean sabia que o homem seria o tipo de chefe que seus subalternos ao mesmo tempo temeriam e amariam.

– James – falou o homem elegante na sala. – Soube do roubo. Creio que você falou com o banco antes que os cretinos tenham a chance de sacar algum cheque, não? – A voz do homem combinava com todo o resto nele: autoritária e dominadora, mas tranquilizadora ao mesmo tempo. Sean sentiu que era quase gravitacional, atraindo seu interlocutor para ele, como um ator brilhante se apresentando no palco.

– Sim. Sim, eu liguei. O pânico acabou – disse-lhe Hellier.

O homem elegante estendeu a mão para Sean e Donnelly.

– Sebastian Gibran. Sócio sênior daqui. É sempre um prazer ajudar a polícia como podemos. Alguma ideia de quem procuram?

– Não. Ainda não – disse Sean, apertando sua mão, sentindo-se um pouco sem eixo pela mera presença de Gibran. O aperto de mãos era firme, mas não opressor, embora Sean acreditasse que Gibran podia ter esmagado sua mão, se quisesse.

– Bem, o que pudermos fazer para ajudar, basta dizer. – O sorriso de Gibran era perfeito – dentes retos e brancos que brilhavam quase tanto quanto seus olhos – e irradiavam calor e charme, tudo envolvido num manto protetor de poder.

– Obrigado. Eu falarei – respondeu Sean. – Não se levante, sr. Hellier. Podemos sair sozinhos. E obrigado por seu tempo. – Os dois detetives se levantaram para sair da sala.

– Permitam-me lhes mostrar a saída – ofereceu Gibran.

– Vamos ficar bem – disse Sean, ansioso para sair e ele e Donnelly poderem conversar livremente. – Sei que o senhor é muito ocupado.

– Eu insisto – argumentou Gibran, mais uma vez abrindo seu luminoso sorriso de dentes brancos. – Acompanhem-me, por favor.

Sean e Donnelly seguiram Gibran, que sorria e assentia seu reconhecimento a membros da equipe ao passar, usando os nomes de batismo para cumprimentar cada um deles. Sean trabalhava no mesmo lugar havia mais de dois anos e ainda lutava para se lembrar do nome de todos. A brandura de Gibran só o fez antipatizar-se ainda mais com ele. Quando ficaram a sós, Gibran voltou a falar:

– De onde disseram que eram?

– Informamos ao sr. Hellier de onde viemos – respondeu Sean.

– Sei que fizeram isso – disse Gibran. – Mas não contaram a mim.

– Nossos assuntos com o sr. Hellier são confidenciais – disse Sean com firmeza. – Se ele quiser lhe dizer mais, cabe a ele.

– Se James estiver envolvido em algo que possa prejudicar a reputação desta instituição, eu devo ser informado, inspetor – argumentou Gibran. – Veja bem – disse ele num tom conciliador, com o sorriso de volta –, muita gente depende de mim para seu bem-estar e segurança nestes tempos de incerteza. É minha responsabilidade proteger os interesses deles. A necessidade de muitos é maior do que a necessidade do indivíduo.

– O que quer dizer que se Hellier der a impressão de ser ruim para os negócios, você o atirará aos lobos – acusou-o Donnelly.

Gibran olhou duro para Donnelly antes de falar:

– James é muito privilegiado por ter um inspetor e um sargento-detetive investigando o que parece ser um roubo menor. – Ele observou que Sean e Donnelly se olharam; foi apenas um olhar, mas ele percebeu. – Na verdade, vocês não acham que eu sou tão idiota, acham?

Sean não deu resposta alguma e sentiu que precisava contra-atacar, tentar desequilibrar Gibran.

– O que disse que faz aqui mesmo? – perguntou Sean. – Finanças internacionais... O que exatamente isso quer dizer?

– Nada com que a polícia precise se preocupar – respondeu Gibran. – Ajudamos pessoas e organizações a levantar capital para vários projetos de negócios, nada mais. Sabe como, o pessoal do petróleo querendo passar aos mercados de imóveis, o pessoal de imóveis querendo passar aos mercados de tecnologia, e de vez em quando alguém literalmente entra com alguma ideia brilhante, mas sem fundos. Ajudamos a obter esses fundos.

– Bem, tudo isso me parece muito nobre – intrometeu-se Donnelly.

– Não fazemos parte do sistema financeiro – garantiu Gibran. – Não há necessidade de animosidade aqui.

Sean o olhou de cima a baixo. Não havia mais nada que quisesse dizer.

– Adeus, sr. Gibran. Foi um prazer conhecê-lo.

Ele podia sentir os olhos de Gibran observando-os enquanto eles finalmente escapavam para o elevador, as ruas abaixo acenando para eles. Sean precisava arrancar Hellier de sua zona de conforto e colocá-lo em seu mundo, longe de protetores como Sebastian Gibran. Só então eles veriam o verdadeiro James Hellier.

James Hellier estava junto da janela de sua sala olhando os detetives na rua. Teve o cuidado de não ser visto. Prestou especial atenção em Sean. Não gostou dele, sentiu perigo nele, mas não tinha raiva do homem. À sua própria maneira, o apreciava – apreciava o adversário digno que tornaria o jogo muito mais divertido. Eles pensavam ser inteligentes, mas não iam estragar as coisas para ele. Ele se certificaria disso.

Ele xingou em voz baixa – de algum modo foi reconhecido na porcaria de boate e se perguntou por quem. Devia ter sido mais cuidadoso. Era uma infelicidade, mas não inteiramente inesperada. Ele precisava ficar calmo. Não tinham nada sobre ele. Papo de polícia e ameaças não significavam nada. Ele esperaria e veria se alguma coisa evoluiria daí. Não entraria em pânico e fugiria. Não havia necessidade. Ainda não.

Mas precisaria ter cuidado com Gibran também. Pode contar que ele meteria o nariz onde não foi chamado. Ele se achava tão inteligente, o sócio sênior da Butler & Mason, o xerife autoproclamado da empresa. Se for necessário, ele já terá ido embora muito antes que Gibran descubra. Gibran devia se lembrar de que lhe dera um emprego na Butler & Mason, antes de mais nada. Foi Gibran quem pessoalmente verificou suas referências, relatórios entusiasmados de empregadores anteriores nos Estados Unidos e no Extremo Oriente. O único problema era que nenhum deles era verdadeiro. Se Gibran realmente entrasse num avião para verificar direito o currículo de Hellier, acabaria descobrindo que o histórico anterior de empregos de Hellier era um mito. Mas ele sabia que Gibran confiaria em chamadas telefônicas e e-mails, todos facilmente arranjados, especialmente por alguém como Hellier, que tinha amigos no submundo e conhecia as sujeiras da alta. Não foi mais difícil de enganar Gibran do que qualquer um dos outros. E embora Hellier nunca tivesse frequentado a universidade para estudar contabilidade ou altas finanças, o que ele aprendeu nas ruas, o que aprendeu para sobreviver, tornou-o mais do que qualificado para trabalhar onde quisesse.

Hellier saiu da janela e se sentou em sua cadeira, com as mãos em pirâmide na frente do rosto. Gostava de sua vida, gostava dos privilégios trazidos por ser James Hellier e a cobertura proporcionada por suas outras atividades, passadas, presentes e futuras. Não ia deixar que o inspetor Corrigan nem, a propósito, Sebastian Gibran estragassem isso para ele agora, não depois de todos esses anos. Adorava fazer esse jogo. Gostava do dinheiro, mas era o jogo que amava, e este ainda não estava perdido.

Sean e Donnelly se sentavam no carro na frente do prédio de Hellier.

– E então? – perguntou Donnelly. – O que achou do sr. James Hellier? Tem algum pressentimento em relação a ele?

– Ele é um filho da puta vaselina – respondeu Sean. – E o chefe também, aliás. Como dois clones de merda. Mas Hellier, ele está tentando ser quem não é, ao passo que a *persona* de Gibran parece autêntica, espontânea. Teremos de ficar de olho nele. Ele parece do tipo que vai querer meter o bedelho em nossa investigação. Quanto a Hellier, atrás daquele terno e do cabelo há um homem furioso.

– Ele não contou a Donnelly sobre o odor animalesco que sentiu emanar da pele de Hellier. Um cheiro almiscarado, quase sufocante de tão forte. O mesmo odor que sentiu em outros no passado. Outros assassinos. – Mas por que ele é tão irritado com o mundo?

– Irritado com o mundo? – perguntou Donnelly. – Pensei que estivesse irritado conosco.

Sean percebeu que ia rápido demais com Donnelly.

– Você deve ter razão. – Ele precisava dar a Donnelly algo mais tangível, mais lógico. – Mas já existem dois possíveis motivos para ele. Primeiro, ele teve uma relação íntima com Graydon e em algum lugar ela deu errado.

– Então voltamos à briga de amantes?

– Ou – continuou Sean – Graydon o estava chantageando e Hellier pensou, provavelmente com razão, que a única maneira de parar com isso seria se livrando dele. Ele é uma vítima ambulante de chantagem e Graydon gostava de boas coisas... Lembra do apartamento dele?

– E as 77 facadas? – perguntou Donnelly. Elas precisavam de explicação. – Se ele só quisesse se livrar dele, por que não fez um serviço limpo... Um tiro, uma facada bem colocada, estrangulamento? Ainda voto no crime doméstico.

– Não – lembrou-o Sean. – Lembre-se do que o dr. Canning nos contou... Os ferimentos se distribuíam pelo corpo, quase ritualmente, como se o assassino quisesse pensar que era um ataque de fúria para nos levar a correr atrás do próprio rabo, procurando por um ex-namorado ciumento. Ou ainda um ataque de estranho, sem motivo nenhum. Isso e a falta de provas materiais na cena me levam a pensar que foi premeditado, o que significa que a chantagem é a motivação mais provável. Ou outra coisa em que ainda não pensamos. Todo o resto foi encenado.

Donnelly não estava inteiramente convencido.

– Bom, na ausência de qualquer coisa menor do que um barman desaparecido e um homossexual homofóbico libertado há pouco, vale a pena seguir essa linha, desde que você esteja convencido de que Hellier tem o dom de matar.

– Digamos que eu tenho um forte pressentimento em relação a ele – respondeu Sean. – Sua tentativa de demonstrar compaixão me deixou nauseado. Tudo nele parecia distante, como se ele se escondesse por trás da fachada de homem de família feliz.

– Por que tem tanta certeza de que ele estava fingindo? Achei que ele mostrou uma surpresa verdadeira pelo assassinato de Daniel.

– Uma falsa sinceridade. Já vi isso muitas vezes.

Donnelly trabalhava com Sean por tempo suficiente para saber que às vezes era melhor simplesmente aceitar sua palavra e seguir adiante.

– Você é um sujeito de dar medo – disse ele. – Agora só precisamos de evidências que provem sua teoria.

– Como sempre, essa é a parte complicada.

– Prenda-o. Dê uma busca em sua casa, no trabalho, no carro. Dê uma olhada em suas contas bancárias. Compare as impressões e amostras com qualquer coisa da cena.

– Não – insistiu Sean. – Não senti pânico quando perguntamos se ele esteve no apartamento. Ele sabe que deixou limpo. Ou talvez eu esteja enganado e ele nunca tenha estado lá. De qualquer modo, estamos nos precipitando. Preciso saber mais antes de chegar a alguma conclusão firme. Vamos seguir o homem por algum tempo.

– Vigilância 24 horas? – perguntou Donnelly.

– Comece o quanto antes – confirmou Sean. – Ele pode ter deixado escapar alguma coisa. Algo que o traia. Se tivermos sorte, ele nos levará a algo que vai incriminá-lo ou pelo menos nos dar terreno para cavar mais.

– Se tivermos sorte – observou Donnelly.

– Neste momento não temos muita coisa, então vamos começar fuçando seu passado. Um homem como Hellier não aparece do nada. Verifique registros criminais e da inteligência, veja se o sr. Hellier aqui não tem esqueletos no armário.

– E a receita federal, registros de emprego, informações gerais e familiares?

– Ainda não. Não temos o suficiente para mandados de busca. Vamos ficar com nossos próprios registros primeiro... Ver o que podemos levantar.

— Considere feito – disse-lhe Donnelly. – Mais alguma coisa?

— Sim – respondeu Sean. – Pegue o carro e volte à central. Concentre-se em localizar os outros clientes da vítima e me informe assim que tiver alguém ou algo de interessante.

— Tudo bem. E você?

— Terei uma conversinha com a mulher dele.

Sean pegou o metrô de Knightsbridge a King's Cross, notando todos os possíveis pontos de circuito interno por que Hellier pode ter passado, inclusive aqueles que cobriam a fila de táxi na frente da estação, onde Hellier provavelmente entrou num táxi no último trecho de sua ida para casa, embora dali as jornadas dos dois diferissem – Sean percorreu o resto do caminho de ônibus. Táxis pretos eram um luxo caro para ele, não um meio de transporte realista. Nem para Hellier. Mesmo assim, ele não levou muito tempo para chegar na casa de Hellier: Devonia Road, 10, Islington, perto da Upper Street e da estação do metrô de Angel.

A casa de Hellier era outra linda casa georgiana e parecia uma versão muito menor da sede da Butler & Mason. Sean começava a se sentir subestimado e mal pago, mas pelo menos o tempo sozinho tinha aquietado sua mente acelerada e lhe dado espaço para clarear os pensamentos. Ele subiu a escada e bateu duas vezes, gentilmente, na aldrava cromada. Depois de uma espera aceitável, a porta se abriu.

— Olá – foi só o que ela disse. Sean esperava que ela falasse mais. Mostrou suas credenciais e tentou parecer o menos oficial possível.

— Desculpe incomodá-la, sou o inspetor Corrigan, da Polícia Metropolitana.

— Ah – respondeu ela, tentando fingir surpresa. Então Hellier telefonou e a avisou. Não importa. Sean supusera que ele faria isso – não era por esse motivo que ele estava ali. Estava ali pela chance de ter um instantâneo da vida de Hellier.

— Sra. Hellier? – perguntou Sean, sorridente.

– Sim. Elizabeth. Algum problema?

Sean ficou impressionado ao ver o quanto ela parecia e soava como uma versão feminina de James Hellier: alta, magra, atraente, bem-falante, o produto de escolas de aperfeiçoamento e duas férias esquiando por ano; o melhor de tudo a vida toda, mas, ao contrário de Hellier, ele podia sentir sua ingenuidade. Por isso Hellier se casou com ela?

– Não há motivo de preocupação – mentiu Sean. – Só estou examinando um caso de fraude de identidade. Acreditamos que alguém pode estar tentando se passar por seu marido, James.

– É mesmo? – perguntou ela.

– Receio que sim. Tentaram fazer uma compra substancial na Harrods na noite de quarta-feira. Já conversei com seu marido e ele disse que ficou em casa a noite toda com a senhora. Se puder confirmar isso, terei certeza de que a pessoa que detivemos está mentindo para nós.

– Mas se já falou com meu marido, por que precisa que eu confirme que ele estava em casa?

Ingênua, mas não burra, pensou Sean.

– Gosto de fazer o trabalho completo. Talvez devamos discutir isso aí dentro – sugeriu ele, na esperança de ver as coisas de Hellier, entrar na pele de James Hellier, mesmo que por alguns minutos.

– Isso não é conveniente neste momento. Meus filhos chegarão da aula de tênis a qualquer minuto. Não gostaria que eles começassem a se preocupar. Sei que vai entender. Mas posso lhe dizer que James estava aqui na quarta, embora eu mal o tenha visto. Ele ficou trabalhando em seu escritório na maior parte da noite.

Sean não conseguiu deixar de olhar para além dela, para a casa, e sentiu que ela tentava ficar maior para impedi-lo. Ela queria que ele ficasse fora da vida da família.

– Claro – disse ele. – Eu entendo... e agradeço. A senhora foi muito útil. Bem, eu a deixarei em paz. – Ele se virou para ir embora, depois rapidamente se voltou, falando antes que a porta se fechasse: – Mais uma coisa... – Ele registrou a irritação no rosto da mulher, o leve ruborizar dos capilares da face, visível apenas minimamente por trás de sua pele bronzeada. Ele agitou o dedo aleatoriamente para a frente da casa e falou com despreocupação: – Eu estava me perguntando: que cômodo é o escritório de seu marido?

Ela titubeou. Claramente o marido não a avisou para esperar esse tipo de pergunta.

– Isso importa?

– Não – respondeu Sean, sorrindo. – Na verdade, não. – Ele esperou, sem se mexer, sabendo que ela cederia ao silêncio.

– Este aqui – rendeu-se ela, apontando uma das janelas da frente no térreo, ansiosa para se livrar dele.

– Ah. Se eu tivesse uma casa assim, também teria meu escritório ali. – Satisfeito, ele sabia que era hora de partir. Semeara a dúvida nela e ela semearia o medo em Hellier. Ele imaginava a conversa tensa que ela teria com o marido mais tarde, os dois se questionando, duvidando um do outro. – Bem, tomei muito de seu tempo. Adeus, sra. Hellier. Diga a James que mandei lembranças. – Ela não respondeu. Ele ouviu a porta bater antes de chegar ao último degrau.

Sean fez a longa viagem de transporte público voltando de Islington a Peckham, vendo com inveja a grande maioria de seus cansados companheiros de viagem saindo para o fim de semana enquanto ele ia voltar ao trabalho, pensando em casa e em descansar, o que era só uma esperança distante. Ele teve pouco mais de seis horas de sono nas duas noites anteriores e sabia que os dias que viriam não seriam melhores. Lembrando a si mesmo de comprar alguns comprimidos de cafeína, usou a entrada pública da central de polícia e subiu a escada para a sala de incidentes sem cumprimentar ninguém. Ao atravessar a sala para seu escritório, observou ao acaso quem estava presente e quem faltava. Supôs que não haveria relatórios das tarefas que Donnelly tivesse atribuído a eles. Entrou em sua sala e se sentou pesadamente na cadeira. Segundos depois, Donnelly estava em sua porta aberta, com um maço pesado de declarações de testemunhas e diligências concluídas aninhado nos braços. Não parecia sentir seu peso.

– Como foi com a dona encrenca de Hellier?

– Ela está mentindo por ele – respondeu Sean. – Disse que ele ficou em casa a noite toda. Tenho a sensação de que não foi a primeira vez que ela lhe deu cobertura.

– Tá, mas ela sabe o que estamos investigando?

– Não, a não ser que Hellier tenha contado a ela, o que eu duvido.

– Então, tecnicamente, ele tem álibi.

– Tem, mas você pode atravessá-lo com um ônibus. Ela disse que ele ficou no escritório a noite toda, sozinho. No térreo, ao lado da porta da frente. Ele pode ter escapulido e voltado com igual facilidade.

– Mas você não acha que ele voltou para casa, acha?

– Não, não acho – confirmou Sean. – O que você conseguiu?

– Bom, pelos registros criminais, Hellier está limpíssimo. Nem uma multa por estacionamento, pelo que posso dizer. Trabalha na Butler & Mason há alguns anos; antes, trabalhava para uma empresa americana em Nova York, e antes disso trabalhou em Hong Kong e Cingapura.

– De onde tirou tudo isso? – perguntou Sean, impressionado.

– Procurei no Google – respondeu Donnelly com um sorriso irônico. – Tecnologia. Nossa maior amiga e maior inimiga. Ah, e liguei para um colega meu da Receita... cobrei um favor. Pelo que eles sabem, ele está legalizado. Desde que voltou ao Reino Unido, pagou seus impostos no prazo e adiantado, sem problemas.

Sean pareceu decepcionado, embora não esperasse realmente mais nada.

– Com o gosto dele por prazeres nas horas vagas, é de pensar que ele seria meio tímido em colar a cara dele por todo o planeta – sugeriu Sean.

– Não tem fotos – disse-lhe Donnelly. – Muita informação, mas fotografia nenhuma.

– Ele foi cuidadoso – disse Sean. – Como quem matou Graydon. Muito cuidadoso.

– Muita gente que trabalha no setor financeiro retirou suas fotos da internet desde a crise financeira.

– É, mas Hellier é um financista, não banqueiro.

– Chefe – lembrou-o Donnelly –, vivemos num país onde setenta por cento da população não sabem a diferença entre um pedófilo e um pediatra.

Sean suspirou.

– Bom argumento. – Esfregou os olhos com força para fazê-los lacrimejar, antes de vasculhar suas gavetas, atrás de analgésicos. – E os outros que estiveram com ele na noite em que foi morto? – perguntou sem olhar para Donnelly.

– A maioria agora já se apresentou ou foi localizada – respondeu Donnelly –, mas nada de interessante. Um ou dois são conhecidos da polícia, mas só por delitos menores. Reunimos uma montanha de evidências e digitais para comparações, então nunca se sabe.

– Talvez, mas não estou me sentindo particularmente sortudo agora. – Sean suspirou. – E nossos dois desaparecidos? – perguntou ele. – Quais são os nomes mesmo?

– Steven Paramore e o barman, Jonnie Dempsey. Verificamos os endereços dos dois. A mãe de Paramore disse que ele não aparece em casa há dias e o colega de apartamento de Jonnie está dizendo o mesmo sobre ele.

– Suspeitos que não podemos localizar – queixou-se Sean. – Era só o que me faltava.

– Talvez isso vá te animar. – Donnelly sorriu enquanto baixava na mesa de Sean a pesada pilha de papéis que segurava.

Sean abriu os braços para protestar.

– O que é isso?

– Declarações de testemunhas até agora, diligências concluídas e merdas variadas que você devia ler. O superintendente Feathersone quer um relatório sucinto e completo pela manhã.

Sean arriou fundo na cadeira, todos os pensamentos dos confortos de casa fugindo cada vez mais dele. Será outra longa noite sozinho, apenas com a imagem do corpo aviltado de Daniel Graydon como companhia.

* * *

Horas depois, Sean por fim chegou em casa exausto, mas totalmente desperto, a pior combinação possível. Precisava de um drinque forte, algo que desacelerasse de imediato sua mente e o corpo sem encher a bexiga. Se o sono viesse, não queria afugentá-lo com uma ida ao banheiro.

Kate tinha esperado por ele. Ele preferia que não tivesse feito isso. Não queria conversar. Queria uma bebida, um sanduíche e ver alguma porcaria na TV. Ele passou pela sala de estar, onde a esposa estava sentada, falando para a sala ao seguir para a cozinha:

– Sou eu.

Depois de alguns segundos, Kate o seguiu para a cozinha.

– Voltou tarde – disse ela, com um tom neutro.

– Desculpe – respondeu Sean, consciente de que parecia estar dizendo isso cada vez mais. – Sabe como é quando pego um caso novo... Os primeiros dias são sempre um pesadelo.

– Um pesadelo para quem? – perguntou Kate, suas palavras soando mais provocativas do que ela pretendia.

– Não sei – respondeu Sean. – Para mim? Para você? Para o cara que teve o crânio esmagado, morto antes que sua vida sequer tenha começado? Para os pais dele, que têm de se haver com o fato de que o filho único se foi e nunca mais vai voltar?

Um silêncio opressivo tomou o ambiente. Kate respirou fundo.

– Você está bem?

Sean aceitou a trégua.

– Estou. Claro que estou cansado e irritado, é só isso. Desculpe. As crianças dormiram?

– Já passa das onze. Que tipo de mãe eu seria se elas não estivessem dormindo? – Ela se aproximou ele. Ele estava de costas para ela enquanto procurava um copo. Ela pôs o braço em sua cintura. Ele estava em forma para um homem no final dos trinta. Tinha o corpo de um pugilista peso-médio, um legado de seus anos de adolescência. O esporte foi uma das coisas que evitaram que ele se metesse em problemas enquanto muitos amigos de infância se voltaram para uma vida no crime. – Que bom que está em casa – disse ela. Ele se recostou nela.

– Também fico feliz com isso. Desculpe. Eu devia ter telefonado. Devo ter perdido a hora. Como está a Mandy? Ela vai me perdoar?

– Bom, ela só tem três anos. Você tem muito tempo para compensar. Mas não ligue para a pequena Miss Mandy. E eu? Como vai compensar comigo?

Sean sorria ligeiramente.

– Vou lhe mandar um buquê de flores.

– Não basta, inspetor. Eu estava pensando em algo um pouco mais imediato e muito mais divertido.

Kate o levou para a escada e foram para o quarto. Quando o pé de Sean chegou ao último degrau, ele ouviu uma voz vindo do quarto de Mandy:

– Papai.

Ele olhou para a mulher, se desculpando.

– É melhor eu ir lá – sussurrou ele.

Kate tirou a blusa, a pele morena brilhando na semiescuridão.

– Não demore – disse ela. – Eu posso dormir.

Sean entrou em silêncio no quarto de Mandy, a luz noturna iluminando uma pequena figura de pijama. Ela sorriu incontrolavelmente quando o viu.

– Papai.

– Oi, oi, amorzinho. Você devia estar dormindo.

– Eu estava esperando você chegar em casa, papai.

– Não, não deve fazer isso, porque às vezes o papai só vem para casa muito tarde.

– Por que chega em casa tão tarde, papai?

– Agora não é hora de falar nisso, querida. Vamos conversar amanhã.

– A mamãe disse que você está pegando bandidos.

– Disse, é? – falou Sean, sem querer que fosse uma pergunta.

– O que os bandidos fizeram, papai?

– Nada com que precise se preocupar – mentiu ele. – Agora vá dormir. Papai está aqui. Papai está sempre aqui.

Sean se viu afagando o cabelo da filha. Observou os olhos dela se fecharem, mas mesmo quando percebeu que ela estava dormindo, ele não conseguiu deixá-la. Kate entenderia. Ele precisava daquilo – precisava de algo para equilibrar o horror de seus afazeres diários. Precisava de algo para reprimir a escuridão que sempre espreitava pouco abaixo da superfície.

7

Foram outros três antes do viadinho. Já contei do cara com pinta de advogado que esfaqueei no coração. Isso quer dizer que não falei nos outros dois.

Primeiro foi uma garota. Dezessete ou dezoito anos. Estacionei a quarenta metros da entrada de uma clínica de aborto. Não precisei esperar muito. Esses lugares dão um bom material.

A clínica ficava em Battersea. Bem longe de onde moro. Era um prédio baixo, moderno, de arenito. Muito discreto. Não muito longe de Battersea Rise. Perto de Clapham Commom. Agradável no verão. Mas muito trânsito e imigrantes demais de pele morena fugindo da pobreza, da guerra e da fome.

Eu sabia exatamente o que esperava, e então lá estava ela. Foi algumas semanas atrás e não estava tão quente como agora. Ela corria pela calçada. De gola virada para cima para proteger o rosto do leve frio e também escondê-lo. Ela entrou na clínica de cabeça baixa.

Esperei. Duas horas depois, ela apareceu. Correndo de novo pela calçada. Eu podia sentir o cheiro de sua vergonha. Provavelmente era católica. Assim espero.

Alcancei-a logo, mantendo o ritmo, cerca de cinco metros atrás. Ela estava presa demais em seu inferno particular para sentir minha presença. Se um dia precisou ter consciência do que a cercava, era naquela hora. Era a única coisa que podia salvá-la.

Eu estava perto o bastante para vê-la direito. Tinha a compleição magra. Bom. E estava chorando. Bom. Ela também estava sozinha. Que jovem vem aqui sozinha? Simples. Aquela que não contou a ninguém sobre seu probleminha. Então mamãe e papai ainda não sabiam. Ela era perfeita. Só precisava continuar andando na direção que tomávamos. Eu já verificara várias rotas de saída da clínica, e muitas tinham possibilidades. Mas havia uma boa linha férrea escondida nesta, correndo sob uma ponte, escondida da estrada acima. Perto da cena do desastre da ferrovia Clapham.

Eu estava com a capa de chuva que comprei em dinheiro na Marks & Spencer da Oxford Street alguns meses antes e não usara desde então. Era uma capa bem comum. Nada de especial. Propositalmente simples. Também tinha sapatos de solado de couro novos e um par de luvas de couro aninhado no bolso do casaco. Um saco de lixo grande estava enfiado no outro bolso.

Eu precisava chegar à próxima parte com exatidão, ou aquilo acabaria antes de começar. Nós nos aproximamos da brecha na mureta do acostamento que descia à ferrovia. Coloquei as luvas. Agora eu tinha de agir rápido. Qualquer um por perto e estava acabado.

Corri a curta distância entre nós e lhe dei o murro mais forte que pude no meio das costas. Senti sua coluna ceder sob meu punho. Ouvi o ar escapar de seus pulmões. Ela não pôde produzir nem um som. Caiu de joelhos.

Peguei-a por trás e a puxei pela brecha na mureta. Ela não era páreo para mim, mas eu não podia me arriscar a ser apanhado por um braço que se debatesse. Se ela me arranhasse, eu teria de cortar seus dedos e levá-los comigo, em vez de deixar de presente para a polícia minha pele, meu DNA.

A descida para a linha férrea era exatamente o que eu procurava. Descobri um tempo antes, quando saí em busca de bons lugares. O barranco era bem íngreme, mas não demais para impedir que se descesse. Mas o melhor era que contra o arco da ponte havia um ressalto de concreto, de um metro de largura, no chão. Passando dali, só havia terra e poeira. Significava que eu podia fazer a garota andar na terra, daí deixando suas pegadas, enquanto eu andava no concreto com meus sapatos planos, sem deixar marcas. Daria a impressão de que ela deu sozinha a última caminhada de sua vida desprezível.

Na metade da descida, ela começou a recuperar o fôlego. Não podia ser assim, então lhe dei um soco na barriga. Perguntei-me se doeu mais, por causa do aborto. De qualquer modo, isso a fez parar de lutar.

Arrastei-a ao pé do arco da ponte e a empurrei para a lateral. Olhei fixamente em seus olhos. Eram verdes e bonitos. Ela estava apavorada. A arte que eu imaginava começava a se realizar. Decidi que ela não me daria problema nenhum. Falei com gentileza:

– Se fizer um ruído, lutar ou tentar fugir, vou machucar você. Entendeu? – Eu estava calmo.

Ela assentiu freneticamente. Depois guinchou algumas palavras patéticas:

– Por favor. Não me estupre. Por favor. Acabo de fazer uma cirurgia. Por favor. Eu não vou contar a ninguém, por favor.

– Não vou machucar você – prometi. – Preciso que fique parada aí, em silêncio, por uns segundos. – Eu ouvia as linhas do trem começarem a assoviar e sabia que um trem veloz se aproximava. Espiei pelo canto e vi o trem voando na minha direção. Já havia cronometrado isso. Depois que ele passasse pelo barracão na lateral, eu tinha cinco segundos antes que ele disparasse por mim.

Segurei a garota pelo braço direito com as duas mãos. Cinco. Quatro. Três. Dois – e eu a puxei de trás do arco da ponte.

Foi como se ela estivesse correndo na direção da ferrovia. Ela até conseguiu evitar tropeçar no primeiro trilho. Parou entre os trilhos.

O trem que a atingiu deve ter parecido descomunal. Eu a vi enrijecer pouco antes de ele varrê-la da face do planeta. Perguntei-me o que ela estaria pensando, se é que pensou alguma coisa.

Não esperei para ver o corpo cair. Virei-me rapidamente e corri barranco acima. Eu estava bem protegido de qualquer um que olhasse por uma janela do trem. Tive meu prazer, mas definitivamente faltava poesia. A violência foi mecânica demais. Não consegui ver seus olhos nem ouvir seu último suspiro enquanto o trem arrancava-lhe a vida. A obra saiu desprovida de sentimento. Sem textura. Sem cor. Da próxima vez, eu faria melhor.

Pena que não a peguei antes do aborto. Eu teria superado minha marca.

O trem iria para onde?

Ao ir embora, de carro, ouvi a aproximação das primeiras sirenes. Alguns dias depois, saiu uma triste matéria pequena no *Evening Standard* sobre uma garota que tinha feito um aborto e depois se matou, jogando-se na frente de um trem. Aparentemente, todas as partes concluíram que ela não conseguiu viver com a culpa. A vergonha. Ela ainda tinha o recibo do aborto no bolso. A última frase da matéria dizia: "A polícia não procura por ninguém que possa ter relação com sua morte."

8

Manhã de sábado

Sean estava em seu carro, a caminho da central, quando o telefone tocou. O visor não mostrava número nenhum. Isso o deixou cauteloso. Ele atendeu sem dar seu nome.

– Alô.

– Preciso falar com o inspetor Sean Corrigan. – Ele reconheceu a voz. Era Hellier.

– Aqui é o inspetor Corrigan.

– Faremos do seu jeito, inspetor. Eu o encontrarei hoje. Estarei na central de polícia de Belgravia às duas da tarde. Espero completa discrição. – Hellier desligou.

Tudo bem, pensou Sean. Escolha a central que quiser, mas amanhã terei suas digitais, seu DNA e sua declaração. Depois disso, é só uma questão de tempo até que a teia de mentiras comece a se desintegrar.

Sean e Donnelly estavam sentados em seu Mondeo na Ebury Bridge Road, em Belgravia. Tinham uma boa visão da frente da central de polícia, mas ficava longe o bastante para não serem vistos. Sean queria observar Hellier se aproximando, queria ver sua aparência antes da reunião.

À uma e quarenta, Sean e Donnelly viram Hellier andando pela Buckingham Palace Road. Ele combinava perfeitamente com o bairro rico. Sean focalizou a lente da câmera na cara de Hellier e apertou o botão.

– Um presentinho para os rapazes da vigilância – disse ele a Donnelly.

— Quando vai começar, aliás?

— Assim que Featherstone autorizar. Fiz a requisição de manhã cedo.

— Antes ele do que eu — disse Donnelly, pensando na papelada que o superintendente Featherstone teria de preencher antes que começasse a vigilância.

Hellier parecia confiante. Estava com outro homem que portava uma pasta.

— Eu sabia que ele ia trazer o advogado dele, porra — disse Sean.

— Deve ser um sujeito caro — respondeu Donnelly enquanto eles viam Hellier e seu advogado entrarem na central.

— Vamos dar alguns minutos a eles — disse Sean. — Deixe que fiquem meio nervosos. Depois vamos vê-los. Ver se não podemos tirar o sujeito do sério.

— Tá — concordou Donnelly.

— Alguma sorte com os registros criminais?

— Não. Nada nos registros nem no sistema da inteligência. Ele parece limpo.

— Acho difícil de acreditar.

— Talvez ele tenha trocado de identidade — sugeriu Donnelly.

— Isso não me surpreenderia. Suas digitais logo responderão a isso.

— Vamos dançar?

— Por que não? — Eles saíram do carro e foram atrás de Hellier.

Sean e Donnelly se sentaram à mesa, de frente para Hellier e seu advogado, Jonathon Templeman, na sala de inquirição de testemunhas.

Templeman falou primeiro:

— Inspetor, meu cliente tem o direto de saber por que foi solicitado a vir aqui hoje.

Sean sorriu.

— Faz parecer que o sr. Hellier é suspeito.

— Parece que ele está sendo tratado como um. Solicitado a vir a uma central de polícia. É claro que meu cliente deseja cooperar, mas seus direitos devem ser respeitados. Se ele é um suspeito, então precisa ser informado.

– O sr. Hellier não é um suspeito – disse-lhe Sean. – Por isso estamos na sala de testemunhas, e não na de interrogatório. Se o sr. Hellier fosse um suspeito, estaria preso agora.

Sean sabia que o advogado não acreditava numa só palavra do que ele dizia. Ele teria percebido que a polícia suspeitava de que seu cliente estava envolvido no assassinato de Daniel Graydon e faria o que pudesse para proteger Hellier, mas não queria forçar a barra com Sean. Não queria precipitar a prisão de Hellier.

– Não sei o quanto seu cliente lhe disse, senhor... – Sean olhou o cartão de apresentação que o advogado entregara a ele. – ... sr. Templeman, mas pela conversa que tive inicialmente com o sr. Hellier, sei que ele teve relações sexuais com um jovem que foi encontrado morto alguns dias atrás.

– A orientação sexual de meu cliente não está em questão aqui – interviu Templeman. – Não é mais crime ser gay, inspetor. – Ele era deliberadamente provocador. Sabia que a melhor maneira de defender um cliente, fosse ele culpado ou não, era ser agressivo com os investigadores. Não mostrar sinais de cooperação. Nunca ser civilizado. Sempre atacar.

– Sr. Templeman – disse Sean –, não estou interessado na sexualidade do sr. Hellier. O que me importa é que um jovem foi assassinado. O sr. Hellier é uma testemunha importante. Possivelmente a melhor que eu tenho. Preciso de uma declaração de testemunho e amostras periciais completas para fins de eliminação. E as digitais dele.

– Uma declaração de testemunha está fora de cogitação. – Templeman ainda falava por Hellier. – As amostras corporais, concordamos em dar. Entendemos a necessidade de eliminar meu cliente da investigação o mais rápido possível.

Donnelly se juntou a eles.

– Não estamos investigando furto a lojas. Este é um inquérito de homicídio. O sr. Hellier dará uma declaração completa por escrito e fará isso hoje. – Sua voz era calma.

– Meu cliente não testemunhou crime nenhum relacionado com a morte do sr. Graydon. Ele não pode dar nenhuma informação útil, portanto não dará uma declaração de testemunha. Tal declaração não seria de utilidade para a polícia, mas pode ser constrangedora e prejudicial a meu cliente.

– Constrangedora? – disse Donnelly. – Não me importa o quanto possa ser constrangedora. Talvez o senhor queira conhecer os pais do rapaz. Poderia explicar a eles como seu cliente está mais preocupado com o próprio constrangimento do que ajudar a encontrar quem matou seu filho.

– Nenhuma declaração.

Sean sabia que Templeman falava sério.

– Terei de intimar o sr. Hellier ao tribunal para conseguir as evidências, se necessário.

– Então é o que terá de fazer, inspetor.

– Muito bem – disse Sean. Havia várias formas de conseguir o que se queria, mas por que Hellier não ia fazer uma declaração? Sean não acreditava na bobajada sobre constrangimento público. Hellier não queria dizer nada que a polícia pudesse provar ser mentira. Melhor ficar de boca fechada. Esconder-se por trás de seu advogado caro.

– Então, nada de declaração – disse Sean. – Amostras, vocês concordam? – Ele olhava diretamente para Hellier, que continuava mudo.

– Eu já disse que concordamos com amostras corporais. – Templeman o informou.

– E digitais. Para fins de eliminação. – Sean esperou pela resposta, torcendo para parecer bem despreocupado.

– Por que precisa das digitais de meu cliente? – perguntou Templeman. – Pensei que o sr. Hellier tivesse deixado claro que nunca esteve no apartamento da vítima. A não ser que encontrem digitais no corpo, o que é muito improvável, não vejo por que queiram as digitais de meu cliente para eliminação.

Sean falou rapidamente. Uma demora teria alertado Templeman e provavelmente, talvez ainda mais, Hellier.

— Não no corpo dele. Em dinheiro que encontramos em seu bolso – mentiu ele. – Seu cliente pagou por sexo. Então, a não ser que ele tenha usado cartão de crédito, o dinheiro pode ter vindo do sr. Hellier. Já recebeu tratamento químico e conseguimos recuperar algumas digitais. Se as digitais não são de seu cliente, então podem ser do assassino.

— Muito bem – disse Templeman. – Meu cliente está disposto a fornecer as digitais para eliminação.

Hellier assentiu, concordando em dar as digitais.

— Ótimo. – Sean chamou um jovem detetive para a sala.

— Este é o detetive Zukov. Ele o levará à sala de corpo de delito, onde um médico coletará amostras de seu corpo, depois tirará suas digitais. Compreendeu?

Hellier não respondeu.

— Preciso de um jogo completo, Paulo – disse Sean ao detetive Zukov. – Palmas e dedos. E a lateral das mãos.

Zukov assentiu e olhou para Hellier.

— Me acompanhe por aqui, senhor.

Templeman e Hellier seguiram o detetive Zukov para fora da sala. Donnelly se certificou de que estivessem fora de alcance.

— Essa é uma mentira cabeluda, chefe. Pelo que sei, não temos nenhuma digital em dinheiro nenhum. Pode nos causar problemas se alguém descobrir que enganamos nosso suspeito para ele fornecer as digitais... Com a promotoria, por exemplo.

Sean não estava preocupado.

— Eles que se fodam. Vou atravessar essa ponte quando e se tiver de fazer. Neste momento, quero as digitais dele, caso tenhamos sorte na cena.

— Ele parece muito confiante de nunca ter entrado no apartamento de Graydon – lembrou-o Donnelly.

— É, mas só precisamos que ele tenha cometido um erro, só um erro, e poderemos colocá-lo no apartamento, e então o pegaremos.

— Tem certeza de que é ele, não tem?

— Não sei. Quanto mais o vejo, quanto mais fico perto dele, mais sei que ele está escondendo alguma coisa. Mas é quase como se isso fosse um jogo para ele... Como se de algum modo ele gostasse. Não sei, mas tem alguma coisa... – Sean não concluiu seu raciocínio.

– Quem sabe você só queria que seja ele? – argumentou Donnelly. – Talvez você só não goste do cretino presunçoso com sua pasta cara.

– Não – respondeu Sean em voz baixa, sem olhar para Donnelly. – Eu sinto sua culpa.

– Culpa, tá – concordou Donnelly. – Mas culpa pela morte de Daniel Graydon?

– Não sei – admitiu Sean. – Mas tenho a sensação muito forte de que James Hellier e eu vamos cruzar espadas de novo, e em breve.

9

James Hellier saiu da central de polícia de Belgravia duas horas depois, ligeiramente irritado por ter de ficar mais do que o necessário. Sentindo-se satisfeito consigo mesmo, ele se permitiu um leve sorriso. Esperava que seu advogado não tivesse percebido.

Eles andaram pela rua por uma curta distância. Hellier estava certo de que era seguido pela polícia. Não importa. Não precisava contar a Templeman. Não precisava contar a ninguém.

Então a polícia tinha amostras de seu corpo. O detetive se certificou de que o médico fizesse o serviço completo: sangue, saliva, sêmen, pelos variados. Tudo para fins de eliminação. Tudo entregue voluntariamente. O detetive tinha um nome estranho. Paulo Zukov. Hellier ficou tentado a perguntar se ele era mais carcamano do que eslavo, ou o contrário. Preferiu não dizer nada.

Hellier e Templeman trocaram um aperto de mãos e tomaram rumos diferentes. Templeman claramente não tinha ideia de que Hellier podia ser nada além de um inocente arrastado pela confusão de alguém. Deus abençoe os advogados. Enchem os sujeitos de um papo furado arrogante na faculdade de direito. Todos acham que estão num romance de John Grisham, protegendo o inocente de seus opressores.

Eles pegaram as digitais também. Ele sabia que Corrigan mentira sobre encontrar digitais no dinheiro da vítima, mesmo que seu advogado não soubesse. Era uma infelicidade que ele tivesse de dá-las, mas tinha previsto isso. Não seria problema. Não devia ser um problema. Não era.

Sean e Donnelly observaram Hellier sair, como o observaram chegar. Viram quando ele apertou a mão de Templeman e se afastou. Hellier olhou por sobre o ombro para eles e andou.

Donnelly rompeu o silêncio:

– Ele acha que o estamos seguindo.

– Ainda não estamos – retrucou Sean. – Acabo de receber um recado de Featherstone... A vigilância começa amanhã. E os outros homens que transaram com a vítima? Já falamos com todos eles?

– Já. Eles vieram por vontade própria. Não ficaram felizes em admitir pagar por sexo, mas também não se envergonharam.

– Não como Hellier – declarou Sean, em vez de perguntar.

– Não. Com os outros foi tudo muito simples. Deram declarações, digitais e amostras, sem problemas. Nenhum dos caras que os interrogaram teve algum pressentimento. Mas vamos passar todos pelo sistema, embora nenhum deles pareça de interesse.

– Algum sinal de um namorado? – perguntou Sean. – Não importa o que eu pense de Hellier, ainda tenho de considerar essa possibilidade.

– Segundo os amigos dele, não havia namorado, nem agora nem no passado recente, além da possibilidade de ele estar saindo com nosso barman desaparecido, Jonnie Dempsey.

– E mais para trás? Nenhum rejeitado cheio de rancor?

– Parece que não. Parece que Daniel era mais cauteloso com sua vida particular do que com a profissional.

– Mais alguma coisa?

– Tomei a liberdade de mandar uma circular nacional, perguntando se outras unidades da polícia deram com algum homicídio semelhante ao nosso.

– E?

– E nada. Nossa pequena loja dos horrores parece ser a única.

– Então, Hellier ainda é nosso principal homem. Até que eu diga o contrário. – Donnelly abriu a porta do carro inesperadamente. – Vai a algum lugar?

– Só quero falar com Paulo. Saber se correu tudo bem.

– Não se preocupe com Paulo. Ele sabe o que está fazendo. – Sean confiava em Paulo. Ele confiava em toda a sua equipe.

– Dá no mesmo. Não vou dormir esta noite se não falar com ele.

Sean não estava acostumado a ver Donnelly tão preocupado.

– Tudo bem, vá. Esperarei aqui. E pergunte a ele se precisa de uma carona.

Donnelly partiu. Sean o viu atravessar a rua, desviando-se do trânsito. Ele se movimentava muito bem para um grandalhão.

O detetive Zukov esperava por Donnelly no banheiro do porão da central de polícia de Belgravia. Ficou aliviado ao finalmente ver o corpo considerável de Donnelly entrando, encolhendo o ambiente. Donnelly parou diante do espelho grande e começou a pentear seu cabelo sujo e grisalho com as mãos.

– Não tem mais ninguém aqui. Estamos bem – garantiu-lhe Zukov.

– Então, por que está sussurrando, merda?

Zukov falou num tom normal:

– Não sei. Só não estou acostumado a falar com estranhos em banheiros públicos.

– Espero que não, rapaz. – Num instante o tom de Donnelly ficou mais sério. – Conseguiu o que lhe pedi?

Zukov sorriu. Pôs a mão no bolso interno do paletó e pegou um pequeno saco plástico de provas contendo dois fios de cabelo que minutos antes foram puxados do couro cabeludo de Hellier. Entregou a Donnelly, que o arrebanhou.

– Imagino que as amostras oficiais tenham sido lacradas – disse ele.

– Como o senhor pediu – disse-lhe Zukov. – Tudo foi ensacado e etiquetado corretamente. Estes são os extras que você queria deixar fora dos registros.

– Muito bem. – Donnelly abriu uma cigarreira de metal vazia e virou o saco com cuidado, vendo se não dobrara seu conteúdo. Pôs o saco na caixinha e a fechou com um estalo. Meteu no bolso do paletó e deu um tapinha. – Só por segurança. Nunca se sabe quando podemos precisar de uma mãozinha.

– Vai deixá-los no apartamento de Graydon para serem encontrados pelo pessoal da perícia ou tem outra ideia de como usá-los? – perguntou Zukov.

– Não vou fazer nada com eles – disse Donnelly. – Ainda não.
– Por quê? O que está esperando?
Donnelly inchou o peito e se ergueu em toda sua altura.
– Escute aqui, filho. Estas são as três regras da vida de acordo com Dave Donnelly: Um... nunca aceite suborno, por mais duro que você esteja. Dois... nunca incrimine um popular inocente. Os bandidos, tudo bem, mas nunca um zé-ninguém. Três... nunca, mas nunca mesmo, incrimine alguém por assassinato, a não ser que tenha certeza absoluta de que foi ele e seja absolutamente necessário tirá-lo das ruas. Entendeu?
– Então, não tem certeza de que Hellier é o nosso homem?
– Não. Ainda não. Ele não é suspeito também, lembra? Agora leve essas coisas para o laboratório, antes que feche, depois passe as digitais à Yard. O chefe quer que sejam comparadas às marcas da cena *tout suite*, então não aceite uma resposta negativa. Entendeu?
– Sem problema – respondeu Zukov. – E o que você vai fazer?
Donnelly o olhou de cima a baixo, antes de responder:
– Não é da sua conta, mas pensei em voltar à central com o chefe, ver se consigo descobrir o que está passando pela cabeça dele.
– Problemas? – perguntou Zukov.
– Ainda não sei. Digamos que tenho a sensação de que o homem não está me contando tudo o que sabe.

Por volta das cinco da tarde, Sean estava de volta a sua mesa, atolado em e-mails e papelada, distraído da tagarelice e dos telefones tocando na sala de incidentes. Um detetive que todos chamavam de Bruce bateu no batente de sua porta, sobressaltando-o um pouco.
– Digitais retornando um telefonema seu, chefe – disse ele sem entusiasmo, mas Sean sentiu o coração saltar e o estômago afundar. Atravessou a sala e pegou o telefone.
– Inspetor Corrigan falando. Pode dar os resultados a mim.
– Ainda não tenho os resultados – respondeu uma voz irritada.
– As marcas da cena ainda estão sendo trabalhadas. O agente de identificação Collins está trabalhando nesse caso. Ele vai fazer comparações com sua cena assim que puder, começando pelas várias

digitais de eliminação que nos enviou. Se você tiver sorte, estarão prontas na segunda ou terça-feira.

– Essa é uma investigação de homicídio – lembrou-lhe Sean. – Preciso delas para ontem.

– Desculpe – disse a voz. – Segunda ou terça é o mais cedo possível. Escute, estamos abarrotados por aqui. A Unidade Antiterrorista acaba de jogar um trabalho urgente em cima de nós. Disseram que era prioritário, sem exceções. Desculpe.

Sean entendeu. Era um sinal inevitável dos tempos.

– Tudo bem. Obrigado. Pode dizer a ele para me ligar diretamente com os resultados. Mais uma coisa... – acrescentou Sean rapidamente, antes que a linha ficasse muda – pode verificar as digitais do fichamento de alguém para mim?

– Claro – veio a resposta. – Qual é o nome?

Sean não percebeu que Donnelly tinha entrado e podia ouvir.

– James Hellier. Precisa de data de nascimento?

– Não. O nome já me parece bem incomum. Me dê um minuto. – Sean esperou, os dois ou três minutos que se passaram parecendo muito maiores, antes de finalmente a voz falar: – Não. Nada de digitais para esse nome.

Sean sentiu o vazio da decepção.

– Tudo bem – conseguiu dizer ele, e desligou.

Donnelly interrompeu seu estado de melancolia:

– Linha de investigação interessante.

– Como assim?

– Perguntar à Digitais se Hellier tinha impressões de fichamento arquivadas, dado que já sabemos que ele não teve condenação nenhuma. Lembre-se, eu verifiquei.

– Pensei em me certificar – disse Sean. – Pensei que talvez o caso dele não tivesse ido a julgamento, ou alguém tenha se esquecido de colocar no sistema. Valeu a pena tentar.

– Sei, uma precaução a mais, hein? Alguma novidade?

– Não – respondeu Sean. – Hellier está limpo.

Hellier estava sentado em seu escritório em casa, vendo os movimentos do mercado financeiro americano no computador. A esposa colocou a cabeça pela porta sem avisar, mas ela não entraria antes de pedir. Elizabeth sabia quando deixá-lo a sós; fazia parte de seu papel de esposa perfeita e ela era bem paga. Gostava da vida que tinha.

– Está tudo bem aqui, querido? – perguntou ela.

– Estou bem, amor. Só colocando um pouco do trabalho em dia. Não vai demorar muito. Eu prometo. – Ele lhe abriu um sorriso encantador.

– Você trabalha demais. São quase dez horas.

– Vá para a cama. Eu estou bem.

– Não fique acordado até tarde, querido.

– Não vou ficar.

A mulher lhe soprou um beijo e saiu. Hora de dar um telefonema.

Hellier deslizou a mão sob a mesa e descascou um pedaço de fita adesiva por baixo do tampo. Examinou as duas chaves presas na fita, depois tirou uma e a levou aos armários de nogueira do outro lado do aposento. Ouviu os ruídos do lado de fora antes de abrir a porta do armário e se ajoelhar no chão. Puxou o tapete, revelando um cofre lacrado na fundação de concreto da casa. Destrancou o cofre com uma das chaves e dele pegou um pequeno livro de endereços. Trancou o cofre, fechou o armário e voltou a sua mesa. Encontrou o número que procurava e discou. Depois de alguns toques, o telefone foi atendido por uma voz sonolenta:

– Alô? Alô? Ah, meu saco.

Hellier falou:

– Sou eu.

Hellier foi recebido pelo silêncio. Depois, a voz falou com urgência:

– Por favor, diga que está me ligando de um telefone público.

Hellier podia sentir o medo.

– Não se preocupe com isso. Temos coisas mais importantes a discutir.

– Como o quê?

– Como você ter certeza de que cuidou das coisas. Não mentiria para mim, não é?

– Ah, Deus. Por que está me perguntando isso? Eu cuidei. Já te disse. Por que o pânico? Fez alguma merda? – A voz parecia mais calma.

– Não, mas seus amigos teimosinhos estão me criando problemas. É importante que eu saiba que você fez o que lhe paguei para fazer.

A voz ficou em silêncio. Hellier deu tempo para a pessoa pensar. Depois de alguns segundos, a voz retornou, quase sussurrando, nervosa:

– Meu Deus! Eles não ligaram você ao Korsakov, ligaram? – A menção desse nome fez Hellier se recostar em sua cadeira confortável e sorrir, como se estivesse se recordando de uma infância feliz. Stefan Korsakov. Um nome que ele não ouvia fazia séculos.
– A polícia ligou você a Korsakov? – quis saber a voz, impaciente.

– Não – respondeu Hellier, ainda calmo e sorridente –, e não há ligação. Korsakov nunca mais vai voltar. Eu cuidei disso há muito tempo. Lembra? Devia se lembrar. Afinal, você me ajudou a enterrá-lo.

A voz rebateu:

– Se você se foder, vai se foder sozinho. Não vou ajudar você de novo.

Hellier precisava refrescar sua memória:

– Se me pegarem, vou fazer de tudo para que você caia comigo. Lembre-se disso. – Ele desligou antes que a voz pudesse responder.

Mas a voz parecia bem sincera. O tempo diria se falava a verdade. Pelo bem dos dois, Hellier esperava que sim.

10

Manhã de domingo

Logo depois das oito da manhã, Sean chegou ao trabalho e Sally o interceptou de imediato:
– Chefe.
– O que foi, Sally?
Ela falava aos sussurros:
– O superintendente Featherstone esteve por aqui, perguntando por você.
Sean revirou os olhos.
– Obrigado por me avisar. – Assim que ele entrou em sua sala, ouviu uma batida na lateral da porta aberta. Foi até a cadeira e se sentou antes de olhar em volta.
– Bom-dia, chefe. Não devia estar na igreja? – Ele apontou uma cadeira.
Featherstone aceitou o convite, afundando na cadeira de visitantes com um leve gemido. Era alto, mais de um e oitenta e cinco, de constituição pesada e ruivo.
– Não vou à igreja desde que minha segunda mulher me deixou. – Ele falava com um leve vestígio de Londres na pronúncia. – Como vai a investigação de Graydon? Algum progresso para mim?
Featherstone não tinha nenhuma experiência de detetive; em vez disso, ascendera de posto com rápidas promoções, mas tinha chegado ao topo da superintendência depois de se recusar a ser mais um da nova raça genérica de oficiais de alta patente da Metropolitana. Ele era meio áspero demais nas bordas; meio franco demais e preparado demais para sujar as mãos. Percebendo que não podia subir mais, ele se transferiu para a investigação criminal.

Sean podia negociar com o homem. Sabia que Featherstone era sagaz o bastante para não interferir demais no modo como ele conduzia suas investigações, e que ele cuidaria das costas de Sean mais do que a maioria.

– Ainda estamos esperando a perícia e as digitais.

– E as outras linhas de inquérito? Alguma testemunha?

– Falamos com várias testemunhas da boate. Algumas deram declarações e amostras para eliminação. Nada de interesse até agora. O assassino se esforçou muito para não deixar provas materiais na cena. Parece premeditado. Nossa melhor chance, por ora, parece ser James Hellier, o possível alvo de chantagem.

– Alguma prova sólida de que a vítima o chantageava?

– Não. Hellier é esperto. Ele encobriu muito bem seus rastros. Por isso pedi autorização para uma vigilância 24 horas... Pode ser nossa única esperança de pegá-lo.

– E a vítima? – perguntou Featherstone. – Se encontrar algumas cartas, provas de que ele tentava sacanear Hellier, terá meio caminho andado.

– Nada em papel no apartamento da vítima. O pessoal está com o computador dele, mas vai levar tempo para recuperar os e-mails.

– Algum outro suspeito crível?

– Bom, um dos barmen da boate está desaparecido. Ao que parece, ele conhecia a vítima e possivelmente teve uma ligação amorosa com ele. Além disso, estamos tentando encontrar um maluco recém-libertado da prisão que cumpriu oito anos por tentativa de homicídio de um jovem gay. Mora perto o suficiente da cena para ser motivo de preocupação. Também parece ter desaparecido.

– No mínimo, precisam ser encontrados e excluídos.

– E serão.

– Precisamos ter cuidado com esse, Sean. Pode apostar, com uma vítima gay, alguém em algum lugar vai acompanhar o andamento da investigação, esperando por uma chance de nos acusar de homofobia. Não dê à mídia um porrete para nos bater.

– Eu me lembrarei disso – disse Sean.

– E por falar em mídia – perguntou Featherstone –, que tal apelarmos para o *Crimewatch*? Poupar sola de sapato e deixar que a TV faça o trabalho pesado.

– É meio cedo para isso. Prefiro que ninguém saiba o que estamos fazendo, por ora.

– Ainda é tímido com as câmeras? – Featherstone sorriu. – Se chegar a esse ponto, posso cuidar desse aspecto das coisas. Sei que você não é exatamente um fã, mas tenho algumas pessoas na imprensa em quem posso confiar. Podemos arrumar uma matéria nos jornais e tentar conseguir uma inserção no *Crimewatch*. Pedirei a minha secretária que dê uns telefonemas.

– Não precisa. Terei tudo arranjado e o informarei quando o pessoal da TV quiser você. Talvez consigamos arrumar tudo em mais ou menos um dia. – Sean torcia para ganhar algum tempo.

Featherstone se levantou.

– Muito bem. Diga a minha secretária hora e local e estarei lá. Pode me informar de tudo de antemão.

– Tudo bem.

– É melhor eu ir para a Yard. O comissário convocou uma reunião de emergência. Num domingo... dá para acreditar?

– Parece problema.

– A porra do Grupo de Apoio Territorial deu uma surra num estudante na última marcha anticapitalista. Por acaso os pais do garoto são bem relacionados, então agora vamos todos ter de usar cassetetes de espuma. Babacas. – Featherstone olhou os céus e andou pela sala até a saída.

Sally apareceu na porta de Sean.

– Problemas?

– Não – respondeu ele. – Ainda não.

Donnelly comia seu sanduíche de linguiça. Era o melhor café da manhã de domingo que ele podia esperar nas circunstâncias. Ele estava perto do pequeno quiosque de madeira no meio de Blackheath, onde comprou o sanduíche. Era um local bem conhecido, usado principalmente por taxistas e policiais famintos que procuravam um lugar para conversar sem serem ouvidos.

Ele curtia a brisa suave e fria que soprava do plano e amplo Heath. No inverno, era o lugar mais frio de Londres. Ele viu o Mondeo azul-escuro parar do outro lado da rua. Os sargentos Jimmy Dawson e Raj Samra saíram do carro. Só podiam ser policiais.

Os sargentos trabalhavam em outras duas equipes de homicídios de South London. Faziam o mesmo papel de Donnelly na equipe dele. Encontrarem-se regularmente ajudava a manter os laços fortes entre os sargentos e engendrava uma sensação de que eles eram os únicos que realmente tocavam a polícia.

Donnelly sorriu consigo mesmo e enfiou os restos do sanduíche na boca. Esperou que os homens atravessassem a rua.

– Pelo amor de Deus, Raj. Você é o único indiano na Metropolitana que parece mais policial do que o Jimmy aqui.

– Gosto de parecer um policial. Devia tentar um dia desses. Em vez de parecer um saco de merda – respondeu Raj.

A troca de insultos era rotina. Jimmy se juntou à conversa:

– O que está fazendo no meio de Blackheath numa manhã de domingo, Dave? Se exibindo aos alunos de novo? Se não for isso, então vou achar que quer um favor.

– Jimmy, Jimmy. – Donnelly demonstrou estar ofendido. – Os melhores sanduíches de linguiça em Londres não dão motivo suficiente para você? – Dawson não respondeu. – E você, Raj. Pensando que eu ia pedir favores. Eu, Dave Donnelly.

– Bom, não como carne de porco, então é melhor que seja algo além do sanduíche.

– Não sabia que você era muçulmano – disse Donnelly.

– Não sou. Sou sikh.

– Devia usar um turbante... A essa altura, seria comandante.

– Esse jogo não me interessa – disse Samra.

Donnelly soltou uma risada curta e mirrada, antes de sua expressão ficar séria.

– Muito bem, cavalheiros, vou imaginar que sabem em que caso minha equipe está trabalhando. Quero saber se alguma coisa parecida surgiu por lá. Se uma de suas equipes chegar primeiro, quero ser chamado à cena de imediato. Entenderam?

— Se parecer ter alguma ligação, passarei a sua equipe de qualquer forma. Qual é a pressa? – perguntou Dawson.

— Não – rebateu Donnelly. – Eu não disse que quero que minha *equipe* seja informada de imediato. Disse que *eu* quero ser informado de imediato, antes de qualquer outro. Inclusive o investigador Corrigan.

Donnelly trocou olhares com eles. Sabia que eles ficariam satisfeitos em ajudar, mas não se significasse ser arrastado para alguma situação de risco. Risco para suas carreiras. Ele entendeu a preocupação dos dois.

— Não fiquem tão alarmados, rapazes. – Ele tentou parecer menos sério. – Só quero ser o primeiro a olhar qualquer cena nova. Estou tomando gosto por esse caso. Preciso dar uma olhada numa cena não corrompida. Sabe como é, antes que chegue o circo e revire o lugar todo. É só isso. – Seus companheiros sargentos o olharam inexpressivamente, um modo de dizer que não acreditavam numa palavra do que ele disse. – Ah, meu caralho, é duro negociar com vocês, hein? Escutem, nosso principal suspeito é um filho da puta inteligente e escorregadio. Qualquer prova material que encontrarmos na próxima cena pode exigir uma ajudazinha, se entenderam aonde quero chegar. Mas tem de parecer autêntica. Os peritos precisam encontrar, e não alguém de minha equipe, então vou precisar entrar e sair antes de qualquer outro. Está claro agora?

— Ora, por que não disse logo? – zombou dele Samra. – Será um prazer ajudar – acrescentou ele, e falava sério, sabendo que um dia ele ou Dawson podiam pedir um favor semelhante a Donnelly.

— Pensei que seu caso fosse de chantagem – disse Dawson.

— Conheço Corrigan melhor do que ele pensa – disse Donnelly a eles. – Ele acha que há mais em nosso principal suspeito do que ele está dizendo. Pode esquecer o elemento chantagem. Se conseguirem alguma coisa mais desagradável do que o de costume, eu quero saber.

— Tudo bem – disse Samra, dando de ombros. – Vou cuidar para que você seja chamado logo.

– Ótimo, mas bico fechado. Digam a suas equipes para ligarem para vocês, depois vocês me ligam. Que fique só entre nós três.

– Se quiser tirar o trabalho de nossas mãos, por mim está tudo tranquilo – disse Dawson. – Mas se alguém perguntar, nunca tivemos essa conversa.

Donnelly abriu os braços para mostrar boas intenções.

– Rapazes, por favor – pediu. – Eu garanto. Nada duvidoso. Só estou tentando resolver um homicídio, é só isso.

Os dois detetives já atravessavam a rua. Samra disse a Donnelly:

– Se me arrastar para alguma merda, vai resolver seu próprio homicídio.

Faça o que pedi, Raj, meu rapaz, pensou Donnelly. Só faça o que pedi.

No meio da manhã, Sean saiu de sua sala para a sala de reuniões onde sua equipe se congregara. Ele não estava com humor para deixar a sala se aquietar naturalmente. O tempo era curto.

– Muito bem, muito bem. Escutem. Não tenho o dia todo. Quanto mais rápido ouvirem, mais rápido poderemos acabar com isso. – A sala se aquietou. – Até agora, temos três possíveis suspeitos: Steven Paramore, Jonnie Dempsey, o barman desaparecido, e James Hellier. Os motivos para Paramore e Dempsey serem suspeitos são óbvios, então eles precisam ser localizados e interrogados. Hellier é mais complicado – disse-lhes Sean. – Minha melhor conjectura ainda é de que nossa vítima tentava chantageá-lo. Nenhum outro motivo veio à luz e falamos com praticamente todos os amigos e familiares da vítima. Qualquer possibilidade de que o crime possa ter sido doméstico depende de a vítima ter uma relação com Jonnie Dempsey, e até agora ninguém conseguiu confirmar se tinha ou não. Dempsey é apenas um suspeito porque trabalhava na Utopia, conhecia a vítima e agora está desaparecido e não pode ser localizado, então qualquer outra sugestão é bem-vinda.

– Talvez a gente deva considerar um ataque de um estranho – sugeriu Donnelly. – Um assassino qualquer.

– Sem entrada forçada, lembra? – lembrou-o Sean.

— Quem sabe o assassino bancou o cliente? — sugeriu Donnelly.
— Convenceu-o a ir ao apartamento dele.

Sean começava a desconfiar de que Donnelly sabia que sua teoria da chantagem era pouco mais do que cortina de fumaça. Uma cortina que dava tempo a Sean para pensar. Tempo para entrar na pele do assassino — para senti-lo. Para entendê-lo.

— Pelo que disseram de nossa vítima, ele era cauteloso demais para isso. — Sean tentava desviar Donnelly da possibilidade por um tempo maior, até que tivesse as coisas ajeitadas em sua mente.

— Mas não será uma possibilidade? — insistiu Donnelly.

Ele tinha de dar alguma coisa a Donnelly.

— É possível — respondeu Sean. Houve uma onda de barulho pela sala.

— Se é uma possibilidade, então o que vamos fazer com isso? — perguntou Sally.

— Enviamos um memorando nacional, só para a polícia, verificando casos recentes semelhantes — lembrou Sean a eles.

— E não devíamos ir mais fundo? — sugeriu Sally.

— Por acaso, já pedi ao Registro Geral para me mandar vários arquivos antigos. — Ele sentiu a insatisfação de Donnelly. — Pedi a eles tudo o que envolvesse vítimas vulneráveis onde estivesse envolvido uso excessivo de violência, remontando aos últimos cinco anos. Mas não fiquem animados demais, vamos fazer essa verificação como questão de protocolo, não porque eu pense que temos um louco nas mãos.

— Serão muitos arquivos — disse Donnelly. — Você vai precisar de ajuda para ver tudo.

— Não — rebateu Sean. — Eu mesmo lerei.

— E o Catálogo de Métodos? — perguntou Sally. — Eles podem ter dados que o Registro Geral não tem. Algo mais antigo ou algo que nunca foi aos tribunais.

— Bom — disse Sean. — Dê uma olhada, Sally. Consiga ajuda, se acha que vai precisar.

— E Hellier? — perguntou Donnelly. — E quanto a Hellier?

— A vigilância começou esta manhã — disse-lhes Sean. — Fale com eles assim que puder e mantenha-os na trilha certa. — Donnelly assentiu sem dizer nada. Não parecia muito satisfeito. Sean ergueu a voz um pouco: — Não percam o foco, pessoal. Hellier ainda é nosso principal suspeito e a chantagem, nosso principal motivo. Vamos ver outras possibilidades porque temos de fazer isso, mas não quero ninguém saindo numa caçada inútil quando temos um suspeito óbvio diante de nosso nariz. Quanto a Paramore e Dempsey, vamos incluir a Alfândega e a Imigração... Ver se um deles saiu ou tentou sair do país. Paulo. — O detetive Zukov levantou a cabeça. — Você cuida disso, está bem? — Zukov assentiu uma vez. — Todos temos trabalho a fazer, então vamos com isso. — A reunião foi encerrada.

Sean chegou a sua sala quando Donnelly o alcançava. Ele sabia que Donnelly queria uma explicação.

— Vai me dizer o que realmente está passando por sua cabeça? — perguntou Donnelly.

— Não faça drama com isso, Dave.

— Há quanto tempo sabe que não houve chantagem a Hellier?

Sean fechou a porta de sua sala.

— Eu não sei.

— Sem essa, chefe. Protocolo uma ova. Se solicitou arquivos antigos do Registro Geral, então está procurando outra coisa.

Sean suspirou. Viu que não tinha sentido esconder mais nada de Donnelly.

— Tudo bem. Hellier não estava sendo chantageado, mas ainda acho que ele pode ser nosso homem. Da segunda vez que o encontrei, eu realmente comecei a acreditar que pode ser ele.

— Posso saber por quê?

— Graydon não teria tentado fazer chantagem com ele. Pelo que soube, ele era passivo demais para tentar a chantagem. Especialmente em alguém como Hellier. Ele intimida demais. É ameaçador demais.

— Então por que colocou a equipe atrás da teoria da chantagem, para não falar de Paramore e Dempsey?

– Preciso que as coisas pareçam justas, só por mais um tempo. Isso me dará tempo para pensar como preciso. Depois que eu mostrar as cartas, as coisas vão ficar muito mais complicadas por aqui. Não consigo ver com clareza quando estou atolado e, além do mais, Paramore e Dempsey devem ser encontrados e interrogados. Eu posso estar errado sobre Hellier.

– Então não acha que Hellier estava sendo chantageado, mas acha que ele pode ter matado Graydon.

– Acho.

– Pode me dizer por quê?

– Porque não acredito em coincidências. Hellier é mau até a medula. É simplesmente da natureza dele. Você conhece o tipo de animal de que estou falando. Nós dois já lidamos com eles. E agora alguém ligado a Hellier está morto.

"Se eu tiver razão em relação a ele, então seu motivo para matar é a própria morte. Ele é de uma raça muito rara; as chances de que Graydon tenha cruzado com duas pessoas assim são extremamente remotas, embora não impossíveis."

Donnelly arriou na cadeira, exasperado.

– Porra, chefe, isso tudo é meio indefinido. Não pode querer levar isso ao tribunal.

– Concordo, mas tem outro jeito de ir atrás de Hellier. Ele não mostrou ansiedade com esse crime. Quando falamos com ele sobre isso, não conseguiu sentir nada. Nenhum pânico, preocupações, dúvidas, nada. Ele tem certeza absoluta de que se safou.

– Se foi ele mesmo – lembrou-lhe Donnelly. Sean ignorou o aviso.

– Ele estava confiante demais quando falamos do caso Graydon. Enquanto nos prendemos ao assunto, ele ficou inteiramente em sua zona de conforto. Isso me diz que ele nos deixou muito pouco, se deixou alguma coisa.

– Mas?

– Mas em outras ocasiões, senti sua ansiedade.

– Com o quê?

– Com algo mais. Algo que possa traí-lo. – Sean se sentou e encarou Donnelly. – Algo do passado. Talvez ele...

– Acha que ele já matou? – interrompeu Donnelly.

– Se ele for o tipo de animal que penso que seja, então há uma possibilidade muito real de que tenha matado. Quando ler os arquivos de casos antigos do Registro Geral, espero que algumas informações se destaquem.

– Tem consciência do que está dizendo?

– Claro que tenho. – Sean o olhou nos olhos. – Por isso essa questão tem de ficar entre nós dois, por ora. Vou informar a Sally quando tiver uma chance.

– Deus nos livre se os poderosos descobrirem que você acha que lidamos com um assassino serial. Este lugar vai enlouquecer de autoridades tentando colocar a cara na TV.

– Então é melhor que eles não descubram.

– De fato – concordou Donnelly ao se levantar. – Mas tem uma coisa que ainda não faz sentido para mim.

– Fale.

– Por que Hellier matou Graydon, se ele sabia que podíamos achar uma conexão entre os dois? Por que ele nos colocou em cima dele desse jeito? Ele está tentando fazer algum joguinho conosco? É um daqueles doentes de merda que querem ser apanhados?

– Não – respondeu Sean. – Hellier não quer ser apanhado. Acredite. Não há nada de autodestrutivo em Hellier.

– Então, por quê?

– Das duas, uma. Ou porque ele quis, ou porque teve de ser assim.

– E então? – perguntou Donnelly, abrindo as mãos. – Qual das duas?

– Não sei – confessou Sean. – Simplesmente não sei. Fico repassando tudo sem parar, mas sempre que penso que estou perto de entender o porquê, tudo me escapa. Tem alguma coisa que não bate, falta alguma coisa. Meu Deus, está tão perto que posso tocar, mas ainda não consigo ver.

– Vamos descobrir por que muito em breve – disse Donnelly.

– Para ser franco, com Hellier, não tenho certeza. – A dúvida era incomum em Sean. – Por isso vamos investigar seu passado. Identificar crimes anteriores. É aí que ele é vulnerável. Tenho certeza disso.

– Se ele cometeu algum crime antes.

– Cometeu – insistiu Sean. – Não há dúvida. Só preciso saber quem, onde e quando. E por que as impressões dele não estão no arquivo.

– Não sei não, chefe – admitiu Donnelly. – Tudo isso me parece meio forçado. Não acha que estamos nos concentrando demais em Hellier? Devíamos ampliar nossos horizontes um pouco. Ver se não conseguimos cavar mais alguns suspeitos viáveis.

– Acha que estou com fixação em Hellier? – rebateu Sean. – Acha que estou colocando a investigação em risco?

– Não foi o que eu disse.

– Mas é o que está pensando. – Sean se arrependeu do que disse assim que as palavras saíram de sua boca. Ele queria poder explicar a Donnelly como podia ter tanta certeza de uma coisa muito antes de as provas justificarem isso. Como ele vira o assassino zanzar pelo apartamento de Daniel Graydon, calmo e satisfeito, o morto prostrado numa poça crescente de sangue, agora de nenhuma preocupação para ele – uma casca vazia que serviu a seu propósito. Mas ele sabia que não podia dizer a Donnelly o que vira. Não podia dizer a Donnelly que quando ele olhou na cara de Hellier viu mais do que apenas pele, ossos e carne – ele viu a alma do homem e só pôde ver trevas.

Sally entrou na New Scotland Yard, um imenso prédio envidraçado perto da Parliament Square. A busca padrão na inteligência criminal e nos bancos de dados de condenados não levou a nada. Era hora de tentar algo diferente, por isso ela veio verificar o Catálogo de Métodos. Eles mantinham registros de crimes graves e violentos, bem como crimes incomuns. Se um criminoso usou o mesmo método peculiar mais de uma vez, era possível que fosse identificado ali. Sally entrou na sala do catálogo e olhou o ambiente pequeno e bege. Mesas de madeira eram espremidas no espaço. Computadores antigos e muito usados enchiam cada canto. Grandes cartazes enfeitavam as paredes anunciando o que o departamento podia fazer por você. Tudo parecia velho. As duas pessoas na sala pareceram surpresas por terem uma visitante. Uma delas, um magro de meia-idade e óculos, fechou o arquivo em que trabalhava e avançou hesitante para Sally. Falou timidamente:

– Procura por alguém? – Ele tinha sotaque de Yorkshire, imaculado dos anos em Londres.

Sally percebeu que eles não recebiam muitas visitas.

– Bom, se este é o Catálogo de Métodos, acho que encontrei o lugar certo. – Ela tentou demonstrar entusiasmo. – Sargento-detetive Sally Jones, do Grupo Sul de Crimes Graves. – Ela estendeu a mão e esperou que a menção de sua unidade pudesse despertar algum interesse. O homem nervoso pareceu confuso. – O Esquadrão de Homicídios – acrescentou Sally. – O Grupo Sul de Crimes Graves é o Esquadrão de Homicídios.

– Ah – disse o homem. – É como vocês chamam agora. Mudam tanto os nomes das coisas que nunca consigo acompanhar. – Ele aceitou a mão estendida de Sally e a apertou com um sorriso. – Sou o detetive Harvey Williams. Todos me chamam de Harve. Colocaram-me a cargo desta pequena equipe alguns anos atrás e acho que se esqueceram de mim, para ser franco. – Ele apontou um jovem de cabelo comprido que verificava um mar de pastas de papéis. – Aquele é o Doug. Ele é civil. O resto da equipe está de folga hoje. Na realidade, o único motivo para alguém estar aqui é que estamos transferindo todos os nossos antigos arquivos em papel para computadores. Não temos muita chance de fazer hora extra, então, quando oferecerem...

Então essa era a famosa resposta da Metropolitana à mundialmente famosa Unidade de Ciência Comportamental do FBI. Um detetive envelhecido e esquecido pelo mundo e alguns funcionários civis sem qualificação. Ela pode ter cometido um erro vindo ali, mas, por outro lado, o que teria a perder além de uma tarde?

O detetive Williams continuou:

– Como posso ajudá-la, sargento Jones?

— Estou interessada em qualquer perfil de assassino que combine com nosso caso.

Williams franziu os lábios.

— Não temos perfis aqui. Temos métodos de crimes usados pelas pessoas. Nenhum perfil delas.

Sally entendia a diferença. Um perfil referia-se a um perfil psicológico de um criminoso. Raras vezes era usado pela Polícia Metropolitana. Apesar de altamente divulgados na mídia e nos filmes, a verdade era que os perfis psicológicos eram de valor muito limitado. Era muito mais útil casar métodos de crime com criminosos.

— Desculpe-me. Foi um lapso.

— Não precisa se desculpar — disse ele animadamente. — Sente-se. Onde quiser. Ninguém nesta sala é metido a imperialista. Aliás, me diga o que está procurando. Poupe-me dos detalhes. O diabo sempre está nos detalhes. Sempre nos detalhes.

Londres fumegava. Sean não conseguia se lembrar de outro verão assim. Sem chuva. Sem vento. Sem alívio. Um clima do demônio. Seu celular tocou. Ele continuou dirigindo e atendeu:

— Inspetor Corrigan.

— Olá, chefe. — Era Donnelly. — Só para que saiba, estou com a equipe de vigilância. Conferindo se não passaram uma semana seguindo o homem errado.

— Ótimo. Algum movimento de Hellier?

— Não. Ele ainda está em casa. Ainda não foi a lugar nenhum. Só olhou pela janela uma vez. Não parece estar procurando por nós.

— Vou me juntar a vocês — anunciou Sean. — Ligarei do celular quando estiver na área. Se ele se mexer, me avise. — Ele desligou.

Donnelly voltou-se para o detetive Paulo Zukov, sentado ao lado dele.

— Problemas? — perguntou Zukov.

— Não, mas cuidado. O chefe está a caminho.

— E o que a faz pensar que o Catálogo de Métodos poderá ajudar em seu crime? — perguntou o detetive Williams. — É incomum?

— Meio incomum — respondeu Sally. — A vítima foi apunhalada um número excessivo de vezes, depois de já estar semimorta por dois golpes na cabeça. A arma usada foi um picador de gelo ou um estilete. Mais importante, a vítima era homossexual. Quase certamente garoto de programa.

"Não estou interessada em alguém com histórico de comportamento homofóbico *per se*. Procuro por algo mais pesado. Ataques realmente violentos. Possíveis agressões sexuais ou que possam ter conotações sexuais. Qualquer coisa assim. Pode me ajudar?"

— Podemos trabalhar com isso. Quanto a casos de espancamento de gays por bêbados, não teríamos esse tipo de agressão em nossos registros, de qualquer modo. Não é distinto o bastante.

O detetive Williams foi até um grande armário cinza num canto da sala. Falava ao passar o polegar pelas pastas que continha.

— Alguns registros nossos remontam a mais ou menos cinquenta anos. Os verdadeiramente críticos. Métodos preferidos de terroristas, assassinos profissionais, esse tipo de coisa. Mas nossos registros referem-se principalmente a criminosos sexuais, pedófilos. Pessoas que muito provavelmente reincidem. Não temos tantos homicidas. A maioria é de casos banais, atos isolados de estupidez. Mas você já deve saber disso.

Sally ficou aliviada. Não lhe agradava passar o dia todo lendo arquivos antigos na sala apertada.

— Só temos registros de algumas centenas — acrescentou Williams, sorrindo. Sally arriou. — Não deve levar muito tempo, se nós dois procurarmos.

Ele pegou as pastas que pôde e carregou para a mesa de Sally.

— Esta é a última década de assassinatos interessantes de homossexuais. Infelizmente, a maioria de nossos registros ainda não foi transferida para o sistema de computadores; então, se puder ver este pequeno lote, eu verei o que temos em nossos registros computadorizados. — Ele começou a assoviar enquanto digitava no teclado do terminal.

Sally tirou o casaco e empurrou de lado na mesa todos os arquivos. Pegou o primeiro caso e começou a ler.

* * *

Hellier sabia que estavam ali. Sentia a presença deles. Não os via de seu escritório, mas isso não fazia diferença. Eles estavam ali. Eram bons. Não eram ineptos. Nem impacientes. Ele se perguntou quantos estariam na equipe de vigilância. Chamavam os policiais motociclistas de Solos. Jargão policial ridículo. Ainda assim, ele tinha um problema. As coisas ficariam complicadas se ele fosse seguido para todo lado por esses babacas teimosos. O inspetor Corrigan era o responsável, sem dúvida. Meu Deus, ele era um filho da mãe irritante. Como poderia lidar melhor com o inspetor Corrigan?

Hora de dar outro telefonema. Talvez ele saísse para correr um pouco depois, costurando pelas multidões de domingo do mercado de antiguidades da Upper Street antes de entrar e sair de alguns ônibus e metrôs, rindo da polícia, que se esforçava e acabava por perdê-lo de vista.

Ele falou com os policiais que não conseguia ver:

– Espero que estejam preparados para um longo dia, escrotos. Terão de melhorar nosso jogo, se quiserem ganhar o prêmio.

Sally leu atentamente a primeira dezena de artigos. Estava claro por que esses assassinatos em particular tinham sido considerados singulares o bastante para os arquivos de crimes do Catálogo de Métodos. Alguns eram quase engraçados de tão bizarros, mas a maioria era simplesmente horrível.

Seus pensamentos começaram a divagar pelas vítimas. Será que tiveram alguma ideia do que ia lhes acontecer? Teriam ficado com medo, confusas ou mesmo com raiva depois de perceberem que a morte estava próxima? E por que foram elas as escolhidas? O que atraiu seus assassinos a elas? Sua aparência, seus movimentos, o jeito de falar? Ou foi pura falta de sorte? O lugar errado na hora errada? Talvez um pouco de cada coisa.

Ela já estava lendo havia mais de três horas. Por algumas vezes algo chamava sua atenção, mas seu interesse sempre desbotava quando descobria detalhes inconsistentes com o que procurava. A voz do detetive Williams interrompeu sua concentração:

– Sargento Jones...

– Sim? – perguntou Sally.

– Creio que deve dar uma olhada nisso. Talvez eu tenha encontrado alguma coisa.

Sean se juntara a Donnelly e Zukov. Os três estavam sentados em silêncio no Mondeo descaracterizado. Sean na traseira, olhando pela janela, constantemente reavaliando as provas, procurando por algo que tenha deixado passar. O rádio ganhou vida com as vozes da equipe de vigilância: "Alvo Um ainda estacionário em azul."

"Lima Dois saindo para a natureza."

"Recebido, Lima Dois."

"Lima Três dará cobertura."

"Recebido, Lima Três."

Donnelly falou com todos:

– Se Hellier sair, espero que eles parem de tagarelar nessa linguagem deles, porque eu, pelo menos, não entendo porra nenhuma do que estão dizendo.

O celular de Sean tocou. Ele atendeu rapidamente:

– Inspetor Corrigan.

– Chefe? Aqui é Sally.

Sean sentiu um grau crescente de empolgação em sua voz.

– Parece que tem alguma coisa para mim.

– Acho que posso ter.

Sean olhou o relógio. Era quase a hora do almoço. Ele pretendia passar a maior parte do dia seguindo Hellier. Parecia que quanto mais tempo ficava perto do homem, mais conseguia pensar como ele.

– Pode esperar até amanhã de manhã?

– Acho que sim – respondeu Sally.

Mas não era bom e ele sabia disso. Se não descobrisse o que Sally tinha, ele nunca descansaria.

– Pode me passar por telefone?

– Desculpe, senhor. Estou dirigindo e preciso mostrar esta ficha. Vai querer ver.

– Tudo bem – concordou ele. – Dave e eu vamos encontrar você em Peckham assim que possível, partindo de Islington.

– Estarei lá.

– Alguma evolução? – perguntou Donnelly por sobre o ombro.

– Possivelmente. Precisamos voltar à central e encontrar Sally. Os rapazes da vigilância podem cuidar do próprio trabalho.

O carro deles entrou no pesado trânsito do norte de Londres e escapuliu aparentemente sem ser notado.

Sean se recostou na janela. Sally estava sentada em uma cadeira padrão da central de polícia, de madeira e bamba. Donnelly também preferiu ficar de pé.

Sally pousou uma pasta de cartolina no colo. Lembrou a Sean uma professora de colégio prestes a ler uma história.

– Desencavei isto dos arquivos do Catálogo de Métodos hoje – disse-lhes ela. – Entramos no sistema com as informações de nosso assassinato, procurando algum crime ou método semelhante. Por fim, apareceu este personagem.

Sally abriu a pasta e sacou um arquivo de registro criminal.

– Este é de um cara chamado Stefan Korsakov. – Ela entregou o impresso a Sean, que rapidamente passou os olhos na lista de acusações. Não demorou muito tempo.

– Por quê? O homem só tem uma condenação. Por fraude. E isso já faz mais de dez anos. – Sean estava confuso. Meneou a cabeça e passou o impresso a Donnelly.

Sally continuou:

– Condenações sim, mas o catálogo não tem só as condenações. Aqui... – Sally puxou da pasta um maço grosso de papéis. Sean reconheceu os formulários antigos. – Stefan Korsakov foi acusado de estuprar um rapaz de 17 anos em 1996. A vítima tinha uma leve dificuldade de aprendizado. Nada de sério, ao que parece, mas isso o tornava um tanto ingênuo.

"Korsakov abordou o rapaz quando ele andava de bicicleta no Richmond Park. Fez amizade com ele, deu-lhe uma lata de cerveja batizada com uma bebida mais forte, depois o arrastou para uma área retirada do parque, amarrou-o, amordaçou e abusou sexualmente dele de quase todo jeito possível, culminando com o estupro real.

"Mas o fato de que esse foi um ataque violento por um predador mais velho não foi a única semelhança. Ele usou um estilete para ameaçar o rapaz."

– Parecido com a arma usada em nossa vítima – disse Sean.

– Ora, ora – acrescentou Donnelly.

Sally não tinha terminado.

– Mas a sorte de Korsakov acabou. Ele passou tempo demais com o garoto. Um guarda da patrulha de parques andava de fininho pelas árvores, procurando pervertidos. Aparentemente, havia uma epidemia deles no parque. Ele deu com mais do que esperava. O arquivo diz que o guarda inicialmente pensou que era atentado ao pudor entre homens, mas consentido. Depois viu as amarras nos pulsos do garoto.

"Korsakov viu o guarda e parou, mas o jogo estava acabado e ele foi preso antes de percorrer 15 metros. A prisão foi feita pela polícia de parques. A divisão criminal de Richmond herdou o trabalho. Segundo as anotações de investigação da central sobre o caso, chegaram à conclusão de que foi um ataque planejado. Korsakov tinha batizado a cerveja. A divisão suspeitou de que ele já tinha o garoto como alvo, especificamente porque ele tinha problemas de aprendizado.

"Essa é a parte que vocês vão gostar. O investigador notou que Korsakov tinha um bom conhecimento de provas periciais."

– Bom, nosso suspeito certamente tem isso – disse Donnelly.

– Ele usou camisinha em todo o ataque. Também usou um par de luvas de couro novinhas e estava com casaco e calças impermeáveis. Tinha um saco de lixo vazio no bolso.

Sean entendia que os impermeáveis em geral eram feitos de náilon de trama apertada e podiam ser tão eficazes quanto o traje forense para evitar a transferência de provas materiais do suspeito para a vítima e vice-versa.

Sally prosseguiu:

– Deixei o melhor para o fim. Quando Korsakov foi despido e examinado na central, descobriram que ele tinha raspado os pelos pubianos. Ele mais tarde alegou que teve um episódio de chatos e teve de depilar tudo.

– Raspar os pelos pubianos – disse Donnelly. – Mas isso é que é dedicação.

– Mas ele não foi condenado? – perguntou Sean.

– Não – respondeu Sally. – Não foi condenado por estupro. Mas foi condenado por fraude grave. Fizeram uma busca em sua casa como parte da investigação e descobriram uma carrada de papéis relacionados com uma empresa de fundos de pensão que ele criou. Os detetives antipatizaram com ele...

– Nem imagino o porquê – intrometeu-se Donnelly.

– ... então decidiram criar o maior problema possível. Telefonaram para as pessoas que contrataram sua empresa. Verificaram onde ele investia o dinheiro delas. Por acaso a coisa toda era trapaça. Não havia empresa de fundos de pensão... Ou pelo menos não uma verdadeira. O dinheiro era para Korsakov manter o estilo de vida a que se acostumou. Casa bonita, BMW e um Range Rover, casa de veraneio na Úmbria...

"Ele era um picareta. E dos bons. Um excelente falsário também. Forjou a assinatura de clientes e aumentou seus pagamentos sem que eles sequer soubessem. Também forjou vários documentos oficiais para si mesmo. Passaportes. Carteiras de habilitação. Tudo de países diferentes. Não parece haver fim para seus talentos.

"Ele roubou mais de dois milhões de libras. Principalmente de idosos. Por fim, foi condenado depois de um julgamento de três meses e sentenciado a quatro anos de prisão. O dinheiro nunca foi recuperado. Libertado da penitenciária de Wandsworth em 24 de agosto de 1999.

"Desde sua soltura, não se soube dele. Nenhuma prisão nem acusações. Nada."

– Por que ele não foi condenado pelo estupro do rapaz? – perguntou Sean. – Parece tão simples.

– O rapaz retirou as acusações. Os pais pensaram que seria melhor que ele não enfrentasse os tribunais. Estavam preocupados que a imprensa descobrisse. Que fizessem da vida do garoto um *freak show* público. Então ele escapou de estupro, mas os investigadores fizeram o possível para ferrá-lo de qualquer jeito, e ele pegou as acusações de fraude.

Sean falou novamente:

– Criminosos que cometem esse tipo de crime não agem uma vez só. Por maiores que sejam os riscos, ele teria reincidido. Ele não pode ter continuado latente por tanto tempo.

– Concordo – disse Sally. – O que significa que ou está morto, ou saiu do país, encontrou Deus e mudou de vida, ou... – Ela parou de repente.

– Ou? – estimulou-a Sean.

– Ou virou outra pessoa. Usou suas habilidades como falsário e estelionatário para criar uma nova identidade para si. Uma vida nova.

– Como é esse Korsakov? – perguntou Sean, com uma semente de ideia germinando em sua mente.

– Não sei – respondeu Sally. – Não tem fotos no arquivo. Só uma descrição.

– E qual é? – perguntou Sean.

Sally verificou o arquivo.

– Branco. Em 1996, tinha 28 anos, magro, atlético, cabelo castanho-claro curto e sem marcas, cicatrizes ou tatuagens identificáveis.

Sean e Donnelly trocaram um olhar.

– Parece alguém que conhecemos? – perguntou Donnelly.

Sean meneou a cabeça.

– Sei o que está pensando, mas eles não podem ser a mesma pessoa. Esse cara tem uma condenação, então suas digitais estão arquivadas. Hellier não tem digitais no sistema, então não pode ter sido condenado sem que tirassem suas digitais, independentemente do nome que usasse na época da condenação.

Donnelly sabia que Sean tinha razão.

– Que pena.

– Mas – acrescentou Sean – não vai fazer mal nenhum a nosso caso dar uma olhada nisso. Sally, fique encarregada disso. Logo de manhã cedo comece a descobrir o que puder sobre Korsakov. Veja o que Richmond tem sobre ele e localize o investigador original.

Sean se voltou para Donnelly.

– Ainda tem aquela foto de Hellier que eu tirei?

– Tenho – respondeu Donnelly, e pegou uma fotografia no bolso do paletó, entregando a Sean, que por sua vez deu-a a Sally.

– Se localizar o investigador, mostre isto a ele – disse-lhe Sean. – Veja se ele reconhece.

– Pensei que tivesse dito que não podia ser Hellier – argumentou Donnelly.

– Não faz mal verificar. Eliminar a possibilidade de uma vez por todas. – Sean se virou para Sally. – Depois que terminar isso, se concentre nesse Korsakov até achar que tem o suficiente para eliminá-lo como suspeito viável.

– E se eu não conseguir eliminá-lo?

– Você vai – garantiu-lhe Sean. – Você vai.

Hellier só se arriscou a sair duas vezes o dia todo – uma à loja do bairro para comprar os jornais de domingo, e mais tarde para um passeio à tarde com a família pelas ruas arborizadas de subúrbio. Nas duas ocasiões, as crianças estavam nas mãos da mãe e Hellier andava alguns passos atrás.

Ele não podia ter facilitado mais para a equipe de vigilância. Achava que tinha visto alguns deles. Era difícil dizer, melhor ficar paranoico por ora. Sempre supor o pior. Assim, ele nunca seria apanhado desprevenido.

Agora estava sentado em sua cozinha creme e de aço vendo a mulher lavar a louça depois da refeição da noite. Ele empurrou a comida semiconsumida para longe e bebeu uma taça de Pauillac de Latour.

– Sem apetite? – perguntou Elizabeth, sorrindo. Hellier não escutou. – Sem fome esta noite, querido? – Ela elevou um pouco a voz.

– Desculpe, não – respondeu Hellier. – Estava delicioso, mas não sinto muita fome. – Ele estava com ela apenas em corpo. A mente estava fora, com a equipe de vigilância nas ruas em volta de sua casa, cercando-o como um bando de hienas isolando um leão.

– Preocupado com alguma coisa? – perguntou Elizabeth.

– Não. Por que estaria? – Hellier não gostava de ser questionado por ninguém.

– E o caso de fraude de identidade que a polícia procurava?

– Não era nada – insistiu Hellier. – Como eu lhe disse, foi tudo um equívoco. A polícia cometeu um erro, que surpresa.

– Claro. – Ela desistiu.

– Você disse a eles que fiquei em casa a noite toda, não foi? – perguntou Hellier, sem preocupação aparente.

– Disse exatamente o que você me disse para falar.

– Ótimo. – Mas Hellier sabia que ela precisava de mais. – Olha, eu estava em uma reunião muito delicada naquela noite. A empresa queria que eu me reunisse com alguns possíveis clientes, gente muito importante, mas estavam meio preocupados com os antecedentes deles. Cuidado com africanos que andam com muito dinheiro, como dizemos hoje em dia. Eles queriam que eu os verificasse, foi isso, ver se a riqueza deles podia ser obviamente identificada como ganhos ilícitos. Se fosse assim, não tocaríamos neles. Da mesma forma, não podemos ter a polícia farejando nossos negócios... Seria muito ruim. Nossos clientes esperam completa confidencialidade e privacidade. Eu não podia dizer a verdade à polícia. Desculpe se arrastei você para isso, mas eu realmente não tive alternativa.

Elizabeth pareceu se satisfazer com isso. Mesmo que não acreditasse inteiramente nele, a explicação em si pelo menos era crível.

– Devia ter me dito logo, querido. Eu teria compreendido. Mas eu tomaria cuidado com esse inspetor Corrigan – avisou-o ela. – Ele não me parece o policialzinho de costume. Tem alguma coisa enervante nele. Alguma astúcia animal.

Hellier sentiu a fúria subitamente inchar em seu peito, as têmporas latejando, o corpo tremendo involuntariamente, mas sua expressão nunca perdia a calma e a satisfação. Ele não suportava ouvir seu adversário ser elogiado. Mesmo que a mulher pretendesse que fosse um insulto, dava a Corrigan mais credibilidade aos olhos dele, até sugeria que ele devia temê-lo. Seus punhos se cerraram sob a mesa enquanto ele imaginava a cara esmagada e ensanguentada de Elizabeth, os nós dos próprios dedos sangrando, cortados nos dentes dela.

Ele esperou até que a raiva o tomasse completamente e morresse, como um furacão que passa, antes de se levantar da mesa. Deu um leve beijo no rosto da mulher.

– Acho que terá de me dar licença, querida – disse ele. – Preciso trabalhar um pouco. É o preço que temos de pagar.

Hellier foi para seu escritório. Passou pelo ritual de pegar a chave do cofre e abri-lo. Folheou uma pequena agenda de endereços que tirou de dentro e encontrou o que procurava. Discou o número.

– Alô? – atendeu a voz.

– É melhor retirar seus cães – sibilou Hellier.

– Isso não é possível. Não tenho essa influência toda. – A voz parecia tranquila. Hellier não gostou disso.

– Escute aqui, seu debiloide de merda. Por mais que me divirta ver esses incompetentes tentando me seguir, eles podem topar com alguma coisa que nós dois não queremos. Então é melhor pensar em alguma coisa, e que seja logo.

– Já fiz mais do que devia – protestou a voz. – Já arrisquei meu pescoço. Não posso fazer mais nada. Não farei.

– Errou de novo. Espero que você não adquira o hábito de cometer lapsos. Acho que sabe o quanto seu erro pode custar.

Hellier não esperou por uma resposta. Desligou. Ouviu a mulher chamar. Ela queria saber se ele ia tomar um café.

11

Hoje cheguei atrasado ao trabalho. Dane-se. Fui para minha sala no canto, em um antigo prédio no centro de Londres. Tenho uma linda vista da rua. Gosto de ver as pessoas passando. A sala é só minha. Sou rico, mas odeio esse emprego. Eu nem devia ter de trabalhar. Todo mundo trabalha e estou longe de ser como todo mundo. Eu não devia ter de trabalhar, mas é necessário para minha fachada.

Sento-me na minha cadeira de couro e leio alguns tabloides enquanto bebo um caffè latte desnatado. Dois cubos de açúcar. Os jornais estão cheios do lixo de sempre. A fome que ameaça milhões em algum país africano. Enchentes que ameaçam milhões em algum país asiático. Os apelos de sempre por dinheiro e roupas. Uma estrela do rock na TV, manifestando de última hora seus remorsos por sua riqueza e fama, bradando sobre a culpa que todos devíamos sentir.

Por que ninguém consegue entender? Essa gente foi escolhida pela Natureza para morrer. Parem de interferir. A Natureza sabe o que faz. Vocês as mantêm vivas agora e daqui a um ano elas morrem de doença, ou vocês curam a doença e elas morrem de inanição. Se livrarmos o mundo da fome, elas vão se matar nas dezenas de milhares de guerras tribais. Esses idealistas são uns débeis ignorantes tentando comprar uma passagem para a Utopia. Deixemos esses milhões entregues à Natureza – eles que morrem.

Eu sou a própria Natureza. Faço o que nasci para fazer e não sinto culpa. Libertei-me dos grilhões da compaixão e da misericórdia. Alguns de vocês nasceram para morrer por minhas mãos e assim será. Quem sou eu para questionar a Natureza? Quem é você? Nada pode atrapalhar o caminho dos desígnios da Natureza.

Não sou um doente preso a uma cama, sentado sozinho toda noite, cortando meu peito com lâminas de barbear enquanto me masturbo com pornografia violenta. Eu não. Não sou um autodestrutivo, um caso psiquiátrico esperando ou torcendo para ser apanhado. Não procuro fama ou notoriedade. Nem mesmo quero ter má fama. Ninguém me verá mandando pistas à polícia, fazendo joguinho de gato e rato, telefonando para eles com migalhas saborosas de informação. Isso não me interessa. Não darei nada a eles. Devo permanecer livre para continuar minha obra. Agora, é só o que importa.

E mesmo que consigam me pegar, nunca provarão nada.

Minha terceira visita foi a experiência mais satisfatória de minha vida. Uma evolução. Um sinal a mais de minha força e meu poder crescentes.

De certa forma, sou piedoso. Um assassino novato pode fazer tudo errado, por desleixo. Prolongar a agonia da vítima. Um assassino eficiente é exatamente isso. Eficiente. Fico mais eficiente a cada morte. Não quero dizer com isso que eu não goste de me divertir um pouco. Sim, de vez em quando.

Ademais, às vezes preciso cometer alguns deslizes propositais, para manter as conjecturas da polícia. Não posso me prender ao mesmo método de despachar os poucos eleitos. Isso facilitaria demais. Eles já estão farejando muito perto de casa, mas isso não me preocupa.

Aluguei outro carro. Um Vauxhall grande, com uma mala grande para combinar. As locadoras de automóveis de Londres têm se aproveitado muito de mim ultimamente. Ainda assim, elas me servem muito bem. Novamente deixei o carro em um estacionamento rotativo, desta vez no shopping center na Brent Cross, ao norte de Londres. Comprei uma capa de chuva nova no mesmo shopping, junto com sapatos de solado de plástico. Comprei uma camiseta de náilon, um novo par de tênis Nike e guardei tudo no carro alugado até precisar deles.

Eu estava pronto. Voltei ao estacionamento no início da noite seguinte. As lojas ainda estavam abertas. Peguei as roupas na mala do carro e me troquei no banheiro público. Voltei ao carro e rapidamente cobri as placas reais com falsas. Tive o cuidado de estacionar no ponto cego das câmeras de segurança.

Tudo correu tranquilamente e fui para o sul, à estação de trem da King's Cross, uma monstruosidade moderna em forma de prédio. Dirigi no fluxo contrário do trânsito e cheguei lá pelas oito da noite. Ainda não estava muito escuro, então estacionei o carro numa transversal. A vaga era gratuita a essa hora da noite. Isso era importante. Não podia me arriscar a pagar estacionamento ou ter a atenção indesejada de um policial entediado.

Saí do carro e fui para o West End, pela Euston Road. Por haver pesquisado, eu sabia que havia um Burger King perto da estação St. Pancras. Apesar da adrenalina que apertava meu estômago, eu sentia certa fome, então decidi pegar alguma coisa para comer. Era um jeito bom de matar uma hora e deixar que a noite escurecesse mais. Espere até chegar o inverno, pensei. Dezesseis horas de escuridão por dia. Será pura diversão.

Comi meu Whopper com queijo, mastiguei umas fritas e bebi uma 7UP diet. Foi engraçado ver as pessoas reunidas em volta de mim, sem saber que dançavam tão perto da morte. Jovens estudantes estrangeiros principalmente, sendo servidos pelos fracassados da vida.

Minha atenção se concentrou em três meninas espanholas. Elas pegaram seus sanduíches e riram. Estavam vestidas para chamar a atenção de um grupo de jovens morenos. Não creio que os jovens fossem espanhóis – provavelmente italianos ou, pior, albaneses. Talvez mais interessados em roubar as bolsas das garotas do que em sua virgindade.

Eu teria gostado de amarrar as meninas risonhas. Passar muito tempo com elas. Ver suas lágrimas de dor e medo fluírem, ouvir os guinchos reprimidos de agonia e humilhação enquanto eu me divertia com elas, uma por uma. Depois eu as faria olhar e ver meu poder enquanto eu cortava suas gargantas. Um tributo distorcido e sangrento à beleza da morte violenta.

Eu precisava me acalmar. Minha imaginação me excitava demais e o aperto em meu estômago tornava-se doloroso. Tinha meu objeto para a noite. Foi arranjado. Cuidadosamente planejado. Precisava me guardar contra ações impulsivas. As espanholas viveriam. Outra pessoa não.

Quando chegou a hora, saí da lanchonete. Ao sair, aproximei-me das meninas espanholas. Respirei fundo seu cheiro. Era doce. Como chiclete. As amigas notaram e as três voltaram a uma guerrinha de risos. Uma outra hora, talvez.

Fiquei agitado com as meninas. Meu coração bateu mais rápido do que o normal. Eu estava a ponto de ficar desesperado. Rezei para que meu objeto eleito estivesse onde devia. Andei mais rápido do que deveria. Alguém deu por minha presença? Achou-me meio deslocado? Pensando bem, creio que não.

Cheguei a meu posto de observação, na extremidade oeste da estação King's Cross. Estava tão agitado que quase entrei no raio de alcance de algumas câmeras de segurança instaladas na lateral da parede da estação. Consegui me conter. Olhei as cinco pistas de trânsito da Euston Road e me concentrei na pequena cafeteria fortemente iluminada. Eu podia ver bem lá dentro. Era típico das cafeterias em volta da estação. Um verdadeiro buraco. O dono vendia comida venenosa e prostitutas infantis.

As máquinas de caça-níqueis perto da porta da frente eram um sinal. Um farol às jovens sem-teto. Foragidas do Norte e das Midlands, elas não ultrapassam a estação de trem, o limite era este bar. Dali, seriam enviadas a vários cafetões de Londres. Essa seria então sua vida. Prostituição, crime, drogas e morte precoce.

Outros caçadores visitavam o lugar. Parecia um poço de água africano. A maioria para sexo ilícito com menores. Alguns, muito de vez em quando, caçando para matar, mas nenhum como eu.

Ela estava bem onde deveria. Colocando dinheiro numa caça-níqueis. Uma causa perdida em busca de uma causa perdida. Devia ter entre 14 e 16 anos, 1,60m de altura, cabelo louro comprido, pele clara, linda como mármore. Magra. Metade do meu tamanho.

Estive observando o lugar intermitentemente por umas duas semanas. Nada estimulou minhas fantasias, mas insisti. Depois de alguns dias, ela apareceu, de mochila na mão. Desde o momento em que a vi, ela era minha.

Não cheguei mais perto dela do que isso. Nem a ouvi falar, então não sabia de onde era. Tampouco sabia a cor de seus olhos. Esperava que fossem castanhos. Olhos castanhos naquela pele marmórea seriam um contraste deslumbrante. Eu precisava ver seu sangue naquela pele. Comecei a ter uma ereção. Respirei fundo algumas vezes e me acalmei.

Durante o tempo em que a observei, ela não foi levada por ninguém. Eu não acreditava que ela já houvesse sucumbido à vida inevitável de prostituição. Que bom. Quanto mais inocentes elas são, maior o meu prazer. Tem algo mais doce do que a inocência violada?

Continuei olhando. Esperando que ela cometesse um erro fatal. Ninguém me viu. Havia milhares de pessoas andando pela estação. Pela primeira vez o serviço de meteorologia acertou e chuviscava, daí minha capa era perfeitamente natural, mesmo nessa época do ano.

Ela fazia isso várias vezes por noite. Saía do bar e entrava numa transversal, perto de onde estacionei o carro. No início, me perguntei o que estaria fazendo. Urinando? Fazendo um sexo oral atrapalhado com um cliente? Então eu a vi. Ela ia fumar um cigarro. Não queria dividir com as outras meninas fodidas. E por que dividiria? Dizem que fumar faz mal à saúde. Se ela soubesse.

Pacientemente, eu a observava. Ainda excitado, mas agora menos nervoso. Tinha mais controle de mim mesmo. Podia esperar. Era só uma questão de tempo.

Minha paciência foi recompensada. Eu a vi falando com outras jovens reunidas perto da máquina. Ela pedia licença para sair. Ninguém pareceu interessado. Ela saiu do bar, olhando os dois lados da rua. Sabia que era uma mera presa. Estava nervosa por ter de se afastar da segurança do rebanho. Ela desapareceu na transversal. Atravessei a rua pela faixa de pedestres. A chuva leve fazia com que os sinais amarelo, vermelho e verde da rua dançassem na pavimentação brilhante e nos veículos que passavam.

A menina agora estava fora de vista, mas eu sentia seu cheiro. Eu a sentia. Aproximei-me mais. Atraído a ela. Tinha a identificação de policial no bolso do casaco. Minha mão pousava nela. Preparada. Em outro bolso eu levava uma pequena faca, caso ela tentasse fugir ou gritar. Comprei a faca meses atrás e escondi no escritório de minha casa. Era de uma marca comum. Muito boa para fatiar tomates, ou assim me disse o vendedor.

Eu a via com clareza suficiente. Parada na soleira de uma loja abandonada, fumando seu cigarro. Ela me viu andando em sua direção. Senti sua cautela, mas ainda nenhum medo verdadeiro. Nada que a fizesse fugir. Tive o cuidado de não olhar para ela ao me aproximar. Usei a visão periférica para vigiá-la. Cheguei a cerca de cinco metros dela. Se ela fugisse agora, poderia sobreviver. Demorasse mais, e não poderia fugir. Eu era forte. Sou rápido. Muito mais forte e mais rápido do que pareço. E me exercito muito. Em segredo.

Alcancei-a e virei a cara para ela. Ela estava presa pelas grades do outro lado da soleira. Com os instintos de sobrevivência de um animal selvagem, ela falou de imediato:

– Se chegar perto, vou gritar, porra! Vou gritar estupro e vou dizer à polícia que você me bolinou. – Tinha um sotaque de Newcastle.

Sorri para ela. Pensei em sacar a faca e abatê-la ali mesmo. Não tinha ninguém por perto. Mas me ative ao plano. Peguei o distintivo da polícia e lhe mostrei. Despreocupadamente.

– Ah, merda – sussurrou ela.

– Nome e idade? – perguntei. Ela bufou, como uma adolescente mimada sendo solicitada a fazer a cama pelos pais de vontade fraca. – Nome e idade? Não tenho a noite toda para desperdiçar com você, porra – menti.

– Heather Freeman. – Ela finalmente me olhou nos olhos. Eram azuis. Não faz mal. – E tenho 17 anos.

Eu ri.

– Acho que não, Heather. Seus pais deram queixa de seu desaparecimento há mais de uma semana. Você é menor e isso quer dizer que terá de vir comigo – menti de novo.

– Para onde? – perguntou ela. Parecia ter certo pânico, mas não medo. Certamente não tinha medo de mim.

– À central de polícia. E depois vamos ligar para seus pais. Ver se eles podem vir buscá-la.

Ela argumentou um pouco mais e eu disse que por ora ela não tinha alternativa, a não ser vir comigo. Precisava que ela começasse a andar enquanto a rua ainda estava tranquila. Peguei-a pelo braço e apertei com firmeza. Ela estremeceu.

– Está machucando meu braço – reclamou ela com seu sotaque do Nordeste.

– Não podemos deixar que fuja de novo, podemos? – expliquei. Ela bufou, a pele era macia como água morna sob meus dedos. Fará hematomas facilmente. Relaxei o aperto um pouco. Não queria deixar nenhuma impressão de minha mão em sua pele macia.
– Vamos. Meu carro está perto daqui.

– Não tem nada melhor para fazer do que me aporrinhar? – perguntou ela, com o sotaque cada vez mais irritante.

– Salvar você de si mesma, mocinha – respondi. – Essas ruas não são lugares para alguém como você. Há muita gente ruim por aqui.

Ela bufou de novo.

Chegamos a meu carro alugado sem incidentes. Ninguém nos viu. Verifiquei a rota várias vezes com antecedência. Nenhum prédio residencial tinha vista para lá. Por mais movimentada que fossem a King's Cross e a Euston Road, as transversais em geral eram desertas, só a ocasional gentalha procurando uma puta.

Coloquei-a perto da mala do carro, assim ela ficou um tanto de lado para mim. Abri a mala, que já estava forrada com lonas plásticas. Comprei semanas atrás na Homebase. São usadas para decoração.

O medo faiscou em seu corpo. Eletrizou cada músculo dela, cada nervo. Seus olhos se arregalaram e as pupilas dilataram.

– Para que isso? – Era quase uma súplica.

Bati o punho direto em seu queixo, com o cuidado de evitar a boca. Não queria deixar minha pele em seus dentes. Ela rodou no mesmo lugar e começou a cair. Apanhei-a quando despencava. Ela estava flácida. Gemia baixinho.

Quase sem esforço nenhum, joguei-a na mala do carro grande. Peguei o rolo de fita crepe, outra compra na Homebase, e amarrei bem os pulsos às costas. Também amarrei seus tornozelos, joelhos e amordacei sua linda boca. Olhei em volta calmamente. Ainda ninguém à vista. Acariciei a pele clara de seu pescoço. Meu Deus, eu queria cortá-lo ali mesmo. Bati a porta da mala antes de perder o controle. Tudo tem sua hora, disse a mim mesmo. Tudo tem sua hora.

Segui para o leste pela Pentonville Road. Passei pelo rico Islington, o Shoreditch atolado de imigrantes, o decadente Mile End e o imediatamente esquecido Plaistow. Por fim, cheguei ao destino que escolhera. Um grande terreno baldio em South Hornchurch, não muito longe da fábrica da Ford em Dagenham. Um lugar adequadamente macabro e escuro para a pequena Heather Freeman encontrar seu fim.

Dirigi pela rua asfaltada e limpa até um pequeno prédio de tijolos aparentes no meio do terreno e estacionei perto. Calcei luvas de borracha e averiguei se o casaco estava todo abotoado. Quando abri a mala, ela estava deitada de lado. Lágrimas escorriam por seu rosto e pela fita que cobria a boca. Seus olhos molhados brilhavam como os mais puros diamantes. Perguntei-me se ela já teria ficado mais linda. Ela estava apavorada demais para conseguir soltar mais do que um gemido.

Empurrei seu rosto na lona plástica e a virei de bruços. Seu choro ficou mais desesperado. Peguei-a pelo cangote e pela fita que cercava os joelhos e a ergui com facilidade da mala. Ela era ainda mais leve do que eu imaginava. Carreguei-a como uma mala velha para o prédio e a joguei no chão duro e frio. Se ela não estivesse amordaçada, teria gritado de dor.

Agarrei-a pelo cabelo e puxei sua cara para perto. Aqueles lindos olhos fitavam os meus.

– Agora vou soltar você. Faça o que eu mandar e viverá. Se estragar tudo ou gritar, morrerá. Morrerá lentamente. Entendeu? – Ela fechou os olhos e assentiu freneticamente.

Saquei a faca e fiz com que ela a visse. Ela guinchava por trás da fita. Afastou-se de mim. Puxei-a de volta dolorosamente. Ela entendeu o recado.

Primeiro cortei a fita em volta dos tornozelos. Depois tirei a da boca. Ela ofegou, querendo ar. Senti que estava a ponto de falar. Puxei sua cara para mais perto.

– Se falar... morre.

Cortei a fita em volta dos pulsos e ela esfregou a pele. Soltei seu cabelo e recuei cinco passos. Eu queria ver toda ela. Era como eu havia previsto. Como imaginei que seria.

– Tire a blusa.

Seu rosto se contorceu de dor e vergonha. Ela começou a desabotoar a blusa suja. Movimentava-se lentamente e isso me agradou. Quando terminou de desabotoar, ordenei novamente para tirar. Devagar, ela a puxou dos ombros e deixou que caísse no chão. Não usava sutiã. Seus seios jovens não precisavam de um. Eram pequenos e nada atraentes. Os mamilos rosados e pontudos.

– Tire a calça.

Novamente eu sabia que ela estava prestes a falar. Pus o dedo nos lábios.

– Shhhh. – Ela entendeu e lutou com os tênis antes de tirar a calça. Esta caiu a seus pés.

– O resto – ordenei em voz baixa.

Seu choro se intensificou. Ela tirou a calcinha com uma só mão. A outra cobria os seios inadequados. Ela se virou de lado para mim. Os faróis do carro iluminavam com perfeição o interior do prédio. Ela era perfeita. Seus pelos pubianos ainda eram macios e pareciam plumas. Eu garantiria que ela nunca fosse nada menos do que perfeita.

Aproximei-me dela novamente.

– Ajoelhe-se e me chupe.

Ela murmurou uma súplica. Apontei para minha virilha com a faca. Seu rosto ficava cada vez mais contorcido de medo e nojo.

Pus as mãos em seus ombros e a empurrei para que ficasse de joelhos. Ela começou a abrir os botões da frente de meu agasalho. Enquanto fazia isso, peguei-a pelo cabelo e curvei sua cabeça o máximo para trás. Seu pescoço fino se esticou abaixo de mim. Num só movimento, afastei-me um passo e corri a lâmina por sua garganta. Cortei a jugular e a traqueia.

Continuei recuando enquanto ela segurava o pescoço com as duas mãos. O sangue vazou rapidamente por seus dedos e caiu no peito nu. Escorria por seus seios pequenos e caía na barriga. Ela caiu de lado no chão antes de o sangue chegar à área pubiana. Que pena. Pensei em pegá-la no colo para que ele chegasse lá, mas decidi pelo contrário.

Observei os últimos segundos de sua vida sem valor. Por fim, agora ela me lembrava alguma coisa. Sua morte tinha mais significado do que a vida um dia poderia ter. Ela se tornou a mais pura obra de arte. Resisti à tentação de me masturbar sobre seu corpo quente.

Ela morreu ainda segurando a garganta. Linhas finas do mais vermelho sangue raiavam seu rosto. Os olhos escancarados sem vida. Diamantes. Perfeição.

Fiquei ali observando por mais de duas horas. Eu me perdi. Estava totalmente cativado. A morte tinha sido muito mais satisfatória do que as anteriores. A faca. A intimidade. Ver a vida refluir. As cores. As texturas.

Sim, eu tinha assumido mais riscos do que antes, mas valeu a pena. Foi necessário e os riscos podiam ser administrados. Ao deixá-la nua, a polícia suporia que foi crime sexual. Não foi. Não finjo que não gostei de vê-la nua. Gostei, mas não era no sexo que eu estava interessado. Isso era irrelevante.

Deixei a garota onde estava. A polícia que encontrasse o corpo. Eu queria que eles achassem. Queria que pensassem procurar um maníaco homicida. Um assassino espontâneo. Um assassino descuidado. Ninguém como eu.

Voltei ao carro e troquei de roupa. As usadas, amarrei num saco plástico. Eu as levaria à caçamba de lixo da Brent Cross amanhã, junto com umas velharias das quais minha mulher me importunou para que me livrasse. Depois disso, devolveria o carro alugado, após retirar as placas falsas, é claro. Sem dúvida eles fariam uma boa limpeza no carro por mim também.

Voltei para o norte de Londres. Totalmente à vontade agora. Eu começava a perceber meu potencial. Meu poder e controle não tinham par. Foi a experiência mais linda de minha vida – tirar uma vida desse jeito – não por vingança ou por impulso momentâneo – nem quando meu sangue fervia de ódio e raiva depois de ser ofendido e prejudicado, mas a gloriosa execução de meu direito de fazer como me aprouvesse e pegar o que eu quisesse – meu poder. Nenhum sangue quente corria por minhas veias. Meu sangue corria frio e ela – ela foi um assassinato frio.

Não tinha mais volta.

12

Manhã de segunda-feira

Sean se levantou de sua cadeira desconfortável, se espreguiçando e bocejando ao olhar pela janela da sala para os telhados planos dos prédios circundantes, suas superfícies tomadas do lixo do homem e da natureza. Ele não dormira bem na noite anterior, com perguntas sem resposta demais nadando por sua mente. Seu corpo doía por toda parte. Um pássaro saltitando atraiu seus olhos, chamando sua atenção para o telhado mais próximo, as penas preto-azuladas brilhando ao sol, deixando os trechos brancos pouco visíveis. O corvo dava passos largos para o que o levara a este lugar desolado, com a cabeça constantemente virando em novas posições ao procurar o perigo e a oportunidade. Sean viu para onde ele ia – o corpo meio escondido de outra ave – e supôs que devia ser um banquete de um pombo morto, mas ao se aproximar ele percebeu que o corvo tinha alguma coisa no bico, algo brilhante, como uma pedra polida. Ele olhou fascinado enquanto a ave colocava o objeto perto do corpo, depois guinchava alto e tristemente antes de voar dali. Ele semicerrou os olhos contra o sol e focalizou o máximo que podia no pequeno corpo abaixo, as penas pretas e brancas confirmando o que ele já suspeitava. Ao continuar a olhar o triste drama, outros corvos vieram ver seu parente caído, cada um deles trazendo galhinhos e objetos reluzentes de presente, comida e coisas preciosas para sua espécie, sempre enxotando qualquer pombo que se atrevesse a se aproximar do corpo sem vida, bicando violentamente em seus olhos, preparados para matar e proteger seu morto. Por mais que tentasse, Sean não conseguia desviar os olhos, até que Donnelly entrou de rompante em sua sala, segurando as chaves do carro, estilhaçando sua fuga temporária.

– Vai a algum lugar? – perguntou Sean.

– Hora de sacudir o esqueleto. As digitais finalmente foram entregues. Batem com uma única impressão de Hellier no apartamento da vítima. Ele esteve no apartamento. Não há dúvida.

– Uma única impressão? – perguntou Sean, confuso. – É uma parcial?

– Não. – garantiu-lhe Donnelly. – É uma combinação completa.

– Só uma impressão. – Sean sabia que era o único a ficar cético. – Onde encontraram?

– Na parte de baixo da maçaneta do banheiro. A maçaneta externa – informou-lhe Donnelly. – Você não parece muito animado – acrescentou ele.

Sean enxotou as dúvidas de sua mente e tentou se concentrar no fato de que finalmente tinha uma prova viável e tangível. Suas dores e aflições sumiam com o aumento da empolgação.

– Não admira que ele não quisesse fornecer as digitais. Fale com a equipe de vigilância e descubra onde Hellier está agora, e diga a Sally para montar duas equipes de busca. Depois que o prenderem, quero uma busca em sua casa e no trabalho. E nada de uma olhada rápida. Busca completa. Com os peritos também. Você pega uma equipe e faz a casa dele, eu pegarei o escritório com a outra.

Donnelly girou nos calcanhares e saiu da sala de Sean.

Eles sempre cometiam um erro, pensou Sean. Sempre cometiam um erro.

Os três carros descaracterizados da polícia dirigiam rapidamente para Knightsbridge. A vigilância confirmou que Hellier estava no trabalho. As luzes azuis presas ao teto dos carros giravam enquanto as sirenes gritavam para que o trânsito da manhã abrisse caminho.

Sean estava no carro de trás. Sentia-se exuberante. Tudo aquilo lembrava o motivo para ele ter ingressado na polícia. Dirigir acelerado pelo trânsito. De luzes acesas, com as sirenes gemendo. Olhares invejosos de outros motoristas. Crianças apontando. Não era sempre que isso acontecia.

Eles prenderiam Hellier no trabalho e dariam uma busca no lugar todo. Centímetro por centímetro. Não importava a Sean quem ficaria sabendo que Hellier seria preso. Ele não seria sutil.

Talvez Hellier confessasse quando ficasse diante das provas das digitais. Se não, como ia se safar dessa no papo? Com sorte, Hellier será acusado de homicídio antes do anoitecer.

Outros policiais, liderados por Donnelly, estavam a caminho da casa de Hellier, em Islington. Esperariam até que Sean comunicasse que Hellier fora preso. Assim que soubessem, eles teriam poder legal para dar a busca em sua casa, procurando provas relacionadas ao assassinato de Daniel Graydon. Sean pensou que eles tinham uma possibilidade maior de descobrir alguma coisa incriminadora no trabalho de Hellier. Certamente ele não se arriscaria a deixar nada em que a mulher e os filhos esbarrassem.

Os três carros pisaram fundo no freio diante do trabalho de Hellier em Knightsbridge. Não se incomodaram em procurar vagas, só deixaram que os carros bloqueassem a rua. Permaneceu um motorista em cada carro. As portas dos carros pareceram se abrir simultaneamente. Nove policiais, incluindo Sean e Sally, saíram no asfalto. O calor o deixava pegajoso.

Eles atravessaram a rua com um andar ameaçador até a porta da frente do prédio que abrigava o escritório de Hellier. Sally apertou a campainha do térreo. Não precisava alertar Hellier.

O interfone falou:

– Bom-dia. Albert Bray & Associados. Tem hora marcada com um de nossos consultores?

– Sou policial e preciso de acesso imediato a este prédio. – Fez-se silêncio. Sally continuou: – Isso não diz respeito a sua empresa nem a nenhum de seus funcionários.

A porta zumbiu e Sally a abriu. Os detetives andaram rapidamente e em silêncio pelo corredor de entrada. Dois ficaram perto da porta da frente. Os outros sete subiram rapidamente a escada.

Chegaram à Butler & Mason e à outra porta trancada. Sean a esmurrou. Hora de agitar as coisas por aqui. Segundos depois a porta foi aberta pela secretária de aparência perfeita. Ele passou por ela e entrou na sala. A mulher ficou boquiaberta. Sean pensou que ela estava a ponto de protestar.

– O sr. Hellier está na sala dele? – Ela estava estupidificada.
– Eu perguntei se o sr. Hellier está na sala dele. – Nada. – Vou supor que sim. Jim. Stan. – Dois detetives o olharam. – Fiquem aqui e cubram a porta da frente. O resto vem comigo e com Sally.

Eles seguiram pelo corredor até a sala de Hellier. Por fim, a secretária encontrou sua voz. Foi atrás deles.

– Não podem entrar aí. O sr. Hellier está numa reunião muito importante.

– Errado. – Foi só o que Sean, disse.

– Precisa de um mandado de busca – argumentou ela.

– Errou de novo – disse-lhe Sean sem olhar.

Ele abriu a porta de Hellier e entrou direto. Os outros detetives esperaram do lado de fora. Hellier estava sentado a sua mesa e Sebastian Gibran, que tinha perturbado sua última reunião, sentava-se ao lado dele, olhando-os tão atentamente quanto Sean olhava Hellier. Outros dois homens que Sean não reconheceu estavam do outro lado da mesa; pareciam apavorados. Hellier nem piscou. Sean continuou andando. Estava quase ao lado de Hellier. Mostrou seu distintivo a Hellier.

– James Hellier, sou o inspetor Sean Corrigan. Estes são a sargento Jones e o detetive Zukov. O senhor está preso pelo assassinato de Daniel Graydon.

"Não precisa dizer nada, a não ser que queira. Mas o que disser pode prejudicar sua defesa quando interrogado mais tarde no tribunal. Qualquer coisa que disser poderá ser usada como prova contra o senhor. Entendeu meu aviso, sr. Hellier?"

Seguindo as regras, pensou Sean. O melhor jeito de lidar com um filho da puta vaselina como Hellier, especialmente com três testemunhas sentadas ali com aquelas expressões de assombro.

Hellier o olhou duro. Sean viu um lampejo de puro ódio. Hellier sorriu e se voltou aos três homens do outro lado da mesa.

– Se me derem licença, cavalheiros. Parece que a polícia precisa de minha ajuda em sua investigação. – Ele se levantou devagar, como se estivesse entediado, e estendeu teatralmente os punhos. – Não vai me algemar, inspetor?

– Eu algemaria – disse Sean –, mas acho que você ia gostar. – Ele pegou Hellier pelo braço. Hellier parecia forte. Sólido. Sean ficou um tanto surpreso. – Vamos.

Gibran tentou intervir, colocando-se na frente deles.

– Isto é necessário? – perguntou ele, com a voz calma e pragmática. Sempre o principal negociador e protetor da Butler & Mason. – Esta mão pesada não é despropositada?

– Desculpe, não me lembro de seu nome – disse Sean, curvando-se desagradavelmente para o homem.

– É mesmo? – disse Gibran. – Que estranho. Você não me parece o tipo de homem que costuma se esquecer de alguma coisa.

– Meta-se com a sua vida, sr. Gibran – alertou Sean. – E deixe que nós decidamos o que é ou não necessário.

Gibran aos poucos deu um passo de lado, estendendo a palma da mão para cima, indicando que eles podiam passar, como se precisassem de sua permissão.

Sean e Zukov levaram Hellier pelo corredor. Quando Hellier tinha certeza de que ninguém mais podia ouvi-lo ou vê-lo, sua expressão mudou para um esgar, mostrando a Sean um vislumbre do monstro que ele sabia que vivia por trás da máscara.

– Quero a merda do meu advogado. – Ele cuspiu as palavras na cara de Sean.

Donnelly e os outros policiais já estavam dentro da casa de Hellier. Donnelly mexia nas gavetas da sala de estar, os olhos experientes percorrendo papéis, cartas, tudo. A detetive Fiona Cahill estava a seu lado, entregando-lhe mais papéis que encontrara em outros lugares da sala.

Elizabeth Hellier tinha se recuperado do leve choque e agora andava por ali, falando incessantemente. Reclamando e ameaçando. Suas ameaças eram vazias. Eles podiam arrebentar a casa e havia pouco que ela pudesse fazer a respeito.

Donnelly não suportava mais o tagarelar da mulher.

– Sra. Hellier, isso vai acontecer com ou sem seus protestos. Quanto mais rápido e mais fácil for, mais cedo estaremos longe daqui. Por que não se senta na cozinha? Tome uma xícara de chá e não atrapalhe.

Ele conduziu a sra. Hellier para a cozinha, guiando-a a uma banqueta. Outro detetive olhou pela porta da cozinha.

– Dave – disse ele –, demos numa porta trancada.

– O escritório de meu marido – disse a sra. Hellier. – Ele sempre a tranca durante o dia. Não sei onde fica a chave. Acho que ele o leva para o trabalho.

– Tudo bem – disse Donnelly. Ele se virou para o detetive. – Arrombe.

– Como é? – A sra. Hellier quase gritou. – Por favor, fale com meu marido. Ele vai abrir para vocês, tenho certeza.

– Acho que ele deve ter outras coisas em mente neste momento, sra. Hellier. – Enquanto falava, Donnelly podia ouvir o barulho inconfundível de madeira lascada.

Sean deixou que outros concluíssem a busca no trabalho de Hellier. Levaria horas. Voltou à central de polícia de Peckham com Hellier, que ficou olhando pela janela do carro por todo o caminho. Hellier não respondeu a nenhuma abordagem que Sean tentara, e ele tentou muitas. Repulsa. Agressividade. Ameaças. Compaixão. Compreensão. Era a única chance de Sean de ficar a sós com Hellier antes de ter de seguir as regras. Nada se mexia nele. Ainda não.

Mesmo quando foi fichado na área de detenção, Hellier não falou nada, a não ser seu nome e os dados do advogado com quem ele exigia falar imediatamente. O policial da custódia garantiu a ele que o advogado seria chamado. Ele estava prestes a pegar o celular de Hellier quando Sean se manifestou:

– Outra coisa...

– Sim? – perguntou o sargento.

– Queremos as roupas que ele está vestindo. Tudo.

– Tudo bem. Leve-o a sua cela... A quatro está vaga. Os trajes forenses estão no armário no final do corredor.

Sean sabia onde ficavam os trajes brancos de papel, substitutos de roupas para os suspeitos cujas próprias roupas eram apreendidas. Marcavam os suspeitos que eram presos por crimes graves. Estupradores. Assassinos. Assaltantes à mão armada. A polícia e outros prisioneiros sempre prestavam mais atenção aos homens de trajes de papel branco.

– Tem alguém a quem queira ligar para pedir que lhe traga roupas, sr. Hellier? – perguntou o sargento. Hellier não respondeu. O sargento deu de ombros. – É todo seu, chefe.

Sean agradeceu com a cabeça e levou Hellier a sua cela.

O detetive Alan Jesson seguiu Sean e Hellier para a cela lúgubre e miserável. Carregou os sacos de papel pardo em que as roupas eram lacradas como provas. Os sacos plásticos criavam muita umidade. O mofo podia crescer rapidamente e destruir provas vitais. O papel deixava o tecido respirar. Mantinha as provas intactas.

– Dispa-se. Tire tudo e coloque isto. – Sean jogou o traje de papel branco no banco de cimento.

Hellier sorriu e começou a se despir. O detetive dobrou cuidadosamente o terno Boss de Hellier, a camisa Thomas Pink e o resto das roupas, depois as colocou nos sacos de papel pardo. O detetive não estava preocupado em amassar as roupas; tomava cuidado para não perder nenhuma prova pericial que pudesse estar entrelaçada nas fibras do tecido.

Sean olhou o corpo praticamente nu de Hellier. Ele tinha o físico de um ginasta olímpico, só que magro, mais denso e mais definido. Fisicamente, não seria páreo para Sean, mas isso raras vezes acontecia.

Hellier o olhou. Falou em silêncio e mentalmente. Curta seu momento, filho da puta, porque vai pagar por isso. Eu juro que vou destruí-lo, inspetor Corrigan. Vou acabar com você.

* * *

Donnelly e sua equipe deram uma busca de mais de três horas na casa de Hellier. Ensacaram e etiquetaram mais roupas e sapatos de Hellier, mas não encontraram nada que os impressionasse.

Donnelly procurava nas gavetas da escrivaninha de Hellier. Tiveram de arrombar todas, uma por uma. Elizabeth Hellier jurara que não tinha as chaves.

Só o que a busca mostrou foi mais evidências de que Hellier era tão rico quanto parecia. Tinha várias contas bancárias no Barclays, HSBC, Bank of America, ASB Bank na Nova Zelândia. Cada uma delas continha mais de cem mil libras ou o equivalente em moeda estrangeira. Donnelly soltou assovios baixos ao fazer as contas, mas, tirando isso, não encontrou nada.

Ele precisava se levantar e se espreguiçar. Ao empurrar a cadeira para trás da mesa, sentiu uma pontada na coxa. Olhou embaixo e viu um corte na perna da calça.

– Ah, filho da puta – declarou. – Mas o que é isso? – Ele pôs a mão embaixo da mesa e tateou. Tocou em algo. Era pequeno e frio. Algo de metal.

Ele afastou a cadeira e mergulhou embaixo da mesa. Viu-as de imediato. Não uma, mas duas chaves reluzentes presas com fita adesiva embaixo da mesa. Ele não as tocou.

– Peter... traga o fotógrafo aqui. Preciso de uma foto.

Só quando as chaves foram fotografadas e procuraram digitais foi que Donnelly as tirou de debaixo da mesa. A fita usada para prendê-las ali foi cuidadosamente retirada e lacrada em um saco plástico de provas. Quem sabia quantas provas microscópicas se grudaram em seu lado adesivo?

Ele ergueu as chaves e fez uma pergunta à sala:

– Agora, para que as chaves? – Lentamente, olhou as gavetas que tinha arrombado. As trancas continuavam intactas. Ele estremeceu ao colocar uma das chaves na tranca da gaveta. Não cabia. Tentou a outra. Cabia. Ele fez uma careta antes de girar a chave.

A tranca estalou. – Epa – disse ele. – Acho que podemos receber uma conta por móvel quebrado.

Ele tentou as outras gavetas. A chave cabia em todas. Ele a colocou num saco de provas e lacrou. Atirou a outra chave na palma da mão e apelou à sala:

– Se alguém encontrar uma tranca em algum lugar, me avise.

Um detetive que dava uma busca nos armários de nogueira chamou a atenção de Donnelly:

– Espere aí, pode ter alguma coisa aqui embaixo.

Donnelly se aproximou e olhou por cima de seu ombro. Ele puxou o carpete na base do armário. Viram o cofre no chão. Olharam-se, depois para a chave na mão de Donnelly.

Ele colocou a chave na fechadura. Podia sentir que era de precisão. Deslizou para o lugar como se tivesse sido lubrificada. A pesada porta se abriu para cima.

As primeiras coisas que ele viu foram um maço de cédulas, bem enroladas e presas com elásticos. Não tocou em nada. Via que eram principalmente dólares americanos. Notas de cem. Algumas libras também – em notas de cinquenta – e dólares de Cingapura, em notas de cinquenta também. Quanto no total, ele só podia imaginar. Ele viu a inconfundível capa vermelha de um passaporte britânico. Abriu-o – estava no nome de Hellier. Esse homem podia sair do país correndo, se tivesse de agir assim.

Havia algo mais, por baixo do passaporte. Um pequeno caderno preto. Uma agenda de endereços? Donnelly ainda estava de joelhos. Olhou para o detetive que descobrira o cofre no chão.

– É melhor trazer o fotógrafo aqui de novo. E a moça das digitais também. Não sei do que se trata, mas tem de significar alguma coisa.

A equipe de busca de Sally retornou por volta das duas da tarde. Ela se sentou com Sean em sua sala e o informou do que encontraram e apreenderam, sendo o principal o computador de Hellier, que seria enviado ao laboratório de eletrônica, onde os técnicos interrogariam as entranhas do sistema. Talvez encontrassem alguma coisa, mas isso levaria tempo.

O telefone de Sean tocou.

– Inspetor Corrigan falando.

– É da recepção, senhor. Um tal de sr. Templeman quer vê-lo.

– Diga a ele que descerei num minuto. – Sean desligou. – O advogado de Hellier está aqui – informou ele a Sally enquanto ia para a recepção. Ele andou rapidamente pelos corredores movimentados e desceu a escada, assentindo para o funcionário civil da central, de cara cansada, antes de acenar para Templeman passar pela fila de clientes à espera. Templeman não perdeu tempo com amabilidades:

– Exijo acesso imediato a meu cliente.

– Claro – concordou Sean, e o guiou por uma porta lateral. – Eu o levarei à cadeia. Venha comigo.

– E quando pretende interrogar meu cliente? Logo, espero.

– Quando as buscas da Seção Dezoito estiverem concluídas e eu tiver tempo de avaliar as evidências.

– Quando tempo, inspetor?

– Duas ou três horas.

– Isso é totalmente inaceitável – argumentou Templeman. – Claramente o senhor não está em condições de interrogar meu cliente, assim sugiro que o solte até que esteja pronto. No fim desta semana, talvez.

– Estou investigando um homicídio – lembrou-o Sean –, e não uma fraude de Mickey Mouse. Hellier fica detido até que eu esteja pronto.

Sean digitou o código no teclado de segurança instalado do lado de fora da cadeia. Quando o teclado emitiu um bipe agudo, ele empurrou a porta, procurando imediatamente um carcereiro para tirar Templeman de suas mãos.

– Homicídio ou fraude, inspetor, todos têm o direito a uma defesa justa e vigorosa – continuou Templeman. – E vou garantir que meu cliente a tenha.

— Todos, exceto os mortos — respondeu Sean com frieza. — Todos, exceto Daniel Graydon. — Ele pegou um carcereiro que passava antes que Templeman pudesse responder. — Este é o advogado de Hellier — disse ele. — Quer ver seu cliente assim que possível.

— Tudo bem — respondeu o carcereiro. — Se me acompanhar, senhor, eu lhe conseguirei isso.

Sean já estava se afastando quando Templeman lhe falou:

— Preciso ver quaisquer declarações relevantes que vocês tenham. Tenho direito à exibição das provas, inspetor. Tenho o direito de saber que provas têm contra meu cliente.

— E terá — respondeu Sean, já ansiando pelo momento em que revelaria a digital de Hellier encontrada no apartamento de Daniel Graydon, mas sem saber ainda quem ele mais queria ver se encolher: Hellier ou Templeman.

Sean subiu a escada rapidamente e voltou pelos corredores à sala de incidentes, as pernas cansadas de repente vivas de novo. Chegou à sala a tempo de ouvir o volume dentro dela aumentar. Só podia significar uma coisa: a equipe de busca de Donnelly estava de volta. Sean foi para sua sala, passando por Donnelly no caminho.

— Minha sala, quando tiver um minuto, Dave.

Donnelly largou vários sacos de provas em sua mesa e foi diretamente à sala de Sean.

— O que conseguiu? — disse Sean.

— Apreendemos cada peça de roupa que ele tem e seus sapatos. Vamos mandar tudo para o laboratório amanhã.

— Preciso de alguma coisa agora. Algo para o interrogatório. Quero acusar Hellier esta noite. No mais tardar, amanhã.

— Desculpe, chefe. Não tinha prova sólida na casa. Mas estava tudo errado por lá... Ele mantém o escritório trancado o dia todo, quando não está lá dentro, mesmo quando está em casa. A mulher disse que não sabe onde ele guarda a chave. Ela também disse que não sabia nada do cofre no chão.

— Cofre no chão? — perguntou Sean.

— A joia da coroa. O cara tem um cofre no chão do escritório.

— Muita gente rica tem esses cofres debaixo do piso. Isso não quer dizer grande coisa.

— É verdade, mas quantas guardam rolos de dólares americanos, com seus passaportes? Também tinha uma agenda de endereços.

— Então ele está preparado para ir embora às pressas. Quem pode saber por quê? Se fosse crime não confiar em bancos, todos estaríamos na cadeia.

— Para alguém que não confia em bancos, ele guarda muito dinheiro neles. Quase meio milhão, pelo que vi. Só Deus sabe quanto dará o total.

— E a agenda de endereços? – perguntou Sean. Em geral eram os objetos menores e menos dramáticos que tinham pistas vitais. Uma folha de papel com um número escrito em extratos bancários imaculados. Um objeto colecionável de velho no apartamento de um jovem. Se parece deslocado, mesmo que pouca coisa, pode ser a maior pista de todas.

— Só dei uma olhada rápida. Nada além de iniciais e números. Se forem números de telefone, não são locais. Provavelmente do exterior. Não estão em ordem alfabética. Já procurei as iniciais da vítima. Não estão ali.

— Hellier pode estar usando códigos – disse Sean. – Dê cada número à inteligência e peça para procurarem os assinantes. Diga que precisamos de nomes e endereços amanhã, na hora do almoço, no mais tardar.

— Vou pedir, chefe, mas vai ser difícil.

— Peça assim mesmo. Na ausência de outra coisa, vou pressionar e interrogar Hellier. Vamos ver o que ele tem a dizer sobre sua digital no apartamento da vítima.

Donnelly estava sentado na sala de interrogatório, mas seria Sean que faria a maior parte das perguntas. A sala era despojada. Uma mesa de madeira, quatro cadeiras desconfortáveis. As paredes eram de um bege sujo. Nada pendurado. A sala tinha cheiro do piso de borracha e cigarro velho. Havia um gravador cassete duplo na mesa e microfones instalados na parede.

Sean, Hellier e Templeman estavam sentados em silêncio, observando Donnelly abrir a embalagem de celofane de duas novas fitas cassete de áudio. Ele colocou as duas no gravador e fechou o aparelho.

Sean rompeu o silêncio.

– Quando ligarmos o gravador, você ouvirá um zumbido. Durará cerca de cinco segundos. Quando o ruído terminar, é porque já está gravando. Entendeu?

Templeman falou por Hellier:

– Nós entendemos, inspetor.

Sean podia sentir um interrogatório de "sem comentários" vindo por aí. Assentiu para Donnelly, que apertou o botão de gravar. As duas fitas começaram a rodar juntas, o zumbido mais alto do que se esperava. Até Sean sentiu o coração parar. Depois de alguns segundos, o ruído parou. Houve um instante de silêncio antes que ele achasse sua voz:

– Este interrogatório está sendo gravado. Sou o detetive-inspetor Sean Corrigan. O outro policial presente é... – ele deixou que Donnelly respondesse por ele:

– Sargento-detetive Dave Donnelly.

Sean continuou:

– Estou interrogando... pode, por favor, declarar seu nome completo para a gravação? – falou Sean com Hellier. Hellier olhou para Templeman, que assentiu que ele podia falar. Hellier se curvou um pouco para a frente.

– James Hellier. – Ele se recostou.

– E o outro presente é?

Templeman entendeu sua deixa.

– Jonathon Templeman. Advogado. E gostaria de dizer a essa altura que estou aqui para representar James Hellier. Eu o aconselharei a considerar a lei e seus direitos. Também estou aqui para garantir que o interrogatório seja conduzido com justiça e contestar quaisquer perguntas ou comportamentos da polícia que considere inadequados, injustos, irrelevantes ou hipotéticos.

"Também gostaria de dizer que, contrariando meus conselhos...", Sean viu Templeman lançar um rápido olhar a Hellier, "o sr. Hellier decidiu que gostaria de responder a quaisquer perguntas que fizerem."

Sean se perguntou se eles tinham encenado essa pequena performance. Ideia de Templeman, provavelmente. Colocar Hellier no papel de vítima das circunstâncias. O inocente até prova em contrário. O que quer que fosse, Sean não previra. Continuou com o procedimento pré-interrogatório:

– Tem o direito de consultar um representante legal ou advogado. Pode consultar por telefone ou que ele compareça à central de polícia e este direito é gratuito. Como sabemos, o senhor tem seu advogado, o sr. Templeman, presente aqui. Já teve tempo suficiente para se consultar com seu representante legal em particular?

Templeman ainda falava por Hellier:

– Sim, tivemos.

– Devo lembrar ao senhor que ainda está detido. Isso quer dizer que não precisa dizer nada, a não ser que queira. Mas o que disser pode prejudicar sua defesa quando interrogado mais tarde no tribunal. Qualquer coisa que disser poderá ser usada como prova contra o senhor. Entendeu?

– Ele entendeu – disse Templeman.

Sean decidiu sair da rotina:

– Gostaria que o sr. Hellier mesmo respondesse. Preciso ouvir de sua própria boca se ele entendeu.

Templeman estava prestes a protestar, mas Hellier falou. Não havia sentimento nenhum em sua voz.

– Entendi, inspetor. Chegou a hora de dar explicações.

O corpo de Sean se retesou. Hellier iria desabafar? Será que o fardo da culpa o pegou? Poucos tinham coragem para carregar seus segredos mais obscuros até o túmulo.

Hellier e Sean se olharam fixamente. Sean falou:

– Sr. Hellier. James. Você matou Daniel Graydon?

Sally entrou na Inteligência da central de polícia de Richmond, onde foi recebida por um guarda.

— É a sargento da Homicídios? – perguntou ele sem a menor cerimônia.

— Sim. Sou a sargento-detetive... – Sally foi interrompida. O policial não estava interessado.

— E o que procura?

— Informações de seus registros – disse-lhe Sally. – De 1996, um homem chamado Stefan Korsakov, acusado aqui de agressão sexual grave e fraude.

— Uma combinação incomum – disse o policial.

— É verdade – respondeu Sally. – Depois as acusações de agressão foram retiradas, mas ele cumpriu pena por fraude. Deve ter uma foto dele do indiciamento. Preciso ver.

— De 1996? Terá sorte se ainda tivermos uma ficha dele. A não ser que ele tenha reincidido nos últimos cinco anos, sua velha ficha não foi transferida para o nosso Sistema de Inteligência. Pode ter ido para o picador de papel. Mas guardamos as mais interessantes. Gente que pode voltar e nos assombrar. Qual foi a agressão sexual?

— Ele estuprou um rapaz de 17 anos no Richmond Park. Amarrou-o e ameaçou-o com uma faca.

O policial coçou o rosto.

— Hum. Esse definitivamente era o tipo de pessoa que devíamos guardar. Terei de olhar nos arquivos. Qual é mesmo o nome do sujeito?

— Korsakov. Stefan Korsakov.

O policial começou a andar pelos arquivos de metal, grandes o bastante para guardar todas as fichas da Inteligência. Ao fazer isso, falava consigo mesmo: "K, K, K, K... Aqui está." Ele parou e abriu o arquivo que continha fichas de pessoas cujo sobrenome começava com K. Passou o dedo pelas pastas.

— Korsakov. Korsakov. Stefan Korsakov. – Ele pegou uma ficha do arquivo. – Você está com sorte. Guardamos a ficha dele. – Seu sorriso logo se tornou uma carranca. – Mas é bem típico mesmo.

— Problemas? – perguntou Sally.

— As fotos. Não estão aqui. Algum cretino pegou.

* * *

– Se eu matei Daniel Graydon? Não, inspetor, não matei. Por mais difícil que seja o senhor acreditar em mim, é a verdade. – Os olhos de Hellier não transpareciam nada. Que droga, era difícil interpretar o homem.

– Por que mentiu para nós? – perguntou Sean. – Você nos disse que nunca esteve no apartamento de Daniel Graydon, o que me deixa muito confuso, porque sua digital acabou aparecendo por baixo da maçaneta do banheiro dele.

Hellier suspirou.

– Eu menti para vocês e cometi um erro. Fui um tolo ao fazer isso e só posso pedir desculpas por desperdiçar seu tempo. Rogo a Deus para não ter distraído vocês da busca pelo responsável.

Sean não acreditou em uma palavra.

– Eu estive no apartamento de Daniel. Era cliente dele. Estive lá nos últimos quatro ou cinco meses.

– E na noite em que ele morreu? – perguntou Sean.

– Não. Não o vi na noite em que ele foi morto. Eu não fui ao apartamento dele naquela noite. Nem estive no apartamento dele por mais de uma semana antes.

– Veja bem – disse Sean –, quem matou Daniel entrou em seu apartamento sem arrombar. Acreditamos que Daniel tenha aberto a porta para ele. Ora, que tipo de pessoa Daniel deixaria entrar em sua casa às três da madrugada? Um amigo, talvez? Ou quem sabe... – Sean parou um segundo para ter certeza de que ainda prendia o olhar de Hellier. – ... um cliente? Um cliente que fazia visitas regulares. Um cliente que ele achava confiável.

Templeman não podia ficar mais tempo de boca fechada:

– Essas perguntas são totalmente hipotéticas. Se tem alguma prova...

Hellier pôs a mão no braço de Templeman. Templeman se calou.

– Quero responder a todas as perguntas. Quaisquer perguntas. Não estive no apartamento dele naquela noite.

– Então, por que mentiu, dizendo que nunca esteve lá? Você sabia que essa era uma investigação de homicídio. Devia saber as consequências sérias de mentir para nós. Não é um idiota.

Hellier olhou o chão e falou:

– Vergonha, inspetor. Não espero que compreenda. Mas gostaria que entendesse.

Sean já engolira tudo o que cabia no estômago. Na maior parte de sua infância, ele não sentiu nada além de vergonha. Vergonha e medo. Ouvir as falsas alegações de Hellier o deixava fisicamente nauseado.

– Você vive uma mentira. Mente para sua mulher, seus filhos, familiares, amigos. Paga a jovens para ter sexo com você e depois se enrosca na cama com sua esposa. Mente para a polícia, embora saiba que isso pode atrasar nossa investigação. E agora quer que eu acredite que mentiu porque teve vergonha de suas preferências sexuais. Duvido que um dia tenha se envergonhado de alguma coisa na vida.

Hellier levantou a cabeça. Seus olhos estavam vidrados.

– Está enganado, inspetor. Eu tenho vergonha. Vergonha de tudo. Tenho vergonha de minha vida.

Sean o examinou por alguns segundos, olhando fundo nas trevas que ele sabia que fervilhavam por trás dos olhos de Hellier.

– E o que havia de especial em Daniel? – Ele queria manter no nível pessoal. – Por que continuou procurando o mesmo garoto? – Ele usou a palavra "garoto" intencionalmente.

– Eu tenho necessidades. Daniel me ajudou com essas necessidades.

– Esclareça.

– Eu pratico sexo sadomasoquista. E Daniel também. Eu o procurei por isso. Em geral o via uma vez a cada duas ou três semanas. Era o que eu tentava esconder. Sei que fui idiota.

– O que essa prática envolve? – perguntou Sean.

– Isso não é relevante – interferiu Templeman.

– Há marcas inexplicáveis no corpo da vítima. O comportamento sexual do sr. Hellier pode explicar essas marcas. É relevante.

— Nada chocante demais — respondeu Hellier. — Eu o amarrava, pelos pulsos, em geral. Com corda. Usávamos vendas, às vezes chicotes. Mas tudo era encenação. Inofensivo, só que é algo que eu não queria que o mundo soubesse.

— Posso entender — disse Donnelly.

— Ele alguma vez amarrou você? — perguntou Sean.

— Não. Nunca.

— Então, quando diz sadomasoquista, você fazia o papel do sádico, não?

— Nem sempre. Daniel às vezes me batia, mas eu nunca me senti à vontade com bondage. Daniel dizia que eu não tinha confiança. Ele devia ter razão.

Hellier tinha resposta para tudo. Sean baixou a caderneta de endereços na mesa. Ainda estava no saco plástico de provas.

— O que é isso? — perguntou ele.

— Uma caderneta de endereços — respondeu Hellier. — Evidentemente.

— Estava muito bem escondida para uma caderneta de endereços. Sem nomes também, apenas iniciais e números.

— Contém certos contatos meus que prefiro que minha mulher e minha família não descubram. — Era uma resposta que fazia sentido. Como todas as respostas dele.

— O número de Daniel está aqui? — perguntou Sean.

Hellier hesitou. Sean percebeu.

— Não.

Por que estaria?, perguntou-se Sean. Ali estava seu livro secreto, mas um dos maiores segredos não estava nele. Isso não fazia sentido.

— Tem certeza de que o número dele não está aqui?

— Sim — disse Hellier. — O número dele não está aí.

Sean decidiu deixar de lado por ora, até entender melhor.

— E o dinheiro? Creio que tinha uns 50 mil em moedas variadas, principalmente dólares americanos.

— Gosto de guardar uma boa quantia em dinheiro. Vivemos tempos de incerteza, inspetor.

– E o dinheiro espalhado pelo mundo em várias contas bancárias que lhe pertencem? Centenas de milhares, pelo que pudemos ver. – Sean sabia que estas perguntas não o levariam adiante, mas tinham de ser feitas.

– Se tem uma coisa que eu não faria, inspetor, é me desculpar por minha riqueza. Trabalho muito e sou bem remunerado. Tudo que tenho, eu ganhei. Minhas contas estão em ordem. Posso lhe mostrar de onde vem o dinheiro e a Receita infelizmente pode atestar se estou dizendo a verdade.

Sean não chegava a lugar algum e sabia disso. Precisava desequilibrar Hellier – levar para o lado pessoal e ver como Hellier reagiria.

– Imposto sobre consumo, suas contas, seu emprego na Butler & Mason... É tudo muito de elite, não? – Ele percebeu uma pequena e involuntária contração nas pupilas de Hellier, que desapareceu assim que surgiu. – E você, com seus ternos de mil libras e sapatos de trezentas... Você é refinado, James, tenho de admitir isso.

– Não sei aonde quer chegar com isso – interrompeu Templeman. – Não parece relevante nem adequado.

Sean o ignorou.

– Mas por baixo desse seu verniz há um homem furioso, não há, James? Então, o que realmente o irrita? Vamos lá, James, o que é? O que está tentando esconder? Sua origem de classe trabalhadora? Talvez um filho ilegítimo em algum lugar? Ou você caiu em desgraça num emprego anterior... Foi apanhado com a boca na botija... Tudo foi abafado, mas ainda o levaram até a porta? Vamos, James... O que está escondendo de mim... De todos?

Hellier só o olhou fixamente, sem jamais piscar, os lábios selados com força, possivelmente o mais leve vestígio de um sorriso falso em seu rosto enquanto os músculos se retesavam, controlando as reações faciais, tornando-as de interpretação impossível.

– Sabe, James – continuou Sean –, você pode ter tudo... emprego, dinheiro, mulher e filhos, a casa georgiana em Islington... mas nunca será igual a eles. Nunca será aceito como um deles, não verdadeiramente. Nunca será como... como Sebastian Gibran, e você sabe disso. – Outra contração nas pupilas de Hellier disse a Sean que ele tinha acertado um ponto nevrálgico. – Pode tentar se parecer com ele, até falar como ele, mas nunca *será* igual a ele. Ele nasceu nesse papel. Ele é o artigo genuíno, enquanto você é um simulacro... uma imitação barata... e não suporta isso, não é?

Ele se recostou, mas Hellier ainda não desmoronava, sentado em silêncio, com as mãos pousadas na mesa, uma por cima da outra, aparentemente sem se mexer.

Sean bateu uma caneta na mesa. Tinha outra pergunta que se roía para fazer, algo que não fazia sentido na digital que encontrou, mas um instinto o alertava de que ainda não era a hora certa. Como um campeão de pôquer sabendo quando baixar o ás e quando segurar, uma voz gritava em sua mente para guardar a pergunta até que ele mesmo entendesse seu significado.

– Teremos de verificar o que você disse. Assim, a não ser que tenha algo a acrescentar, o interrogatório está concluído.

– Não. Não tenho nada a acrescentar.

– Nesse caso, são sete e cinquenta e oito e este interrogatório está encerrado. – Donnelly desligou o gravador.

– E agora? – perguntou Templeman.

– Sem dúvida você gostaria de ter outra consulta particular com seu cliente e ele será devolvido à cela enquanto decidimos o que vai acontecer com ele.

– Não há motivos para manter o sr. Hellier detido por mais tempo. Ele respondeu a todas as suas perguntas e deve ser libertado imediatamente. Sem acusações, devo acrescentar.

– Não penso assim. – Sean o desprezou.

Templeman ainda protestava vigorosamente enquanto Sean e Donnelly saíram da sala de interrogatórios. Um guarda fazia a segurança na porta. Sean e Donnelly voltaram a sua sala de incidentes.

Sean sentia-se murcho. O interrogatório não foi bom. A não ser por uma coisa. Por que o nome de Daniel não estava no caderno secreto de Hellier? Isso não fazia sentido. De algum modo, era outra peça do quebra-cabeça.

***

Sally rapidamente estudou o homem que abriu a porta da casa isolada em Surbiton. Ele parecia ter uns cinquenta anos ou pouco mais. Os braços e pernas magros, combinados com uma barriga de cerveja, lembravam-lhe uma aranha. O cabelo era basto e cor de areia, os olhos, verdes e penetrantes. Sally viu inteligência e confiança por trás deles. Ela calculava que Paul Jarratt tivesse sido um bom detetive em seus anos como agente da Polícia Metropolitana.

– Sr. Jarratt? – Sally estendeu a mão. Jarratt a pegou. – Sargento-detetive Jones. Desculpe por aparecer assim, sem avisar, mas eu estava no bairro e pensei se poderia me ajudar num caso em que estou trabalhando.

– Um caso? – Jarratt ficou surpreso.

– Na verdade, um homicídio – disse-lhe Sally. – Alguns anos atrás, o senhor cuidou de um caso envolvendo um homem que pode ser o suspeito de nosso assassinato.

– Então é melhor entrar – disse Jarratt.

Ela entrou na casa arrumada e seguiu Jarratt até uma cozinha grande e confortável.

– Chá? Café? Ou algo gelado? – ofereceu ele.

– Um chá seria bom. Com leite e um cubo de açúcar, por favor.

– Vou preparar um bule – disse Jarratt, sorridente.

– E então, há quanto tempo saiu? – perguntou ela. Metade da força sonhava em sair. A outra metade morria de medo disso. Qual era a de Jarratt?

– Agora faz uns quatro anos. Problemas de saúde. Um antigo ferimento que finalmente me pegou, a cinco anos de eu completar trinta de serviço. Pude pegar uma aposentadoria completa e alguns benefícios médicos, então não estou me queixando. Às vezes fico meio entediado, mas sabe como é... Mas então, o que eu posso fazer por você?

Sally reconheceu a deixa para ir direto ao assunto:

– Estou investigando um homicídio. Dos feios. Um jovem homossexual, Daniel Graydon, morto a punhaladas e espancamento.

– Crime de homofobia? – perguntou Jarratt.

– Não, acreditamos que não. É por outro motivo, mas ainda não sabemos. É aqui que você pode ajudar.

– Bom, não tenho certeza disso – respondeu Jarratt. – Passei a maior parte de meu tempo no Esquadrão de Fraudes. Minha parada era triturar números. E não homicídios.

– Levo isso em consideração, mas, além de trabalhar no Esquadrão de Fraudes, você também passou um tempo no Departamento de Investigação Criminal de Richmond. – Parecia uma pergunta, mas não era.

– Sim. Tem razão. De 1995 a 1998, pelo que me lembro. Depois voltei para Fraudes.

– O que me interessa é um caso que era seu em Richmond... Um homem chamado Stefan Korsakov, de 1996. Ele foi preso pela patrulha dos parques por...

– Estuprar um jovem – interrompeu Jarratt. – Ele amarrou e amordaçou o rapaz no Richmond Park. Ameaçou-o com um estilete, depois o estuprou. Eu jamais pensaria em esquecer Korsakov. E se você o conhecesse, também não ia conseguir.

Fez-se silêncio na cozinha. O comentário era incomum. Os policiais nunca exageravam o impacto que os criminosos tinham neles. Sally se perguntou o que podia haver em Korsakov que assombrava tanto Jarratt. Ela tentou ao máximo pensar quando um criminoso a afetara desse jeito. Nada lhe veio à mente. Achava que o medo que Jarratt tinha de Korsakov era pessoal.

– O que o torna tão memorável? – perguntou ela.

– Não tem remorsos. Nenhum. Seu único arrependimento foi ele ter sido preso. E isso só o incomodou porque significava que sairia das ruas e não poderia fazer o mesmo de novo com outro.

"Ele nunca disse isso nos interrogatórios... Na realidade, nunca dizia nada nos interrogatórios... Mas eu sabia que ele teria matado aquele rapaz se não tivesse sido perturbado. Não há dúvida. Foi um golpe tremendo quando a família do rapaz não nos deixou processá-lo pelo estupro. Ainda me lembro do sorrisinho na cara de Korsakov quando eu disse a ele que tinham retirado as acusações.

A sorte vem mesmo para quem menos merece. Teria sido melhor para todos se ele tivesse uma longa queda de uma janela alta. Sabe o que quero dizer?

Sally sorriu, pouco à vontade, mas não respondeu. Jarratt sentiu sua reação. Levantou-se e foi à pia, servindo seu chá enquanto Sally o observava e tentava sentir suas emoções. A náusea de Jarratt parecia bem verdadeira.

– Sei que não preciso te dizer como é ver um animal como Korsakov escapar, sabendo que é só uma questão de tempo antes de ele estuprar de novo, ou evoluir para o assassinato.

– Mas ele não escapou – lembrou-o Sally –, foi pego por estelionato. Soube que você cuidou disso. – Era um elogio.

– Sim, eu cuidei para que ele fosse preso por alguma coisa. Farejei a pequena operação fraudulenta de Korsakov e cavei. Ele foi pego, é verdade, mas foi uma vitória oca. Pegou quatro anos. Só isso. Toda aquela gente que ele ferrou. E nunca recuperamos o dinheiro. Por mais que tentássemos, não conseguimos encontrar.

"Eu ainda tinha alguns velhos amigos do Esquadrão de Fraudes Graves na City que me deviam um favor e me ajudaram a procurar, mas nada. Ele era um filho da puta inteligente. Tenho de admitir isso."

Sally estava interessada na fraude. Ajudava a formar o quadro de Korsakov. Mas ela estava mais interessada na natureza violenta do homem. Esse era o caminho que poderia levar à sua captura.

– Ele mostrou algum conhecimento de provas periciais ou dos procedimentos da polícia? – perguntou Sally.

– Sem dúvida nenhuma – veio a resposta sem hesitação. – As roupas que ele usou, o uso de camisinha, a vítima que escolheu, até o local eram muito bons. Ele só não teve sorte, e graças a Deus foi assim. Mas ele aprenderia. Ficaria cada vez melhor. Era inteligente o bastante para aprender com os próprios erros. Muito organizado também. Suas fraudes eram brilhantemente simples. E, como já mencionei, inteligente o suficiente para esconder o dinheiro onde ninguém podia encontrar. Isso não é fácil de fazer hoje em dia. Traficantes de drogas bilionários, contadores da City, governos corruptos... todos gastam uma fortuna tentando esconder o dinheiro no sistema bancário legítimo. Não se pode guardar milhões de libras no colchão e, mesmo que se pudesse, ninguém mais aceita pagamento em espécie, não para grandes compras. O papel-moeda deixa as pessoas nervosas. Você precisa colocá-lo no sistema financeiro. É onde costumamos recuperar o dinheiro, mas não com Korsakov. Ele era esperto demais.

Ele fez uma pausa.

– Então me diga, sargento Jones. Ele cometeu outro estupro ou assassinato, não foi?

Sally hesitou antes de responder. Não sabia bem por quê.

– Não sabemos se foi Korsakov. Existem semelhanças entre o seu caso e o que estamos investigando. Então, estamos cavando um pouco os antecedentes. Mas tem uma coisa que me incomoda.

Jarratt olhou para ela, inexpressivo.

– Continue.

– Tudo aponta para Korsakov ser um criminoso reincidente. Você mesmo disse que ele cometeria outro crime.

– Sim.

– Mas ele não chamou a atenção da polícia em nada. Sem prisões, condenações, sem relatórios de vigilância. Nada.

– Então ou ele saiu do país, ou está morto – respondeu Jarratt. – Rezo para que seja a última opção.

– Ou talvez só não tenha sido apanhado.

Jarratt soltou uma risada baixa.

– Sei que não somos perfeitos, mas nunca houve um criminoso reincidente que não tenha sido pego em alguns anos. Até na Idade Média, antes das referências cruzadas por computador, o DNA, o *Crimewatch*, ainda acabávamos pegando as pessoas. Elas sempre cometem um erro.

"Não. Se ele estava no país, teria cometido um crime. Não seria capaz de se conter mais do que podemos parar de tratar a todos como suspeitos. É da natureza dele. Ou ele pode ter se tornado um fantasma, sem jamais manter uma identidade por muito tempo, nunca ficando no mesmo lugar por mais de alguns meses. Ele é bem capaz disso."

– Vou dar uma olhada nos registros públicos – disse Sally. – Ver se tem alguma coisa dele. E, graças a você, teremos um bom jogo de digitais dele. Vamos comparar com quaisquer impressões recuperadas de nossa cena.

Os olhos de Jarratt se estreitaram.

– Se encontrar uma certidão de óbito ou digitais, por favor, me ligue. Se ele estiver tomando sol na Tailândia, prefiro não saber.

Sally pensou que Jarratt de repente parecia muito mais velho. Ela não o pressionaria mais.

– Bom, agradeço por seu tempo. – Ela se levantou para sair. – Ah, mais uma coisa.

– Sim?

– Tirou fotos de Korsakov, quando fez o indiciamento?

– Claro.

– É só que, quando vi os registros da Inteligência em Richmond, não havia fotos anexadas.

– Uma infelicidade, mas não é incomum – respondeu Jarratt.

– Pode pensar em mais alguém que pudesse querer ou precisar de fotografias de Korsakov? – perguntou Sally. – Talvez eu possa localizá-lo.

– Não, não sei – respondeu Jarratt. – Ninguém nunca me procurou por causa disso.

Sally suspirou:

– Ah, bom, deixa pra lá.

Jarratt a levou até a porta. Sua mão pousou na maçaneta, mas ele não a girou.

– Posso saber o que a colocou na pista de Korsakov? – perguntou ele. – O que a trouxe a mim?

– O Catálogo de Métodos – disse-lhe Sally. – Você estava registrado como o policial do caso. – Jarratt não disse nada. – Ah, merda – disse Sally de repente, mexendo na bolsa. – Quase esqueci. Pode me fazer um favor e dar uma olhada nesta foto? – Ela pegou uma foto de vigilância de Hellier e mostrou a Jarratt. – Você o reconhece?

Jarratt pegou a fotografia e olhou sem interesse nenhum. Sally não viu nada em seu rosto.

– Não – disse ele. – É alguém que eu devia conhecer?

– Só uma ponta solta que eu queria amarrar e agora consegui. De qualquer forma, obrigada por seu tempo.

– Disponha – disse Jarratt. – É bom ser útil novamente. – Eles trocaram um aperto de mãos antes de Sally ir para seu carro.

– Ele é mesmo dissimulado – disse Donnelly –, raciocina rápido. Cobre nossas evidências à medida que encontramos.

– Então teremos de encontrar mais – disse Sean.

– E o DNA? Amostras do corpo?

– Irrelevantes – lembrou-o Sean. – Ele admitiu ter feito sexo com a vítima, agora admite ter estado no apartamento... Nossas amostras não provam nada. Só se encontrássemos sangue da vítima em Hellier ou em suas roupas, mas o laboratório vai levar dias para processar o material que apreendemos hoje.

– Então, o que vamos fazer... simplesmente deixar que ele saia daqui?

– É exatamente isso que vamos fazer – respondeu Sean. – Acusá-lo agora significa que temos provas suficientes para culpá-lo. Nós dois sabemos que a regra é essa. Depois de ele ser acusado, perdemos o direito de interrogar novamente ou pegar mais amostras. Nós o acusamos agora e não podemos nem mesmo fazer com que ele participe de uma merda de fila de identificação. Já cometi esse erro. Não cometerei de novo. Temos de pegá-lo de outro ângulo. Um ângulo que ele não esteja esperando.

– Está falando de identificar outro crime que ele tenha cometido? – perguntou Donnelly, sem entusiasmo.

– Estou – confirmou Sean, notando o ceticismo de Donnelly. – Ocorreu-me uma coisa durante o interrogatório. E se ele estiver inventando essa história toda de ter uma relação constante de cliente com a vítima?

– Não entendi.

– E se ele não teve relação nenhuma com Graydon? O que isso significaria?

Donnelly deu de ombros, confuso.

– Podia significar que ele escolheu Graydon. Simplesmente o escolheu no meio de uma multidão e o matou. Toda a besteira de ele o vir a cada poucas semanas, Graydon cuidando de suas necessidades físicas, tudo seria uma cortina de fumaça para tentar nos confundir, fazer a gente perder o rastro. Ele está tentando nos levar pelo nariz para o lado errado. Talvez seja muito mais simples do que estamos pensando: ele procurou uma vítima e achou, depois a matou. Mas ele cometeu erros... Foi reconhecido na boate e deixou uma única digital na cena. Agora está cobrindo seus rastros, tentando inventar explicações para esses erros. Ele sabe que se admitir que só viu Graydon uma vez, estará assinando atestado de predador. Vai nos colocar bem em cima dele. É muito melhor assim. Ele acha que é inteligente o bastante para se safar com essa, e essa será sua ruína.

– Mas sabemos que ele viu a vítima pelo menos uma vez antes – lembrou-o Donnelly. – O porteiro, Young, os viu juntos na frente da boate, lembra? Ele estava a certa distância, mas tinha certeza de que eram eles e que saíram juntos, então ele não pode ter escolhido Graydon na noite em que o matou.

Sean já havia considerado tudo o que Donnelly dizia.

– Claro que ele o viu antes. Esteve com ele. Isso foi importante para ele.

– Por quê? – perguntou Donnelly.

– Porque isso tornava a vítima real. Ele precisava provar, senti-lo. Fantasiar com ele. Então ele o escolhe dentro ou fora da boate, não importa, e eles provavelmente vão à casa de Graydon. Fazem sexo. Hellier absorve tudo... E depois de ter certeza de que Graydon é digno de suas atenções especiais, vai embora, mas o observa. Observa-o por dias, cada vez mais excitado, a fantasia em sua mente tornando-se cada vez mais violenta e depravada, até que ele não suporta mais, então ele espera por Graydon, segue-o. Persegue-o. Talvez o tenha seguido para casa ou o tenha parado na rua...

A vítima não teria medo demais; afinal, eles já fizeram sexo pago juntos. Mas o que quer que tenha acontecido depois que voltaram ao apartamento, Hellier realizou sua fantasia. Só que, como sabemos, ele cometeu dois erros: a digital e ser visto com a vítima. Então ele distorce a história sobre algum relacionamento que tinha com a vítima e nos faz correr atrás do próprio rabo, tentando desesperadamente estabelecer uma razão lógica para ele querer matar Graydon, sabendo que nunca vamos encontrar uma, porque não existe. E enquanto procuramos por ela, perdemos o verdadeiro motivo para ele ter matado Daniel Graydon... Porque ele quis. Porque precisava fazer.

– Cacete – praguejou Donnelly. – E agora?

– Leve alguém com você e solte Hellier. Diga a ele para voltar daqui a duas semanas. O advogado vai perguntar por que ele precisa voltar. Diga que vamos conferir a história dele. Que Hellier ainda não foi excluído.

"E chame a equipe de vigilância de novo. Quero que peguem Hellier no segundo em que ele descer a escada daqui. Vamos cobrir 24 horas por dia. Vamos manter a pressão e esperar que ele pegue a corda. Mais cedo ou mais tarde ele vai se enforcar. Quem sabe talvez já não tenha se enforcado.

Hellier estava no corredor da central de polícia, esperando para sair do prédio. Primeiro Templeman saiu para saber se havia alguém lá fora. Quando voltou, as notícias não eram boas.

– Lamento, James. Parece que a imprensa já sabe.

– Como é? – rebateu Hellier. – Tem certeza de que é por minha causa?

– Acho que sim. Já me pediram uma declaração. Sabem que você foi preso por suspeita de homicídio.

– Aquele filho da puta do Corrigan. Ele contou a eles. Está tentando me destruir. – As palavras de Hellier eram veneno puro.

– Escute – disse Templeman –, você precisa se acalmar. Vou falar com eles, negar que você foi preso, dizer que você está ajudando a polícia na investigação. Fique aqui até que eu tenha acabado, depois trarei o carro. E também recomendo que cubra seu rosto quando sair.

– O quê? – A voz de Hellier se elevou.

– Só para o caso de um fotógrafo se infiltrar. Pode usar meu sobretudo.

– Quer que eu saia engatinhando daqui com a cabeça coberta, como um pedófilo? Pode muito bem dizer a eles que não sou culpado.

– Por favor, James, procure se acalmar. – Templeman estava quase com as mãos no peito de Hellier. – Um nome não é nada se eles não têm um rosto para acompanhar.

Hellier parecia frio.

– Tudo bem, mas escute aqui: ninguém me humilha sem pagar por isso.

– Eu não falaria em vingança se fosse você, James – aconselhou Templeman.

Uma expressão enojada se espalhou por Hellier. Ele colocou a cara junto da de Templeman. Templeman podia sentir um fedor animal e viril no hálito de Hellier.

– Faça a merda que estou mandando e me tire daqui. Sou esperado numa bosta de jantar de premiação esta noite. Será um inferno se eu não estiver lá. Sebastian já está no meu pé. – Hellier esticou o pescoço rígido, o estalo fazendo o advogado estremecer. Ele pegou o casaco de Templeman e lhe deu uma última ordem. – E me chame um táxi.

Quando Sally voltou à sala de incidentes, já era o início da noite e ela estava louca para se colocar a par da evolução do caso. O lugar estava deserto, a não ser por Sean, que se sentava sozinho em sua sala. Sally bateu no batente da porta, fazendo-o erguer a cabeça.

– Está tudo bem? – perguntou.

– Maravilhoso – respondeu Sean com sarcasmo.

– Então devo entender que Hellier não confessou.

– Correto.

– E a digital dele no apartamento da vítima?

– Disse que mentiu antes. Agora admite ter estado lá em várias ocasiões.

– Exatamente o que eu diria se estivesse no lugar dele.

– Eu também – concordou Sean. – Liberamos o homem, aguardando investigações posteriores. Mas como se saiu com o fulano?

– Korsakov – lembrou-o ela. – Consegui localizar um dos investigadores originais, que ficou bem interessado, mas não pôde me dizer mais do que o Catálogo de Métodos. O registro da Inteligência em Richmond era meio fino e não tinha fotografias.

"Se não tiver objeções, pensei em comparar as digitais de Korsakov com qualquer uma recuperada da cena. Nunca se sabe se vamos ter sorte."

– Fique à vontade – disse-lhe Sean. – O perito de identificação desse caso é o detetive Collins. Agora, se me der licença, preciso ir para casa, antes que meus filhos se esqueçam da minha cara. Você devia ir para casa também. Vá dormir um pouco.

– Eu vou – disse Sally, depois hesitou. – Se ele for culpado, vamos pegá-lo mais cedo ou mais tarde. É só uma questão de tempo antes que possamos provar.

– Claro que vamos – garantiu-lhe Sean. – Sempre pegamos, no fim. Aliás, por falar em Hellier, mostrou sua foto ao homem?

– Mostrei.

– E?

– Não significou nada para ele. Lamento.

– Não se preocupe com isso – disse Sean. – Foi um tiro no escuro mesmo.

Jarratt estava sentado em casa com a mulher e as filhas. Uma matéria no noticiário local da noite chamou sua atenção. Alguém fora preso pelo assassinato de Daniel Graydon. Era o nome que a sargento Jones tinha mencionado. O nome da vítima do assassino.

O repórter na frente da central de polícia de Peckham usou a expressão "ajudando a polícia com as investigações". Jarratt sabia que isso significava que ele tinha sido preso.

Era só um pequeno segmento no noticiário. A morte de um garoto de programa causava pouca agitação na Londres de hoje. Ele ouviu o repórter encerrar a matéria:

"Embora a polícia até agora tenha se recusado a comentar, acredita-se que o homem que ajuda em sua investigação seja James Hellier, um renomado contador e sócio da respeitada firma Butler & Mason, cujos escritórios ficam na área exclusiva de Knigthsbridge, no centro de Londres.

"O advogado que representa o homem que se acredita ser Hellier alegou que seu cliente nada tem a esconder e ficou feliz em ajudar a polícia de cada forma possível, embora tenha se negado a confirmar que o homem era realmente James Hellier."

Isso era um desastre. Tudo o que ele mais temia estava se tornando realidade. O peito de Jarratt estava prestes a explodir. Ele pediu licença e foi à cozinha. Serviu-se da maior quantidade de uísque no primeiro copo que viu. Sua mão tremia enquanto ele tomava grandes goles. Precisava se acalmar, controlar a si mesmo e a situação. Achava que podia ter um ataque cardíaco. Ele sabia o que viria agora.

Sean estava sentado em silêncio, encarando a televisão sem realmente ver. Preferira se sentar numa poltrona, em vez de ao lado de Kate no sofá. Ela sentia sua tensão.

– Sean – chamou Kate. Nada. Ela chamou de novo: – Sean. – Ele girou a cabeça para ela. – Quer conversar sobre isso? – perguntou ela.

Sean franziu os lábios e expirou:

– Na verdade, não.

– Pode ajudar falar no assunto – insistiu ela.

– Não é nada – mentiu ele. – Pensei ter nosso principal suspeito hoje, mas ele escapuliu do anzol.

– Você vai pegá-lo. Lembra o que sempre me diz? É só uma questão de tempo, por mais difícil que pareça no início.

– É, mas esse me incomoda. Sempre que penso que o encurralei, ele escapole. No começo, pensei que ele só estava raciocinando rápido, inventando respostas para combinar com as provas contra ele como e quando as ouvisse, mas agora não tenho certeza. Acho que ele tem uma estratégia. No instante em que ele soube que o havíamos apanhado, inventou uma história para nos levar a um beco sem saída... E a culpa foi minha. Mostrei minhas cartas cedo demais. Eu nunca devia ter demonstrado que ele era suspeito. Nunca devia ter ido ao trabalho dele. Devia ter vigiado o homem. Vigiado e esperado que ele nos levasse às provas. Agora tenho de fazer o jogo dele e, pelo que vi até agora, ele joga muito bem. Se eu não soubesse, diria que ele está até gostando disso.

Sean saiu da poltrona e foi para a cozinha. Pegou um copo e encheu de água. Kate o seguiu. Ela o vira assim antes, em geral durante os casos complicados, mas nem sempre. Era melhor fazê-lo falar do que deixar que remoesse o problema. Ela não deixaria que ele resvalasse aos lugares sombrios a que seu passado poderia levar.

– Não deixe que isso leve a melhor sobre você – alertou ela. A qualquer um teria sido um comentário bem inocente, mas não para Sean.

– O que isso quer dizer? – perguntou ele.

Kate percebeu o erro que cometeu.

– Nada. Só quis dizer para não deixar que o caso fique pessoal demais.

– Sempre é pessoal – disse-lhe Sean. – Para mim, sempre é pessoal. É assim que eu os pego.

– Eu sei, mas você precisa ter cuidado. Não tente fazer tudo sozinho.

– Por quê? – perguntou Sean. – Com medo de que eu vá perder o juízo?

– Não foi o que eu quis dizer.

– Não foi? – disse ele, com a voz calma.

Ela sabia de seu passado, de sua infância, do pai. As surras e abusos. Tudo. Sean sempre foi franco com ela sobre isso. Ela entendia que a fúria e o ódio de sua infância ainda estavam em algum lugar dentro dele. Como não estariam? Mas também sabia que ele não era nada parecido com o pai, como as pessoas que ele perseguia. Se tivesse alguma dúvida, por menor que fosse, nunca teria se casado com ele, que dirá ter filhos dele. Era assim que Sean desabafava suas frustrações. Ela lidou com isso antes e sabia que tinha de lidar agora.

– Não faça isso, Sean – pediu ela. – Eu não mereço.

Foi o bastante para Sean parar.

– Desculpe. – Ele bebeu a água. – Algum dia já pensou nisso? Não tem o menor medo de que eu fique igual a ele?

Kate sabia que falava do pai.

– Não. Nunca. Você percebeu que tinha essa coisa dentro de si e quis impedi-la, pará-la antes que alguém se machucasse, e conseguiu.

– Com muita ajuda – lembrou ele a ela.

– Nada disso teria dado certo se você não quisesse.

– Meu Deus – disse Sean, antes de tomar outro gole de água –, às vezes me sinto uma merda de estereótipo: o menino que sofreu abuso do pai, o menino cresce e vira um homem, tornando-se ele mesmo um perpetrador. De vítima a criminoso. É tudo previsível demais.

– Mas você não se tornou isso – lembrou-lhe ela. – Você se tornou um policial. Usa seu passado para ajudar as pessoas, e não para feri-las. – Caiu um silêncio entre eles. Kate se aproximou dele e segurou seu rosto nas mãos. – Seu passado é uma maldição, mas lhe deu um dom. Você pode pensar como essa gente. Pode reconhecê-los quando os outros não veem nada. Pode prever seus atos.

– Esse não – disse-lhe Sean. – Ainda não consigo ver através de seus olhos. Não sei por que, mas não consigo. Sempre que tento, parece que tem alguém descendo uma cortina, bloqueando-me.

– Vai conseguir – garantiu-lhe ela. – Dê tempo ao tempo e vai conseguir.

Silêncio, depois Sean voltou a falar:

– Sabe o que é isso, ser capaz de pensar como eles?

– Não – respondeu Kate. – Olho para você quando está assim e graças a Deus não sei. Quem quer esse fardo?

– Eu posso sentir o que eles sentem. Posso sentir sua excitação, seu alívio. Dor. Confusão.

Kate afagou seu cabelo, como uma mãe faria com um filho.

— E você usa isso para impedi-los. Para que parem de ferir as pessoas.

— Às vezes, parece que estou perto demais. Tão perto que posso escorregar para as trevas a qualquer segundo.

— Então talvez deva ver a dra. Richardson, o que acha? Já faz algum tempo que você não fala com ela.

— Não. — Sean se eriçou um pouco. — Eu vou ficar bem. Vou resolver isso eu mesmo. Só preciso que você me lembre de vez em quando. Que me lembre de quem eu realmente sou.

— Você sabe quem é — lembrou Kate a ele. — Desde que decidiu que seria um policial. Desde aquele momento, você sabe exatamente quem é.

— Acho que sim — respondeu ele, sem convencer.

— Tem mais alguma coisa, não tem? Você estava com aquele olhar que sempre aparece quando alguma coisa abre um buraco na sua cabeça. O que é?

— Vi uma coisa estranha hoje — confessou ele.

— Em nossos empregos, vemos coisas estranhas todo dia.

Ele ignorou sua interrupção.

— Pela janela de minha sala, no telhado abaixo, no meio das saídas de ventilação. Era uma ave morta. No início, pensei que fosse só outro pombo morto, mas depois percebi que era um corvo. Eu sabia que era um corvo porque outros corvos pousavam ao lado dele. Imaginei que eles se alimentariam de seu corpo, mas estava enganado... Eles lhe traziam presentes: galhos, pedrinhas brilhantes, coisas para comer. Eu os olhei por um tempo e percebi, percebi o que eles faziam. Estavam chorando sua morte. Os corvos pranteiam os mortos. Nunca soube disso.

— E isso o perturbou? — perguntou Kate.

— Não. Não me perturbou, me fez pensar, só isso.

— Pensar no quê?

— Nós não os julgamos, não é? Os corvos. Quando eles se alimentam de bichos atropelados ou matam as crias de outras aves que tentam se esconder em seus ninhos, não os julgamos. Não os julgamos porque, para nós, eles só estão fazendo o que sua natureza determina. São apenas animais, afinal. Mas era isso que eu pensava que nos distinguia dos animais, o fato de nós prantearmos nossos mortos. Só agora sei que os corvos também fazem isso. Um assassino, um matador insensível que pranteia seus mortos.

– E isso quer dizer? – perguntou Kate.

– Quer dizer que talvez não sejamos tão diferentes dos outros animais que se matam para sobreviver, como pensamos. Quer dizer que é isso que fazem os homens que eu caço. Matam porque é de sua natureza. Eles nasceram para isso, mas nós os julgamos como se eles fossem normais como você e... – Ele parou antes de se incluir.

– Seja ou não da natureza deles, alguém tem de impedi-los, e neste momento esse alguém é você.

– Eu sei.

Kate suspirou.

– Eu me orgulho do que você faz. Me orgulho de ser você quem vá atrás deles. Às vezes me dá medo, mas eu não ia querer de outra forma.

Sean empurrou seu copo.

– Obrigado – disse-lhe ele com brandura. – Obrigado por me suportar. Mas me prometa uma coisa.

– O quê?

– Não me deixe escapar. Não desista de mim.

Kate passou as mãos por sua nuca e o puxou para mais perto.

– Isso nunca vai acontecer – prometeu. – Eu te amo. Mas não me exclua. Nunca me exclua.

Sebastian Gibran estava a sua mesa no meio do Criterion Restaurant, em Piccadilly Circus, um refinado salão de baile imenso, caro e exclusivo no coração do West End. Em geral reserva dos ricos, famosos e candidatos a tanto, esta noite era para uso exclusivo dos financistas de Londres. As luzes estavam mais baixas do que de costume, mas Gibran ainda podia distinguir muito bem cada um dos presentes. Enquanto se juntava distraidamente a um papo, ele procurava Hellier no salão. Ele não o via e olhou o relógio de novo.

Hellier já estava atrasado, a entrada já fora servida e consumida. Logo começariam os vários discursos. Ele sabia que não seria o único a notar a ausência de Hellier. Sua procura foi perturbada pelo gerente do restaurante, que apareceu a seu ombro, curvando-se para falar baixo em seu ouvido:

— Com licença, senhor, mas alguns cavalheiros gostariam de vê-lo no bar privativo. — Gibran sabia quem eram os cavalheiros, e tinha uma boa ideia do motivo para que quisessem vê-lo. Ele assentiu uma vez, para mostrar ao gerente que entendeu enquanto empurrava a cadeira para se levantar, jogando o guardanapo do colo para a mesa.

Gibran andou discretamente pelo restaurante e subiu um curto lance de escada ao bar privativo, vários seguranças e funcionários casualmente saindo de seu caminho, como se tivessem sido avisados de sua chegada. Dois gorilas com ternos de mil libras abriram-lhe as portas quando ele entrou no bar, e foi imediatamente conduzido às pessoas mais importantes do mundo das finanças que ele já vira reunidas em um lugar, num canto onde dois homens idosos se sentavam em grandes poltronas confortáveis, a uma mesa posta para seu uso exclusivo. Os homens tinham a pele morena e cabelo prateado, olhos claros como cristal, penetrantes e inteligentes, e usavam relógios de platina vulgarmente cravejados de diamantes. Gibran podia imaginar os carros que dirigiam, as casas em que moravam e as garotas de programa com quem dormiriam no final daquela noite. Um tinha uma taça de vinho tinto na mesa, diante de si, e o outro, um martíni; o último fumava um grosso charuto cubano e ninguém lhe disse que não podia. Gibran reconheceu os dois como os proprietários da Butler & Mason. Ele os vira duas vezes e falara com eles apenas uma vez.

Nenhum dos dois se levantou para cumprimentá-lo. O que fumava o charuto falou primeiro:

— Sebastian. — Ele tinha sotaque australiano. — Desculpe tirar você do jantar, mas já faz muito tempo que não temos a oportunidade de conversar.

Gibran resistiu à tentação de lembrar aos dois que eles nunca conversaram realmente.

– Certamente – conseguiu responder, mas de imediato notou o desprazer dos mais velhos com sua resposta, como se de algum modo isso os desrespeitasse. – Mas entendo como devem ser ocupados e me mantive informado sobre tudo o que preciso saber.

– Claro. – O bebedor de vinho garantiu a ele num sotaque do Leste Europeu. – E esperamos que entenda como valorizamos você em nossa organização.

– Sempre senti que pertencia à Butler & Mason. – Gibran lhes dizia o que sabia que eles queriam ouvir. – Acredito no que fazemos e isto é o mais importante para mim.

– Excelente – declarou o fumante. – Mas agora soubemos que um de nossos funcionários chamou uma atenção indesejada para nossa empresa. Uma atenção indesejada da polícia.

Gibran achava que precisava dar um pigarro antes de falar.

– As más notícias chegam a cavalo – disse ele, mas isso não incitou resposta. O fumante bafejou o charuto e encarou Gibran através da densa nuvem de fumaça que flutuava de sua boca. – Isso não seria problema. – Ele tentou tranquilizar os dois velhos. – Creio que seja um simples caso de confusão de identidade. Espero que a polícia esclareça as coisas muito em breve. – Gibran podia sentir os olhos dos dois dissecando-o, e sabia que se fizesse um gesto errado agora, pela manhã sua mesa estaria limpa e seu nome apagado dos registros da empresa. Mas a pressão não o incomodava: estava acostumado com ela. Ele gostava e os velhos sabiam disso, por isso lhe pagavam tão bem.

– Devemos suspendê-lo enquanto esperamos que esse... esse mal-entendido seja esclarecido? – perguntou o bebedor de vinho.

– É melhor não – explicou Gibran. – Não temos provas suficientes de nenhum delito, nem a polícia, ou assim me disseram seus representantes legais. Eles me mantêm plenamente informado de qualquer desenvolvimento. Por ora, é melhor deixá-lo onde eu possa vê-lo.

– Esse funcionário sabe que você está falando com seus advogados? – perguntou o fumante.

– Não. Ele acredita que tem confidencialidade.

– Ótimo – disse por fim o bebedor de vinho. – Sabemos que você está ciente de suas responsabilidades.

Outro alerta velado. Gibran pensou: esclareça o problema de Hellier ou não espere ficar muito tempo na Butler & Mason.

– Sempre estou ciente de minhas responsabilidades, cavalheiros – respondeu ele calmamente. – Acreditem, não há nada que eu leve mais a sério.

– Claro que sim – concordou o fumante. – Você tem muito a oferecer. Por isso estávamos nos perguntando se já pensou em se envolver na política.

Gibran teve dificuldade de esconder sua surpresa.

– Política? – perguntou. – Desculpem-me, cavalheiros. Não sou um animal político.

O homem do charuto riu, a fumaça se derramando de sua boca aberta.

– Acredite em mim, para ter sucesso na política é melhor não ser político demais.

O bebedor de vinho riu, concordando, mas Gibran não entendeu a piada, nem a arrogância segura de si e a crença condescendente de que eles entendiam como tudo funcionava. Não, ia além disso; eles acreditavam que *controlavam* como tudo funcionava.

– Não estamos lhe pedindo para pensar em se tornar parlamentar, apenas se está interessado num papel como consultor especial do governo. Isso pode ser arranjado. Você vai descobrir que todos os governos estão desesperados pelos conselhos que alguém como você pode oferecer, caso contrário todos têm servidores civis cochichando em seus ouvidos sobre coisas que não entendem.

– Que partido político têm em mente? – perguntou Gibran a eles.

Novamente o riso jocoso de sabedoria dos velhos.

– O que você quiser – respondeu o bebedor de vinho. – Nossa organização faz doações generosas aos dois partidos principais.

Achamos que um homem como você pode ser colocado quase imediatamente em um cargo de verdadeira influência no nível do governo. Consultor do ministro do Comércio, talvez?

– Ou talvez a Secretaria de Relações Exteriores o interesse? – propôs o fumante. – Temos de planejar o futuro, para continuarmos competitivos. Ter alguém de influência no coração do governo seria muito útil para nossa organização.

– Bem, eu certamente levarei isso em consideração – prometeu Gibran –, mas sempre gostei de trabalhar longe dos holofotes. Gosto de fazer as coisas acontecerem sem ser visto. Parece combinar mais com minhas ambições pessoais.

– Muito bem – respondeu o fumante. – Mas não demore muito para se decidir. O que estamos lhe oferecendo é algo muito especial. Lembre-se, Sebastian, a religião está morta. Hoje em dia não cabe aos padres e papas nos dizerem a quem venerar. Os deuses celestiais estão mortos para a humanidade. São os deuses feitos de carne e osso que as pessoas veneram. Deuses urbanos. Gosta de um deus urbano, Sebastian?

O que esses velhos se julgavam?, se perguntou Gibran. Deuses? E eles realmente acreditavam que ele queria ser igual a eles, velho e fraco? Seu poder era uma ilusão, baseado nos mercados que podiam desaparecer da noite para o dia.

O fumante não esperou que ele respondesse:

– E não se esqueça de cuidar do probleminha que discutimos, antes que ele fique constrangedor.

– Claro – disse Gibran. – Mas devemos ter em mente que esse funcionário em particular sabe muito de nossas, digamos, práticas de negócios. Se for necessário transferi-lo, acho que seria melhor enviá-lo a um de nossos escritórios mais discretos, digamos, em Vancouver ou em Kuala Lumpur. Algum lugar em que possamos ficar de olho nele. Eu não ficaria à vontade tendo alguém com tanto conhecimento podendo trabalhar para um rival.

– Concordo. – Foi só o que o bebedor de vinho disse.

Mais uma vez o gerente do restaurante apareceu a seu ombro, falando baixo em seu ouvido. Gibran assentiu depois de ter compreendido.

— Bem, se me derem licença, cavalheiros. — Ele se dirigiu aos velhos enquanto se levantava. — Parece que é hora do discurso. — Eles nada disseram ao desaparecerem atrás de uma cortina pesada e branca de fumaça.

Hellier entrou no Criterion pouco depois das nove horas, atrasado, mas despreocupado. Sentou-se à mesa e ficou aliviado ao ver que Gibran não estava ali: pelo menos ele podia pedir um bom drinque para si mesmo. Assentiu para os outros em sua mesa, alguns que ele conhecia e outros, não. Não se importava nem ligou para o que pensassem dele. Pegou um garçom que passava.

— Um scotch duplo com gelo — exigiu. — E que seja puro malte. — Ele soltou o garçom e olhou o salão em busca de Gibran, que não estava à vista. Devia estar escondido em algum banheiro, preparando seu discurso anual. Hellier queria que o deixassem fazer o discurso. Gostaria imensamente de dizer umas verdades a uma sala cheia de merdas hipócritas.

Enquanto esperava por sua bebida e o próximo orador, sua mente voltava continuamente a Corrigan. Hellier conhecia policiais, compreendia como eles trabalhavam, mas havia algo em Corrigan que o perturbava, alertava-o a ser mais cauteloso do que o de costume. Ele devia conter seu excesso de confiança, permanecer concentrado e prender-se ao roteiro. Com este, não era possível improvisar. Corrigan era perigoso, ele sentia. Seus pensamentos foram perturbados por alguém de smoking e gravata-borboleta batendo num microfone no pequeno palco.

— Senhoras e senhores, vamos dar as boas-vindas a nosso próximo orador, Sebastian Gibran, da Butler & Mason International Finance. — A sala aplaudiu generosamente, embora com educação, enquanto Hellier gemia por dentro. Felizmente a bebida chegou ao mesmo tempo. Ele tragou metade de um gole só.

Gibran ergueu a mão para encerrar os aplausos.

— Como a maioria de vocês já sabe — começou —, não sou de fazer discursos públicos. Mas sempre é um privilégio especial ser convidado a falar a tantas pessoas influentes de nosso setor.

Aplausos modestos ondularam pelo salão, abafando as obscenidades que Hellier murmurava.

– Obrigado – disse Gibran, fingindo modéstia. – Obrigado. – Ele esperou que os aplausos cessassem. – Trabalhei com finanças toda minha vida adulta, mas nunca em tempos mais penosos... Tempos em que a criação e a posse de riqueza são consideradas moralmente corruptas, não só por aqueles consumidos pela política da inveja, mas por políticos sedentos de poder que se entusiasmam demais em aplacar a maioria não contribuinte. Eles supõem demais e sabem muito pouco.

"Muito tempo atrás, um dos homens mais ricos do mundo, quando estava próximo da morte, doou tudo o que tinha, absolutamente tudo. Quando perguntaram por quê, ele disse: 'Não há maior pecado do que ser o homem mais rico do cemitério.'" Flutuaram risos pelo salão. Gibran continuou antes que os risos parassem:

– O caso é que ele tinha razão. Não há sentido na riqueza pela riqueza. Essa não é apenas minha ideologia pessoal, é a ideologia da minha organização.

"Desde que o setor financeiro abandonou toda cautela e juízo na busca dos lucros individuais rápidos, as pessoas perderam a fé em qualquer um que tivesse a mais remota ligação com os mercados financeiros, e isso nos inclui. Tornamo-nos o alvo de qualquer um que procure atribuir a culpa por seus próprios fracassos aos erros dos outros, e precisamos estar cientes de que esse é o admirável mundo novo em que agora vivemos. Outro dia mesmo, eu jantava com minha esposa e amigos quando uma mulher me informou atrevidamente que o problema de gente como eu é que não temos nenhum produto, só o que fazemos é ganhar dinheiro para nossos patrões, que nos recompensam com dinheiro. Que essencialmente não produzimos nada. Nunca faremos uma linda peça de mobília nem educaremos uma criança. Não construímos casas, nem salvamos a vida dos doentes. Não criamos nada e, assim, não temos valor."

Hellier olhava Gibran enquanto suas palavras silenciavam a plateia, sentada à espera de que ele continuasse, aguardando que ele lhes garantisse que tinham valor, tinham um lugar na sociedade. Hellier notou como ele era diferente de todos os outros no ambiente, como a mera ideia de exclusão de qualquer coisa os apavorava, enquanto ele era capaz de adotá-la quando necessário, fazer dela sua maior aliada. Mas até ele foi atraído ao discurso e se viu esperando ansiosamente as próximas palavras de Gibran. Estude-o, disse Hellier a si mesmo. Observe Gibran se apresentar e aprenda com isso. Estude seus padrões de fala e mudanças na entonação. Estude suas pausas e os movimentos corporais, como ele olha o salão, procurando olhar nos olhos das pessoas. Se ele um dia tivesse de fazer um discurso, imitaria Gibran, imitaria com exatidão. Sua mente voltou ao interrogatório com Corrigan – a acusação de que ele não passava de uma imitação barata, uma cópia genérica de Gibran. Corrigan tinha um discernimento quase tão agudo quanto o de Hellier. Ele nunca deveria se esquecer disso – se quiser vencer o jogo.

– Assim – continuou Gibran –, expliquei a essa pessoa que nossa essência era criar o produto. Expliquei a ela que sem pessoas como nós não haveria a Microsoft Corporation. A ideia brilhante de Bill Gates teria continuado assim: uma ideia. Foi preciso o dinheiro levantado por empresas como a nossa para torná-la realidade. E as farmacêuticas e os remédios que produzem e salvam milhões de vidas: alguma existiria sem as finanças que as tornassem possíveis? Não, não existiriam, nem nenhuma outra empresa privada, fosse uma fabricante de milhões de carros ou uma empresa familiar que produz postais. Todos precisam de financiamento para existir. Assim, eu disse a essa mulher: não me diga que eu não produzo nada. – Ele recuou meio passo do microfone, incitando o entusiasmo da plateia.

– Mas precisamos fazer mais do que isso – continuou Gibran. – Não tem sentido existir uma classe pequena e distinta de super-ricos se o resto da sociedade é reduzido a destituídos desiludidos de inveja, vivendo sua vida sem esperanças ou aspirações. No fundo eu sou um socialista, mas acredito que todos os homens e mulheres devem ser igualmente ricos, e não igualmente pobres. Porém, nenhum governo pode realizar isso. Suas mãos estão atadas por eleições a cada quatro anos e pela necessidade de sucesso no curto prazo. Para construir uma sociedade do futuro em que valha a pena viver, é preciso tempo. Requer décadas, e não quatro anos, por isso devemos assumir a responsabilidade pelas coisas que por muito tempo ficaram a cargo do governo. Devemos financiar a construção de escolas particulares de preços acessíveis. E, nessas escolas, devemos educar as crianças que querem aprender em ambientes livres de distúrbios e disfunções.

Gibran parou para permitir os aplausos enquanto Hellier olhava a plateia, que se aquecia na retórica de Gibran.

– E devemos financiar a construção de hospitais comunitários particulares acessíveis, onde os doentes e feridos que não são responsáveis por seus males possam receber cuidados imediatos e especializados, desembaraçados da necessidade de tratar fumantes, alcoólatras e obesos. E devemos financiar a construção de moradias particulares com sua própria polícia particular, paga para proteger as famílias e lares daquele que moram nessas casas. Áreas que serão livres de desordeiros e saqueadores. E por fim todos quererão essa vida melhor. Não estarão mais dispostos a mandar seus filhos a escolas deficitárias ou seus parentes idosos a hospitais deficientes. E, pelo uso ético de lucros, seguros e proteção de pagamento, o setor público e os bilhões que suga e desperdiça se tornarão obsoletos. Pelas finanças, o setor privado terá sucesso onde todo governo até esta data fracassou.

Os aplausos explodiram no salão, fazendo Hellier rir intimamente da habilidade com que Gibran brincava com eles. Mas esse estado de espírito logo escureceu quando ele notou que testemunhava o nascimento de Gibran como adversário de peso; um adversário perigoso. Então agora ele tinha dois: Corrigan e Gibran. Mas qual deles exigia mais cautela? Pelo menos Corrigan era óbvio e previsível, o touro furioso que continuaria vindo direto para ele até que ele estivesse derrotado ou vitorioso. Mas Gibran era a serpente na relva, esperando para dar o bote. Ele era o tubarão que nadava sob um mar calmo, esperando até sentir o cheiro de sangue na água. Hellier respeitaria as ameaças que eles representavam, mas nunca as temeria. Ele viu o discurso de Gibran se aproximar do fim.

– Porém – Gibran alertou a plateia –, essas ambições só podem ser realizadas num clima de cooperação competitiva. Claramente, não podemos ser vistos como criadores de cartéis, mas o verdadeiro progresso não pode ser alcançado pelas empresas trabalhando isoladamente para objetivos isolados. A cooperação é a chave; mas, lembrem-se, a força que tivermos estará em nosso elo mais fraco.

Os olhos de Gibran de repente percorreram a multidão e deram em Hellier, que sentiu queimar a pele como se Gibran o estivesse publicamente marcando a fogo. Hellier resistiu à tentação de sorrir: Gibran podia pensar que ele era esperto, mas ele só mostrou suas cartas a Hellier. Independentemente do que acontecesse a partir de agora, Hellier estaria preparado para ele. Quando chegasse a hora, ele estaria pronto.

13

Tive de esperar muito tempo para encontrá-lo. Procurei sem parar por anos e no fim foi ele que me encontrou. Ele simplesmente um dia entrou em minha vida. Certamente foi enviado a mim, um presente da Natureza.

Seus olhos o traíam. De imediato soube que ele e eu éramos parecidos. Éramos o mesmo animal. Não havia enganos. Ele escondia bem sua natureza, sua fachada de normalidade enganaria a qualquer um. Qualquer um, menos eu. Mas quando ele me olhou, nada viu. Eu podia ver o desdém que tinha por mim, como tinha por todos os outros. Meu disfarce ocultava-me até de minha própria espécie. Agora o que tenho de fazer é esperar um pouco mais. Um ou dois anos. Depois posso começar.

Meu filme preferido é *West Side Story*. Por quê? Por causa da violência. É pura e completa. A dança é violenta. A música é violenta. O cenário é violento, como o sol vermelho que banha a cidade em cada cena. O filme é uma declaração sobre o domínio da violência sobre qualquer outro aspecto da vida. Romeu e Julieta. A violência derrota o amor. A violência é a única verdade.

Eu entendo isso. Você, não. Você se esconde da violência. Acovarda-se em sua presença. Condena-a como a praga da vida moderna. Pune sua juventude por ser violenta. Tenta bani-la de sua televisão. Procura impedi-la em suas partidas de futebol. Seu governo gasta bilhões todo ano tentando eliminar a violência da sociedade.

Mas violência é vida. Sem violência, não haveria vida. A violência é a força motriz da vida. Representa a beleza definitiva da vida.

Evolução é violência. As espécies evoluem por competição violenta. Os fortes matam os fracos e assim uma espécie se desenvolve. Sem violência, ainda viveríamos em árvores. Não. Menos do que isso. Ainda seríamos organismos unicelulares. Entretanto, você trata a violência como sua inimiga, quando é sua maior aliada.

Eu compreendo a violência. Adoto-a. Canalizo-a. Pela violência, estou evoluindo para algo além da imaginação.

14

Manhã de terça-feira

É cedo e Sean já está à sua mesa. A central fica cada vez mais ativa à medida que os detetives chegam ao trabalho. Uma batida na porta aberta o faz levantar a cabeça. O superintendente Featherstone esperava ser convidado a entrar.

– Chefe – cumprimenta-o Sean. – Como vai?

Featherstone segura dois cafés para viagem. Coloca um deles na frente de Sean e se senta.

– Nunca conheci um inspetor que desprezasse um café de graça.

– Obrigado – disse Sean. Ao erguer a bebida, ele percebeu por que Featherstone estava ali. Sean não o consultara antes de prender Hellier. Tecnicamente, deveria ter agido assim. – Já que está aqui, há algumas coisas que preciso comunicar-lhe.

– Não diga – disse Featherstone. – Como a prisão de um suspeito, talvez?

– Entre outras coisas...

– Uma prisão que fiquei sabendo pela TV.

– Desculpe – disse Sean. – Não devia ter acontecido assim e não vai acontecer novamente.

– Sei que às vezes as coisas podem ficar meio frenéticas – disse Featherstone –, mas estou aqui para evitar os que podem atrapalhá-lo e você possa fazer o que deve. Não posso fazer isso se não sei o que está havendo. No futuro, dê uma ligada, está bem?

– Claro – concordou Sean. Featherstone era um oficial superior tão bom quanto Sean podia esperar, e ele sabia disso. Precisava tê-lo a seu lado.

– Esse sujeito, James Hellier – perguntou Featherstone. – Tem certeza de que é o nosso homem?

– O máximo que posso, mas isso não quer dizer nada sem alguma prova viável.

– Se há provas a encontrar, você as encontrará. Qualquer que seja seu curso de ação, tem o meu apoio.

– Agradeço por isso.

Featherstone se levantou para sair.

– A propósito, esse Hellier... ele parece o tipo de homem que pode ter certas conexões, se está me entendendo.

– Terei isso em mente, chefe. Antes de ir, ainda é capaz de convocar a mídia por mim?

– Deve fazer isso você mesmo – respondeu Featherstone. – Não lhe faria mal melhorar sua imagem pública. Se um dia quiser chegar a inspetor-chefe, é esse tipo de besteira que eles adoram ver em seu currículo.

– Não é bem a minha praia – protestou Sean.

– Como quiser. E então, o que tem em mente?

– Acho que está na hora de dar uma coletiva. Vou organizar e informar a você quando e onde.

– Estarei lá – respondeu Featherstone, sem entusiasmo. – Nos falaremos em breve.

Hellier ouvia a lenga-lenga de Sebastian Gibran do outro lado de uma mesa de carvalho obscenamente grande, flanqueado por dois velhos raras vezes vistos no escritório. Ele supôs que eram dois dos proprietários da Butler & Mason, que poucos conheciam, mesmo os funcionários. Tinham a pele morena e falavam um inglês apenas passável. Hellier pensou que pareciam velhos e fracos.

– É importante que você entenda, James – insistiu Gibran –, que o apoiamos plenamente nessa fase muito difícil para você e sua família, e eu falo por toda a empresa quando digo que nenhum de nós acredita nessas alegações ridículas.

Hellier quase foi pego devaneando. Percebeu bem a tempo que esperavam uma resposta sua.

– Sim, claro, e obrigado por seu apoio. Significa muito para minha família e para mim. – Ele soou adequadamente sincero.

– James – insistiu Gibran –, você tem sido um de nossos mais valiosos funcionários desde que ingressou nesta empresa. Não precisa agradecer por nosso apoio agora.

Filho da mãe hipócrita. Um de seus funcionários mais valiosos – eu faturei milhões para esses filhos da puta. E eles nunca se importaram em saber como o dinheiro era ganho, desde que continuasse entrando. Me apoiar durante fases difíceis. Que merda de alternativa vocês têm, idiotas? Precisam muito mais de mim do que eu de vocês.

– Bem, da mesma forma, tenho uma dívida para com você. Com vocês todos – mentiu Hellier. – Sinto-me parte da família aqui e detestaria que isso mudasse.

– O mesmo digo eu – disse Gibran, embora seu tom e sua expressão não fossem nada tranquilizadores. – Mas incidentes como seu atraso ao que possivelmente é o evento anual mais importante de nossa agenda não passam despercebidos. Sei que você me entende.

– Entendo – mentiu Hellier. – E peço desculpas por me atrasar, sinceramente. Depois que se esclarecer toda essa confusão com a polícia, poderei mais uma vez dar cem por cento a esta empresa.

– Que bom – disse Gibran. – Porque você não é importante apenas para a empresa, é importante para mim, pessoalmente, como um amigo que me é caro.

Sally passou a manhã toda no Registro Público. Estava desanimada e frustrada. O funcionário que a ajudou a procurar registros relacionados com Stefan Korsakov também parecia desanimado. Ele não tinha mais de 25 anos e ainda exibia vestígios de acne. Não ficou impressionado com as credenciais de Sally. Sally não sabia o nome dele. Ele não disse.

Hoje em dia, o grosso dos registros ficava no computador e apenas o escriturário tinha acesso ao sistema. Por Sally, tudo bem, desde que ela não tivesse de esperar muito mais tempo em meio aos milhões de registros antigos em papel empilhados do chão ao teto no prédio escuro e cavernoso.

Ela ouviu passos se aproximando pelos corredores das estantes e ficou aliviada ao ver o escriturário voltar com uma folha de papel, mas ele não sorria.

– Encontrei a pessoa em que está interessada. Stefan Korsakov, nascido em Twickenham, Middlesex, no dia 12 de novembro de 1971. – Ele colocou o papel numa mesa e o alisou para Sally ver. – A certidão de nascimento de Stefan Korsakov – anunciou ele. – É essa a pessoa que procura?

– Sim – respondeu Sally. – Eu começava a achar que ele era fruto de minha imaginação.

– Como? – perguntou o escriturário.

– Deixa pra lá. Não ligue para mim.

– Sei. – O funcionário parecia entediado.

– Ele ainda está vivo? – Ela ergueu a cabeça para ele. – Se estiver morto, preciso ver a certidão de óbito.

– Sabe onde ele pode ter morrido?

– Não tenho ideia – respondeu Sally com sinceridade. – Isso ajudaria?

– Devo supor que você quer que eu faça uma busca nacional?

– Desculpe. Sim. – Sally sentiu a crescente irritação do escriturário.

– Isso vai levar dias. Talvez semanas. Terei de mandar uma circular a outros escritórios pelo país. Só o que posso fazer é esperar que eles me deem retorno.

– Tudo bem. – Sally tirou um cartão de apresentação da bolsa e lhe deu. – Este é meu cartão. Meu celular está aí. Me telefone assim que souber. A qualquer hora. Dia ou noite.

– Mais alguma coisa?

– Não. – A palavra mal havia saído da boca quando Sally mudou de ideia. – Na verdade, se quer saber, já que estou aqui, tem mais uma coisa que gostaria que verificasse.

– O que é?

– Queria que encontrasse a certidão de nascimento e o atestado de óbito, se existirem, desse homem. – Ela escreveu um nome e data de nascimento em uma folha de papel e entregou ao escriturário.

Ele leu o nome:
– James Hellier. Será feito – disse ele. – Mas...
Sally terminou por ele:
– Vai levar tempo. Sim, eu sei.

Hellier pediu licença e saiu do escritório logo depois de sua reunião com Gibran. Ninguém perguntou por que ou aonde ele ia. Ele sabia que ninguém perguntaria.

A polícia ainda tinha sua agenda de endereços. Não deixaram nem que tirasse uma fotocópia dela. Seu advogado trabalhava em seu resgate, ou pelo menos na obtenção de uma cópia. Não importa. Se aquele cretino do inspetor Corrigan queria fazer jogo duro, tudo bem. Ele tinha planos emergenciais.

Ele não sentia ser vigiado esta manhã. Estranho. Talvez seus instintos estivessem esgotados. Ele estava cansado. O dia anterior fora difícil, até para ele. Talvez Corrigan tenha aceitado o que ele disse no interrogatório como a verdade, mas ele duvidava disso. Então, onde eles estavam, cavando mais fundo ou simplesmente não estavam ali?

Ele andou por Knightsbridge, passando pela Harvey Nichols a caminho da Harrods, entrando à esquerda na Sloane Street, seguindo rapidamente para o sul. De repente atravessou a rua, desviando-se de carros dirigidos por motoristas coléricos. Um taxista num carro preto tocou a buzina e gritou um palavrão com seu forte sotaque do East End.

Ele deu uma corrida rápida pela Pont Street, como um executivo atrasado para uma reunião, mal sendo notado pelas pessoas por quem passava. Entrou à direita, na Hans Place, e correu, contornando a praça.

Na esquina com Lennox Gardens, havia uma pequena delicatéssen. Hellier entrou e pediu 250 gramas de salame toscano; enquanto era servido, examinou os outros dois clientes na loja. De imediato viu que não eram policiais. Enquanto o lojista embrulhava o salame, ele de repente saiu correndo da loja. O lojista gritou atrás dele, mas Hellier não parou. Depois de uns cento e cinquenta metros, ele reduziu o passo e foi para o meio da rua, parando na faixa, o trânsito correndo dos dois lados. Examinou toda a área a sua volta, cada pedestre, cada carro e moto, mas ninguém lhe pareceu pouco à vontade. Ninguém titubeando enquanto andava. Nenhum carro deu uma guinada para uma transversal.

Ninguém o seguia, estava convencido disso. E mesmo que o estivessem seguindo, ele se livrara deles. Eles o subestimavam, supunham que ele não soubesse da vigilância e da contravigilância, e agora pagavam por isso. Mas ele sabia que da próxima vez eles estariam mais espertos. Seria mais difícil se livrar deles.

Sean examinou o relatório de autópsia do dr. Canning. Alguns detetives achavam mais fácil ver as fotografias do que ficar algum tempo na cena do crime. Ele sabia do valor de ter tudo registrado fotograficamente, mas preferia ser confrontado com a realidade física do que com aquelas imagens frias e cruéis. Nas cenas, ele sentia algo pelas vítimas: pesar e lamento – tristeza. Mas quando examinava as fotos, elas pareciam quase mais reais do que as cenas em si – a frieza cabal do que retratavam e a severidade das cores de algum modo eram ainda mais enervantes do que as cenas reais.

O relatório era excelente, como sempre. O dr. Canning não deixava passar nada. Cada lesão, antiga e nova, era observada, examinada e descrita. Sean ficou totalmente envolvido. Por fim, percebeu o detetive Zukov zanzando em sua porta.

– O que é, Paulo? – perguntou ele.

– Estas coisas chegaram por despacho para você, chefe. – Ele ergueu várias dezenas de pastas de papel.

– Coloque aqui. – O detetive Zukov as baixou na mesa de Sean e se retirou. Eram os arquivos do Registro Geral que ele solicitara. Cada um deles tinha informações detalhadas de uma morte violenta. Não eram como os arquivos que Sally examinara no Catálogo de Métodos, que se concentravam em crimes isolados e incomuns. Esses eram os arquivos de casos de horrores diários. Jovens mortos a punhaladas na frente de pubs. Crianças torturadas e mortas pelos próprios pais. Prostitutas espancadas até à morte por seus cafetões.

Os casos diante dele envolviam uso excessivo de violência, mas conteriam alguma informação que saltasse a seus olhos? Algum deles exalaria o miasma do assassino que ele procurava? De Hellier?

Ele estava prestes a começar pela primeira das muitas pastas quando Donnelly entrou de roldão.

– Má notícia, chefe. A vigilância perdeu Hellier de vista.

– Como é? – Sean nem acreditava no que ouvia.

– Desculpe, chefe.

– Diga a eles para voltar e cobrir o escritório e a casa dele. Ele vai acabar aparecendo, e podem pegar o rastro dele de novo.

– Acho que não é assim tão simples – disse Donnelly, cansado. – Todas as equipes de vigilância foram desviadas para uma operação antiterrorista. Sinal dos tempos, hein?

– Me dê uma boa notícia, Dave. E o laboratório? Alguma novidade?

– Todas as amostras retiradas da vítima e do apartamento bateram com pessoas que admitiram ter relações sexuais com ele, mas o laboratório não encontrou sangue em nada desses indivíduos, nem em suas roupas. Somente Hellier parece ser um suspeito genuíno. Em resumo, o laboratório não pode nos ajudar. Ainda não processaram as roupas de Hellier, mas eu não ficaria ansioso por isso.

– Digitais? – perguntou Sean.

– Falei com eles esta manhã. Há um jogo de digitais que não bate com as de ninguém. Todas as outras vieram das mesmas pessoas que deixaram amostras de sangue lá.

– E aqueles três jogos que não tiveram identificação? Eles batem com alguém que tenha sido preso?

– Não. Não servem para nós, a não ser que tenhamos outros suspeitos que possamos comparar com elas.

– Droga. Tudo bem, nós mesmos cobrimos Hellier. Quem temos com treinamento em vigilância?

– Eu – disse Donnelly. – E acho que uns dois detetives: Jim e talvez Frank.

– Que bom – disse Sean, apesar do fato de não ser nada bom. – Vamos nos dividir em duas equipes e fazer um turno de 12 horas cada uma. Dave, você liderará a Equipe Um e leve Jim. Frank comandará a outra.

– Espere um minuto, chefe – argumentou Donnelly. – Estamos falando de duas equipes de... talvez cinco pessoas. Quase nenhuma delas tem treinamento em vigilância. Vamos desperdiçar a merda do nosso tempo... sem falar que ele viu mais da metade da equipe quando foi preso.

– Por isso eu não estarei com vocês – disse Sean. – Estou apostando que ele estava concentrado em mim quando foi preso. Você precisa ter um cuidado especial aqui. Duvido que ele tenha se esquecido de sua cara. Sem querer ofender.

– Não me ofendi – respondeu Donnelly. – Mas ainda é um pouco mais do que inútil.

– Não temos alternativa. – Sean parecia desesperado, e estava. – Então vamos com isso. Leve os carros e rádios que precisar. Peça desculpas aos homens por mim. Falarei com eles pessoalmente mais tarde.

– Tudo bem – disse Donnelly.

Sean sentia a insatisfação na voz do sargento. Ele entendia, mesmo que não soubesse nada que pudesse atenuá-la. Precisavam tentar alguma coisa. O que mais poderiam fazer?

Hellier chegou ao antiquário na Cromwell Road por volta da uma da tarde. O lojista o reconheceu imediatamente.

– Sr. Saunders. Já faz algum tempo. – Ele cumprimentou Hellier. – E como a vida anda tratando o senhor?

– Bem – disse Hellier sem sorrir. – Preciso fazer uma retirada. Creio que seja seguro.

– Perfeitamente, senhor.

O lojista desapareceu no fundo.

Hellier andou lentamente pela loja vazia. Passou a mão pela mobília de madeira refinada. Parou para levantar e examinar várias peças de porcelana. Só seu valor teria impedido muita gente de tocar nelas. Hellier lidava com elas como se fossem Tupperware. Respirou o cheiro da loja. Couro, madeira, riqueza e idade. Ele merecia tudo isso.

O lojista reapareceu trazendo um cofre de metal.

– Confirma que seus pertences estão guardados no cofre número 12, sr. Saunders?

– Confirmo.

– Excelente. – Pegando uma chave no bolso do colete, ele destrancou o cadeado e recuou para Hellier abrir a tampa do cofre.

Hellier retirou um pequeno envelope branco e outro maior. Rapidamente verificou o conteúdo, que incluía um passaporte para a República da Irlanda. Satisfeito, colocou os dois envelopes no bolso e fechou a tampa.

– Devo-lhe alguma coisa? – perguntou ele.

– Não. Sua conta ainda tem muito crédito, sr. Saunders.

Apesar disso, Hellier pegou quinhentas libras em notas novas de cinquenta na carteira. Colocou-as na mesa ao lado do caixa.

– Isto é para garantir que fique como está.

O lojista lambeu os lábios. Era o que podia fazer para não agarrar o dinheiro.

– O senhor devolverá os pertences ainda hoje?

Hellier já ia para a porta. Respondeu sem olhar para trás:

– Talvez. Quem sabe?

E, com isso, ele partiu.

O lojista gostava de dinheiro, mas torcia para ser a última vez que via o sr. Saunders. Tinha medo do sr. Saunders – na realidade, tinha medo de muita gente para quem ele mantinha cofres ilegais. Mas o sr. Saunders era o que mais o amedrontava.

Sally voltou sozinha de carro a Peckham. Foi uma longa e desinteressante manhã nos Registros. Na verdade, ela começava a se sentir um tanto excluída da investigação principal, e agora também tinha de suportar a frustração de esperar dias pelos resultados de suas buscas – e tudo isso significava que ainda precisava eliminar Korsakov. Ela sabia que Sean não ficaria satisfeito.

Seu celular começou a tocar e pular no banco do carona. Contrariando a lei, ela atendeu sem parar o carro:

– Sally Jones falando.

– Sargento Jones, aqui é o detetive Collins, das digitais. Você me mandou uma solicitação ontem, pedindo que comparássemos um jogo de digitais de Stefan Korsakov com as encontradas na cena do crime de Graydon.

– É verdade – confirmou ela, com a empolgação crescendo no estômago.

– Receio que não será possível – disse-lhe Collins.

– O quê? Por que não?

– Porque não temos digitais de ninguém com esse nome.

– Deve ter – insistiu Sally. – Ele foi criminoso condenado... Suas digitais foram tiradas e arquivadas.

– Não sei o que lhe dizer – respondeu Collins. – Procurei no sistema e não estão lá.

As possibilidades giravam pela mente de Sally. Korsakov rapidamente se tornava o homem invisível. Primeiro suas fotos do arquivo e agora as digitais. Sally não gostava do que descobria. Não gostava nada. Lembrou-se do que dissera Jarratt: talvez Korsakov fosse um fantasma.

O detetive Collins interrompeu seus pensamentos:

– Ainda está aí, sargento Jones?

– Sim – respondeu ela. – Ainda estou aqui. Na verdade, sabe de uma coisa? Acho melhor me encontrar pessoalmente com você.

Hellier parou um táxi preto e disse ao motorista para levá-lo ao Barclays Bank, na Great Portland Street, perto da esquina de Oxford Circus. Turistas e consumidores apinhavam as calçadas. Ônibus vermelhos e táxis apinhavam as ruas. Era uma confusão terrível. A fumaça de diesel misturava-se com o cheiro de cebolas fritas e carne barata. O calor do dia deixava o ar pesado.

O táxi parou bem em frente ao banco. Hellier saiu e pagou antes que o motorista percebesse. Largou uma nota de vinte libras pela janela do motorista e se afastou sem dizer nada.

Ele foi até uma caixa de aparência perspicaz, uma jovem de vinte e poucos anos. Ela ia querer fazer tudo segundo as regras. Ele também. Entregou a ela o envelope maior que pegara no antiquário. Era documentação de sua propriedade de um cofre mantido pelo banco.

– Gostaria de ter acesso a meu cofre, por favor – disse-lhe ele.

– Claro – concordou ela. – Posso lhe pedir alguma identidade, senhor? – Ela se parecia com cada funcionária de banco do mundo.

Ele sorriu e sacou um passaporte da República da Irlanda.

– Isto serve?

Ela verificou o nome e a fotografia no passaporte, sorriu e devolveu a ele.

– Serve, sr. McGrath. Se quiser se sentar na sala de consulta número dois, pegarei seu cofre.

Minutos depois, a funcionária entrou na sala de Hellier e colocou a caixa de aço inox na mesa.

– Terei de deixá-lo a sós agora, senhor. Me informe quando terminar. – Ela girou nos calcanhares e saiu da sala, fechando a porta com um baque tranquilizador.

Hellier tirou o envelope menor do bolso do paletó, abriu a aba e sacudiu o conteúdo na mesa – uma chave prateada. Ele não pôde deixar de olhar em volta enquanto colocava a chave na fechadura. Estava dura, levando-o a sentir uma pontada de pânico ao mexer nela, por fim girando a fechadura e abrindo a caixa. Lentamente, ele ergueu a tampa e olhou seu interior. A caixa estava como ele havia deixado. Ele ignorou os rolos de dólares americanos e tirou do caminho os diamantes soltos, dando um peteleco num solitário de cinco quilates como se fosse um inseto morto, até encontrar o que procurava – uma tira de papel envelhecido. Ele a levou para mais perto da luz e examinou, aliviado ao ver que o número ainda era visível depois de todo esse tempo. Ele sorriu e passou os dez minutos seguintes memorizando o número. Ignorou os três primeiros dígitos – o código de discagem interurbana de Londres –, mas repetiu o restante várias vezes, até ter certeza de que nunca o esqueceria.

– Nove-nove-um-três. Dois-zero-sete-quatro. Nove-nove-um-três. Dois-zero-sete-quatro.

* * *

Sean lia as pastas do Registro Geral. No começo, teve dificuldade de se concentrar, os problemas logísticos da investigação atrapalhavam severamente seu raciocínio livre, mas à medida que a central ficava mais silenciosa, ele conseguiu se perder nas fichas.

Ele já rejeitara várias. Todas eram de crimes extremamente violentos que continuavam sem solução, mas nada parecia certo. Elementos ausentes demais.

Ele pegou a pasta seguinte e abriu a capa. A primeira coisa que viu foi uma foto de cena de crime. Ele estremeceu ao ver uma jovem, de no máximo 16 anos, prostrada no chão frio de pedra, as mãos mortas agarrando o pescoço. Ele podia ver que ela jazia numa imensa poça de seu próprio sangue e deduziu que sua garganta fora cortada.

Ele se curvou para a pasta. As fotos falavam com ele. A vítima falava com ele. As narinas infladas. Esta aqui, pensou ele. Esta. Ele passou pelas fotos e começou a ler.

A vítima era uma jovem em fuga. Chegou a Londres vinda de Newcastle. Os pais deram queixa de seu desaparecimento vários dias antes de seu corpo ser encontrado. Nem o pai nem a mãe foram considerados suspeitos. Nenhum namorado envolvido. Nenhum cafetão sob suspeita. Seu nome, Heather Freeman. Corpo recuperado de um prédio abandonado num terreno baldio em Dagenham. Sem testemunhas identificadas.

Sean folheou a papelada até o relatório forense. Era agourentamente curto. Sem digitais, sem DNA, sem sangue além do da vítima. O suspeito não deixou vestígios de si além de uma única coisa: pegadas na terra na frente da cena. Eram impressionantes apenas por causa da falta de singularidade. Um sapato masculino de solado plano, tamanho 42 ou 43, aparentemente muito novo, com marcas mínimas.

– Meu Deus – sussurrou ele.

Sean olhou a data do crime. Antecedia a morte de Daniel Graydon em mais de duas semanas.

— Você matou antes, deve ter matado, mas quantas vezes? — Sua cabeça começou a latejar. Ele procurou pelo nome do investigador e o encontrou: detetive-inspetor Ross Brown, da Equipe de Investigação de Homicídios da central de polícia de Old Ilford. Ele juntou seus pertences e, pegando a pasta, foi para a saída. Telefonaria para o investigador Brown depois de se colocar a caminho.

Hellier andava pela Great Titchfield Street, ainda no centro da área comercial do West End de Londres, embora fosse muito mais silenciosa. Logo encontrou uma cabine telefônica e colocou três moedas na ranhura. Ouviu o tom de discagem e martelou o teclado numérico. Zero-dois-zero. Nove-nove-um-três. Dois-zero-sete-quatro.

O tom de discagem mudou para outro de toque. Ele esperou apenas dois ciclos antes de ser atendido. A pessoa do outro lado da linha claramente esperava um telefonema. Hellier falou:

— Olá, meu velho — disse num tom de zombaria. — Temos muito que conversar.

— Estava esperando por seu telefonema — respondeu a voz. — Esperava mais cedo.

— Seus amigos levaram minha agenda de contatos — disse-lhe Hellier — e você não está na lista telefônica nem no serviço da telefônica. O que o torna uma pessoa difícil de encontrar.

— A polícia pegou uma agenda sua com meu número? — A voz parecia tensa. — Mas como diabos você deixou que isso acontecesse?

— Acalme-se. — Hellier estava controlado. — Todos os números ali estão em código. Ninguém vai saber do seu.

— É melhor que não — disse a voz. — Então, se eles têm a agenda, como encontrou meu número novamente?

— Você me deu, não se lembra? Quando começou com suas súplicas a mim. Passando o chapéu. Você o escreveu num pedaço de papel. Eu guardei. Pensei que seria útil um dia.

— Precisa se livrar dele. Agora — exigiu a voz.

Hellier queria que ele e a voz estivessem cara a cara. Ele o faria sofrer por sua insolência.

— Escute aqui, seu filho da puta — gritou ele ao telefone. Um pedestre o olhou de lado, mas rapidamente virou a cara ao ver os olhos de Hellier. – Não me diga o que fazer. Nunca me diga o que fazer, porra! Você-entendeu-bem?

Silêncio. Nenhum dos dois falou. Isso deu a Hellier alguns segundos para recuperar a compostura. Ele tirou um lenço do bolso da calça e passou na testa brilhante. A voz rompeu o silêncio:

– O que quer que eu faça?

– Consiga que Corrigan recolha seus cães – respondeu Hellier.

– Acho que não posso fazer isso. Se pudesse pensar num jeito... mas juro que não tenho essa influência toda. – A voz era quase suplicante.

– Você é um babaca de merda – vociferou Hellier. – Espere que eu lhe telefone. Vou pensar em alguma coisa. – Ele desligou.

Sentindo-se melhor, ele girou a cabeça e massageou a nuca. Consultou o relógio. O tempo passava. Precisava voltar ao trabalho.

Sally estava sentada numa sala anexa do Departamento de Digitais da New Scotland Yard. Um magro alto de uns cinquenta e poucos anos entrou na sala, nervoso. Sally se levantou e estendeu a mão.

– Obrigada por me receber tão rapidamente.

– Tudo bem – disse o detetive Collins. – Como posso ajudar?

Sally respirou fundo e começou a se explicar.

– Este é um assunto delicado, compreende?

– Claro – tranquilizou-a Collins.

– Ao telefone, você disse que não conseguia encontrar as digitais de Korsakov. Então, o que preciso descobrir é como as digitais de um criminoso condenado podem ter desaparecido.

Collins sorriu e meneou a cabeça.

– Não é possível. Não se podem retirar fichas do banco de dados computadorizado.

– Antes disso – disse Sally. – Suponha que tivessem desaparecido do antigo sistema de arquivamento. É possível?

– Bem, creio que sim. – Collins começou a roer a lateral do polegar. – Mas só pode ter desaparecido por algum tempo.

– Como assim?

— Bem, no antigo sistema, a polícia e outros órgãos às vezes pediam para ver um jogo de digitais. Eles as viam principalmente aqui na Yard, mas de vez em quando tinham de levá-las. Por exemplo, para comparar com uma pessoa no Serviço de Imigração de quem suspeitavam, ou para compará-las com um presidiário se o Serviço Penitenciário suspeitasse de alguma trapaça. Alguém tentando cumprir uma sentença em nome de outro. Acontece, sabe? Em geral por dinheiro, às vezes por medo.

— Ou para livrar a esposa e os filhos? — Sally de certo modo brincava.

— Sim. Provavelmente. Não tenho como saber. — Collins riu um pouco. Ele ainda estava nervoso. — De qualquer modo, as digitais podiam ser retiradas, mas se não fossem devolvidas rapidamente, em alguns dias, nós as procurávamos. Sempre as recuperamos. Sempre. Simplesmente nós não parávamos de atormentá-los até que devolvessem. Elas eram importantes demais para deixar que dessem sumiço nelas.

— Então talvez você possa explicar como esse jogo sumiu. — Sally deslizou uma pasta na mesa. — Stefan Korsakov. Condenado por fraude em 1996. Sem dúvida tiraram suas digitais quando foi indiciado. Não há dúvida. Digitais que você está me dizendo que desapareceram desde então.

Collins aparentou choque, mas se recuperou rapidamente e sorriu.

— Um erro burocrático. Me dê um minuto e vou procurar eu mesmo.

Ela sabia que era melhor conferir.

— Se vai se sentir melhor assim, então eu também vou. Estarei na cantina. Me chame quando tiver terminado.

O investigador Ross Brown esperava por Sean na antiga cena do crime, a leve brisa balançando frouxamente a fita de isolamento da polícia, agora esfarrapada e estragada.

Ficava tarde, mas ele não se importava de esperar. Sua investigação não acabou bem — era extremamente complicado resolver com rapidez ataques a estranhos, como esse. A não ser que você quisesse fazer fama sozinho, esses crimes eram o pior pesadelo de todo detetive. E restando apenas três anos de serviço, o investigador Ross Brown não ia querer a fama. Se ele achava que Sean podia ajudar em seu caso, esperaria a noite toda.

Sean encontrou o caminho para os Hornchurch Marshes e dirigiu por uma entrada desguarnecida para o terreno baldio. Uma única rua passava pela terra desolada e opressiva, indo a uma pequena construção. Sean viu um homem alto e bem constituído parado do lado de fora. Estacionou ao lado do carro do investigador Brown e saiu. Brown já avançava para ele, de mão estendida.

– Sean Corrigan. Conversamos ao telefone.

Ross Brown colocou a mão grande na de Sean. Seu aperto era surpreendentemente gentil.

– Que bom que pôde vir tão a leste – disse ele.

– Só espero não estar desperdiçando seu tempo – respondeu Sean.

O inspetor Brown apontou a construção.

– Ela morreu ali. Tinha 15 anos. – Ele parecia triste. – Ela fugiu de casa. A história de sempre. Mamãe e papai se separaram, mamãe tem namorado novo, a criança não aceita e acaba fugindo para Londres... caindo direto nas mãos de um filho da puta doente.

Uma pausa.

– Não é fácil conseguir que os sem-teto falem – continuou ele –, ganhar sua confiança. Mas alguns amigos dela nos deram detalhes de seus últimos movimentos.

"Temos certeza absoluta de que foi raptada na área de King's Cross na mesma noite em que foi morta, cerca de duas semanas atrás. Passamos um pente-fino pela área, mas ninguém testemunhou o rapto. Nosso homem aparentemente é muito cauteloso e rápido.

"Tentamos conseguir o interesse da mídia, mas só tivemos uma cobertura mínima. É difícil competir com homens-bomba, e eles gostam de vítimas que sejam bonitas e de alta classe, e não fugitivas adolescentes.

"O assassino a trouxe de carro a esse terreno baldio. Levou-a a esse prédio abandonado, tirou sua roupa e cortou sua garganta. Uma grande laceração que quase arranca a cabeça da pobre coitada."

Sean via que Brown estava perturbado. Sem dúvida o homem tinha filhas adolescentes. A imensa fábrica de carros vizinha dominava o horizonte. Tudo isso aumentava a sensação de horror daquele lugar.

– A pobre coitada – repetiu Brown. – Que diabos ela devia estar pensando? Totalmente sozinha. Obrigada a se despir. Não havia sinais de abuso sexual, mas não podemos ter certeza do que ele fez ou a obrigou a fazer. Um animal.

– O assassinato de Daniel Graydon ocorreu seis dias atrás – disse Sean sem precisar de estímulo. – Sua cabeça foi escavada com um instrumento pesado e rombudo, que não recuperamos. Ele também foi apunhalado repetidamente com um picador de gelo ou similar, que também não recuperamos. Foi morto em seu próprio apartamento, de madrugada. Nenhum sinal de entrada forçada. Era homossexual e garoto de programa.

Brown franziu a testa. Não via muita ligação com sua investigação, se é que havia alguma.

– Não parece o mesmo homem. Tipo de vítima, local de crime, arma usada, tudo diferente. Desculpe, Sean. Não vejo nenhuma semelhança aqui.

– Não – disse Sean, erguendo a mão. – Não é onde estão as semelhanças. – Ele partiu para a construção. O inspetor Brown o seguiu.

– O que é, então? – perguntou Brown.

– A única prova viável de nossa cena eram algumas pegadas no carpete do corredor. Foram feitas por um homem usando um par de sapatos de sola plana, coberta por saco plástico. O relatório da perícia dizia que você recuperou pegadas.

– Sim – disse Brown. – Dentro da construção.

– E nenhuma outra prova pericial? – perguntou Sean.

– É por isso que está aqui? – perguntou o inspetor Brown. – Porque nenhum de nós tem qualquer prova material, a não ser uma pegada inútil? – O silêncio de Sean respondeu à pergunta. – Então acho que nós dois estamos na merda – continuou Brown –, porque se você tiver razão e esses crimes estiverem relacionados, o que procuramos é um filho da puta dos piores e ele não vai parar até que alguém o detenha.

O telefone de Sean o interrompeu antes que ele pudesse responder. Era Donnelly.

– Dave?

– Chefe, a vigilância está na Butler & Mason e adivinha quem voltou?

– Ele está no trabalho?

– Sim. Eu o vi pela janela. Não está se escondendo.

– Tudo bem. Fique de olho nele. Ligo mais tarde. – Ele desligou.

Mas o que você vai aprontar agora? E onde esteve para não querer que o víssemos?

– Problemas? – perguntou Brown.

– Não – respondeu Sean. – Nada que não possa esperar.

Sally viu Collins entrar na cantina e lhe deu um leve aceno para chamar sua atenção. Ele se sentou de frente para ela, colocando com cuidado um velho catálogo na mesa.

– De uma época anterior aos computadores – disse-lhe ele. – Verifiquei com atenção o sistema de computadores e procurei manualmente, assim como vi os registros antigos em microficha. Não temos nada com o nome de Korsakov.

– E isso quer dizer? – perguntou Sally.

– Bom, normalmente eu diria que você se enganou. Que as impressões de Korsakov nunca foram tiradas.

– Mas...?

– Mas eu tenho isto. – Ele deu um tapinha no catálogo. – Este é um registro de todas as impressões que são retiradas do Departamento de Digitais. Ainda usamos como reserva para nossos novos registros de computador, assim temos realmente a assinatura de quem fez a retirada, o que ajuda a garantir sua devolução segura. Este volume é de 1999.

Collins foi à página que mostrava todas as digitais de pessoas cujos sobrenomes começavam com a letra K e foram retiradas naquele ano. Era uma lista relativamente curta. Digitais raras vezes eram retiradas.

– Aqui – apontou ele. – Em 14 de maio de 1999, as digitais pertencentes a um Stefan Korsakov foram retiradas por um policial chamado Graham Wright, da central de Richmond.

– Então elas estavam aqui? – perguntou Sally.

– Devem ter estado.

– Mas esse Wright nunca as devolveu?

– É essa parte que não entendo – disse Collins, franzindo o cenho. – Elas *foram* devolvidas. Dois dias depois, pelo mesmo detetive, junto com a microficha das digitais, que ele também retirou.

– Então, onde elas estão?

– Não faço ideia – admitiu Collins.

Sally parou por uns segundos.

– Será que alguém pode simplesmente ter entrado aqui e pegado as digitais e as microfichas?

– Duvido muito. Sempre tem alguém na sala e todas as digitais e fichas são trancadas. Só alguém que trabalhasse no Departamento de Digitais teria esse nível de acesso.

Por que alguém do Departamento de Digitais ia querer dar sumiço nos registros de Korsakov? Ele subornou alguém de lá? Pagou por um trabalhinho sujo? Mas em maio de 1999, ele ainda estava na prisão, então como podia saber a quem abordar? Não, concluiu Sally. Devia ser outra coisa.

– As digitais foram verificadas quando de sua devolução? – perguntou. – Antes de serem aceitas.

– Uma rápida verificação visual, e nada mais – disse-lhe Collins.

– E a microficha?

– Não. Essa não teria sido a prática padrão. Se as digitais estavam em ordem, bastaria isso.

Sean e Brown entraram no prédio. Ainda havia luz do lado de fora, mas por dentro era escuro e úmido. Sean via claramente os restos daquela noite pavorosa: uma grande mancha de sangue circular no meio do chão. Agora era marrom-ferrugem. O olho inexperiente teria pensado não ser nada. Ele às vezes queria que seus olhos fossem inocentes.

As marcas do jato de sangue arterial iam da esquerda à direita de Sean. Quase batiam na parede a mais de três metros e meio de distância. Os detetives andaram lentamente no escuro. A cena há muito fora processada e qualquer evidência coletada, mas mesmo assim Sean a examinou atentamente. Sabia que nada teria sido desprezado, mas não era por isso que estava ali. Via aquela noite pelos olhos da vítima. Pelos olhos do assassino.

Brown rompeu o silêncio:

– Sabemos que ela estava de joelhos quando ele a cortou – disse ele solenemente –, pela distância que o sangue dela percorreu e a posição final do corpo. Ele puxou sua cabeça para trás e cortou a garganta. – Brown obviamente não gostava de contar suas descobertas. – Acha mesmo que esses crimes podem estar relacionados?

Sean não respondeu. Ajoelhou-se. Foi como Heather viu o mundo pela última vez.

– Temos um suspeito – anunciou ele de repente.

– Um suspeito? – perguntou Brown.

– É. – Sean sentia as nuvens se erguendo de sua mente. Podia ver coisas que nunca considerara. Estar no local onde Heather Freeman morreu estimulou sua mente, sua imaginação, o lado sombrio que ele enterrava tão fundo. – James Hellier – continuou Sean. – Até essa altura ele esteve se escondendo de nós. Escondendo-se atrás de uma máscara de respeitabilidade. Esposa e filhos. Carreira. Mas agora está aí fora. Está se exibindo para nós.

"O sexo das vítimas não tem importância para ele. Homem, mulher... não faz diferença. Não é uma questão de sexo para Hellier. Trata-se de poder. De vitimização. O gênero é coincidente. Duas vítimas jovens e vulneráveis. Alvos fáceis."

– Por que ele não se incomodou com as pegadas – perguntou Brown –, se é tão cuidadoso com todo o resto?

– Não. – falou Sean suavemente. – Ele se preocupa ao extremo com as pegadas. Provavelmente experimentou dezenas de métodos, talvez até centenas, mas sempre chega à mesma conclusão. Por mais que tente, qualquer que seja o calçado que use, em que superfície caminhe, ele quase sempre deixa alguma impressão. Mesmo que seja a mais leve impressão num carpete, como no apartamento de Daniel Graydon.

"Ele sabe que quase certamente deixará pegadas nas cenas, então desiste de tentar não deixar. Em vez disso, mascara as pegadas o melhor que pode. Usa sapatos macios, provavelmente novos. Muda o tamanho dos calçados que usa. Não pode mudar demais, mas ele tenta."

– Por que, então, ele não comete esses crimes em superfícies firmes? – perguntou Brown. – Assim não deixaria uma impressão.

Sean respondeu rapidamente:

– Restritivo demais. Ele teria considerado isso, mas descartou. Precisa ficar algum tempo com eles, em sua própria casa ou em um lugar assim. Ficar com as vítimas é mais importante para ele do que deixar uma pegada. Para ele, o risco vale a pena. E o que ele está nos deixando? Marcas de sapatos praticamente inidentificáveis e inteiramente singulares. Ele prefere correr esse risco.

"Ele sabe como ligamos as cenas de crime", continuou Sean. "Procuramos combinações exatas. Objetos singulares. A mesma arma. Mesmo método. Mesmo tipo de vítima. Não um 'quase'. Então, ele escolhe vítimas de sexos diferentes. Mata-as de diferentes maneiras e em diferentes locais. Sua vítima ele raptou, a nossa ele já conhecia. Ele procura misturar."

Sean ainda falava:

– A maioria dos assassinos reincidentes segue um padrão. Deixa seu cartão de visita. Quando se acomodam a um método que dá certo, prendem-se a ele. Muitos só matam em seu próprio bairro, onde tudo lhes é familiar, onde eles se sentem seguros. Quando tentam disfarçar seu trabalho, você sabe que está lidando com um assassino cujo principal instinto é não ser apanhado.

– E seu suspeito combina com esse perfil? – perguntou Brown.

– Ele pagou por sexo violento... Fez isso durante anos, sem dúvida. Provavelmente segura seus impulsos, reprime-os por um tempo, mas por fim não basta. Ele teria visto a sua vítima. Teria fantasiado com ela. É mais do que ele pode suportar. Ele planeja tudo cuidadosamente. É extremamente cuidadoso. Acha o planejamento emocionante, então não tem pressa nele. Por fim, a pega. Usa um carro grande, melhor ainda, um furgão. Deve roubar ou alugar um.

"Ele a traz para cá. Já esteve aqui, no máximo um dia antes. Quer que seus serviços de informações estejam atualizados. Ele a traz para dentro..." Sean se interrompe e se vira para Brown.

– Quanto ela pesava?

Brown titubeou, confuso com a pergunta inesperada.

– Não sei – disse ele, dando de ombros.

– Ela era grande? Pequena? – pressionou-o Sean.

– Era pequena – respondeu Brown. – Fui à autópsia. Ela era mínima.

– Então ele a carregou para dentro – disse Sean. – Foi mais rápido e mais silencioso do que arrastá-la. – Ele jogou outra pergunta a Brown. – Ela estava amarrada com cordas ou fita adesiva?

– Acreditamos que com fita adesiva – respondeu Brown. – Havia vestígios de cola na boca, nos tornozelos, pulsos e em volta dos joelhos. A cola bate com uma marca comum de fita crepe. Nada raro.

– Depois de entrar, ele a larga no chão – continuou Sean. – Ele a quer desamarrada, mas tem medo de que ela lute ou grite. Então, como impede que isso aconteça? – Ele olha para Brown.

– Ele a teria ameaçado – respondeu Brown.

– Certamente. Ele a teria ameaçado – repetiu Sean. – Quase certamente teria mostrado a ela a faca que acabou usando para matá-la. Alguma marca de defesa na menina?

– Não.

– Então ele disse a ela que não ia machucá-la e ela acreditou. Ela fez o que ele mandou. Se tivesse pensado que ele pretendia matá-la, ela teria lutado com ele ou tentado fugir. Ela concorda em fazer o que ele manda, então ele retira a fita da boca e dos braços e pernas... Mas por que isso é importante para ele? Ela não foi estuprada, então ele podia ter deixado a fita nos tornozelos e nos joelhos. Por que se arriscar a retirar a fita?

A narração vívida de Sean estacou, como se alguém tivesse puxado uma cortina pela janela por onde ele olhava. Ele andou pelo ambiente, olhando o chão. Movia-se com um animal enjaulado. Minutos depois, falou novamente:

– Ele teve de retirar a fita porque estava estragando tudo para ele. Foi necessária quando ela foi raptada, mas agora estragava sua fantasia. Ele a imaginou de determinada forma por tanto tempo, imaginou-a morrendo de determinado jeito, que não podia se conformar com menos. Precisava fazer a vida imitar sua fantasia. Então ele a fez tirar a roupa. Toda a roupa. Nem mesmo deixou que ficasse de calcinha ou camiseta. Ele é totalmente impiedoso. Totalmente sem compaixão por ela... Mas isso tudo nos beneficia. Ele quer que pensemos que há uma motivação sexual para as mortes, mas não há. Ele gostou do poder que tinha sobre ela, é claro... E fazê-la se despir foi uma forte exibição de seu poder. Mas era puramente para nós. Para impedir que o associemos com outros crimes. – Ele parou por alguns segundos, permitindo que sua imaginação mais uma vez se tornasse a memória do assassino. – Ele a fez se ajoelhar e disse para fazer sexo oral com ele, mas não permitiu que isso acontecesse, nunca deixou que ela chegasse perto. Ele nunca se arriscaria a deixar provas materiais para a perícia. Então ele a pega pela nuca e corta sua garganta. Ele é forte e rápido. A faca é muito afiada; mais uma vez, deve ser nova. Um golpe e acaba-se tudo. A que horas ela foi morta?

– Entre as onze da noite e as três da madrugada, é o melhor que podemos dizer.

– Então, já estaria escuro – observou Sean. Ele olhou o prédio, procurando a luz. Não havia nenhuma. O ambiente teria estado negro como breu. – Ele precisava de luz para enxergar.

– Talvez tenha usado uma lanterna – disse Brown.

– Não – respondeu Sean. – Ele precisava das duas mãos livres e a luz de uma lanterna não seria adequada para o que ele queria.

– O que ele queria? – perguntou Brown.

– Queria vê-la. Precisava vê-la morrer. – Sean olhou pela janela e viu seu próprio carro apontando para o prédio. O farol se intensificava no sol baixo do anoitecer.

— Ele usou os faróis do carro – disse Sean. – Teria verificado isso antecipadamente também. Veio para cá na noite do crime, já sabendo que os faróis do carro dariam toda a luz de que precisava.

"E enquanto ela morria, ele ficou com ela. Esteve sonhando com isso por muito tempo para simplesmente se afastar, agora que ela morria. Ele ficou aqui e a viu sangrar até morrer. Ficou olhando até o sangue parar de correr.

"Vocês não encontraram nenhum sinal de que o corpo foi movido ou mutilado depois de ela morrer, não foi?", afirmou Sean, em vez de perguntar a Brown.

— Não – respondeu ele. – Ela morreu onde caiu e não foi tocada.

— Ele não queria estragar a imagem perfeita que criou. Só queria ficar aqui e olhar para ela. – Sean se calou por um tempo, perturbado com a pergunta que se formava em sua mente. – Vocês procuraram camisinhas no terreno baldio?

— Não especificamente camisinhas, pelo que sei, e não me lembro de ver nenhuma relacionada nos formulários de entrega do laboratório. Por que pergunta?

— Porque acho que ele teria se masturbado enquanto a via morrer, mas não se arriscaria a deixar seu DNA, então deve ter usado camisinha. Talvez tenha jogado fora, longe de onde achava que daríamos uma busca. – Sean olhou fixamente nos olhos de Brown.

— Meu Deus! De onde tirou isso? – perguntou Brown.

Sean andou sem responder.

— Depois ele a deixou. Ele não a cobriu, nem mesmo parcialmente. Teria sido um sinal de culpa. Remorso. Ele não tem a necessidade psicológica de compensar seus crimes. Não sente nada. Saiu sem sentir nada mais do que alívio, talvez até o que para ele equivale à felicidade.

— Mas e quanto à motivação dele? – perguntou Brown. – É sexual? É a única maneira de ele ter uma ereção?

— Não é sexual – respondeu Sean. – É poder. Com este, a motivação é apenas o poder.

— Mas há tantas implicações sexuais nos crimes dele. Fazê-la se despir, obrigá-la a ficar de joelhos diante dele. Você mesmo disse: ele deve ter se masturbado na cena.

— Porque o poder o excita, faz com que se sinta vivo. O ato sexual é meramente um sintoma, um jeito de ele liberar o poder que sente crescer dentro dele.

Brown parecia ao mesmo tempo impressionado e irritado com a análise de Sean.

— Já deu com esses tipos antes? — perguntou ele.

— Alguns — respondeu Sean, conseguindo abrir um leve sorriso. — Faço muita pesquisa.

— Se eu puder fazer uma observação pessoal... — perguntou Brown.

— Vá em frente.

— Se meu assassino, o nosso assassino, é tão inteligente como você diz, disfarça tão bem seus métodos, como você acredita que seja, então como saberemos se não matou outras pessoas? Como vamos saber?

— A verdade — admitiu Sean — é que, a não ser que ele decida nos contar sobre elas, provavelmente nunca saberemos.

Eles voltaram, Hellier os sentiu antes mesmo de vê-los. Só que estes eram mais atrapalhados do que os últimos. Por que Corrigan colocava amadores atrás dele? Será que o inspetor era tão arrogante que pensava que esses detetivezinhos de segunda classe seriam bons o bastante para segui-lo?

Os erros de meu inimigo são meus maiores ganhos.

Hellier não estava na própria sala. Esteve mais cedo, por tempo suficiente para deixar que a vigilância o visse, mas agora, sem ser avistado, usava a sala de outro sócio júnior. Tinha informado que trabalharia até mais tarde, para compensar sua ausência cedo. A verdade era que ele precisava de acesso a determinadas contas bancárias pelo planeta. Não queria usar o computador de sua própria sala. A polícia estivera lá. Pode ter grampeado de algum modo seu computador. Podia estar monitorando suas atividades on-line. Hellier duvidava de que tivessem tanta inteligência, mas por que correr o risco?

Ele era a única pessoa que restava nos escritórios. Nesta noite, era essencial ficar sozinho e agir rapidamente. A polícia apreendera muitas informações bancárias dele e sabia onde estava a maior parte de seu dinheiro, mas não todo ele.

Eles estariam agindo para bloquear suas contas, mas isso exigiria mandados judiciais e os bancos levariam tempo para obedecer às instruções dos mandados. Isso queimaria alguns dias e acabaria por ser um exercício inútil.

Hellier era habilidoso no computador. Capaz de encobrir seus rastros eletrônicos extremamente bem. Ele entrou em um site na internet. Era um dos que havia criado dois anos antes, mas não passava de uma fachada, como um restaurante ou bar podiam ser e, como eles, tinha uma porta dos fundos. Mas era preciso saber encontrá-la. Hellier sabia. Claro que sabia. Iludir era seu desígnio.

O site intitulava-se *Bancos e Pequeno Investidor*. Havia um ícone de comando oculto na tela. Hellier colocou o cursor com cuidado na cauda do símbolo do site, um cavalo empinado, parecido com o emblema da Ferrari. Pregue o rabo do burro e ganhe um prêmio. Ele sorriu de novo, satisfeito com sua piada particular.

Ele clicou o cursor duas vezes e esperou um segundo. Uma caixa para digitação de repente apareceu no canto inferior direito da tela, piscando, exigindo uma senha.

Hellier digitou: *fodam-se todos*.

Ao voltar a sua sala em Peckham, Sean a encontrou deserta, a não ser por Sally. Ignorando as placas de *Não Fume*, ela bafejava intensamente um cigarro. Levantou a cabeça da papelada e ficou aliviada ao ver que era Sean. Ergueu o cigarro.

– Importa-se?

– Não – respondeu Sean. – O que está fazendo aqui tão tarde?

– Tentando entender algumas coisas.

– Por exemplo?

– Por exemplo, como as digitais de Korsakov conseguiram se levantar e sair da Scotland Yard sozinhas?

Sean não entendeu e não se importou de pedir explicações. Seus pensamentos ainda estavam em Heather Freeman.

– E por que você voltou para cá tão tarde? – perguntou Sally.

– Estive no leste.

– E por quê? – Sally parecia quase desconfiada.

Sean hesitou, antes de responder:

– Acredito ter identificado outro homicídio cometido por nosso homem.

– Como é? – A surpresa fez Sally se levantar involuntariamente. – Tem certeza?

– O máximo que posso.

– Outro gay?

– Não. Uma menina. Uma adolescente que fugiu de casa. Ele a raptou de King's Cross e a levou a um terreno baldio em Dagenham. Obrigou-a a tirar a roupa antes de cortar sua garganta.

– Não vejo a ligação – confessou Sally. – Hellier também a conhecia?

– Duvido. Mas ele a observou antes de matá-la. Depois de escolher a menina, ele a observou. Aprendeu seus movimentos. Planejou tudo com cuidado. Depois a pegou.

– Então ela era uma estranha, mas Daniel Graydon era alguém que ele conhecia.

– Não tenho mais tanta certeza disso.

– Não tem certeza do quê?

– De que ele conhecia Graydon... Ou pelo menos não tão bem quanto ele nos fez acreditar.

– Não estou entendendo nada – admitiu Sally.

– Acho que ele pegou Graydon ao acaso. Mais ou menos uma semana antes de matá-lo, ele foi à boate e o escolheu. Pagou para ter sexo com ele para que na noite em que o matasse pudesse se aproximar de Graydon sem assustá-lo. Depois eles foram ao apartamento e ele o matou, como pretendia fazer o tempo todo.

– Por que ele não o matou na noite em que o conheceu?

– Porque precisava matá-lo na casa dele. Era assim que ele via... como ele fantasiou. Mas, para isso, ele precisava da confiança de

Graydon, precisava que ele ficasse à vontade, então o abordou na frente da boate, cercado de testemunhas e pessoas que conheciam a vítima. Se o matasse na mesma noite, teria sido fácil demais para nós deduzirmos o que deve ter acontecido: chega um estranho na boate gay e sai com um garoto de programa conhecido, na manhã seguinte o garoto é encontrado assassinado. Fácil demais... Simples demais. Hellier gosta das coisas complicadas, camada sobre camada de possibilidades e desorientação, oportunidades infindáveis de distorcer as evidências que podem provar que ele é o assassino. Mas, sobretudo, de maneira nenhuma ele deixaria de passar uma semana fantasiando como seria... matar Daniel Graydon. Para ele, teria sido tão importante quanto matar a si mesmo. Depois que matou a menina em Dagenham, ele abriu a caixa de Pandora... Não tinha volta para ele, embora soubesse que o estávamos vigiando. Ele não vai parar, não pode. Saber que o estamos vigiando aumenta sua excitação... Isso o torna ainda mais perigoso.

– Ele deixou alguma prova na cena de Dagenham? – perguntou Sally.

– Não. Só uma pegada inútil.

– Então, como vamos indiciá-lo?

Sean pensou, antes de responder:

– Se Hellier tem um ponto fraco, se ele tem uma fresta em sua armadura, é seu desejo de perfeição.

– Não entendo – disse Sally, de cenho franzido.

– Ele não pode deixar as coisas por fazer, desarrumadas, incompletas. Veja suas roupas, o cabelo, seu trabalho, sua casa. Tudo imaculado. Nada fora do lugar. Ele não suportaria. O mesmo com os crimes. Tudo deve ser perfeito. Exatamente como ele imagina.

Sally deu um trago no cigarro.

– Como sabe de tudo isso? – perguntou. – Estive vendo você estudar as fotos de cenas de crime no passado, e de repente é como se você estivesse lá. Como se você fosse o... – Um olhar de Sean a interrompeu antes que ela terminasse.

– Eu vejo as coisas de um jeito diferente, só isso – explicou ele. – A maioria das pessoas investiga os crimes em duas dimensões.

Esquecem-se de que é uma coisa tridimensional. Elas veem o motivo, mas não a razão para uma motivação.

"Você precisa questionar cada movimento do assassino, por mais banal que seja. Por que escolheu aquela vítima? Por que aquela arma? Aquele local? Aquela hora do dia? A maioria das pessoas fica satisfeita só em recuperar a arma, identificar a cena, mas deixam passar o fundamental. Se quiser pegar esses pobres cretinos rapidamente, precisa tentar pensar como eles. Por mais desagradável que possa ser para você."

– Você tem pena deles? – perguntou Sally.

Sean não notou ter mostrado solidariedade.

– Como?

– Você os chamou de "pobres cretinos". Como se tivesse pena deles.

– Não tenho pena do que eles são agora – disse-lhe ele. – Tenho pena do que os fez agir assim. Tenho pena do inferno que foi sua infância. Sozinhos. Mortos de medo na maior parte do tempo. Apavorados com as pessoas que deviam amar. Temerosos daqueles a quem deveriam procurar quando precisassem de proteção. Às vezes, quando os estou interrogando, não vejo um monstro diante de mim. Vejo uma criança. Uma criancinha assustada.

– É o que você vê quando olha para Hellier?

– Não – respondeu ele sem hesitar. – Ainda não. É cedo demais. Eu não o fiz desmoronar para obrigá-lo a encarar o que realmente é. Quando conseguir, vou saber se ele é fruto de seu passado ou outra coisa.

– Outra coisa? – perguntou Sally.

– Se nasceu assim. Se já nasceu mau. É raro, mas acontece.

– E já suspeita de que seja esse o caso de Hellier. – Não era uma pergunta.

– Vá para casa, Sally – disse ele em voz baixa. – Descanse um pouco. Ligarei para Dave e marcarei uma reunião para amanhã de manhã. Vamos conversar então, mas agora você precisa ir para casa e eu também.

* * *

Hellier digitou a senha *fodam-se todos*. A falsa tela começou a se desmanchar. Quando sumiu, foi substituída por uma tela tomada de vinte e quatro logos de bancos diferentes. Apareceram muitos de grandes bancos do mundo desenvolvido, bem como vários de outros especializados. Em todos, Hellier tinha contas: alguns com este mesmo nome, outras com codinomes que ele inventou. Ele tinha excelentes documentos falsos escondidos pela Europa, América do Norte e Caribe, Oriente Médio e Sudeste da Ásia.

Ele criou esse site, que parecia dar conselhos a indivíduos que pensavam em comprar ações e participações, em particular de instituições financeiras; seu propósito principal, porém, era esconder sua complexa rede de contas bancárias e os locais das falsas identidades que lhe permitia acessá-las. Eram tantas que ele nunca se lembrava de todas. Mas com esse guia oculto, onde quer que estivesse no mundo, bastava ter acesso à internet para ter acesso aos fundos.

A prioridade era esvaziar suas contas no Reino Unido e nos Estados Unidos. As outras não podiam ser tocadas pelas autoridades britânicas. Fodam-se os americanos, pensou ele, sempre felizes, bloqueando contas à mais leve suspeita. Sempre tão dispostos a ajudar a merda da Scotland Yard. Hipócritas.

Ele trabalhou rapidamente. Estaria no terminal em algumas horas, mas, quando acabasse, a maior parte de sua considerável riqueza teria sido transferida para o Sudeste da Ásia e para o Caribe. Fora do alcance da polícia. Ora, se precisasse fugir, não teria de ficar pobre também. Havia muitos lugares neste mundo onde o gosto de um homem só era limitado pela extensão de sua riqueza.

Donnelly e o detetive Zukov se esconderam no prédio de escritórios quase na frente do de Hellier. Donnelly estava meio adormecido no sofá quando sentiu vibrar o telefone preso no cinto. A tela dizia que era Sean.

– Chefe.
– Onde Hellier está agora?

– Ainda no trabalho, como nós.
– Ele está aprontando alguma.
– Deve estar mesmo.
– Descobri outro crime que Hellier pode ter cometido.
– O quê? – Donnelly se sentou reto.
– Há mais ou menos três semanas e meia. Uma adolescente que fugiu e foi encontrada morta perto da fábrica da Ford.

Os olhos de Donnelly dispararam de um lado a outro enquanto ele raciocinava.

– Eu me lembro. Apareceu no noticiário, não foi?
– Foi, mas ainda não foi resolvido. Sem suspeitos. Encontrei-me com o inspetor que cuida da investigação. Eles não conseguiram nada.
– Mas como... – Donnelly ficou meio confuso. – Como conseguiu relacioná-lo com o nosso?
– Longa história, hora ruim – disse Sean. – Dê uns telefonemas e organize uma reunião na central amanhã de manhã. Vou atualizar vocês lá. – Sean desligou antes que Donnelly pudesse fazer mais alguma pergunta.
– Merda – disse Donnelly em voz alta.

O detetive Zukov baixou o binóculo e se virou para Donnelly.
– Problemas?
– É, filho – respondeu Donnelly. – Mas nada que não possamos resolver.

Hellier estava sentado na cadeira de couro funda. Ela rangia satisfatoriamente. Ele concluíra as transferências. Levou menos de três horas para transferir mais de dois milhões de libras de suas contas britânicas e americanas. Deixou alguns milhares nominais em cada uma delas, para manter seu fluxo.

Ele enterrou as informações das contas no site oculto e saiu da internet. Estava feliz com seu trabalho noturno. Extremamente feliz. Não pôde deixar de rir. Meu Deus, se eles o vissem, sentado ali no escuro, rindo sozinho, iam mesmo pensar que era louco. Ele era qualquer coisa, menos louco.

Hora de ir para casa. Ele limpou a mesa e deu uma última olhada na sala para saber se alguma coisa havia sido negligenciada, depois foi para a própria sala. Deixando as luzes acesas, foi à janela e espiou pelo canto das persianas. Elas fizeram um ruído de plástico.

Ele tinha uma visão excelente da rua. Sempre era movimentada, a qualquer hora do dia ou da noite. Ainda podia sentir a polícia ali perto. Não era problema esta noite; ele tinha outras preocupações maiores do que a polícia. A imprensa. A mídia abjeta. Elas tinham o poder de arruiná-lo apenas pelos boatos. Não estavam interessadas em provas. Queriam uma história para incitar as massas. Algo sobre o que as pessoas pudessem tagarelar no café da manhã. Elas o queriam. Não podia deixar que tirassem uma foto sua que fosse. Não podia ser reconhecido.

Sally estacionou perto da entrada do prédio onde morava em Fulham, West London. Entrou e andou rapidamente pelas áreas comunitárias. Luzes fracas nos corredores a ajudavam. Tentou não fazer barulho. Era uma boa vizinha. Entrou em seu apartamento e trancou a porta.

Seguindo sua rotina de sempre, acendeu primeiro a luminária do canto. Preferia sua luz suave às luzes do teto. Em seguida, ligou a TV, para ter companhia, depois foi à cozinha, abriu a geladeira e olhou o conteúdo antes de fechá-la. Talvez tivesse mais sorte no freezer. E teve. Havia uma garrafa congelada de vodca com framboesa ao lado. Pegando-a pelo gargalo, ela procurou um copo limpo. Só havia um na pia. Ela se serviu de uma boa dose da vodca espessa e colocou a garrafa de volta no freezer.

Sally se sentou à mesa da cozinha e reclinou a cadeira para trás, chutando o ar para se livrar dos sapatos, com a bebida a sua frente. Pegou os cigarros na bolsa e acendeu um. Devia ser o trigésimo do dia. Ela pensou em apagá-lo, mas olha, os cigarros custam uma fortuna hoje em dia. Pagando a hipoteca de um apartamento nesta parte de Londres, não lhe restava muito para os luxos.

Olhar as paredes de repente trouxe ondas de solidão. Ter trinta e poucos anos e ser solteira não fazia parte de seu projeto de vida.

Essa história da cara-metade jamais aconteceu. Houve amantes, dois dos quais chegando perto de atender a seus padrões, caindo quando as apostas aumentavam.

O problema era que a maioria dos homens se sentia intimidada com ela. Ser policial já era bem ruim, mas uma sargento-detetive – isso os matava de medo. Os únicos que não se assustavam eram policiais, mas a ideia de nunca conseguir escapar do trabalho era insuportável. Não, eles não podiam ter relação nenhuma com a polícia, ou seria melhor ficar sozinha. Além disso, nesses últimos anos não lhe sobrara muito tempo para relacionamentos.

Naturalmente, os pais dela ficaram decepcionados. Eles viam escapar as chances de se tornarem avós. Não entendiam que as mulheres modernas preferiam ter primeiro uma profissão e os filhos mais tarde na vida? Ainda havia esperanças nesse front. Afinal, ela não precisava de um parceiro fixo para ter filhos. Pegando-se numa fantasia sobre os possíveis doadores de esperma, ela afugentou os rostos de seus pensamentos.

– Foda-se – declarou ela em voz alta. – Vou arrumar um gato.

Hellier via dois deles na frente do prédio. Um tinha câmera, o outro, não. Um fotógrafo e um repórter, mas haveria mais. A vítima não interessava à imprensa, não havia notícia ali. Garotos de programa morrem, quem liga? *Ele* era a notícia. Executivo rico e respeitado investigado por homicídio. Um homicídio sórdido ainda por cima. Essa notícia ia se avolumar cada vez mais. Era só uma questão de tempo até que a mídia nacional começasse a raciocinar. Depois que sua cara chegasse aos jornais e à TV, a vida ficaria insuportável. Ele precisava de seu anonimato. Daniel Graydon foi um erro, mas um erro a que ele podia sobreviver.

Haverá outros jornalistas cobrindo a saída dos fundos do prédio, pelo estacionamento no subsolo. Só havia uma saída. Ele a encontrou dias depois de começar a trabalhar na Butler & Mason. Sempre gostava de conhecer rotas alternativas para sair de um prédio. Só por precaução.

Ele pegou as chaves de casa e a carteira na pasta, depois a colocou embaixo da mesa. Seria inconveniente demais para o que tinha em mente. Pegando a escada de emergência, ele subiu ao último andar. Olhou a portinhola que levava ao telhado. Estava trancada com um ferrolho.

A próxima parte era mais complicada. Ele tinha de subir no corrimão da escada e ficar equilibrado até estender as mãos ao teto e se estabilizar. Isso ele conseguira. Seus pés viraram um pouco no fino corrimão de metal enquanto ele lutava para se equilibrar. Ele estendeu a mão ao ferrolho com o braço direito. A mão esquerda ainda segurava o teto.

O ferrolho saiu depois de uma série de solavancos firmes. Cada solavanco quase tirou o equilíbrio de Hellier. Se o perdesse agora, ou teria caído um metro para a segurança, ou tombado para trás no poço da escada, seis andares.

Ele empurrou a saída do telhado. Cedeu com facilidade. Usou os dedos para ter tração na tampa de madeira da saída. Cada tendão de seu corpo já se esticava ao ponto de ruptura.

Com a tampa removida, ele pulou do corrimão e enganchou as mãos na borda externa do buraco quadrado no teto. Seu corpo ficou pendurado enquanto ele se impelia para cima e saía. Hellier estava em excelentes condições físicas. Esforçava-se muito para ter essa força e desenvolver o físico de um acrobata.

Ele recolocou a tampa, tomando nota mentalmente para puxar o ferrolho de volta pela manhã, antes que qualquer um percebesse. Levou alguns segundos para endireitar a roupa e admirar a vista do telhado. Sentia-se sozinho, mas forte. Seguro. Respirou o ar quente da noite, pesado e úmido. Hora de ir. Ele andou rapidamente e em silêncio pelos telhados.

15

Na noite passada, tive um desejo quase avassalador de ser o meu verdadeiro eu. Libertar o animal que se esconde em mim e permitir que tenha plena e livre expressão. Mas resisti à tentação. Coisas demais para organizar primeiro. Se quero tirar proveito dos lapsos da polícia, devo ser paciente. Devo me preparar com calma. Vou deixá-los tontos muito em breve.

Estou no trabalho novamente, um tédio necessário. Leio os jornais e acompanho os noticiários sem parar. Tenho de me certificar de que eles não acharam nenhum vínculo entre meus alegados crimes.

Estive pensando em procurar meu próximo objeto fora de Londres. Não posso dizer que a ideia me agrade muito. Londres combina muito bem com a minha imaginação. É verdadeiramente um pano de fundo magnífico, então creio que por ora vou ficar nessa. Mas é quase inevitável que eu tenha de partir um dia, sem demora. Cedo ou tarde, algum espertinho fará a associação. Eles nunca associarão todos. Impossível. Mas podem ligar dois, talvez mais, e começarão a levar as coisas a sério e isso não será bom para mim.

16

Manhã de quarta-feira

À s sete e meia da manhã, Sean estava de volta ao trabalho. Algumas horas de sono, um banho e roupas limpas o reanimaram parcialmente. Ele informaria metade da equipe em breve. A outra metade ainda estava por Londres, vigiando o escritório de Hellier. Ao que parecia, Hellier não foi para casa a noite toda. Ficou em seu escritório. Definitivamente, ele aprontava alguma.

O telefone da sala de Sean tocou.

– Inspetor Corrigan falando. – Ele tentou disfarçar o cansaço.

– Bom-dia, senhor – respondeu uma voz do outro lado. – Sou o detetive Kelsey, ligando da SO11. – O nome não significava nada para Sean. – O senhor nos mandou uns números de telefone de uma agenda de endereços retirada de um tal James Hellier. Queria que verificássemos os assinantes, lembra?

Sean se lembrou:

– Sim, claro. Como posso ajudar?

– Na verdade, é só uma ligação de cortesia. Para lhe informar que fizemos a verificação e nenhum deles deu alguma pista. Basicamente, não são números de telefone como estão.

– Como estão? – perguntou Sean.

– Sim. Acho que podem ser, no fim, números de telefone, mas devem estar codificados.

Sean se levantou. Esperava por isso. Então foi esse o motivo de Hellier negar ter o telefone de Daniel Graydon na agenda. Se admitisse isso, teria de declarar seu código e eles poderiam decifrar cada número ali. Podiam ter localizado todos os seus contatos secretos.

Isso lhes teria dito muita coisa. Hellier era cauteloso. O assassino era cauteloso.

– Podem decifrar o código? – perguntou Sean.

– Não fazemos decodificação no SO11 – respondeu o detetive Kelsey.

– Alguma ideia de quem faz?

– Não sei de nenhum lugar específico. Precisa encontrar seu próprio especialista. O M15, um professor universitário, algo assim.

– Está brincando? – disse Sean, sem saber por que ficou tão surpreso.

– Receio que não. Mas às vezes eu acerto alguns enigmas. Posso brincar com eles para o senhor, se quiser.

– Você é um bom sujeito – respondeu Sean. – Me ligue assim que conseguir alguma coisa. – Ele desligou o telefone, que de imediato tocou novamente. Ao mesmo tempo, Sally apareceu na porta. Ele ergueu o indicador, pedindo que ela esperasse, e pegou o fone.

– Inspetor Corrigan. – Ainda era cedo e suas maneiras ao telefone já degeneravam.

– Chefe, é o Stan. – Era o detetive Stan McGowan, encarregado da segunda equipe de vigilância improvisada. – Não sei o que aconteceu aqui ontem à noite – continuou ele –, mas alguém da outra equipe de vigilância estragou tudo.

– O que há?

– Me disseram que o Alvo Um não saiu do escritório ontem à noite. – Stan usava a linguagem de vigilância para descrever Hellier.

– Foi o que eu soube também.

– Então, por que acabamos de ver o Alvo Um entrar?

Sean se sentou devagar.

– Impossível.

– Impossível ou não, eu o vi com meus próprios olhos. Foi confirmado pelos PO Um e Três. E ele está de roupas limpas também. Desculpe, chefe. Alguém estragou tudo.

Sean sabia o que ele queria dizer. Hellier esteve andando livremente de novo. A noite toda. Haveria um preço a pagar pelo erro deles? Terá isso custado a vida de alguém?

Donnelly apareceu em sua porta enquanto ele batia o telefone.
— Problemas? — perguntou.
Sean soltou um longo suspiro, antes de responder:
— Quem estava cobrindo Hellier ontem à noite o perdeu. — Ele se levantou feito uma mola e partiu para a sala de reuniões. Donnelly e Sally o seguiram.
— De jeito nenhum — insistiu Donnelly. — Não enquanto eu o estava cobrindo, de jeito nenhum, porra. Ele facilitou para nós e ficou no trabalho a noite toda, com medo demais da imprensa para mostrar a cara.
— Desculpe, Dave. — Sean falava sem olhar para ele. — Foi confirmado. Não tem erro. Hellier passou despercebido por vocês. Preciso que pense no que pode ter acontecido e quando aconteceu.
— Não acredito nisso, merda — protestou Donnelly.
— Assunto encerrado, Dave. — Sean ainda não o olhava. — Vamos tocar o bonde.
Sally tentou ajudar:
— Não houve homicídio nenhum esta noite. Já verifiquei.
— Isso significa que não descobriram nenhum homicídio esta noite — observou Sean. — É diferente — acrescentou ele, sem necessidade. — Vamos torcer para que não haja mais nenhum vacilo hoje.
— Espere aí um minuto, chefe — protestou Donnelly. — Eu disse que essa vigilância meia-boca era perda de tempo. Tenho cinco detetives cansados para cobrir um alvo. Nunca será o suficiente.
Sean percebeu o erro que cometera.
— Tudo bem. Tudo bem. Sei que você e sua equipe teriam feito o melhor possível. Quem sabe o prédio não tem outra saída?
— Tem — vociferou Donnelly. — Por um estacionamento no subsolo, mas este nós cobrimos.
— Então foi por outro lugar. — Sean queria deixar o assunto de lado.
— Talvez — concordou Donnelly.
Eles entraram na sala de reuniões. Só havia cinco detetives esperando por eles. Sean estava ficando sem pessoal. O esforço de vigilância pressionava seus recursos.

A conversa que ocorria ali cessou rapidamente. Todos se sentaram automaticamente. Sean decidiu não mencionar que Hellier tinha escapulido da vigilância deles. Deixaria que Donnelly contasse depois. Ele sabia onde Hellier estava agora, então não tinha sentido reafirmar isso. Ele podia criar dissenções em sua equipe.

Consciente de que o tempo se fechava sobre ele, Sean foi direto ao que interessava:

– Talvez possamos ligar nosso rapaz a outro assassinato – informou ele à pequena plateia de detetives. Houve um murmúrio pela sala, mas ninguém parecia surpreso. Sean dissera a Donnelly na noite anterior. Ele deve ter espalhado a notícia.

– Com base em quê? – perguntou Donnelly.

– Três coisas – respondeu Sean. – A ausência de provas materiais viáveis. O fato de ter sido recuperada uma pegada pertencente a um sapato de sola plana aproximadamente do mesmo tamanho daquela encontrada em nossa cena. E o tipo de vítima.

– Espere um momento, chefe – disse Donnelly. – Pensei que a vítima do leste fosse uma adolescente.

Sean sentiu os olhos da sala observando-o, esperando que ele respondesse.

– Não acho que o sexo das vítimas seja relevante. – Ele sabia que tinha de convencer sua equipe de que tinha razão. Era fundamental que tivesse todos com ele. Se perdesse sua confiança agora, ficaria só. Isolado.

– Tudo bem – disse Donnelly. – Como vamos lidar com isso?

– Divulgação – respondeu Sean. – Essa é a ferramenta que ficou na caixa e não usamos. Vai abrir o leque da investigação mais do que podemos sem ela. Tenho esperanças de que revele uma testemunha-chave. Alguém que coloque Hellier no local ou perto da casa da vítima na noite do homicídio. Talvez ele tenha usado um táxi. Talvez nós tenhamos sorte.

"Marque uma coletiva, Dave", continuou Sean. "Mas informe ao nosso serviço de relações públicas. Não quero irritar ninguém. Sally, você cuidará do *Crimewatch*."

– Vai ser estrela de TV, hein, Sally? – brincou Donnelly. Sally lhe fez uma saudação rápida com o dedo médio.

– A Equipe de Investigação de Homicídios que trata do assassinato em East London cuidará de sua parte com a imprensa – anunciou Sean. – A essa altura, não vamos mencionar que pode haver uma conexão entre os dois crimes.

– Por quê? – perguntou Donnelly.

– Não queremos criar pânico no público – disse-lhe Sean. – Queremos usar a imprensa de uma forma controlada. Não queremos ganhar as manchetes.

"Em segundo lugar, e mais importante, não queremos que o assassino saiba que fizemos uma associação dos dois crimes. Se for Hellier, então que ele pense que só estamos procurando por ele pelo primeiro caso. Mantemos a pressão nele por nosso crime e talvez ele se distraia e cometa um erro com o outro. Não tem sentido mostrar a ele as cartas que temos. Da próxima vez que eu interrogar Hellier, quero poder retalhar o homem, pedacinho por pedacinho. Se conseguirmos provas, poderei abrir uma brecha nele e conseguir que fale... E, se conseguir que ele fale, posso enterrá-lo. Se conseguir que ele fale, ele vai se enterrar."

– E os outros dois suspeitos? – perguntou Zukov, antes que os detetives se dispersassem. – Paramore e Jonnie Dempsey?

– Alguma coisa, alguém? – perguntou Sean.

– Paramore ainda está desaparecido – disse Donnelly –, mas Fiona descobriu alguma coisa sobre Dempsey. Fiona...

A detetive Fiona Cahill, alta e magra, de trinta e poucos anos, cabelo castanho curto, levantou-se, a voz um tanto grave e o sotaque refinado fazendo-a se destacar ainda mais:

– Estive trabalhando com os amigos de Daniel, um por um. Falei com um sujeito de nome Ferdie Edwards, que me disse que Dempsey conhecia verdadeiramente Daniel e que eram amigos, mas ele também me disse que eram mais do que isso.

– Amantes? – intrometeu-se Sean, com um lampejo de empolgação no coração.

— Não — disse Cahill. — Sócios nos negócios.

— Como é? — perguntou Sean, sem acreditar.

— Ao que parece, Dempsey trabalhava como uma espécie de intermediário. Se soubesse de um cliente na boate que poderia estar disposto a pagar por sexo, ele o conduzia a Daniel... em troca de uma parte do dinheiro, é claro. Ele também cuidava de Daniel, vigiava suas costas, por assim dizer.

— Tudo isso é muito interessante — disse Sean com impaciência —, mas aonde vamos chegar com isso?

— Bom, Edwards acha que Daniel estava ficando farto desse arranjo.

— Quer dizer que ele estava ficando farto de dar uma parcela do dinheiro que ganhava a duras penas a Dempsey — deduziu Donnelly.

— Exatamente — confirmou Cahill. — Edwards disse que eles tiveram pelo menos uma discussão acalorada por isso... Dempsey dizendo à nossa vítima que proibiria sua entrada na boate se ele não continuasse pagando, e Daniel dizendo a Dempsey que tinha outra pessoa na boate que cuidaria para que ele nunca tivesse a entrada barrada.

— Sabemos quem é? — perguntou Sean.

— Não. Ainda não.

— Talvez um dos seguranças — disse Donnelly.

— Talvez — concordou Sean. — Mas que confusão.

— "Oh, que teia emaranhada tecemos a partir do momento que enganamos pela primeira vez" — acrescentou Donnelly.

Sean retomou a palavra:

— Jonnie, o barman, tinha acabado de dar um passo significativo como suspeito viável, então vamos encontrá-lo. E vamos descobrir quem mais protegia Daniel na boate. Enquanto isso, vamos encontrar Paramore também. Precisamos falar com todos eles... E logo.

— Muito bem, pessoal — disse Donnelly, metendo-se assim que julgou que Sean tinha terminado. — Todos temos muito o que fazer, então vamos nos apressar. E tratem de reportar todas as diligências a mim assim que estiverem concluídas. Vocês arranjam as peças do quebra-cabeça e eu monto, lembram?

A reunião foi encerrada, os poucos detetives que ali estavam saindo rapidamente da sala. Além de Sean, Donnelly foi o último a sair. Assentiu para Sean a caminho da porta, andando um pouco mais rápido do que o normal, mas não tanto que alguém tivesse percebido. Em vez de voltar à sala de incidentes como todos os outros, ele foi para a saída de incêndio e desceu os dois lances de escada para a parte principal da central. Ainda a passos largos, foi a uma pequena sala que abrigava duas fotocopiadoras. Também tinha um telefone. A sala estava vazia. Donnelly pegou o fone e discou.

O sargento Samra atendeu:

– Alô.

– Raj. É Dave.

– David. – Samra parecia cauteloso. – O que quer?

– Aquele probleminha que discuti com você e Jimmy Dawson... – Ele deixou no ar, esperando que Samra respondesse.

– Eu me lembro – confirmou Samra.

– Mudança de planos.

– Estou ouvindo.

– Agora não estou só interessado em assassinatos de homossexuais. Preciso saber de *qualquer coisa* feia, e preciso saber primeiro.

– Feia como?

– Ataques estranhos. Sem motivos, muito sangue. Qualquer coisa sexual também. Não estou interessado em crimes domésticos, de gangues, drogas ou de bêbados.

– Vou fazer o que puder – disse Raj.

– E, como antes – continuou Donnelly –, espalhe por aí, mas discretamente. Lembre-se, preciso saber primeiro. – Ele desligou.

Raj olhou o telefone por um momento, depois deu alguns telefonemas. Ligou primeiro para o sargento Jimmy Dawson. Se Jimmy não se importasse de agir segundo o que queria Donnelly, ele também não se importaria.

* * *

Hellier estava junto da janela da sala de um dos outros sócios juniores. Eles bebiam café e contavam algumas piadas sexistas. A secretária perfeita deles era objeto do grosso do exibicionismo e ostentação sexual do grupo. Ela também não podia ouvi-los.

Hellier era pouco sincero no que dizia. Era importante se envolver nesse tipo de discurso social com os colegas de vez em quando. Especialmente agora, depois de sua prisão. A insinuação de que ele era gay podia ser mais danosa do que ser suspeito de homicídio. Que gente ridícula.

Seu estado de espírito era excelente esta manhã. Ele teria pago uma boa grana para ser uma mosca na parede quando Corrigan descobriu que ele escapuliu deles. Eles ainda fariam papel de bobos algumas vezes antes que ele tivesse terminado.

E então, quando a hora fosse perfeita, ele desapareceria. Deixaria aquele lugar amaldiçoado e recomeçaria. Mas primeiro Corrigan precisava quebrar. Ele jurara isso. Corrigan o humilhara e pagaria um preço muito alto. Os italianos dizem que a vingança é um prato que se come frio. Ele não concordava. Esse ele comeria escaldante.

A secretária perfeita bateu na porta aberta. Ele saiu de seus devaneios.

– O que é, Samantha? – perguntou o colega de Hellier.

Ela olhou para Hellier.

– É com o sr. Hellier que preciso falar.

Hellier se afastou do peitoril da janela. Sorriu com simpatia.

– Diga lá.

– Tem alguém no telefone para o senhor, mas não me deu nome nem me disse do que se tratava.

Merda de jornalistas. Merda do Corrigan.

– Bem, se livre dele, então.

Estranhamente, Samantha hesitou na porta, sua obediência lhe faltando.

Hellier viu sua hesitação.

– E então? – perguntou ele.

– Ele parece muito desesperado, senhor. Alega ter informações muito importantes para o senhor. Só falará com o senhor pessoalmente e em particular.

Os olhos de Hellier se estreitaram.

– Transfira a ligação para minha sala.

Sally entrou na sede do Serviço Nacional de Inteligência Criminal, conhecido como NCIS, situado em Spring Gardens, Lambeth, perto tanto do laboratório da perícia como da boate onde Daniel Graydon passou sua última noite. O NCIS ainda é discreto. Não se sabe onde fica, a não ser que se procure muito.

Ela abandonou seu carro à mercê dos guardas de trânsito e dos ladrões baratos. A vida ainda funcionava no nível básico em Lambeth. Qualquer respeito ou medo que a população local tivesse pela polícia há muito desaparecera. Eles viviam segundo suas próprias leis.

A segurança era previsivelmente rigorosa no prédio do NCIS. Sally tocou a campainha do videointerfone e esperou. Uma voz masculina sem alma por fim atendeu.

– Declare suas intenções, por favor.

– Sargento-detetive Jones, Grupo de Crimes Graves. Vim ver o sargento-detetive Graham Wright. Creio que ele trabalha na Estelionatos. – Ela ergueu seu distintivo para a câmera. A porta foi aberta depois de uma ligeira demora. Ela foi até a mesa de recepção. O segurança já esperava por ela. Ele lhe deu um crachá de visitante e lhe disse como chegar à seção da Divisão de Estelionatos. Ela assentiu em agradecimento e foi para o elevador.

Quando chegou à sala, encontrou o sargento Wright sentado a sua mesa. Ele era um homem que parecia em forma, no início dos 40 anos. O cabelo preto combinava com a pele morena. Ela o achou atraente.

– Sargento Graham Wright? – perguntou ela.

Ele levantou a cabeça.

– Sim. Sou eu.

— Sou a sargento Sally Jones, do SCG. — Ela sentiu os olhos de Wright percorrerem-na da cabeça aos pés e voltarem.

— E o que posso fazer por você, sargento Jones?

— Por favor — disse-lhe ela. — Pode me chamar de Sally.

— E então, Sally?

— Digitais — disse ela. — Digitais desaparecidas. — Ela observou a reação dele. Talvez certa confusão, nada mais. — Em 1999, você tirou um jogo de digitais da Yard.

— Em 1999? — protestou Wright. — Acho que não vou conseguir me lembrar tão longe. De quem eram as digitais?

— De Stefan Korsakov — respondeu ela. Wright corou um pouco. Ela percebeu. — Lembra?

— Claro — respondeu ele. — Eu me lembro.

— Como? Já faz muito tempo.

— Porque eu ajudei a tirar o filho da puta das ruas. Se está aqui para me dizer que ele morreu, então fará de mim um homem feliz.

— Talvez esteja — disse Sally. — Estamos tentando descobrir. Mas, por ora, lembra-se de retirar as digitais da Yard?

— Lembro. E me lembro muito bem de devolvê-las também.

Sally acelerou as perguntas:

— Por que as retirou, antes de mais nada?

— Eu fazia um favor a alguém. As digitais não eram para mim.

— Para quem eram?

— Paul Jarratt. Ele era sargento-detetive em Richmond na época. Eu era detetive. Trabalhamos no caso Korsakov juntos. Ele me pediu para pegar as digitais, então eu peguei.

— Ele disse por que as queria?

— Não me lembro. Talvez tenha dito que o Serviço Penitenciário pedira, mas não tenho certeza. Só o que sei é que se alguém perdeu as digitais dele, não fui eu. Se quiser saber por que o sargento Jarratt precisava das digitais, talvez deva perguntar a ele.

— Sabe de uma coisa? — disse-lhe Sally. — Acho que vou fazer exatamente isso.

O telefone tocava na mesa de Hellier quando ele entrou em sua sala. Ele fechou a porta, antes de atender:

– Alô. Aqui é James Hellier.

– Sr. Hellier – começou a voz do outro lado. – Espero que não se importe de lhe telefonar no trabalho. Foi a única maneira que encontrei de entrar em contato com o senhor.

A voz pertencia a um homem. Parecia maduro, talvez com 40 anos. Falava muito bem. Hellier não ouvia traço de sotaque. Ele não reconheceu a voz, mas desconfiava de que estivesse artificialmente disfarçada. Parecia preocupado. Ele não sentia nenhuma intenção prejudicial, mas teve a cautela de sempre.

– Não é jornalista, é? – gritou Hellier a pergunta. – Porque, se for, vou descobrir para quem trabalha e esta noite você estará procurando um emprego que não vai achar.

– Não. Não. – A voz do homem era um tanto suplicante. Hellier ainda não sentia ameaças.

– Então, quem é você?

– Um amigo – respondeu o homem. – Um amigo que conhecia Daniel Graydon. E agora... agora gostaria de ser seu amigo. Um amigo que pode ajudá-lo.

Hellier não disse nada.

– Ouça essas instruções. Siga-as com exatidão, se quiser me encontrar, mas tenha cuidado. Seus inimigos estão em toda parte.

Hellier ouviu atentamente as instruções, decorando cada detalhe. Quando a voz terminou, a linha ficou muda. Hellier ficou sentado em silêncio, o telefone apertado na orelha. Seu novo "amigo" devia ser jornalista. Ele não se surpreenderia se Corrigan tivesse jogado o canalha para cima dele, tentando deixá-lo em pânico e levá-lo a errar, mas não daria certo. Ele sabia lidar com jornalistas e sabia lidar com Corrigan. Depois de um ou dois minutos, ele foi trazido de volta ao mundo por uma batida na porta.

– Entre – disse ele, com a voz meio rouca. A porta se abriu e Sebastian Gibran entrou, puxando uma cadeira para perto da mesa de Hellier. Hellier se viu se recostando, ficando o mais distante possível de Gibran.

– Pensei em ver como estava. Ver como estão indo as coisas com a polícia. Saber se você estava bem. Algo mais o tem aborrecido?

– Estou ótimo, obrigado, Sebastian. Apesar de tudo, parece que estou aguentando. – Hellier achou mais difícil do que o habitual fazer o jogo corporativo. A voz ao telefone fora uma complicação indesejada.

– Que bom. Eu sabia que seria preciso mais do que umas alegações invejosas para perturbar um homem como você.

– Alegações invejosas?

– Claro. As pessoas sempre têm inveja de gente como nós. Querem o que temos, mas nunca terão. Não é só a riqueza, é tudo. Eles podem ganhar seus milhões na loteria como quiserem, mas nunca serão iguais a nós. Nunca andarão entre outros homens como podemos, seguros no conforto de nossa própria superioridade. É nosso direito. Você entende, não é, James?

– Um rei sempre será um rei. Um camponês sempre será um camponês.

– Exatamente. – Gibran estava radiante. – Por isso eu o trouxe a esta empresa, James, porque eu sabia que você tinha o necessário. Quando falei com você pela primeira vez naquela conferência todos esses anos atrás, eu soube. Conheci centenas de astros das finanças naquela semana, mas eu sabia que você era diferente. Sabia que seu lugar era na Butler & Mason... E tratei de conseguir você.

– Sou eternamente grato. – Hellier conseguiu dizer, mas ficou meio perturbado com esse lado de Gibran que nunca vira – o perfeito gerente corporativo e visionário, aparentemente substituído por um elitista arrogante e egoísta. Será que ele finalmente conhecia o verdadeiro Sebastian Gibran – ou Gibran tentava ludibriá-lo a baixar a guarda, procurando por um motivo para transferi-lo a pastos menos verdes?

– Qualquer gratidão que me devia já foi paga – disse-lhe Gibran. – Sabe, James, nenhum de nós está imune a cometer erros. A própria natureza de nosso negócio é orientada ao risco. Aceitamos que as pessoas tomarão decisões ruins de tempos em tempos. Essas decisões às vezes nos custarão muito dinheiro, mas nós aceitamos.

Hellier ouvia, tentando prever o momento em que a conversa se voltaria especificamente a ele.

– Mas outros erros, erros de julgamento sem relação com o trabalho, são menos tolerados. As pessoas que são donas da Butler & Mason gostam de passar uma imagem muito específica: gostam que seus funcionários sejam casados, sossegados, e estimulam as pessoas a ter filhos criando uma estrutura de pagamentos que recompensa uma vida familiar. A imagem desta empresa surgiu por projeto, e não por acaso, e eles a protegem zelosamente. Se um funcionário tem elementos em sua vida que não se coadunam facilmente com o *ethos* da empresa, deve esperar enterrar esses... – Gibran procurou a palavra adequada – esses hábitos, onde nunca serão vistos. Se não conseguirem, sua posição aqui pode não ser defensável. Se alguém estava chamando uma atenção indesejada à nossa empresa, mesmo que por acaso, mesmo que mais tarde se prove não ser por culpa da pessoa, a empresa espera que a pessoa leve a situação a uma conclusão rápida. Somos muito claros nessa filosofia, não somos, James?

– Compreendo perfeitamente – respondeu Hellier.

– Escute – disse Gibran, com o tom de repente mais parecido com o homem que Hellier reconhecia. – Isso foi a linha corporativa... Faça disso o que quiser. Isso é de mim: cuidado com suas costas. Só posso protegê-lo até certo ponto. Gosto de você, James. Você é um bom homem. Ande com cuidado, meu amigo.

Hellier o observou por um tempo, antes de responder:

– Andarei. Obrigado.

– Como disse Nietzsche, "O Super-homem é que me preocupa, não o homem... Meu desejo é gerar criaturas que se coloquem sublimes acima de toda a espécie". É o que esperam que sejamos, James. Os defeitos dos homens comuns não são um luxo permitido a nós.

– A vida além do bem e do mal – continuou Hellier a citação de Nietzsche.

Gibran recostou-se devagar:

– Eu sabia que nos entenderíamos. Veja só, James, é nossa imaginação que verdadeiramente nos distingue. Sem isso, seríamos como todos os outros tolos melancólicos, vagando por aí sem alma, sem objetivos, inutilmente. Só se pode ser governado por aqueles aptos a governar. Isso pode parecer arrogante, mas não é. É a realidade. É a verdade.

Sean entrou na sala da coletiva da New Scotland Yard. Vinha atrás do superintendente Featherstone, que presidiria a entrevista. Sean só estava ali para lidar com as especificidades, não com a apresentação.

Além do pessoal da TV, havia cerca de uma dúzia de jornalistas. Muito menos do que haveria para o assassinato de uma celebridade ou uma criança, porém mais do que viriam para um crime comum. A maioria dos repórteres acompanhava o caso desde a primeira prisão de Hellier, quando Donnelly vazou a informação para um contato na mídia.

Featherstone se apresentou a eles e descreveu os detalhes da morte de Daniel Graydon. Começou a dizer aos jornalistas o que a polícia queria do público. Sally repetiria tudo naquela mesma noite no *Crimewatch*.

– Estamos apelando a qualquer um que tenha visto Daniel Graydon em algum lugar perto da boate Utopia na noite do crime. Talvez um taxista que tenha levado Daniel para casa. Um amigo ou conhecido que talvez tenha lhe dado uma carona – explicou Featherstone.

"Também estamos interessados em qualquer um que possa ter ouvido falar ou visto algo naquela mesma noite, perto do apartamento de Daniel em New Cross. Alguém viu um homem com uma atitude estranha na área? Mais uma vez, talvez o responsável por esse crime terrível tenha usado um táxi para sair do bairro. Alguém consegue se lembrar de pegar um passageiro de madrugada? Alguém que tenha despertado suspeitas?"

Sean ouvia distraidamente. Featherstone fazia um trabalho profissional, atendo-se ao roteiro, mas havia uma coisa que os dois não tinham discutido antes da coletiva. Uma pergunta de um jornalista quase fez Sean pular:

– Tem uma descrição do suspeito?

Featherstone foi o primeiro a responder "Não" quando Sean se intrometeu.

– Sim – disse ele. Era a primeira vez que falava. Featherstone ficou surpreso. Sua boca se abriu um pouco.

– Qual é a descrição? – perguntou o jornalista.

– Acreditamos procurar um homem branco, de seus 40 anos, magro, cabelo claro e de aparência inteligente. – Sean descrevia Hellier.

– De onde veio a descrição? – perguntou outro jornalista.

– Não posso revelar a essa altura das investigações – respondeu Sean.

A agitação dos jornalistas crescia.

– Inspetor... – A jornalista elevou a voz acima do barulho crescente e da competição para fazer as perguntas: – Inspetor. – Ela conseguiu que Sean a visse. – Acaba de descrever James Hellier, inspetor?

– Sem comentários – respondeu Sean.

Outro jornalista insistiu na pergunta:

– O sr. Hellier não é mais suspeito desse crime, inspetor?

– Por motivos legais, não posso responder.

– Por que o sr. Hellier não foi acusado? – perguntou outro.

– Essa é uma investigação em andamento, o que significa que não posso responder a isso no momento.

– O sr. Hellier é testemunha desse caso?

Os jornalistas revelaram por que estavam ali. Hellier era a notícia. Sean sabia disso desde o começo. Ele podia sentir que Featherstone queria que a coletiva voltasse aos trilhos, o que, por Sean, estava tudo bem. Já servira a seu propósito. Hellier ouviria e leria nas entrelinhas. A pressão estaria de volta. Era vingança por Hellier constranger a operação de vigilância. Uma peça do xadrez foi movida e Hellier teria de reagir. Outra pergunta veio da imprensa:

– O sr. Hellier teve relações sexuais com a vítima?

– Creio que o superintendente Featherstone é a pessoa mais indicada para responder as perguntas de vocês. – Ele se recostou na cadeira, indicando que sua participação na coletiva acabara.

— Superintendente — perguntou o jornalista —, James Hellier é suspeito nessa investigação de homicídio ou não?

Featherstone respondeu sem hesitar, o *media training* que fizera estava tendo seu retorno.

— Nesse momento o sr. Hellier está nos ajudando em nossas investigações. Não posso revelar mais detalhes até segunda ordem, mas posso lhes garantir que é minha intenção conduzir a investigação da morte de Daniel Graydon o mais abertamente possível, e é claro que a mídia será informada. Como eu estava prestes a dizer, também gostaríamos que a população nos ajudasse a localizar dois outros homens com quem também queremos conversar.

Sean não ouvia mais e não escutou Featherstone dar à mídia os nomes de Steven Paramore e Jonnie Dempsey. Os jornalistas mais uma vez orientavam as perguntas a Featherstone, que lidava com eles maravilhosamente, como um regente com sua orquestra. Featherstone representava a face simpática do serviço policial. A camisa limpa em um corpo sujo. Sean ficou sentado em silêncio mordendo o lado interno da bochecha, querendo que o show chegasse a um fim natural, pensando em Hellier. Vendo-o ajoelhado ao lado de Daniel Graydon, empurrando o picador de gelo por sua pele. De pé sobre Heather Freeman enquanto passava a faca por seu pescoço esticado.

Hellier seguira com precisão as instruções dadas por telefone. Saiu do trabalho às seis da tarde e passou pela portaria à plena vista da equipe de vigilância. Parou o primeiro táxi que viu e disse ao motorista que o levasse à estação Victoria. Chegando lá, desceu no sistema subterrâneo, passando a pé pelo labirinto de túneis, embarcando em trens que viajavam numa direção, depois inesperadamente desembarcando e voltando, praticamente impossibilitando que fosse seguido.

Uma hora depois, ele estava no Hyde Park, olhando a estátua de Aquiles. As árvores grandes davam uma boa cobertura. Ele via o coreto do parque a cerca de trinta metros. O homem ao telefone disse que estaria ali às sete e meia, portando uma pequena mochila Reebok azul e vestindo uma camisa amarela.

Hellier manteve distância. Queria tempo para observar o homem antes de se aproximar ele. Um amigo de Daniel Graydon. O que ele sabia? O que Daniel disse a ele? O que ele sabia sobre Hellier? Só podia ser um jornalista procurando uma notícia sensacionalista para incendiar a população, mas teriam descoberto mais do que procuravam? Algo que podia ser perigoso para ele? O seu telefone estaria grampeado? Ele duvidava. Quando se tratava de grampear telefones, ele podia ensinar umas coisinhas a qualquer jornalista ou detetive particular de meia-tigela. Tinha certeza absoluta de que o dele não estava. Precisava descobrir o que sabiam sobre ele e cuidar do assunto – com extremo discernimento.

Seu celular tocou. A tela mostrava "número privado". Ele atendeu"

– James Hellier.

– Desculpe, acho que chegarei atrasado. Não vou conseguir me encontrar com você antes das oito. Deve esperar por mim. É vital que espere por mim.

Hellier consultou o relógio. Significava esperar quase uma hora.

– É melhor que valha a pena.

– Valerá – disse o homem. – Acredite em mim, por favor. É mais importante do que pode imaginar.

– Quem é você? – perguntou Hellier.

– Alguém que tem um interesse em seus problemas atuais. Alguém que quer ajudar. Não deixe de esperar por mim.

– Estarei aqui. – Hellier não tentou disfarçar sua irritação. Fechou o celular com um estalo. Pelo visto, tinha tempo de sobra para contemplar sua estátua preferida de Londres.

Pela primeira vez em muito tempo, Sean foi para casa num horário razoável. Kate a princípio achou um tanto estranho. Ela se acostumara com as ausências dele.

Sally se apresentaria no *Crimewatch* naquela noite. Vários membros da equipe ficariam em Peckham até a meia-noite, atendendo a qualquer telefonema do público provocado pelo apelo. Sean não tinha esperanças, só torcia para que Hellier estivesse vendo. Ele orientou Sally a usar a descrição de Hellier como a do possível assassino, como ele fez na coletiva.

Ele também queria ver a apresentação do caso Heather Freeman. O inspetor Brown estaria no programa naquela noite, mas não mencionaria que poderia haver uma ligação entre os dois crimes. Como isso afetaria o comportamento de Hellier? Ele imaginou Hellier rindo da incompetência deles. Tudo bem. Que risse.

Seu celular tocou. Ele gemeu. Kate olhava para ele através da sala de estar.

– Sean Corrigan falando.

– Más notícias, chefe. – Era o detetive Stan McGowan. – Ele saiu do trabalho às seis, mas nós o perdemos no metrô. Ele nitidamente tentava se livrar de nós. Não tivemos chance. Foi mal.

– Por que não ligou mais cedo? – perguntou Sean. Eram quase oito e meia agora.

– Ficamos correndo por aí, tentando encontrá-lo. Mandei alguns rapazes ao endereço residencial dele, mas ou ele não esteve lá, ou ainda não chegou em casa.

– Tudo bem, Stan – disse Sean. – Você fez o que podia. Fique aí esta noite. Concentre-se na casa dele. Amanhã verei se posso ter de volta uma equipe de vigilância dedicada.

Stan se desculpou novamente e Sean desligou. Imaginou se conseguiria ficar acordado por tempo suficiente para ver *Crimewatch*.

Hellier olhou o relógio. Passaram-se três minutos desde que ele o olhou pela última vez. Oito e dez. O homem jurara que chegaria às oito. Estava atrasado. Ele não telefonou. Merda. Onde estava o idiota? Hellier olhou o relógio novamente.

O que esse sujeito realmente queria? Ele disse que podia ajudar. Quem podia ajudá-lo? Por que ia querer? Será que tentava chantageá-lo? Isso pelo menos seria divertido. Ele olhou o celular. Nenhuma chamada não atendida.

Ele não ia ficar ali a noite toda. Tinha coisa melhor a fazer. Despistara a equipe de vigilância, mas precisava ter cuidado. Os jornalistas ainda podiam ser um problema, mesmo que a polícia não fosse. Ele sentiu a excitação crescer dentro de si como um velho amigo. Hora de algum prazer. Ele merecia.

Kate via Sean resistindo para se manter acordado na poltrona. Uma Stella Artois pousada no peito. Ela via a garrafa subir e descer suavemente. Se ele dormisse, derramaria a cerveja. O líquido frio o acordaria rapidamente. Ela torcia para que acontecesse. Isso a faria rir e Sean não a fazia rir muito ultimamente.

Ele perdia a batalha para manter os olhos abertos. Ao ouvir o apresentador falar num assassinato em South London, Kate o sacudiu pelo ombro.

– Acho que é o seu.
– Hein?
– É o seu – repetiu ela. – Seu caso é o seguinte.

Sean se sentou reto. Esfregou a cara com força e sacudiu a cabeça.

– Obrigado.

Ele viu o apresentador descrever o caso. Devia ser apenas informativo, a mídia ajudando a polícia a pegar um assassino, mas o clima criado pelo apresentador o entregava. Ele não podia deixar de usar a terminologia da imprensa marrom. Tentou demonstrar choque quando classificou o crime como "horripilante". Parou teatralmente ao informar à nação como Daniel foi apunhalado "setenta e sete vezes". Palavras de tabloides fluíam de sua boca: "Sangrento"... "Terrível..." "Mutilado..." Ele usou todas. Na verdade, só havia um motivo para o programa existir. Audiência. O público britânico gostava muito de ver o sofrimento alheio de uma distância segura.

A câmera fechou em Sally. Ela parecia nervosa, mas só quem a conhecia podia saber, como Sean. Ela foi profissional como ele sabia que seria. Informativa, precisa, pragmática, mas também compassiva.

Ela deu a descrição de Hellier, como Sean pedira. Ele sentiu satisfação ao pensar em Hellier vendo e ouvindo a si mesmo sendo descrito em rede nacional, mas teve de se lembrar de que Hellier parecia uma cobra venenosa. Perigoso, o importante era segurar firme o seu pescoço, ou se corria o risco de levar uma picada.

O apresentador tentou pegar Sally no contrapé. Perguntou se alguém já fora preso. Se a polícia teria um "principal suspeito". Sally esperava por isso. Sua resposta parecia preparada. Contou de várias pessoas que estavam ajudando a polícia na investigação, mas que eles ainda tentavam localizar o paradeiro de Steven Paramore e Jonnie Dempsey. O apresentador recuou, encerrou o segmento com a tentativa habitual de um apelo comovido por ajuda. Leu os dois números de telefone que também apareciam ao pé da tela, um do estúdio, outro da sala de incidentes em Peckham. Depois passou à tragédia seguinte da noite.

17

Eu já a vi antes. Duas vezes. Nas duas ocasiões, eu a segui até sua casa. Ela mora em Shepherd's Bush, num apartamento no primeiro andar de um antigo bairro de mansões. O prédio já viu dias melhores, a julgar pela aparência, mas creio que não é tão ruim para a área.

Ela trabalha numa pequena empresa de publicidade em Holborn. Com cerca de uns trinta anos, razoavelmente atraente, mas nada muito especial. Um metro e sessenta e cinco e forte, pelo visto, embora sua condição física não seja das melhores. Mas tem um cabelo curto e castanho bonito. Um corte incomum numa mulher.

No entanto, o que realmente me atraiu nela, o que mais chamou minha atenção, foi sua pele. Ela tem a pele mais linda do mundo. Ligeiramente bronzeada. Impecável. E brilha.

Será que ela sabe que isso a destaca? Por isso mantém o cabelo curto, para que nada distraia ninguém de sua pele? É provável.

Só que não ficaria assim por muito tempo. Ela trabalhava demais. Sempre era a última a sair do trabalho. Tentando impressionar o chefe ou talvez só tentando impressionar a si mesma.

Outro dia, li um artigo no *Evening Standard*. Ao que parece, os jovens trabalhadores de Londres medem o sucesso profissional pela falta de tempo livre que se tem. Julgam ser mais bem-sucedidos os que não têm tempo para si mesmos.

Lamentável. Como alguém pode realmente questionar o meu direito de fazer o que quero com vocês? Vocês não têm mais nenhum valor. Vocês sabem disso. Inúteis feito animais, levando uma vidinha inútil. Só eu posso fazer com que vocês valham alguma coisa.

Quando a observei antes, ela só saía do trabalho depois das oito. Esta noite não foi diferente.

Pensei em visitá-la na empresa. Deixar uma surpresa desagradável para quando o chefe chegasse pela manhã. Talvez cortar seus seios, estilo Jack, o Estripador, e deixá-los na mesa dele com um pedido de demissão que eu a obrigaria a escrever, só de sacanagem.

Não. Eu não poderia garantir o nível de controle de que precisava. Não podia correr o risco de ser interrompido. Um faxineiro podia topar comigo, ou a porra de um segurança. Eu seria capaz de me livrar deles facilmente, mas isso estragaria minha visita. Então decidi segui-la até em casa. De novo.

Ela fazia um percurso tranquilo. Nove paradas suportáveis do metrô até Shepherd's Bush. A rota simples facilita que eu a siga. Estou louco para que ela chegue em casa – sei onde mora, de minhas idas anteriores –, mas desfruto da emoção da caçada. Ajuda-me a formar meu clímax. Permite que a excitação cresça. Corra por minhas veias e artérias.

Meu sangue carrega a excitação por meu corpo com o oxigênio. Meu coração bate com tanta força e tamanha velocidade que tenho certeza de que as pessoas podem ver meu peito martelando, ouvir meu coração batendo como um tambor zulu. Mas ao mesmo tempo sei que não podem. Ela penetra meus músculos. Faz com que se contraiam e se retesem. Faz com que me sinta forte. Invencível. Estou ficando vivo de novo. Posso enxergar mais. Ouvir mais. Sentir mais cheiros.

Sinto a comichão na virilha. Tenho de me acalmar e controlá-la. É difícil, especialmente com ela sentada tão perto. No mesmo vagão, só a alguns bancos de distância. Acho que ela nota minha presença, mas parece despreocupada. Você também não se preocuparia com minha presença. Leio meu jornal, o *Guardian*.

Nossa parada é a seguinte. Ela se levanta primeiro e vai para a porta de saída. Eu me coloco mais ou menos a um metro dela. Agora sinto seu cheiro totalmente. Ele quase me subjuga de tão gostoso.

O trem para e nós dois saímos na plataforma. Esta é uma estação subterrânea, então tem câmeras de circuito interno em toda parte. Faço questão de parar na plataforma. Ergo o pé até um dos bancos de madeira aparafusados na parede e me demoro amarrando o sapato. Se a polícia verificar as gravações, procurará alguém que a siga de perto, e não um executivo preocupado com seus sapatos. Por fim eu a sigo, mas fico muito atrás, exatamente onde quero estar.

Ela sai de vista enquanto eu passo pela catraca e chego à rua. Sei a rota que fará, e tomara que eu não tenha de lidar com nenhuma variável. Se ela entrar numa loja ou encontrar um amigo, posso perdê-la. Eu a pegarei em seu apartamento, mas segui-la é importante para mim esta noite. Foi assim que eu vi acontecer. É o começo da realização de meus desejos. Se qualquer parte da sequência for alterada do modo como preciso que seja, não terá sentido continuar.

São oito e quarenta e cinco. Ainda há alguma luz do dia. Ando rapidamente pela Bush Green, o trânsito pesado como sempre a essa hora. A Green parece uma espécie de circuito de corrida de stock-car e os motoristas dão o tratamento condizente.

Passo por um grupo de jovens negros zanzando ameaçadoramente na frente de uma casa de apostas. Sinto seus olhos caírem em meu relógio caro. Lanço a eles um olhar duro e eles viram a cara. Respeito.

Inesperadamente, ela vai a uma pequena banca de jornais. Quase tropeço nela, dando uma guinada para evitá-la. Ela me viu. Definitivamente. E agora estou diante dela. Quero estar atrás dela. Seguindo-a. Isso não é bom. Não posso parar e esperar que passe por mim. Preciso fazer alguma coisa e preciso fazer agora.

Faço o melhor em que consigo pensar. Vou ao primeiro ponto de ônibus que vejo e finjo estar esperando um. Há outras pessoas ali. Só espero que o ônibus não apareça. Ela passa por mim. Sinto que olha rapidamente na minha direção, mas não parece sentir pânico. Ela anda. Eu espero alguns segundos e volto a segui-la.

Agora preciso ser muito mais cuidadoso. Ela me viu na frente da banca, me viu ir para o ponto de ônibus. Se ela se virar e me vir de novo, pode fugir. Ela pode entrar na loja ou no bar seguinte. Isso não me causaria problemas a longo prazo, mas destruiria os planos para esta noite.

Guardo uma distância razoável. A mais ou menos dez metros gostaria de chegar mais perto, mas não posso correr esse risco. Sei que ela pode sentir minha presença, mesmo a essa distância. É importante para mim que ela possa. Os chineses juram que a carne de cachorro tem o gosto mais doce se o cão fica apavorado antes de ser abatido. Eu teria de concordar.

Tento prever quando ela vai olhar para trás e, se olhar, sobre que ombro o fará. Isso me dá a melhor chance de evitar seu campo de visão. Mas ela não vira a cabeça. Ainda andamos pela Bush Green e há muitas pessoas por perto, o que a faz se sentir segura.

Ela entra à esquerda numa transversal. Rockley Road. Do outro lado da rua ficam casas de quatro e cinco andares, georgianas ou talvez vitorianas. A demanda por moradias e hotéis baratos em Londres transformou a rua numa confusão de apartamentos de aparência suja e pensionatos pulguentos.

Ela entra numa rua à esquerda. Minford Gardens. É aqui que ela mora. Uma rua muito mais agradável. Casas menores com árvores ladeando a calçada, mas as casas ainda são imundas e divididas em apartamentos. É muito, muito mais tranquilo.

Começo a acelerar o passo. A excitação cresce a ponto de quase explodir. Quero devastar essa mulher. Quero dilacerá-la. Abri-la com minhas unhas e dentes. Mas não o farei. Mostrarei minha força. Meu controle. Não sou como os outros. Aprendi a controlar o poder que tenho.

Encurto a distância entre nós. Andando ainda mais rápido, mas em tal silêncio que o som da brisa traga qualquer outro ruído. Não bate mais sol na rua. As casas bloquearam sua luz decrescente. Estou tão perto. A iluminação da rua começa a piscar.

Agora estou perto o suficiente para tocá-la. Vejo os pelos de sua nuca se eriçarem nas pontas. Ela sente minha presença. Gira nos calcanhares e olha nos olhos de minha máscara. Logo ela conhecerá quem verdadeiramente sou.

* * *

Linda Kotler tinha 32 anos, era solteira, namorava há oito anos, mas, quando pressionou para se casar, ele, inacreditavelmente, perdeu a coragem e fugiu. Meu Deus, eles moravam juntos havia seis anos e meio, mas ao que parecia a mera menção da palavra "casamento" de repente o fez se sentir "preso". Talvez fosse só a desculpa que ele esperava.

Ela ia aprendendo o que era ser solteira quando todos os amigos eram casados. Oito anos é muito tempo com alguém. Todos os amigos dos dois eram em comum. Eles pensavam nos dois como uma entidade única. Uma só personalidade. Quando ele a deixou, eles foram muito gentis, a ponto de ser irritantes. As amigas casadas dela não pareciam mais solidárias, pareciam presunçosas. E de repente ela estava solteira, o que fez dela uma ameaça a seus próprios relacionamentos frágeis. É verdade que ela foi culpada de uma pequena paquera com os maridos das amigas, mas precisava se sentir desejada. Agora mais do que nunca. A rejeição magoa.

Linda trabalhou até tarde de novo. Talvez no fundo tivesse esperanças de que alguém do trabalho a convidasse para um drinque. Era uma linda noite para isso, mas não veio convite nenhum. Hora de ir para casa, a sua venerada prisão.

Ela se olhou no espelho do pó compacto. Seu cabelo era curto o bastante para não ter de se preocupar com ele. A pele estava excelente, como sempre. Os anos de convivência com o namorado não lhe tiraram isso. Ela se orgulhava de sua pele. Passava hidratante na ponta dos dedos e massageava o rosto. Só precisava de um pouco de batom. Nunca se sabe quem se pode encontrar no metrô.

A estação de Holborn não era movimentada demais. Ela perdera há muito a hora do rush. A plataforma estava esparsamente povoada se comparada com a cena duas ou três horas antes. As plataformas da hora do rush lhe davam medo. Ela foi criada numa cidadezinha em Devon, e o tamanho e a velocidade de Londres ainda a intimidavam. Como essa gente podia ficar tão perto da beira quando os trens passavam acelerados? Era assim tão importante chegar em casa alguns minutos mais cedo? Eles devem ter mais motivos para ir para casa do que ela.

Ela o viu quase no momento em que passou a pesada bolsa pelo ombro. Ele estava parado alguns metros à direita dela e um pouco mais atrás. Ela o notou porque o vira antes, cerca de uma semana atrás, talvez menos. Acontecia mais do que as pessoas pensavam. Quando se faz o mesmo percurso todo dia, começa-se por fim a ver as mesmas pessoas.

Ela o achou bem atraente. Um pouco mais velho do que costumava querer, provavelmente do lado errado dos 40, embora só um pouco, mas era óbvio que se cuidava. E se vestia bem. Ela tentou sentir o cheiro de sua colônia, mas achava que ele não usava nenhuma.

Ele não olhava para ela, mas de algum modo ela sentia que ele a notara. Ela não conseguia ver direito, mas tinha certeza absoluta de que ele não usava aliança, só um lindo relógio de pulso. Um Omega, pensou ela. Então ele também tinha dinheiro. Isso sempre ajudava.

O trem chegou e eles acabaram no mesmo vagão. Ela leu os anúncios que enfeitavam o vagão e lançou olhares furtivos a ele. Não tinha certeza, mas pensou que ele também a olhava furtivamente. Na maior parte do tempo, ele lia o jornal. O *Guardian*. Então ele tinha uma visão liberal do mundo, semelhante à dela.

Ela se perguntou em que estação ele desceria. Imaginou que seria Notting Hill – não, Holland Park combinava mais com ele. Mas ele não saltou ali.

O trem se aproximava de Shepherd's Bush. Ela lançou um último olhar ao homem e foi para a saída. Não era uma dessas pessoas confiantes que se sentavam e esperavam que o trem parasse antes de pegar seu lugar perto da porta. Sempre tinha medo de que as portas se fechassem rápido demais e ela perdesse sua parada. Pior ainda, ela ficaria no trem, se sentindo uma idiota e alvo de olhares constrangedores.

Ele saiu do trem bem atrás dela, mas ela não o sentia mais perto, era como se de algum modo tivesse desaparecido. Ele deve ter seguido por outro corredor, indo para outra saída.

Ela queria ser sutil. Se ele de algum modo ainda estivesse atrás dela, não queria que ele a visse olhando. Aproveitou a oportunidade para olhar para trás enquanto subia a escada rolante. Não o viu. Se ele pegou o mesmo caminho dela, devia estar à vista. Ele deve ter saído pelo outro lado. O friozinho na barriga passou. Foi substituído por um vazio decepcionado. Ela preferia a emoção.

Quando saiu da estação, esqueceu-se de que ele existia. O nível do solo lhe trouxe sua própria realidade, e ele não fazia parte dela. Ela se apressou pela Bush Green. A bolsa pesada reduzia seu passo, as alças cortavam seu ombro, chamando atenção para ela. Ela precisava aprender a andar com menos peso. Viu um grupo de jovens negros na frente da casa de apostas e puxou a bolsa para mais perto, estreitando a mão na alça, baixando a cabeça e passando por eles com a maior velocidade que pôde. Sentiu os olhares deles tão certamente como se eles a estivessem espancando. Sentiu-se racista, e isso lhe deu culpa.

Ela entrou na lojinha. Tinha o cheiro da maioria das bancas de jornais ou quiosques de bebidas de Londres, picante e doce. Agradava-lhe esse cheiro. Agradavam-lhe as diferentes culturas de Londres. A maior parte delas, pelo menos.

Linda precisou de menos de um minuto para comprar o maço de Silk Cut Mild. Ela já tentara fumar Marlboro Lights ou Camel Lights, como todo mundo em Londres. Tinham um gosto estranho para ela. Não cheiravam aos cigarros que os adultos fumavam perto dela nos seus tempos de criança em Devon.

Ao sair da banca, ela não olhava aonde ia. Quase esbarrou nele, o homem do metrô. Isso a fez parar de pronto. Ele se desviou dela e continuou. Se quisesse falar com ela, aquela seria a oportunidade perfeita. Ele não aproveitou. Será que ela só imaginou que ele a olhara antes? Viver sozinha em Londres começava a lhe pesar. Ela ansiava pela atenção de estranhos.

Ele agora andava à frente. Ainda pela Bush Green. Ele parou num ponto de ônibus. Não parecia do tipo de pegar um ônibus em Shepherd's Bush. Ela tentou imaginar aonde ele poderia ir. Putney, ou talvez Barnes. Se era assim, pegou uma rota estranha.

Ela passou pelo ponto de ônibus e continuou na direção oeste. Entrou à esquerda na Rockley Road. O barulho de Shepherd's Bush Green pareceu diminuir instantaneamente. Logo ela se sentiu mais relaxada. Seu passo diminuiu, quase como se ela curtisse a caminhada noturna. A dor da alça da bolsa cortando seu ombro a lembrou de que ela não curtia nada. Pensou em parar para acender um cigarro, mas decidiu esperar até chegar em casa. Talvez também tomasse uma taça de vinho. Tinha certeza de ter uma garrafa ainda boa na geladeira.

A rua estava deserta. Silenciosa. Ela podia ver e ouvir as pessoas em suas casas, mas a rua em si não tinha vida. Isso facilitava sentir uma perturbação. Ela sentiu. Estava sendo seguida, tinha certeza disso. Seria um dos homens na frente da casa de apostas? Se fosse, eles podiam pegar sua pasta e a bolsa. Desde que a deixassem em paz.

Ela acelerou o ritmo. Percebeu que respirava pesadamente sob a tensão. Tentou ouvir passos, mas só ouvia os próprios. As luzes da rua se acendiam, lançando sombras fracas pela calçada. O farfalhar das folhas nas árvores ao seu redor de repente ficou ensurdecedor.

Linda sentiu que alguém se aproximava. Queria parar, se virar e confrontá-lo, ser corajosa, mas o medo levava a melhor. Lambia sua pele como um fogo cercando sua vítima. Cada pelo de sua nuca se eriçou, reverberando. Ela sentia tanto frio. O pânico agora estava próximo.

Tarde demais, ela ouviu os passos. Ele estava bem à direita dela. No último segundo, ela girou o corpo, pronta para gritar. Era ele. O homem do metrô. Ele parecia tão assustado quanto ela. Saltou um passo para trás.

– Desculpe. Eu não pretendia assustá-la. – Ele tinha uma bela voz. Falava bem.

– Meu Deus – conseguiu dizer ela. Levou a mão teatralmente ao peito. – Você quase me matou de susto. – Os dois riram.

Ela se afastou um pouco. Sua expressão ficou séria.

– Estava me seguindo?

Ele pôs a mão no bolso do paletó e pegou uma pequena carteira de couro preto. Abriu-a e mostrou. Ela viu o logo da Polícia Metropolitana no distintivo de metal. Suspirou de alívio. Todo seu corpo pareceu relaxar.

– Não pude deixar de notar alguns sujeitos dando uma boa olhada na sua bolsa lá atrás. – Ele apontou por sobre o ombro.

– Aqueles na frente da casa de apostas?

– É. Odeio estereotipar as pessoas, mas pensei em vigiá-los um pouco. Ficar de olho neles.

– Por isso parou no ponto de ônibus?

– Oh – disse ele. – Você percebeu? A vigilância nunca foi o meu forte. – Os dois riram de novo. – Dois deles deram a impressão de que podiam segui-la, então achei melhor fazer o mesmo, só por precaução. Mas parece que os perdi naquele cruzamento. Ainda vai andar muito? – perguntou ele.

– Não. Moro aqui. A algumas casas daqui.

– Que bom. – Ela não sabia se ele era sincero. – Ficará bem a partir daqui – disse ele. – Acho que por hoje você se safou. – Ele piscou para ela. Ela não sabia se ele ia embora. Não queria que fosse.

– Você não parece policial. – Foi só no que conseguiu pensar.

– É verdade – respondeu ele, sorrindo. – Bom, nem todos somos como os que aparecem na TV. Alguns até sabem ler e escrever.

Ela gostou dele.

– Olha – disse ele. – Preciso ir andando. Em algum lugar há um crime sendo cometido, essas coisas.

Ela sentiu o constrangimento aumentar, mas valia a pena paquerar um pouco.

– Desculpe – disse ela. – Não entendi seu nome.

– Sean – respondeu ele. – É Sean Corrigan. – Ele já se afastava.

– Se ele se virar, é porque está interessado – Linda falou baixinho consigo mesma. – Agora. – Ele se virou e acenou casualmente para ela, com um leve sorriso. – Eu não disse? – disse ela a si mesma, sorrindo.

Donnelly chegou em casa depois de uma passada no seu bar preferido, a tempo de pegar o início de *Crimewatch*. Lamentou por Sally ser ludibriada por Sean daquele jeito, mas pelo menos significava que ele não precisava fazer isso. Mas sempre havia meios de se livrar de tarefas desagradáveis, como o trabalho na TV, especialmente para aqueles com pouca imaginação e muita experiência. Ele subiu a entrada da casa da família, uma grande casa semigeminada em Swanley, Kent. Os cinco filhos cresciam rápido. Ele tinha de morar ali para conseguir lhes dar um teto. Os preços de Londres estavam fora de cogitação. Ainda assim, a viagem de trem era apenas suportável e não havia necessidade de se preocupar em ser pego dirigindo meio bêbado. Ele deu um tapinha carinhoso no velho Range Rover, o único carro da família, enquanto passava. Não lhe custara um centavo em anos.

Sua mulher, Karen, confrontou-o assim que ele abriu a porta da frente.

– Está atrasado de novo – acusou-o ela com seu sotaque do East End. Eles eram casados havia mais de vinte anos.

– Hora extra, amor – respondeu ele. – Posso lembrá-la de que você precisa de cada pêni em que posso colocar as mãos? – A mulher respondeu com um revirar de olhos. – E por falar em fardos financeiros, onde estão as crianças?

Karen colocou as mãos nos quadris.

– Jenny saiu com o namorado, Brian saiu com a namorada, Nikki e Raymond estão lá em cima, jogando PlayStation, e Josh na cama.

– Jenny mora nesta casa? – Donnelly fingiu surpresa.

– Ela só tem 17 anos, lembra? Ainda estuda para entrar em uma universidade.

– Maldito ensino superior – reclamou ele. – Vamos falir antes que qualquer um dos nossos consiga um emprego e saia de casa.

Quando eu tinha 17 anos, trabalhava nos estaleiros de Dumbarton, ganhava um salário decente e aprendia um ofício.

– Até você decidir que era duro demais e entrar para a polícia em Londres.

– É, bom – Ele parou. – Dá no mesmo, eu pago por minha existência no mundo.

– Me poupe.

– Me dê um beijo e vou pensar no assunto – brincou ele.

– Nada disso. Quando se trata de você, minha mãe tinha razão: beijar leva a filhos. E vendo como acabamos com quatro a mais do que podemos sustentar, você vai ter de estacionar sua boca em outro lugar. Além disso, detesto quando seu bigode está com cheiro de cerveja.

– Não toquei em uma gota – mentiu ele.

– Até parece.

– Ah, está bem. Vou ficar na sala. – Ele ficou amuado, com um tom falso. – Preciso ver *Crimewatch* esta noite.

– Credo, já não tem o bastante de trabalho durante o dia?

– Nosso caso vai passar esta noite. Seria falta de educação perder. Vai ser o assunto da cantina amanhã.

– Queria ver aquele programa sobre a princesa Diana.

– Pode ver a reprise – disse-lhe ele sem a menor solidariedade.

A TV já estava ligada na sala. Uma produção barata com um cenário fraco e um elenco ainda pior. Ele apontou o controle remoto para o programa ruim e zapeou pelos canais até encontrar o que procurava.

– Quando vai passar o seu caso? – perguntou Karen.

– Não sei. Vou ter de ver a porcaria toda, sem dúvida. Merda de *Crimewatch*. Um desperdício de espaço, se quer minha opinião.

– Ei. Sem palavrões, as crianças podem ouvir.

– "Merda" não é palavrão. – Ele baixou o corpanzil na velha poltrona reservada só para seu uso. – Apelos na mídia, que perda de tempo. Esperar que o público resolva os crimes para nós. Não é assim que costumamos fazer nosso trabalho.

— Todo mundo sabe como vocês costumam fazer seu trabalho — disse Karen.

— Tem razão. Fazemos o que fazemos para tirar os bandidos das ruas. Talvez peguemos o homem errado pelo crime errado, mas são todos criminosos mesmo. É nosso trabalho trancafiar os sujeitos. Não importa como fizemos, desde que o trabalho seja feito. Eles sabiam da realidade. Para eles, era só um risco ocupacional. É meu trabalho tirar a escória das ruas. Como faço isso, é problema meu. Todos os outros podem ficar em seus mundinhos cor-de-rosa e fofos.

— Os velhos tempos já se foram — lembrou-o Karen. — Então, é melhor ter cuidado.

— É — grunhiu ele. — Não se preocupe comigo, amor. Sei cuidar de mim mesmo.

— Duvido disso, mas quem vai cuidar de mim e das crianças se você for demitido por incriminar alguém?

— Os homicídios são diferentes. Não se incrimina uma pessoa por homicídio. Talvez você possa dar uma ajudazinha aqui e ali nas provas, depois de ter certeza absoluta de que pegou o homem certo, mas nunca incriminar alguém.

— Seu inspetor, Corrigan, não parece o tipo de homem que vai querer uma ajudazinha nas provas.

— Não subestime o homem — disse-lhe ele. — Corrigan sabe como é a vida. Ele não quer uma promoção a todo custo, diplomas, não é um puxa-saco. Ele deu duro na vida. Se a coisa apertar, ele vai fazer o que é preciso.

— Tem certeza disso?

— Absoluta.

Linda Kotler via distraidamente *Crimewatch*. Ouviu o segmento sobre o assassinato de Daniel Graydon e depois o seguinte. Um funcionário de 60 anos dos Correios matou em Humberside por cento e vinte libras. Isso não melhorou seu humor. Ela mudou de canal e começou a ver outra reprise. Fez com que ela pensasse no policial que viu mais cedo. Sean Corrigan.

O telefone interrompeu suas reminiscências. Apesar de sua solidão, ela decidiu deixar tocar até que a secretária atendesse. Era a irmã. Ela decidiu que afinal estava com humor para falar com ela. Tinha um segredo a contar.

– Estou aqui, estou aqui – disse ela ao telefone. – Ignore a secretária eletrônica. Estou aqui. Essa porcaria agora vai nos gravar.

– Filtrando as ligações de novo? – perguntou a irmã. – Que hábito desagradável vocês têm em Londres.

– Precisamos ter – respondeu Linda. – Senão, a única pessoa com quem vou falar são operadores de telemarketing e parentes indesejados. Como você está?

– Estamos bem, obrigada. – A irmã era casada com um homem com quem estudou no colégio. Eles tinham três filhos. Ela era mais nova do que Linda. Antigamente, a irmã tinha certa inveja dela. Agora Linda é que tinha inveja da irmã.

– E você? – perguntou a irmã. – Já conheceu um homem bom e bonito? De preferência rico? – Era a mesma pergunta que ela fazia nos últimos meses. Desde que o namorado a deixou por pastos mais novos e mais verdes.

– Não – disse Linda. Depois acrescentou: – Na verdade, não.

– Na verdade, não? – O tom da irmã era inquisitivo. – O que quer dizer exatamente "na verdade, não"?

– Bom, conheci um cara quando vinha para casa hoje, e de um jeito ou de outro acabamos conversando. Ele parecia muito legal e também era bonito. Não trocamos números de telefone nem nada, mas se ele quiser me encontrar, sabe como.

– Por que diz isso?

– Porque ele é da polícia. Um detetive, acho.

– Ooooh – respondeu a irmã. – E ele tem nome?

– Sean – respondeu Linda. – Sean Corrigan.

Depois de me apresentar, eu a deixo ir. Por algum tempo. Foi assim que vi acontecer. Agora preciso me perder por aí por algumas horas. Esperar que chegue minha velha amiga, a escuridão. Fiz meu dever de casa e sei que o Boat Show está no Earl's Court Exhibition

Centre. Não tenho o menor interesse nisso, mas fica perto e só vai fechar às onze. É um bom lugar para me esconder. Na multidão, em meio ao rebanho.

Eu me misturo a eles, minha máscara firme como sempre. Seria fácil demais atacá-los. Arrastar qualquer um para os banheiros fedorentos e abater lá mesmo. Mas é o descontrole que costuma arruinar a reputação da minha espécie. O controle é o segredo. O controle é tudo.

Como admiro o homem com o fuzil na Alemanha que aparece nos noticiários de vez em quando. De três em três meses, mais ou menos, ele explode a cabeça de um ninguém e desaparece. Ele é de uma raça rara. A maioria dos atiradores solitários pega um fuzil, acha um bom ponto de observação e mata até ser morto.

Por quê? Porque não têm controle. Depois que sentem o gosto do poder de matar, não conseguem parar. Tirar uma vida e depois calmamente guardar o fuzil e ir para casa é demais para a maioria. Eles ficam insaciáveis, inebriados com a morte e, antes que percebam o que aconteceu, estão cercados de atiradores de elite da polícia. A maioria decide cair lutando, mas não esse da Alemanha. Ele merece admiração. Não creio que um dia ele vá parar.

Quanto a mim, prefiro uma faca. Ou minhas próprias mãos. Um fuzil não é suficientemente pessoal. Gosto de sentir em meu rosto o cheiro do derradeiro sopro de minhas vítimas.

Saio do show depois das onze. Volto a Shepherd's Bush. É uma boa caminhada, mas o exercício me fará bem. É um bom aquecimento e também significa que evito possíveis testemunhas, como motoristas de ônibus ou de táxis. Os pedestres em Londres raras vezes se olham. Estou carregando uma pequena mochila no ombro. Contém tudo de que preciso.

Quando volto a Minford Gardens, já é quase meia-noite. Tarde o bastante para a maioria das pessoas estar metida na cama, cedo o bastante para que os sons da noite não sejam alarmantes demais.

Vou até a lateral da casa. Já havia verificado a janela algumas noites atrás. É do tipo guilhotina e dá no banheiro. A tranca tem o estilo clássico. Um simples fecho de metal giratório. Qualquer objeto de metal terá pouco trabalho para abri-lo. Ela devia ter colocado trancas de segurança. Talvez porque dividisse o apartamento com um homem. Isso a fazia se sentir segura quando dormia. Agora ela está só, mas não teve tempo para ver a janela. Nessas noites quentes, ela dorme de janelas fechadas. Certamente não está alheia aos perigos que espreitam esta cidade.

É praticamente impossível alcançar a maioria das janelas do segundo andar, mas não a janela do banheiro. Há um cano de metal sólido que passa por ela. É afixado na parede por largas abraçadeiras de aço, rebitadas na alvenaria. Vão aguentar meu peso. Já experimentei.

Começo a me despir. Tiro a camisa e a gravata. A calça. Sapatos, meias, cueca. Dobro tudo com cuidado e coloco numa pilha ao lado do cano. A viela ao lado da casa é escura e silenciosa. Ninguém tem motivos para vir aqui a essa hora da noite. A sensação de ficar nu na noite escura e quente está além da imaginação de muita gente. O coração bombeia sangue pelo meu corpo, trazendo-me a vida. Fico na viela por mais tempo do que pretendia, mas não é hora de ter pressa. Queria ter um espelho de corpo inteiro para me ver – e chuva. Gotas pesadas e quentes de chuva batendo em minha pele, formando pequenas corredeiras que encontrariam os canais de meus músculos inchados e doloridos, fazendo minha pele brilhar como aço ao luar, a água fluindo por meu corpo parecendo metal líquido, parecendo mercúrio. Quem dera estivesse chovendo. Mas não importa.

Tiro uma calça de moletom da mochila e a visto. Comprei na JD Sports da Oxford Street há cerca de um mês. Também pego o casaco do conjunto, comprado no mesmo local e na mesma ocasião. São azuis. Tiro um rolo largo de fita isolante da mochila e meticulosamente passo a fita na calça, prendendo os tornozelos. Preciso fechar os espaços. Pego um par de luvas de couro novas, compradas na Selfridges, e as calço. As de borracha se rasgariam no cano. Uso a fita para fechar o espaço nos pulsos. Coloco uma meia na cabeça. Não cobre meu rosto, não há necessidade disso, desde que cubra meu cabelo.

Por fim, calço um par de sapatos de solado plano de borracha, comprado há uma semana na Tesco. Nunca usei nenhuma dessas peças. Escondi-as em um duto de ventilação do pequeno estacionamento do trabalho até o dia em que fosse precisar delas. Hoje.

Os sapatos têm pouca aderência, então uso só a força da parte superior de meu corpo para me impelir pelo cano. Deixarei que minhas pernas fiquem penduradas. Se começar a usá-las para escalar, corro o risco de deixar muitas marcas na parede. Prefiro que a polícia passe algum tempo especulando sobre como entrei, embora ultimamente eu queira que ela deduza.

Certifico-me de que a mochila esteja firme no ombro esquerdo, pendurada de modo que fique em meu peito. Começo a escalar. Mantenho as pernas cruzadas na altura dos tornozelos, para ajudar a resistir à tentação de usá-las. As luvas de couro me dão uma boa aderência enquanto subo. Não é difícil demais e tenho controle suficiente para escalar com rapidez e silenciosamente.

O ressalto na janela do banheiro é estreito e está apodrecido, mas posso pousar um joelho nele com segurança suficiente. Seguro-me no cano com a mão direita e passo a outra na mochila. Pego uma pequena régua de metal, do tipo preferido por arquitetos e agrimensores. Trabalho no espaço entre as duas vidraças da janela e começo a mexer no fecho.

Levo alguns minutos para fazer isso em silêncio. Milímetro por milímetro, giro o fecho. Meu braço direito arde do esforço de me segurar no cano e o joelho fica dolorido. Terei um hematoma, é certo. Azar.

Depois que o fecho é aberto, coloco a mão esquerda aberta contra o vidro de baixo e empurro suavemente a janela. Posso sentir que está meio solta nas dobradiças. Vai fazer barulho, se eu não for extremamente cuidadoso e paciente.

Aperto o caixilho saliente de madeira e com cuidado faço pressão para cima. No início, não acontece nada. A janela está emperrada. Faço um pouco mais de força. Ela desliza demais para cima e faz barulho. Mas que droga! Fico paralisado, achatado na parede, agarrado ao cano feito uma lagartixa. Apuro os ouvidos. Espero imóvel por pelo menos um minuto. Parece uma hora. Fico satisfeito por ter me exercitado tanto.

Nada se mexe. Passo a mão esquerda sob a base da janela. Agora conseguirei aplicar mais pressão para cima. Passo pelo pior, mas ainda não tenho pressa.

Quando a janela se abre inteiramente, lanço a perna esquerda por ela, depois o braço esquerdo. Tenho de me contorcer para passar a cabeça e o corpo. A perna e o braço direitos me seguem pela janela como uma cobra entrando por um buraco embaixo da porta.

Assim que entro no apartamento, sinto o cheiro dela. Cada cômodo terá o cheiro dela, eu sei. O quarto terá o odor mais forte.

Está escuro no banheiro, mas meus olhos já estão acostumados. Vejo que estou de pé em sua banheira. As torneiras cromadas estão à minha direita, brilhando no escuro. Tenho pouco interesse pelo banheiro. Muitos outros aromas ali mascaram o cheiro dela. Vejo que a porta está fechada. Infelizmente. Mais riscos de barulho. É apenas meia-noite. Ela ainda pode estar acordada. O barulho agora é meu inimigo. Outras vezes é meu aliado.

Movo-me furtivamente pelo banheiro pequeno. Exagero nos movimentos. Pareço um bailarino em uma dança animalesca, meus músculos se retesando juntos. Queria poder estar nu e sentir a presença dela contra minha pele, mas não posso correr esse risco. Continuo fechado em meu casulo pericial. Giro a maçaneta da porta do banheiro. Funciona bem e não faz barulho. Abro um pouco a porta com paciência, controlado. Enquanto a porta se abre para o resto do apartamento, sinto o cheiro dela passar pela fresta. Respiro fundo, quase fundo demais. Fico meio tonto. Meu sangue flui com tamanha rapidez que posso sentir as têmporas latejando. Uma gota de suor se forma no sulco do meu lábio superior. Eu a enxugo. Não deixaria nada de mim aqui. Nem mesmo uma gota de suor.

Minha ereção cresce rápido, mas não tenho pressa. Há coisas a preparar. Sigo pelo corredor, para longe do quarto. Todo o apartamento está às escuras. Nem o bruxulear de uma tela de TV. Nenhum ruído.

Entro na sala de estar. É escura demais para eu distinguir os detalhes, mas parece muito abarrotada. Móveis demais. Gravuras baratas demais nas paredes. Enfeites demais. Fico no meio da sala, longe das janelas, saboreando estar ali sozinho. O que era dela agora é meu. Isso será ainda melhor. Aprendi muito. Eu me demorarei e, quando terminar, seu próprio ser será meu.

Depois de quase meia hora, passo à cozinha e em silêncio procuro nos armários e gavetas até encontrar o que preciso. Uma faca. Não é muito nova nem afiada, mas intimida bem. Lâmina ligeiramente curva e punho de metal. Servirá.

Volto ao corredor e sigo na direção do quarto. O corredor é muito mais escuro do que o cômodo à frente. As luzes da rua não penetram tanto nesta parte do apartamento. A luz amarelada e cálida que brilha no quarto me atrai como a uma mariposa. Ando com muita lentidão. Isso se chama perfeição. Exatamente como eu vi. Cada passo é coreografado. Como queria poder estar nu. Meu pênis está tão duro que tenho medo de gozar antes de entrar no quarto, mas não vou apressar as coisas.

A porta do quarto está entreaberta. Começo a empurrá-la lentamente com o braço esquerdo. A porta avança suavemente para dentro. Lá está ela. Deitada na cama, vestida com a blusa do pijama. A única roupa de cama é um lençol branco. Ainda está quente para usar mais do que isso. O lençol a cobre apenas da cintura para baixo. Desconfio que ela está de calcinha para se sentir menos vulnerável.

Atravesso o quarto. Ela não fechou as cortinas direito. As luzes da rua lançam uma longa sombra em mim quando me aproximo dela.

Eu paro ao lado da cama. Ela ainda não sentiu minha presença. Vejo-a respirar. Sua pele parece metalizada no escuro. Como o metal cinza enegrecido de uma arma. Seu peito sobe e desce suavemente, mas sei que ainda não está em sono profundo. Estou surpreso que ainda não tenha acordado. Fico parado e espero.

Ela se vira de costas e para. Seus olhos começam a se abrir. Ela me vê e pisca algumas vezes. Parece me reconhecer. Sua boca se abre de surpresa, mas ela não grita nem fala. A surpresa lhe é esmagadora.

Ela está totalmente desperta. Vejo o medo se espalhar por seu rosto. Eu o esmurro com o punho direito. Ela começa a se virar antes do impacto e o golpe a pega em cheio na face esquerda. Acho que sinto o osso se quebrar. Ela faz um ruído estranho.

Antes que recupere os sentidos, pego-a pelo pescoço com a mão esquerda e a ergo, empurrando para trás com um braço. Esmago sua nuca na parede e deixo que caia inconsciente na cama. Olho-a por alguns segundos. Ela ainda está viva. Isso é bom.

Atravesso o quarto até uma cômoda. Levo algumas calcinhas para a cama. Vejo sangue saindo da nuca, não muito.

Pego a fita isolante na mochila e rasgo uma tira de 15 centímetros. Passo em sua boca. Viro-a de bruços, voltando sua cabeça para o lado, para que ela possa respirar.

Pego uma meia-calça e a amarro firme no pescoço, mas não muito apertado. Prendo ali outra calcinha, que puxo por suas costas. Dobro firmemente as pernas. Amarro-as com a meia que desce pelo meio de suas costas.

Por fim, uso outra calcinha para amarrar as mãos e os pulsos, também às suas costas. Estas não têm ligação com as outras amarras.

Pego a faca que achei na cozinha e uso para abrir a blusa do pijama pelas costas, depois arranco dela. Ela está de calcinha, como desconfiei. Corto-a dos dois lados e a tiro. Recuo e admiro meu trabalho. Ela jaz nua e atada.

Espero pacientemente. Ela geme. Está recuperando a consciência. Desta vez seus olhos não se abrem gradualmente. Arregalam-se num instante. Como se despertasse de um pesadelo. Mas não é assim. Ela está despertando para um pesadelo.

Ela não faz ideia de quanto tempo esteve inconsciente. Sua mente desperta uma fração de segundo antes que o resto do corpo. Quando o corpo acompanha, seus olhos se acendem. *Meu Deus, me ajude, por favor!*

Ela precisa desesperadamente encher os pulmões de ar, mas não consegue. Algo atravessa sua boca. Ela tentou novamente abrir as mandíbulas. Inútil. Ela não sabe o que é, mas dói. Ela então respira pelo nariz, mas é impossível puxar ar suficiente para os pulmões. Lágrimas e muco estreitaram suas vias nasais. Se agora entrar em pânico, morrerá asfixiada.

Será que foi estuprada? Por que ele a deixou assim? Pela primeira vez desde que recuperou a consciência, ela sente a dor no rosto. Era uma dor surda, torturante, e latejava. O olho esquerdo já está fechado e inchado. Era tão doloroso que mascarava inteiramente a dor na nuca.

Ela tentou sair da cama. Ao mesmo tempo, algo apertou seu pescoço e os tornozelos. Ela tentou mexer as mãos. Algo apertava seus pulsos. Ela tateou com os dedos o máximo possível. Percebeu que eles tocavam os próprios pés. Ela estava amarrada como um bicho morto. Consciente da própria nudez, o pânico que podia matá-la facilmente começou a crescer a novos níveis enquanto lhe ocorria o horror do que pode ter acontecido enquanto estava inconsciente.

Ela ouviu uma lâmpada ser acesa. O quarto foi inundado de uma luz vermelha e suave. Ela não reconheceu. Não tinha luz vermelha no quarto. Uma mão enluvada foi passada sob seu queixo e girou sua cabeça para ele. Ela fechou os olhos o máximo que pôde. Não suportava olhar para ele. Não queria vê-lo.

Ele não disse nada. Só a segurou e esperou. A respiração dela estava terrivelmente acelerada e errática, como se sofresse uma crise de asma. Aos poucos, ela abriu os olhos. Havia luz suficiente para enxergar.

Ela olhou em seu rosto. Levou alguns segundos para reconhecer o homem. Ele parecia diferente e tinha algo no cabelo. Era ele. O policial. Sean. Ela parou de respirar, tentando compreender o que estava acontecendo. Quase começou a sentir alívio. Ela conhecia aquele homem.

Viu uma centelha de luz vermelha se refletir na lâmina da faca. Ele se moveu com rapidez e segurança. Ela ainda estava deitada de bruços. Ele apontou a faca para seu olho inchado. Ela tentou ao máximo não chorar, mas não tinha forças para reprimir as lágrimas que começavam a escorrer pelo rosto. Provocava dor e ardência no olho ferido.

Ele trouxe o rosto dela para perto do dele. Falou em voz baixa em seu ouvido:

– Se fizer o que eu mandar, viverá. Senão, você morre.

Foi a experiência mais extraordinária da minha vida. As outras foram maravilhosas, mas esta foi muito melhor. Passar tanto tempo com ela antes que morresse. Vê-la se contorcer nua diante de mim, lutando com suas amarras. No início ela chorava constantemente. Eu ouvia seus apelos abafados, mas os ignorei. Não conseguia entender com clareza o que ela dizia. Que pena. Teria gostado muito mais de saber o que falava.

Depois de amarrá-la e amordaçá-la, torturei-a por um tempo. Em seguida, coloquei duas camisinhas extrafortes e a penetrei. Eu já havia depilado todo o meu pelo pubiano, então não havia possibilidade de deixar uma única amostra de pelo. Eu disse a minha mulher que tinha uma suspeita de hérnia e o médico orientou que eu me depilasse antes que ele me examinasse. A vaca, imbecil, acreditaria em tudo o que eu dissesse.

Com seu rosto torcido para um lado, eu podia ver seu perfil. Ela parecia chocada quando a penetrei. Como se não acreditasse que eu pudesse fazer aquilo com ela. Se ela me conhecesse melhor, não teria se surpreendido tanto. Quanto mais ela resistia, mais forte eu puxava a meia que corria por suas costas. Enquanto eu puxava, as amarras se apertavam simultaneamente, levando suas pernas mais para cima nas costas enquanto o náilon fino se apertava em seu pescoço. Todo seu choro tinha soltado o muco da cavidade nasal, criando ruídos repulsivos enquanto ela tentava puxar o ar. Isso me distraía e estragava a experiência. Eu não tinha imaginado que ela seria tão revoltante. Eu disse a ela que precisava parar de fungar ou morreria. Depois que ela parou, afrouxei seu arnês e deixei que o corpo e a cabeça caíssem na cama.

Nunca me senti tão poderoso. Fui magnífico em cima dela, acima dela, segurando-a pelo arnês feito de suas próprias roupas, sua cara apertada no colchão. Eu a consumi inteira. Enquanto eu gozava, puxei as amarras com a maior força que pude, meus olhos fechados de êxtase. Quando os abri novamente, ela estava morta. Sua própria urina escorria pela face interna das pernas – até na morte a puta tentava estragar tudo para mim.

Senti o pênis amolecer enquanto ainda estava dentro dela, antes de cuidadosamente beliscar a ponta das camisinhas e retirá-las de mim. Ela arriou no chão ao lado. Com muito cuidado, tirei as camisinhas, o pênis flácido caído na mão que esperava, quente e escorregadio do esperma e espermicida, a sensação dele em minha mão provocando uma volta da excitação, mas não havia tempo para mais diversões por aqui. Coloquei as camisinhas num saco autosselante para congelamento e depois em minha mochila. Tirei a fita de sua boca e pus em outro saco. Eu teria gostado muito de estar nu, mas era perigoso demais. Devo pensar em como me despir da próxima vez, sem deixar uma arca do tesouro em provas.

Tirei a calça de moletom e peguei a mochila. Olhei o quarto e vi a camisola ainda cobrindo o abajur. Produzia um efeito de luz delicioso, fazendo sua pele clara parecer vermelho-sangue. Não havia necessidade de tirar. A gaveta de onde tirei as meias também estava aberta. Não precisava fechá-la. Havia uma leve mancha de sangue na parede atrás da cama. Não precisava limpar.

Andei rapidamente pelo apartamento até o banheiro, saindo por onde entrei. Queria que a polícia descobrisse isso, então pensei em deixar aberta, mas decidi que podia ser óbvio demais. Meus músculos agora ficavam um tanto cansados, mas tive forças suficientes para me segurar no cano com um braço enquanto movia a tranca para a posição original. Cuidei para deixar arranhões suficientes na tranca, assim a polícia podia encontrá-los.

Desci pelo cano com o silêncio de uma aranha numa teia. Tirei as roupas usadas no apartamento e as pus em sacos de lixo grandes. Estes, por sua vez, coloquei na mochila. Minhas outras roupas esperavam na pilha arrumada por mim. Demorei-me a me vestir. Não precisava ter pressa. Desfruto da calma que sinto se espalhar prazerosamente por meu corpo e minha mente, sentindo-me cem vezes mais poderoso do que antes de minha visita. O ar quente da noite envolve meu corpo como fumaça em uma acha de lenha em brasa. Ponho a mochila no ombro e vou para Shepherd's Bush, embora ainda tenha de andar alguns quilômetros antes de pegar um ônibus noturno longe o bastante para que nunca seja verificado pela polícia.

Farei outra visita em breve, e da próxima vez será ainda melhor.

18

Manhã de quinta-feira

Sean, Sally e Donnelly estavam de volta à sala de Sean. Avaliavam as reações ao aparecimento de Sally no *Crimewatch* e à coletiva de Sean. Não demoraria muito. As linhas telefônicas não pegaram fogo – dois trotes de adolescentes e algumas descrições aproximadas de homens vistos na região do apartamento de Daniel, possivelmente na noite do crime, talvez não. Nem de perto um dilúvio de informações.

Era o que esperavam: Hellier era cauteloso demais para se permitir ser visto por testemunhas àquela hora da noite. Mas pelo menos a equipe de vigilância dedicada estava de volta, então Hellier não escaparia deles tão facilmente de novo.

Donnelly foi chamado ao telefone. Ele atravessou a sala e pegou o fone de um jovem detetive.

– Dave Donnelly.

– Sargento Donnelly? Como vai? – Donnelly não reconheceu a voz. – Sou amigo de Raj Samra. Ele disse que você queria receber um telefonema se acontecesse alguma coisa fora do comum. Disse que queria receber a ligação antes dos outros.

– Foi esse o meu pedido. – Donnelly ficou naturalmente desconfiado. Não conhecia esse homem que lhe fazia um favor. Ele não ia se permitir cair numa cilada. – Desculpe, acho que não entendi seu nome.

– Sargento-detetive John Simpson. SCG do oeste, Equipe de Investigação de Homicídios.

– Posso ligar de volta daqui a alguns minutos? – perguntou Donnelly.

– Claro – respondeu Simpson. – Estou no celular. Quer o número?

Donnelly escreveu o número num bloquinho. Logo telefonou para Raj Samra. Ele confirmou que o sargento John Simpson existia. Também o afiançava. Isso bastava. Donnelly ligou para ele.

– Sargento Simpson.

– Desculpe por antes. Eu estava no meio de uma reunião – mentiu Donnelly. – E então, o que tem que possa me interessar?

Houve uma pausa cautelosa, antes de Simpson responder:

– Um corpo. Mas acho melhor vir e ver com seus próprios olhos.

Donnelly refletiu bem por alguns segundos. Deveria ir? Ele tinha certeza? Provavelmente não.

– Tudo bem – respondeu. – Darei uma olhada. Extraoficialmente, por ora.

– Claro – tranquilizou-o Simpson.

– Onde você está?

– Num apartamento em Shepherd's Bush. Minford Gardens, 73D.

O detetive Zukov viu Donnelly aparecer na calçada na frente da cena do crime e foi na direção dele, andando com agilidade, parecendo naturalmente forte. Ele pisou no cigarro quando Donnelly chegou mais perto.

– Tem um desse pra mim?

Zukov pegou o maço amassado de Marlboro Lights no bolso da calça. Donnelly parecia mais pálido do que o de costume.

– E então? – perguntou Zukov. – Fez?

Donnelly acendeu e deu um trago fundo.

– Não.

Zukov ficou em silêncio. Olhou para Donnelly de cima a baixo. Será que o grandalhão perdera os colhões?

– E por que não? – perguntou por fim.

– Porque não tenho certeza, é por isso.

– Não tem certeza se tem ligação? – perguntou Zukov.

— Ah, tem ligação — disse Donnelly. — Tenho certeza de que os três estão relacionados.

— Então, qual é o problema? — Zukov pressionava mais do que já fizera. Queria pôr um fim no caso. Queria fazer parte de uma investigação bem-sucedida de homicídio, e não queria esperar mais tempo.

— Não sei se Hellier é o nosso homem. — Ele devolveu os cigarros a Zukov. — Você mora sozinho? — perguntou ele.

— Por quê? — respondeu Zukov.

— Responda à pergunta.

— Sim, moro sozinho.

— Ótimo — disse Donnelly. — Então não precisa se preocupar com alguém topando com isso. — Ele pegou o pequeno saco lacrado de provas contendo os fios de cabelo de Hellier na cigarreira onde os escondia. — Estou enjoado de carregar este negócio por aí. Leve para sua casa e lembre-se de guardar na geladeira. Assim vai continuar fresco. Eu te digo quando precisar disso de novo. — Zukov pegou o saco sem reclamar. — Agora se manda e arruma um café pra gente — disse Donnelly. — Tenho de dar um telefonema.

Sean foi até a traseira de seu carro e pegou na mala uma maleta forense completa. Esforçou-se para vestir o macacão antes de mostrar seu distintivo a uma guarda de cara severa que protegia o isolamento. Disse a ela que era do Esquadrão de Homicídios, mas não disse de qual. Podia sentir a equipe de perícia e os detetives locais observando-o — provavelmente imaginavam que ele fosse o motivo para eles ficarem fora da cena. O trabalho importante que tinham a fazer estava sendo retardado, e a culpa era dele.

Ele andou pela entrada até a porta da frente do número 73 de Minford Gardens, com o foco se intensificando na porta entreaberta. Sentiu a visão de túnel assumir, a sensação surreal que sempre o acompanhava quando se aproximava de uma cena de crime.

Ele deu seu nome e patente ao detetive que guardava a entrada. O detetive não perguntou por que Sean precisava entrar na cena.

Devia ter perguntado. Sean começou a subir a escada comunitária ao apartamento do segundo andar. Já sentia o cheiro de homicídio.

Amor, ódio, terror eram coisas tangíveis. Coisas reais, não simples emoções. Deixavam vestígios esmagadores sempre que eram invocadas. O horror e o medo da noite anterior vertiam do apartamento e maculavam a área circundante com seu odor opressor. Estava no papel de parede, no carpete gasto e barato. Agora estava em Sean. Em suas roupas, no cabelo. Quanto mais tempo ficasse naquele lugar, mais fundo penetraria nele e logo estaria em seu sangue. Depois ele se sentiria frio e deslocado o dia todo, até poder chegar em casa e tomar um banho, ficar com Kate, ficar com os filhos. E mesmo assim ele talvez não conseguisse achar o caminho de volta ao mundo confortável em que a maioria vivia.

Ele subiu a escada em silêncio. Ouvia vozes baixas e abafadas vindo de dentro do apartamento 73D. Pelo menos os detetives na cena mostravam respeito pela morta. Nem sempre era assim. Ele chegou à porta. Respirou fundo uma última vez e bateu de leve no batente. Os dois homens no corredor estreito se viraram para ele. Os dois vestiam trajes forenses completos. Sean ficou aliviado.

– Olá, cavalheiros. – Ele foi o mais educado possível. Tinha a patente, mas era de fora. – Inspetor-detetive Corrigan. SCG Sul. Meu sargento me disse que vocês têm um crime que pode ser de nosso interesse.

– Chefe – disse o sargento Simpson. Ele parecia bem afável. – Entre, por favor. – Ele e o outro detetive estenderam as mãos enluvadas a Sean. Trocaram apertos de mãos. O outro detetive se apresentou como Zak Watson. Mesmo no traje forense, Sean sabia que ele tinha a constituição de um pugilista. As cicatrizes nas sobrancelhas sugeriam familiaridade com os ringues.

– Li sua circular – disse o sargento Simpson. – Dizia que o senhor estava interessado em qualquer coisa fora do comum. Bem, nunca dei de cara com uma cena dessas. Tive a infelicidade de trabalhar em dezenas de homicídios, mas este aqui... – Ele se esforçou para encontrar as palavras certas e desistiu de tentar. – Sua circular dizia para entrar em contato com o senhor se encontrássemos algo fora do comum, e isto certamente é.

Sean olhava o corredor. Tudo parecia normal. Nenhum sinal de perturbação. Nenhum móvel virado, nem enfeite derrubado. Nenhum sangue manchando ou borrifado nas paredes. O sargento Simpson notou que ele verificava.

– O apartamento todo está assim. Nada fora do lugar. Nada mesmo. A não ser pelo quarto. Tudo parece ter acontecido ali. – Ele olhou pelo corredor para o quarto na extremidade. Sean acompanhou seu olhar.

Não havia o cheiro metálico de sangue. Ela não deve ter sido apunhalada ou cortada. Foi outra coisa. Ele sentiu um leve odor de urina. Supôs que fosse da vítima. Teria ela se sujado antes ou depois de morrer? Se foi antes, então alguma coisa, alguém, a apavorara o bastante para que ela perdesse o controle da bexiga.

Sean não tinha pressa de interrogar os dois detetives. Queria ir logo para o fim, mas não o faria. Manter a cronologia era fundamental para não se perder. Seguir a linha do tempo. Ajudava a formar um quadro mais claro de como o horror apareceu e se foi.

– Como ele entrou? – perguntou Sean. Ele se referia ao assassino.

– Não sabemos – respondeu o sargento Simpson. – Ainda não olhamos direito. Estivemos evitando a entrada de todos, como o senhor pediu, então a perícia não teve a chance de nos ajudar com isso.

– Alguma coisa evidente? – perguntou Sean.

– Entrada forçada? Nada que possamos ver. A porta estava trancada e as janelas bem fechadas.

– Foi uma noite quente – disse Sean. – Mas ela deixou as janelas fechadas?

O sargento Simpson deu de ombros.

– Só estamos no segundo andar. Eu mesmo teria fechado as janelas.

Sean assentiu.

– Quem deu o alarme?

— O trabalho dela — respondeu o sargento Simpson. — Ao que parece, ela era madrugadora. Meio workaholic. Eles esperavam que ela chegasse lá pelas oito, se não antes. Quando ela não apareceu às nove e meia, telefonaram para cá. Ninguém atendeu, nem no celular, nem no fixo. Não havia nenhum problema no metrô e ela não sugeriu que chegaria atrasada ou tiraria o dia de folga, então eles começaram a se preocupar um pouco.

"Ela é popular no trabalho, segundo me disseram. De qualquer modo, o chefe dela mandou um colega vir aqui para ver se ela estava bem. Eles achavam que estaria de cama, gripada. Tem um vírus de verão por aí. O colega é um sujeito de nome Darryl Wilson..." O sargento parou.

— Tudo bem com ele? — Sean não perguntava sobre o bem-estar de Wilson, queria saber se ele estava sob suspeita.

— Sim. Tudo bem. De qualquer forma, ele chegou aqui no meio da manhã. Ninguém atendeu à campainha, então ele foi até a lateral para saber se conseguia ver alguma coisa.

"A cortina dela estava meio fechada e havia uma fraca luz vermelha lá dentro. Ele não ficou satisfeito, então pegou uma escada emprestada com o vizinho e a colocou na janela do quarto. Subiu a escada e conseguiu espiar pela cortina, vendo-a na cama, borrou-se todo, quase caiu da escada e fez o que devia ter feito antes e telefonou para nós."

— Ele entrou no apartamento?

— De jeito nenhum — respondeu Simpson. — Ele viu o suficiente pela janela para tremer e ficar um trapo. Nem um trator o arrastaria para dentro depois disso.

— Os vizinhos a viram entrar em casa com alguém? Ouviram alguém chamando em seu apartamento? — perguntou Sean.

— É cedo demais para saber.

— Quem é seu chefe? — Sean devia ter perguntado isso antes.

— Vicky Townsend — respondeu Simpson.

Essa era uma boa notícia. Sean a conhecia havia tempos. Ele assentiu de leve.

Simpson percebeu.

– Então a conhece?

– Sim – respondeu Sean. – Já trabalhamos juntos.

– Ela é séria – disse Simpson. Era um elogio e tanto. Ela era séria quando Sean a conheceu também. – Ela vai chegar logo. Vamos? – Simpson apontou para a sala. A porta estava escancarada.

Sean foi na frente. Sentiu que Simpson e Watson estavam prestes a segui-lo, mas ele precisava fazer aquilo sozinho.

– Escutem – disse ele com a maior simpatia que pôde. – Vocês já viram este lugar. A perícia não vai ficar feliz se andarem por aqui novamente só para me ajudar. Prefiro que não tenham mais reclamações do que já tiveram, então é melhor esperarem aqui, ou lá fora, se quiserem tomar um ar fresco. Eu mesmo acho o caminho.

Os dois detetives assentiram entre si e foram para a porta da frente.

– Direi à inspetora Townsend para subir quando ela chegar – Simpson disse a ele.

– Obrigado – respondeu Sean. Ele já estava na sala. Deixando o mundo para trás. Entrando no mundo do assassino.

Passava das três da madrugada quando Hellier chegou em casa e encontrou a mulher esperando por ele. Tinha muitas perguntas que queria que ele respondesse, mas ele insistiu que precisava ficar sozinho, que o estresse da investigação policial pesava nele. Disse que a amava, que ela e as crianças eram sua vida. Ela chorou de alegria, e medo.

Mas outras pessoas estavam à espera quando ele chegou em casa – a polícia. Ele podia senti-las facilmente. Devem ter ficado a noite toda sentados ali esperando por ele e agora não sabiam onde ele havia estado por mais de nove horas. Será que Corrigan nunca dormia? Ele tinha surpresas mais desagradáveis para o inspetor Sean Corrigan.

Era quase meio-dia e ele ainda não fora para o trabalho. Ligou para lá dizendo que trabalharia em casa de manhã. Estaria lá à tarde. Ele parou na Ponte de Westminster e olhou o Parlamento, a noroeste, pelo Tâmisa. Nunca se viu como político. Um ministro de gabinete teria vindo mais a calhar. Sem problema. Talvez da próxima vez.

O sol de meio-dia brilhava na superfície do Tâmisa. Era lindo. O reflexo do Parlamento era real e impressionante. A maior parte da arquitetura nas margens do grande rio o agradava. Especialmente a margem norte. Algumas monstruosidades desagradáveis conseguiram aparecer de algum modo na margem sul, mas ainda era magnífico. Um rio a rivalizar com qualquer outro no mundo. Ele tomou nota mentalmente. Aonde quer que fosse, deveria haver um rio correndo por seu centro, ou pelo menos um porto dominante. Sim, ele podia se contentar com um porto. Ou um lago, cercado de montanhas.

Seu celular tocou no bolso do paletó. Ele pensou em jogar a porcaria no Tâmisa. Um gesto simbólico de despedida da cidade. Em vez disso, atendeu.

– Sr. Hellier? Sr. James Hellier? – Era a mesma voz nervosa do dia anterior. Ele a reconheceu de pronto.

– Não gosto que desperdicem meu tempo – vociferou Hellier.

– Eu estava sendo seguido. – A voz parecia tensa. – Não podia correr o risco de levá-los ao senhor.

– Quem o estava seguindo? – quis saber Hellier. – A polícia? A imprensa?

– Não sei, mas preciso vê-lo. Entrarei em contato em breve.

– Espere. Por que precisa me ver? Espere. – A voz se fora. Hellier não se sentia mais cansado. Quem era esse homem, esse homem que lhe dizia ser um amigo? James Hellier não tinha amigo nenhum. Se a voz fosse de um jornalista, então o que estava esperando? E com que intenção? Hellier não via nenhuma, e isso o incomodava. Talvez estivesse na hora de considerar a possibilidade de seu "amigo" ser algo inteiramente diferente.

Sean não gostava de ficar sozinho no apartamento, mas a paz, o silêncio eram uma bênção. Podia ouvir o que a cena lhe dizia. Andou pela sala de estar, mantendo-se nas margens para não pisar em provas microscópicas. Tocou o mínimo possível e fez anotações permanentes e mentais de qualquer coisa que precisasse.

A sala era confortável, quase aconchegante. Móveis demais. Cores demais. Uma sala de verdade. Anos de compras impulsivas, combinando presentes de familiares e amigos no mesmo espaço, produziram um retrato desconjuntado da ocupante. Kate teria odiado. Ele gostava bastante.

Será que o assassino entrou aqui? Se entrou, por quê? Para ficar em meio às coisas dela? Para passar um momento com as fotos da vítima espalhadas por toda a sala. Teria acendido a luz para enxergar melhor? Sean duvidava. Talvez tenha usado uma lanterna. Se usou e se foi o mesmo assassino, teria sido a primeira vez a usar uma lanterna. Novamente, Sean duvidou.

Mas ele esteve aqui. Sean tinha certeza disso. Ele passou os olhos pela sala repetidas vezes. Foi aqui que o assassino veio se preparar? Não para colocar as luvas ou outras roupas de proteção – ele teria feito isso do lado de fora, antes de entrar. Mas para ficar entre os pertences dela, no âmago de sua vida. Para forjar uma ligação com ela. Quanto mais ligado a ela, mais prazeroso seria o momento de andar pelo corredor até seu quarto.

Hellier tinha uma ligação com a segunda vítima, Daniel Graydon, apesar de fugaz. Teria ele uma ligação com a primeira, Heather Freeman? Será que a equipe de homicídios do leste deixou passar alguma coisa? Sean resolveu voltar e verificar. Haveria uma conexão entre o assassino e essa última cena? Entre Hellier e a terceira vítima?

Será que o assassino tocou em alguma coisa aqui? Tirou a luva e tocou em algo? Não. Era controlado demais para isso. Sempre controlado. Sem erros. Ele teria se limitado a olhar. Então, ele parou e olhou. Como Sean fazia agora.

Sean saiu da sala e voltou ao corredor. Abriu uma porta a sua esquerda. Era um quarto pequeno, de guardados. Sacos de lixo cheios e amarrados tomavam o chão. O quarto não combinava com o resto do apartamento. Era frio e impessoal. Quem morava aqui não entrava com muita frequência. O que havia nesses sacos plásticos? Pareciam esperar que alguém viesse buscá-los. Sean viu o punho de um taco de críquete se projetando de um dos sacos. Um homem morou recentemente neste apartamento. Será que morava com a vítima? Provavelmente. Seria um amante rejeitado? Quase certamente. Um suspeito? Ele teria de ser.

Se o quarto guardava pouco da vítima, então teria retido menos ainda do assassino. Sean não sentiu nada dele naquele lugar. Ele saiu, puxando a porta como a encontrou, com o cuidado de não tocar na maçaneta.

Andou lentamente pelo corredor e empurrou a porta seguinte à esquerda. O banheiro. Tinha cheiro de banheiro de mulher. Dezenas de frascos de líquidos de cores vivas podiam ser vistos em toda parte. Cremes, maquiagem, algodão, loções e poções de todo tipo cobriam a maior parte das superfícies planas. Sean pensou em como era o banheiro de um homem solteiro comparado com esse. Um pente, lâmina de barbear, creme de barbear, talvez xampu e gel para banho. Loção pós-barba, se realmente se importasse com a aparência. A vítima claramente gostava de ficar no banheiro. Lembrava Kate. Ele afugentou a ideia. Sua esposa não tinha lugar ali.

O banheiro era muito pessoal para a vítima. Seria pessoal para o assassino? Ele teria estado aqui, mas ficou? O que o teria atraído? O que era tão pessoal para ela que ele possa ter tocado? Talvez tenha levado ao rosto, ao nariz, para ficar o mais próximo possível do cheiro dela. Quem sabe ele sentiu o gosto dela? Lembrou de alguma coisa? Se foi assim, ele teria deixado seu DNA.

Sean olhou detalhadamente os objetos no banheiro. Nada em particular chamou sua atenção. Era abarrotado, mas limpo. Não havia nada ali a que o assassino não pudesse ter resistido. Uma escova de cabelo que ainda tinha alguns fios nas cerdas era o mais provável, mas Sean não tinha esperanças. Todavia, podia valer uma atenção especial. Enviá-la para o laboratório em busca de DNA e digitais, em vez de procurar impressões *in loco*.

Ao se virar para a porta, um raio de sol bateu na tranca da pequena janela corrediça. O reflexo não estava certo. Era irregular.

Devia haver uma estrela de luz saindo da tranca cromada, mas Sean via dezenas delas.

A janela ficava bem acima da banheira. Sean não queria ter de subir na banheira para chegar mais perto. Se o assassino de algum modo entrou ou saiu por essa janela, ele quase certamente teria de colocar um pé na banheira. Sean não ia se arriscar a pisar numa pegada. Não via nenhuma a olho nu, mas isso não queria dizer que não estivesse ali.

De onde estava, ele examinou o caixilho da janela. Sem trancas de segurança, só uma tranca comum. Fácil de ser aberta. Terrivelmente fácil. Um ladrão novato podia fazê-lo em segundos. Sean não pôde deixar de pensar em como uma tranca de segurança de dez libras podia ter salvado sua vida. Sentiu náuseas ao pensar nisso.

Ele imaginou o assassino entrando e saindo pela janela. Onde teria tocado pela última vez? Ele concluiu que na área da parede bem abaixo e central à janela. Ele se agachou e estendeu o braço esquerdo pela banheira. Colocou a lateral da mão enluvada na parede e se curvou para a frente para que seu rosto ficasse a centímetros da tranca da janela.

Arranhões. Dezenas de arranhões mínimos. Recentes, sem dúvida. Cortes novos em metal sempre eram gritantes. Brilhavam como feridas novas, mas em questão de dias ficavam opacos, enferrujavam ou se manchavam. Esses eram recém-criados.

Haveria um cano do lado de fora da janela. Esse era o banheiro, então tinha de haver um cano. Ele olharia do lado de fora, mas já sabia o que ia encontrar.

Outra mudança de método, pensou Sean. Esse homem já pensava no tribunal. Um bom advogado de defesa teria um prato cheio com esse. A polícia tentando dizer que três homicídios inteiramente diferentes tinham relação. Sean enxugou o suor da testa com as costas do braço.

Ele sabia mais do que nunca que precisava de algo para pegar Hellier. Alguma prova incontestável. Se pudesse pelo menos provar que Hellier cometeu um dos crimes, talvez ele confessasse os outros. Apelaria ao seu ego. Se não confessasse, ninguém jamais saberia o quanto ele foi inteligente. Como ele foi mais esperto do que a polícia. Se Sean conseguisse provar um crime, seria o bastante. Não teria de esperar poder provar os outros. Mas um arrepio súbito o paralisou, enquanto ele imaginava a imagem de um homem entrando furtivamente pela janela do banheiro – um homem que *não* era James Hellier. A dúvida repentina e inesperada o apavorou momentaneamente – estaria ele sabotando a investigação com seus preconceitos contra Hellier e tudo que seu gênero representava? Não. Ele se livrou da dúvida, lembrando-se de como se sentia sempre que estava na presença de Hellier, o cheiro animalesco de um sobrevivente, um predador que ele sentira em Hellier no momento em que eles se conheceram. Ele tinha razão sobre Hellier – só podia ser ele. Sean não devia se deixar ser confundido pelas táticas de camuflagem de Hellier.

As lembranças das mentiras de Hellier e seus álibis convenientes demais o tranquilizaram, seus esforços consideráveis de evitar a vigilância e o fato crucial de que ele conhecia pelo menos uma das vítimas – Daniel Graydon. Sean não tinha dúvida nenhuma. Hellier era essencialmente um psicopata perverso, então se Hellier não matou Graydon, isso significaria que Graydon não só entrou em contato aleatoriamente com um assassino, mas com dois. A probabilidade disso era desprezível. Satisfeito, Sean soltou um longo suspiro.

Com cautela, ele saiu do banheiro e voltou ao corredor. O quarto assomava diante dele. Tinha outro cômodo para ver primeiro. Atravessou o corredor e entrou na cozinha, novamente se mantendo nas beiras para preservar qualquer prova no chão. De repente sentiu uma sede esmagadora. Mas não usou a torneira da cena, temeroso de destruir provas que pudessem estar ocultas no ralo da pia, esperando para ser encontradas. Sua sede teria de esperar.

A cozinha era pequena e meio suja. Os apartamentos daquele prédio eram do início dos anos 1980 e precisavam muito de uma reforma. O forno também era antigo, de metal branco, não era embutido. O assassino não deve ter gostado da cozinha, concluiu Sean, mas teria de entrar aqui. Talvez tenha apanhado uma faca no armário para ameaçar a vítima. Quem sabe levou uma faca para matá-la, mas mudou de ideia? Se ele fosse fiel a seu estilo, ia querer mudar seu *modus operandi*, como alterou a entrada. Todas as facas na cozinha teriam de ser coletadas para exame, como questão de rotina.

Sean não ficou muito tempo na cozinha. Nem o assassino. Ele voltou ao corredor. A porta do quarto estava fechada, mas não inteiramente. Teria se fechado sozinha, por conta de dobradiças tortas? Ou o sargento Simpson ou o detetive Watson a empurraram numa tentativa de mostrar algum respeito à vítima?

Sean pôs a lateral da mão no lugar em que o suspeito pode ter tocado, no alto e no meio, entre os dois painéis oblongos. Empurrou delicadamente. A porta se abriu em silêncio.

Donnelly e Sally estavam sentados no carro, fumando. Sally tinha encontrado um bar próximo que vendia um bom café. Não tinha o gosto do café vendido nos bares de Peckham. Seu celular tocou. Ela jogou o cigarro fora antes de atender.

– Aqui é Sally Jones.
– Sargento Jones?
– Quem fala? – Ela não reconheceu a voz.
– Não deve se lembrar de mim. Meu nome é Sebastian Gibran. Nós nos conhecemos em meu escritório quando vocês vieram ver um funcionário meu... James Hellier.

Ela agora se lembrava. Era o sócio sênior da firma financeira de Hellier.

– Eu me lembro – disse-lhe ela. – Mas o que não me lembro é de ter lhe dado o número de meu celular.
– Lamento muito, telefonei para sua sala primeiro, mas você não estava lá. Outro detetive teve a bondade de me dar seu número.

Ela não ficou impressionada. Dar o celular de um membro da equipe a desconhecidos era inaceitável.

– O que posso fazer pelo senhor, sr. Gibran?
– Não é algo que eu queria discutir por telefone, compreende? Eu me sentiria melhor se nos encontrássemos, em algum lugar privativo. É uma questão delicada.

– Por que não vem à central de polícia?

– Prefiro não ser visto aí, se não houver problema para você.

– Onde, então? – perguntou Sally.

– Pode almoçar comigo amanhã? Conheço um lugar que me servirá sem precisar de reserva. Vamos poder conversar livremente ali.

Cretino arrogante, mas o que havia a perder?

– Tudo bem. Onde e quando?

– Excelente – respondeu Gibran. – No Che, perto do Picadilly, à uma da tarde.

– Estarei lá – disse-lhe Sally.

– Estou ansiando por isso. – Ela o ouviu desligar. Sua expressão era pensativa.

– Problemas? – perguntou Donnelly.

– Não. Pelo menos acho que não. Era Sebastian Gibran, chefe de Hellier. Quer me encontrar para uma conversa.

– Ora, ora. Talvez os amigos elegantes de Hellier estejam se preparando para abandoná-lo à própria sorte.

– O ritual da lavagem de mãos – declarou ela. – Para não falar no almoço grátis para esta sua criada.

– Quer companhia nessa reuniãozinha informal?

– Não. Tenho a sensação de que será melhor se eu o encontrar sozinha.

– Está certo, mas não se esqueça de passar no chefe antes de ir – avisou-a Donnelly.

– Naturalmente. Escute, preciso dar seguimento a uma coisa em Surbiton. O chefe pode ficar sem mim por um tempo. Ligo para você depois, está bem?

– À vontade – respondeu Donnelly. – Direi ao chefe que você confiscou o veículo dele.

– Isso o fará muito feliz – disse ela. – Quase tão feliz quanto ficará quando descobrir que eu ainda não excluí Korsakov como possível suspeito.

– Vai excluir.

– Não tenho certeza disso.

– O que quer dizer?

– Quero dizer que quanto mais eu me enfronho, menos gosto. Tem alguma coisa errada... Ainda não sei o que é, mas sei que tem alguma coisa.

– Meu Deus. Você está ficando tão ruim quanto o chefe.

– Não, é sério – argumentou Sally. – É como se tudo o que tem a ver com Korsakov tivesse desaparecido, como se alguém o fizesse sumir.

– Por que alguém faria isso?

– Não sei. Talvez, por algum motivo, o estejam escondendo, assim ele pode cometer outros crimes sem ser identificado. Ou talvez...

– Continue – estimulou-a Donnelly. – Está entre amigos.

– Ou talvez alguém tenha se livrado dele... Matado o homem.

– Quem, por exemplo?

– Uma das vítimas dele, ou alguém ligado a uma de suas vítimas, alguém que procurasse vingança.

– Olho por olho – sugeriu Donnelly.

– Ou – continuou Sally – alguém tenha se livrado dele para poder cometer crimes que sabia que um dia seriam imputados a ele, devido à semelhança do método... Nos fazendo ir atrás de um morto que nunca conseguiremos encontrar.

– Agora você parece mesmo o chefe – disse-lhe Donnelly. – E por falar nisso, já discutiu o assunto com ele?

– Mais ou menos. Mas ele está tão fixado em Hellier que não acho que tenha levado a sério.

– Sei o que quer dizer – concordou Donnelly. – Mas não deixe que ele a impeça de fazer o que acha que deve ser feito. Lembre-se, é nosso trabalho mantê-lo nos trilhos... Ancorá-lo um pouco... Sabia?

Ela sabia.

– Falo com você depois – disse ela, e foi para o carro.

A cama grande estava bem na frente de Sean, a vítima ali deitada e uma bela luz vermelha emprestava suavidade ao quarto. Sean procurou a origem da luz. Encontrou no canto direito do quarto. Uma camisola de seda fina cobria a cúpula do abajur. À noite, a iluminação vermelha seria mais forte. Teria sido a vítima que fez essa luminária caseira? Ela evocava alguma lembrança de infância? A babá acendia uma luz vermelha e agora a cor a ajudava a dormir?

Não. O assassino criou a iluminação. Tinha certeza disso. Mas teria feito antes ou depois de matá-la? E por quê? Como a vítima ficou ao morrer, tingida pela luz vermelha? Seria o vermelho um substituto para seu sangue? Mas se o sangue é tão importante para ele, por que não cortá-la, como fez com as outras vítimas? Método, lembrou Sean a si mesmo. Ele está mudando de método de novo. Mascarando sua obra.

O assassino queria mostrar sua inteligência, controle e imaginação. Era raro que homicidas tivessem a capacidade de alterar tão completamente o método. Homicidas não têm controle. Suas mortes são recapitulações. Alguns tentam e disfarçam suas mortes, mas em geral só depois do fato consumado. Queimam o corpo, colocam num carro e o empurram de um penhasco, o submergem em águas profundas; mas planejar o disfarce desde o início, para garantir que tudo, da escolha da vítima à arma do crime, mude sempre – era bastante raro. Tornava o assassino muito mais perigoso.

Teria esse assassino controle suficiente para simplesmente parar? Para desistir e nunca mais matar? Essa seria a demonstração máxima de sua força. Poderia o assassino viver agora de suas lembranças após ter matado tanto? Sean pensou na face pública de Hellier. Calmo, calculista e inteligente. Mas ele tivera vislumbres da criatura por trás da fachada de Hellier. O Hellier raivoso, arrogante. Poderia Hellier parar de matar? Ou ele teria de ser impedido? Não, concluiu ele. Hellier gostava demais do jogo.

Mantendo-se o mais próximo possível das paredes, ele andou no sentido horário pelo quarto, na direção de Linda Kotler.

Passou por uma cômoda. Parecia sólida e cara. Uma gaveta ainda estava aberta. Ele olhou sem tocar em nada. Ao dar um passo largo em volta dela, viu que era onde a vítima guardava as calcinhas e meias. Quem abriu a gaveta? Assassino ou vítima? Um olhar no corpo lhe disse que foi o assassino. Ele não se arriscaria a comprar ou roubar aquelas peças. Um homem comprando meias de mulher podia ser facilmente lembrado pelo vendedor. Uma esposa podia ficar desconfiada se suas meias ou calcinhas desaparecessem. Ela podia ler sobre esse crime e começar a suspeitar do marido, do namorado, do filho. O assassino teria de ter relativa certeza de que encontraria o que procurava dentro da casa da vítima. Não precisava se arriscar a trazer as dele.

Sean continuou pelo quarto até estar a menos de um metro da vítima. Parou. Não chegaria mais perto por medo de violar qualquer prova material. A circunferência de um metro em volta do corpo seria a zona de ouro.

Ele examinou o corpo, passando lentamente os olhos por ele, da cabeça aos dedos dos pés e no sentido inverso. Tentou permanecer impassível, distante, como se o corpo não fosse real, como se aquilo fosse apenas um exercício.

O corpo estava em decúbito lateral esquerdo. Nu e agora lívido. Sem vida. Ela parecia tudo, menos em paz. Os mortos nunca parecem em paz, pelo menos não antes que um agente funerário habilidoso faça seu trabalho. Um olho estava entreaberto, o outro, fechado e inchado. Tentou imaginá-la viva. Ela era bem atraente, pensou. Difícil dizer.

As pernas estavam exageradamente dobradas para trás. As coxas magras e muito retesadas, amarradas aos tornozelos. As amarras cortavam a pele. Eram ligadas a outro par que subia pelas costas até o pescoço. Este, por sua vez, estava preso a outra calcinha, ou talvez uma meia, bem apertada no pescoço. A carne do pescoço inchava em volta da amarra, escondendo a maior parte do tecido. Suas mãos estavam atadas separadamente nos pulsos com outras de suas próprias calcinhas. As mãos incharam pelo aperto das amarras. Por que as mãos foram amarradas separadamente? Tão elaborado. Lembrava Sean do cordame de um iate. Os nós usados teriam de ser analisados. De que tipo eram? Seriam usados em veleiros ou em algum outro esporte ou hobby?

Por que ele precisava que as amarras se ligassem com tanta precisão? Bondage? O preferido de Hellier. Estaria ele os atormentando deliberadamente?

Ela deve ter sentido uma dor terrível. Teria chorado de dor, pedido ajuda aos gritos. O assassino não teria deixado isso acontecer. Deve ter amordaçado a mulher. Mas sua boca não estava coberta. Sean se curvou para mais perto. A área em torno da boca estava meio avermelhada. Parecia inflamada. O assassino deve ter usado uma fita adesiva que levou consigo. Se foi assim, ele fez isso antes. Uma fita havia coberto a boca de Heather Freeman, mas esta foi retirada e levada da cena. Quanto mais ele matava, mais semelhanças começavam a aparecer, por mais que ele se esforçasse para disfarçar seus métodos. A área da boca precisaria ser esfregada em busca de vestígios de adesivo na autópsia.

O lado esquerdo do rosto estava com graves hematomas e inchado. A julgar pelo nível de contusões, o ferimento foi causado pelo menos uma hora antes de ela morrer. Ele calculou que foi o primeiro golpe usado para incapacitá-la. O assassino bateu nela enquanto ela se levantava do sono, fazendo-a perder os sentidos. Não havia sangue no corte em volta do ferimento. Ele deve ter usado um punho com luva.

Vestígios perceptíveis de sangue no chão, perto da cabeça da vítima, chamaram sua atenção. Nada mais do que uma leve mancha. Ele contornou o corpo com cuidado para ter uma visão melhor. Viu os sinais reveladores de um ferimento sanguinolento na cabeça. O cabelo pegajoso. Não muito, mas era sem dúvida um ferimento.

Ele olhou o quarto, procurando uma arma óbvia. Viu algo, na parede atrás da cama. Ele se curvou, com o cuidado de não se aproximar demais. Havia sangue na parede, não muito, mas ele tinha certeza de que mais tarde confirmariam ser da vítima. O assassino bateu sua cabeça na parede para ter certeza de que ela ficasse inconsciente, porque precisava de tempo para encontrar as amarras e prendê-la.

E depois? Ela não foi morta rapidamente. Os hematomas em seu rosto, tornozelos, pulsos, pescoço: todos contavam a mesma história, de uma morte lenta e dolorosa. Para isso serviam essas amarras complicadas? Para torturá-la antes de matar? Não bastava mais ficar com a vítima depois de assassiná-la? O assassino agora passava um tempo com elas antes que morressem. Uma progressão. Ou seria apenas outra tentativa de turvar as águas e confundir os que estavam atrás dele?

Ao contrário de Heather Freeman, essa vítima era uma adulta. Plenamente desenvolvida. Ela foi despida e amarrada. Teria sofrido abuso sexual? Foi estuprada enquanto ainda estava viva? Ele tinha certeza que sim. Exames periciais sem dúvida confirmariam sua hipótese. Outra progressão, ou outro ato de camuflagem do assassino?

Quanto mais ele ficava sozinho com Linda Kotler no quarto, mais difícil era tratar o local do crime como um exercício. A dor e a tristeza que ela sentiu começavam a penetrar em seu escudo. Quanto mais ele descobria, mais próximo, mais real o crime se tornava. Começou a passar por sua cabeça como um filme. Agora ele quase tinha a cena completa. O assassino entrando pela janela do banheiro, andando furtivamente pelo apartamento. Ele a encontra na cama e assoma sobre ela. Ela acorda e o vê de pé ali. Um punho esmurra sua cara. Antes que ela possa se recuperar, ele a ergue e bate sua cabeça na parede. Ela fica inconsciente. Ela desperta. Não sabe quanto tempo ficou apagada. Não consegue se mexer. Sente a dor nos braços e pernas amarrados. Algo em seu pescoço a impede de respirar direito. Ela precisa desesperadamente de ar. Algo em sua boca a impede de gritar. Impede-a de implorar pela vida. Depois ela o sente sobre ela. Ele força a entrada nela. Dói como nada na vida. Ela tira isso da cabeça. Só o que importa é continuar viva. Mas quando terminou, ele não foi embora. Ficou algum tempo a torturando. E depois, finalmente, ele a matou, a estrangulando.

Sean ouvia a voz dela em sua mente. Suplicando ao assassino que a deixasse em paz. Pedindo a ele para não feri-la. Depois pedindo por sua vida. Tudo em vão. A mordaça não permitia que ele a ouvisse. Ele teria gostado de ouvir suas súplicas, mas não podia se arriscar com o barulho.

Uma batida alta na porta do quarto o fez pular. Por instinto, ele pôs a mão no cassetete de metal telescópico preso em seu cinto. Depois olhou para a porta e reconheceu a inspetora Vicky Townsend parada ali, de cara amarrada.

– Me disseram que era um dos ruins – disse ela. – Parece que não estavam exagerando.

– Bem ruim – respondeu Sean.

A inspetora Townsend ia passar pela soleira da porta. Sean ergueu a palma da mão.

– Vestida desse jeito, não.

Ela se olhou de cima a baixo. Estava com um de seus terninhos preferidos, azul-escuro e feito sob medida, com salto 5 para combinar. Ela se fingiu de ofendida:

– É meu melhor terninho.

– Então não vai querer que eu o tire e coloque num saco de papel pardo como evidência.

– Faria isso também, não é? – perguntou ela. – Ora, vejo que você não mudou nada.

– Não ia querer que eu mudasse.

– Não, acho que não.

A inspetora Vicky Townsend esperou por Sean na rua. Ela o viu tirar o traje forense e riu um pouco quando ele colocou o traje e a cobertura dos sapatos com cuidado em sacos de evidências e os lacrou. Sempre o profissional, pensou ela. Ele sempre foi o detetive mais meticuloso com quem ela trabalhou. Com suas roupas normais, ele se aproximou dela.

– Como tem passado, Vicky?

– Bem, Sean. Bem. As crianças me deixam louca, mas sabe como é.

– Eu mesmo tenho dois filhos agora – disse-lhe ele. – Duas meninas.

– Ainda com Kate, então? – Ela encontrou Kate algumas vezes, brevemente. A maioria dos policiais prefere manter trabalho e casa muito separados.

– É – respondeu Sean. – Ela é boa, sabe disso. Uma boa mãe.

– Que bom – respondeu Vicky. Eles evitavam a questão óbvia. Esse era o território de Vicky. Cabia a ela desafiar Sean, fosse amigo ou inimigo.

– E o que está fazendo por aqui, Sean? Por que um inspetor do SCG sul chega a uma cena de crime antes de eu tomar conhecimento?

Sean olhou com certa timidez para Vicky. Ela não mudara muito também. Mantinha o cabelo castanho arruivado curto e arrumado, para as praticalidades de ser mãe e não por ser policial. Seu rosto franco era melhorado por muitas rugas de riso.

– Acho que esse crime está relacionado com os outros – disse-lhe ele.

– Relacionado de que forma? Uma guerra de drogas? Gangues?

– Quem dera. Isso é outra coisa. Um possível homicida reincidente. – Ele odiava usar a expressão assassino serial. Parecia glamourizar a tragédia.

– Como o homicida reincidente do tipo estripador de Yorkshire? – perguntou Vicky.

– Acho que sim.

– E você foi autorizado a montar uma força-tarefa para isso?

– Meu superintendente está satisfeito por eu assumir quaisquer casos suspeitos relacionados. Ele vai acertar tudo no devido tempo. Enquanto isso, preciso de toda a ajuda que conseguir.

– Por exemplo? – perguntou Vicky.

– Preciso que algumas coisas sejam feitas de imediato.

– Continue.

– Verifique a área da boca, procurando resíduo de cola. Acho que a boca foi coberta com fita adesiva e o assassino a levou. Verifique o cano de água na lateral da casa, e a janela do banheiro precisa de atenção especial. Foi assim que ele entrou e saiu. E gostaria que usasse meu patologista. É o melhor de Londres e trabalhou em uma das outras vítimas. Posso ligar para ele e pedir que veja o corpo enquanto ainda está no apartamento. Depois disso, ele deve querer levar para seu necrotério no Guy's Hospital.

– Todas as vítimas de nossa região devem ir para o Charing Cross – disse Vicky. – O *postmortem* deve ser realizado pelos patologistas dessa área. Há muita burocracia em torno dessas coisas. As pessoas se irritam com muita rapidez se você começar a ignorar protocolos.

– Eu entendo, mas o homem que fez isso ainda esta à solta e ele não dá a mínima para nossa burocracia. Nem se importa se mata no sul, no leste ou no oeste de Londres. Ele simplesmente mata e vai fazer o que puder para não ser apanhado. Então, por que não paramos de ajudar o cretino e quebramos nós mesmos umas poucas regras? Porque, se não for assim, acho que em uma ou duas semanas estaremos na frente de outro prédio em outra parte de Londres tendo a mesma conversa com outro inspetor. – Ele terminou com um pedido: – Não vamos deixar que isso aconteça, por favor.

Vicky o olhou por alguns segundos.

– Tudo bem – disse ela por fim. – Tenho um bom relacionamento com o patologista dessa área. Vou explicar a ele que é uma situação incomum.

– Obrigado. Agora precisamos começar. O tempo não é meu amigo aqui.

– Nunca é – lembrou-o ela. – E nunca será.

Sally esperava que a porta da casa em Surbiton se abrisse. Quando se abriu, ela notou o olhar de surpresa de Paul Jarratt.

– Sargento Jones – disse ele.

– Desculpe por incomodá-lo novamente – disse ela –, mas acreditaria que eu por acaso estava no bairro quando de repente me lembrei de algo que preciso verificar com você?

– Por exemplo? – perguntou Jarratt, antes de se lembrar de suas maneiras. – Entre, por favor.

Sally entrou e o seguiu à sala.

– Falei com um antigo colega seu, o detetive Graham Wright... Só que agora ele é sargento.

– Graham?

– Eu pesquisava um pouco a história de Korsakov e tinha esperanças de comparar as digitais de seu indiciamento com marcas encontradas em nossa cena do crime.

– E?

– Elas desapareceram. Parece que se levantaram e saíram andando da Scotland Yard sozinhas.

– Não acho que isso seria possível.

– Não. Nem eu – concordou Sally. – O sargento Wright me disse que ele tirou as digitais da Yard a pedido seu. Lembra que retirou as digitais?

– Parece que me lembro de que a prisão onde Korsakov cumpria pena as queria, mas não me lembro dos detalhes. Mas me lembro de dar as digitais a Graham, para ele colocar no lugar.

– E ele colocou, pelo menos segundo os registros.

– Então não entendo como posso ajudar a encontrá-las.

– É que você as pediu de novo em 1999 – disse Sally. – Pouco antes de Korsakov ser solto da prisão. Isso parece meio incomum.

Jarratt riu.

– Sargento Jones, tudo que tenha relação com Korsakov é meio incomum. Mas eu lembro agora. A penitenciária precisava das digitais para copiar para seus registros. Eles gostavam de manter as digitais dos prisioneiros que consideravam mais perigosos do que o normal. Acho que pensavam que isso seria uma forma de dissuasão.

– Por que eles esperaram alguns meses antes de sua soltura para decidir que Korsakov precisava de dissuasão?

– Isso eu não posso responder – disse-lhe Jarratt. – Você teria de falar com a penitenciária.

Sally riu.

– Ah, acho que não há necessidade disso – mentiu. – No fim das contas, ainda não explicaria como as digitais sumiram. Deve ser só uma besteira administrativa do pessoal das Digitais. Eu desperdicei seu tempo.

– Não tem problema – disse Jarratt.

Eles se despediram e Sally foi para seu carro. Dirigiu por algumas quadras antes de parar e pegar o arquivo de Korsakov na bolsa. Folheou e encontrou o número que procurava. Depois parou por um momento, lembrando-se de que Sean não sabia nada de seu progresso na investigação. Talvez ela devesse ligar para ele agora, colocá-lo a par, mas ele tinha tantas outras coisas em mente que seria melhor falar com ele mais tarde. Ela discou e esperou muito tempo antes que atendesse uma voz de tom militar:

– Penitenciária de Wandsworth. Em que posso ajudar?

Sean e Vicky se aproximavam da central de polícia de Barnes. Ficaram algum tempo na frente da cena, informando a equipe da perícia e fazendo a ligação com o escritório do legista. Sean combinara de encontrar-se com Sally em Barnes e atualizá-la. O prédio da polícia era feio, como sempre. Eles estacionaram na frente da construção de quatro andares, de tijolinhos vermelhos em linhas retas demais. Era difícil localizar uma janela. Quando se conseguia, era enegrecida.

Vicky conduziu-o para a sala dela. Era três vezes maior do que a de Sean e dez vezes mais limpa e mais organizada. Sally, tendo voltado de Surbiton, esperava por eles na frente da sala. Sean a apresentou a Vicky e vice-versa. As duas detetives se olharam com certa desconfiança. Sean sentiu.

Vicky ergueu um bilhete que encontrou na mesa e olhou para Sean.

– É para você. Seu patologista chegou na cena, o dr. Canning.

– Que bom.

– E localizamos uma irmã. Os primeiros detetives na cena, Simpson e Watson, encontraram sua caderneta de endereços. Ela já está no trem-bala de Devon. Uma viatura a pegará na estação e a trará diretamente para cá. Deve estar conosco logo.

– Pais? – perguntou Sally.

Vicky olhou o bilhete.

– Sim. Moram na Espanha. Aposentados. Ao que parece, virão para cá quando conseguirem um voo. Não será fácil nesta época do ano. Querem ver a irmã?

Sean olhou para Sally.

– Sim. Por que não?

– Vou combinar tudo agora. Enquanto isso, por que não me falam de seu suspeito? O que têm sobre ele até agora?

– James Hellier – disse Sean. – Sujeito refinado e rico. Trabalha numa financeira elegante em Knigthsbridge. Sadomasoquista confesso. Ontem à noite, deu a volta em nossa equipe de vigilância. Despistou-a lá pelas seis horas da noite. Só foi visto novamente quando chegou em casa, em algum momento depois das três da manhã.

Vicky ergueu as sobrancelhas.

– O homem sabe que está sendo vigiado e ainda assim vai a Shepherd's Bush e comete um assassinato?

– Ele não consegue se conter – disse-lhe Sean. – O fato de saber que é vigiado só deve aumentar seu prazer.

– Se tem tanta certeza assim, vamos prendê-lo, pegar suas roupas, recolher material do corpo dele e deixar que a perícia faça o resto – disse Vicky.

– Já tentamos isso – explicou Sean. – No primeiro crime. Encontramos amostras que combinavam com ele na cena, mas ele tinha resposta para tudo. Alegou se relacionar sexualmente há muito tempo com a vítima. Foi uma perda de tempo. Mostramos nossas cartas cedo demais. Passamos a iniciativa a ele.

"A segunda cena foi diferente", continuou Sean. "Uma adolescente chamada Heather Freeman que fugiu de casa. Foi raptada e morta num terreno baldio perto de Dagenham. Ele cortou sua garganta, mas a cena ainda ficou imaculada. Nada além de uma pegada lisa.

"Então, vamos esperar. Se conseguirmos amostras alheias na cena, vamos agir e prender Hellier, mas, até lá, vamos esperar." Sean viu que Vicky se remexia na cadeira. Ele sabia o que ela estava pensando, e ergueu a mão.

– Eu sei. Mas confie em mim. Hellier não seria contaminado por nada da cena. Qualquer roupa que tenha usado já foi destruída a essa altura.

– Tem certeza absoluta disso?

– Não – respondeu ele. – Absoluta, não, mas certeza suficiente. Preciso de algo irrefutável. Quer seja de uma das cenas ou algo a que Hellier nos leve, não me importa. Mas não quero que ele fique dançando em círculos em volta de mim de novo, num outro interrogatório. Preciso de algo incriminador.

– A investigação é sua, Sean, mas não se esqueça do caso Stephen Lawrence. Aqueles caras foram massacrados porque a polícia não fez as prisões cedo e não apreendeu as roupas para a perícia. Se você cair, eu vou junto.

– Não vai – garantiu-lhe Sean. – Faça um registro oficial de suas objeções. Eu farei o mesmo e assim você terá cobertura.

– Espere aí – disse Vicky. – Não foi o que eu quis dizer.

– Sei que não foi. Mas o galho em que estou é fino demais para duas pessoas. Registre suas objeções. Elas vão entrar em meu protocolo de decisões.

Vicky não discutiu mais.

– Gostaria de ter uma coletiva de imprensa hoje. – Sean mudou de assunto. – Faça você, Vicky. Deixe meu nome de fora e não fale na ligação com outros assassinatos. Faça um apelo por ajuda do público. Quero ver no *Evening Standard* esta noite.

– Tudo bem – disse Vicky. – O editor policial deles me deve alguns favores.

Uma batida na porta encerrou a conversa. Sean se virou e viu um detetive que não reconheceu.

– A irmã está aqui, chefe – foi só o que ele disse.

A mão de Sean hesitou enquanto pousava na maçaneta da sala de testemunhas. A irmã de Linda Kotler esperava ali dentro. Sally o acompanhava, mas desta vez ele decidiu falar.

Uma coisa era contar a alguém que seu ente querido morreu. Por mais arrasadora que a notícia fosse, não era nada comparado com contar a alguém que o ente querido foi assassinado. Essa notícia acaba com a vida das pessoas. Os vivos são assombrados para sempre, imaginando os últimos momentos daqueles que agora estão mortos. O pior era contar aos pais que uma criança foi assassinada – poucos casamentos sobrevivem a este fardo. Os pais veem o filho morto toda vez que se olham. Por fim não suportam mais as lembranças, a tortura, e se separam.

Sean abriu gentilmente a porta. Queria que ela o visse entrar. Debbie Stryer levantou a cabeça. Era mais nova do que ele esperava, saudável e ligeiramente bronzeada. Sua tez do interior deixou Sean consciente de sua própria pele urbana espectral. Ela andou chorando. Os olhos estavam rosados e debruados de vermelho. Agora não chorava. Foi uma longa viagem de Devon. Teria esgotado as lágrimas?

Ela começou a se levantar antes que Sean ou Sally pudessem impedi-la. Seus olhos vermelhos dispararam entre eles. Sean vira esse olhar no rosto de parentes de outras vítimas. Medo, incredulidade, desespero por informações.

Ela falou primeiro:

– Olá. Sou Debbie Stryer. Irmã de Linda. Stryer é meu nome de casada.

Sean assentiu. Sally estendeu a mão. Quando Debbie Stryer a pegou, Sally gentilmente puxou sua mão para a frente e a envolveu nas suas.

– Meu nome é Sally Jones. Sou sargento-detetive. Ajudarei a pegar quem fez isso com a sua irmã. Lamento por sua perda. Todos dizem que Linda era uma boa pessoa. – Sally esperou por uma reação. As lágrimas começaram a cair em gotas pesadas dos olhos de Debbie. Lágrimas verdadeiras, como as de uma criança que sente dor. – Precisa saber que vamos pegar a pessoa que fez isso com Linda – prometeu Sally a ela.

Sean olhava, admirado. Seu plano de tomar a frente não se concretizou. Se tentasse imitar Sally agora, pareceria desajeitado. Ele se apresentaria e ajudaria a explicar quaisquer questões de procedimento que Debbie quisesse saber, mas pouco mais do que isso.

Ele esperou que Debbie Stryer soltasse a mão de Sally. Foi uma longa espera. Ela lutava para falar com clareza através de seu pesar.

– Obrigada – disse ela a Sally. – Obrigada. – Ela se virou para Sean. O terror do dia começava a alquebrá-la. Ela parecia encolher visivelmente.

Ele estendeu a mão. Ela a pegou.

– Sou o inspetor Sean Corrigan – disse ele. – Estarei encarregado dessa investigação. – Ele queria dizer mais, mas não conseguiu achar as palavras certas.

Debbie quase de imediato parou de chorar. Olhou-o com estranheza. Não era o que ele esperava. Ele só se apresentou. Só disse seu nome. Não é possível que já tenha dito alguma coisa errada.

– Ela me falou de você – disse Debbie. Ela não conseguiu deixar de olhar a mão estendida de Sean. Viu sua aliança e quase sorriu. – Não me disse que você era casado. Isso é típico de Linda.

Sean e Sally se viraram um para o outro ao mesmo tempo, a confusão e surpresa marcando seus rostos.

Sean informou à inspetora Townsend da reunião com Debbie Stryer. Ela ouviu quase sem falar. A única coisa que disse foi que deve ter havido algum engano. Sean sabia da verdade. Ele estava sendo um joguete. Hellier ria dele.

Mas Hellier assumia um risco desnecessário ao fazer isso. A exibição tinha um preço. Debbie Stryer contou-lhes que ele abordou sua irmã perto de sua casa, em alguma hora entre as oito e nove da noite, talvez um pouco mais cedo. Meu Deus, ele até conversou com ela no meio da rua. Ele começava a pensar que era impossível pegá-lo. Sua arrogância sociopata só tinha par em sua violência.

Sean e Sally vestiram trajes forenses e entraram no apartamento de Linda Kotler. Estava muito diferente de como Sean se lembrava, os peritos fazendo seu trabalho deixavam-no cheio de vida. Eles foram diretamente à sala, onde Sean vira o aparelho de telefone fixo de Linda Kotler. Ele o examinou sem tocar e viu vestígios de pó de alumínio no fone e na base.

– Já tiraram as digitais deste telefone? – perguntou ele a uma mulher de meia-idade, amorfa em seu traje de papel. Todos pareciam trabalhadores de uma usina nuclear.

– Sim – respondeu ela. – Eu tirei.

– Tinha recados não ouvidos? – perguntou Sean.

– Não. Vamos levar ao laboratório de áudio, para dar seguimento. – Mas Sean já esperara o bastante. Apertou o botão para tocar os recados e o viva-voz. – Acho que não devia fazer isso – protestou a mulher.

– Inspetor Corrigan. Estou encarregado dessa investigação.

O aparelho soltou um bipe longo e estridente. Ouviu-se um tom de discagem. A voz de Linda Kotler encheu a sala. Todos pararam e ouviram a mulher que fora assassinada apenas a duas paredes de distância.

Eles ouviram as irmãs conversarem. Era agora. O coração de Sean acelerava cada vez mais. Ele sabia o que viria, mas não queria ouvir.

"*E esse homem tem nome?*", perguntou Debbie.

Ele via que Sally o fitava pelo canto dos olhos.

"*Sean*", disse a voz de Sally. "*Sean Corrigan.*"

A perita de meia-idade agora o encarava.

– Não tem nada para fazer? – vociferou Sean. Ela se afastou rapidamente.

Sean levou Sally ao quarto, onde eles encontraram Donnelly com um traje forense. Sean também reconheceu a figura magra do dr. Canning, ajoelhado ao lado da forma sem vida de Linda Kotler. Vários vidros rotulados para coleta de espécimes e sacos de provas se espalhavam pelo chão perto dele, ao alcance do patologista. O detetive Zukov fazia o máximo para auxiliar Canning.

– Alguma coisa interessante? – perguntou Sean.

O dr. Canning tinha uma expressão pétrea.

– Inspetor Corrigan. Devo supor que é responsável por me arrastar por meia Londres até aqui.

– Desculpe, mas achei que era necessário.

– Porque acredita que tem dois crimes relacionados. O sargento Donnelly aqui me deu os detalhes.

– Três crimes – corrigiu-o Sean. O patologista franziu o cenho. – Houve outro. O primeiro da série aconteceu cerca de duas semanas atrás. A autópsia já foi feita, mas gostaria que desse uma olhada nesse.

– Muito bem – respondeu Canning. Ele voltou a trabalhar. Falava enquanto fazia o exame do corpo.

– Elaborado demais. Provavelmente as amarras e ligaduras mais elaboradas que já encontrei.

– Por quê? – perguntou Sean. – Com que fim?

Canning apontou o nó na meia que corria pela coluna da vítima.

– Isto é um nó corrediço. Minha melhor conjectura é de que é uma espécie de arnês.

"Ele posiciona a vítima de cara para baixo na cama, depois puxa o nó corrediço para cima e para baixo para controlar o aperto das amarras no pescoço e nas pernas simultaneamente. Um bom instrumento de tortura."

– Mais alguma coisa? – perguntou Sean.

Canning correu os olhos pelo corpo, perguntando-se por onde começar.

– Terá de esperar confirmação da autópsia, mas tenho certeza de que a causa da morte será estrangulamento. – Ele apontou o pescoço da vítima. – Pode ver que a ligadura afundou muito na carne. Muito mais fundo que o necessário para matá-la. É uma surpresa que a pele não tenha se rompido. Há também outros hematomas graves. Todos devem ter sido causados pela mesma ligadura. – Canning respirou fundo. – É um homem forte que está procurando, inspetor.

– O que causou os outros hematomas pelo pescoço? – perguntou Sean.

– Creio que o assassino apertou repetidas vezes a ligadura no pescoço da vítima, mas soltou depois da morte.

– E antes de ela desmaiar também – acrescentou Sean.

– Eu não poderia dizer.

– Ele não teria deixado que ela desmaiasse – garantiu-lhe Sean. – Ele não teria deixado que ela escapasse para a inconsciência. Nem por um segundo.

Canning ergueu as sobrancelhas.

– Daria a impressão de que ele tem conhecimento de asfixia autoerótica – continuou ele. – Popular entre sadomasoquistas.

A cara de Hellier apareceu na mente de Sean.

– Ela também foi violentada. Estupro vaginal e anal, pela aparência. Não há sinais imediatos de sêmen ou lubrificante. Suspeito de que ele tenha usado camisinha seca.

Canning dirigiu-se ao detetive Zukov:

– Pode me passar aquela lâmpada halógena, por favor, detetive? – Zukov lhe entregou a lâmpada envolta em metal, grande o bastante para ser um holofote de busca de helicóptero. Canning acendeu a lâmpada. Emitia uma luz menos intensa do que se esperava, mas não era esse seu fim. Mantida no ângulo certo, permitiria que o olho nu observasse marcas que sem ela seriam quase invisíveis. Digitais, pegadas, pelos, fragmentos mínimos de metal...

Canning começou a percorrer a luz lentamente pelo corpo. Iniciou pelo ponto mais baixo. Nesse caso, os joelhos. As pernas ainda estavam dobradas e amarradas às costas, e assim seus pés quase tocavam as nádegas. A luz passou a suas costas.

– Ora, olá. – Canning encontrara alguma coisa. Parou a luz nas costas da vítima. Sean se aproximou dois passos.

– Cuidado – alertou-o Canning. – Ainda não examinamos toda a área em volta do corpo.

Sean parou e se agachou. Esticou o pescoço para ter uma visão melhor das costas da vítima.

– O que é?

– Se não me engano – disse Canning –, é uma pegada. – Ele moveu a lâmpada para outro ângulo. – Sim. Isso mesmo. – O hematoma em formato de sola de sapato entrou mais em foco. – Sem dúvida é uma marca de sapato. Muito liso, porém. Sem sulcos nem padrão.

– Um sapato masculino de sola plana, tamanho entre 42 e 44.

– Sim – concordou Canning. – Essa seria minha conjectura. Terei de fotografar no necrotério. Deve aparecer bem.

– Por que ele faria isso? – O detetive Zukov fez a pergunta com a repulsa estampada no rosto.

Sean sabia por quê, mas não ia dizer. Ele sabia que Canning deduziria.

– Ele pressionou o pé em suas costas enquanto apertava as ligaduras. Deve ter sido aí que foram causadas outras marcas no pescoço.

– Filho da puta doente – disse Zukov. – Perverso e doente.

Ninguém discordou.

***

Precisando de um tempo da cena, Sally saiu para fumar na rua. Duvidava que os policiais homens sentissem o que ela sentia pela vítima. Será que eles se sentiam vulneráveis e com medo, como uma mulher se sentiria? Eles chegavam a considerar como um homem grande pode intimidar uma mulher só de chegar mais perto demais dela num bar, num ponto de ônibus? Provavelmente, não.

Como deve ter sido para Linda Kotler? Aqueles últimos minutos, Deus me livre, horas talvez, de sua vida. Totalmente dominada por esse homem, esse animal selvagem. Será que os policiais homens tinham alguma ideia do que sentiriam milhares de mulheres por Londres depois que as informações sobre o mais recente homicídio fossem divulgadas à imprensa?

Muitas parariam de sair à noite até que ele, o assassino, fosse apanhado. Outras se apressariam em comprar alarmes antiestupro, algumas começariam a portar armas de efeito moral. Todas verificariam as trancas de suas portas e janelas. Quereriam que os maridos chegassem em casa cedo.

Com Sally não seria diferente. Quando pensava em Linda Kotler, em como morreu, não conseguia deixar de ver seu próprio rosto no corpo. Ela tremia sem parar. O cigarro ajudava um pouco.

Meu Deus, ela queria ter um namorado. Alguém especial com quem dividir a vida, boa ou ruim. Suas realizações e seus fracassos. Suas esperanças e seus temores. Não era um trabalho fácil de se fazer sozinha.

Seus pensamentos se voltaram a Sebastian Gibran. O que ele queria? Ser amante dela? Quando eles se conheceram, seus olhos pararam nela por mais tempo do que o normal. Sally tinha certeza de que ele seria casado, mas talvez isso não importasse para ele. Como se sentiria ela sendo a amante de um benfeitor rico? Seria essa história de "uma questão delicada para discutir" uma desculpa para que ela almoçasse com ele? Tentava impressioná-la? Seduzi-la? Ela não podia negar que o achou atraente: poder e presença num homem eram afrodisíacos potentes. Ela logo descobriria.

O cigarro ficou quente entre seus dedos, arrancando-a de volta ao presente. Ela o jogou fora e retornou para a cena. Todos os pensamentos mais agradáveis voltaram a ser uma lembrança distante.

O dr. Canning deslocou a lâmpada halógena para a cabeça da vítima. Segurava um pente de dentes finos com a outra mão, o melhor para pentear o cabelo da vítima antes que o corpo fosse movido. Uma evidência mínima e vital podia facilmente se perder quando se movia um corpo. Com a ajuda do detetive Zukov, ele ergueu ligeiramente a cabeça e deslizou uma folha de papel quadrada de um metro sob a cabeça. Começou a pentear o cabelo lentamente do couro cabeludo para fora.

Ao pentear, um pouco de seu cabelo caiu na folha. Depois ele o viu, flutuando a curta distância para o lençol. Caiu suavemente. Ele não se atreveu a respirar. Trocou o pente e a lâmpada por um saco plástico de evidências e uma delicada pinça de metal. Moveu a pinça furtivamente para mais perto do cabelo. Quando não estava a mais de dois centímetros, de repente ele a moveu rapidamente, pegando um fio na pequena garra de metal. Ele se permitiu soltar o ar.

Sean o observava atentamente. Quando Canning segurou o fio acima de sua cabeça, Sean o viu brilhar.

– Da vítima? – perguntou Sean.

– De maneira nenhuma – respondeu Canning. – Comprido e fino demais. E com a raiz. Seu laboratório não terá muita dificuldade em extrair o DNA dele.

Sean escondeu a empolgação que inchava em seu peito, dificultando a respiração. A raiz desse fio de cabelo resolveria seu homicídio sozinha.

– Quais são as chances de pertencer a nosso assassino? – perguntou ele.

– A não ser que outra pessoa tenha estado aqui com a vítima na noite passada, eu diria que quase certamente é do assassino – respondeu Canning. – Este fio não estava enterrado em meio ao cabelo da vítima. Praticamente se assentava por cima do dela, esperando ser encontrado.

Sean ainda estava preocupado. Queria ter certeza absoluta. No tribunal, só existiam certezas absolutas.

– Como pode ser? – perguntou ele. – Um cabelo com raiz, só caído ali?

– Mais provavelmente causado pela remoção do que o assassino usou para cobrir a cabeça – supôs Canning. – Quando você retira um chapéu ou similar, sempre há uma boa chance de puxar um fio de cabelo, e em geral a raiz vem com ele.

– Então acha que ele tirou? – perguntou Sean.

– Sim. Pelos como este, com raízes, não caem naturalmente.

– Por que ele descobriria a cabeça? – perguntou-se Sean.

– Isso eu não posso responder – disse Canning. – Mas se ele tirou o que cobria a cabeça, então há uma boa chance de encontrarmos mais fios no corpo ou em volta dele. – Isso diminuiria muito a possibilidade de uma transferência acidental de um fio para o corpo em outro momento do dia e em outro lugar. Sean compreendia a importância de eliminar essa possibilidade. Os advogados de defesa agora eram habilidosos em questionar as provas materiais.

O patologista passou ao detetive Zukov o saco de evidências contendo o fio de cabelo. Ele lidou com o saco como se fosse uma bomba instável. Canning pegou a lâmpada novamente e começou a examinar a área em volta do corpo. Curvou-se tanto que sua cara quase batia no carpete. Sean ficou sem piscar por minutos. Viu os olhos de Canning de repente se estreitarem. Ele o viu estender a mão com a pinça e pegar a fibra fina. Canning olhava diretamente para ele.

– Parece que os deuses da perícia estão do nosso lado hoje, inspetor.

– O mesmo? – perguntou ele.

– Eu diria que sim – respondeu Canning. – Este também tem raiz. O DNA sem dúvida confirmará que veio da mesma pessoa. Se seu assassino estiver no Banco de Dados Nacional de DNA, então o caso estará encerrado para você.

— O homem que fez isso não está no banco de dados — disse Sean. — Mas isso não importa, porque eu sei onde encontrar seu DNA.

Canning ficou meio confuso.

— E onde seria?

Sean respondeu:

— No sangue dele.

Hellier não foi solicitado a ver nenhum cliente em mais de dois dias. Ele não se importava mais. Só algumas semanas antes teria tomado medidas para garantir que a empresa não tentasse excluí-lo. Agora isso era irrelevante. A empresa tinha servido a seu propósito. Não precisava mais dela.

Eram quase seis da tarde. Só ele, Sebastian Gibran e a secretária perfeita ainda estavam no escritório. Era uma pena que ele não pudesse ficar sozinho com a secretária. Teria adorado dar àquela piranha linda um presente de despedida que ela jamais esqueceria, mas não podia correr risco nenhum com Gibran espreitando seu escritório. Talvez um dia, num futuro distante, seus caminhos se cruzassem novamente.

Seu celular começou a tocar, o visor lhe dizendo que o número era privativo. Algo lhe dizia que devia atender.

— Alô, é James Hellier.

— Sr. Hellier. O senhor corre um grande perigo. — Era ele de novo.

— Como eu já disse... Você devia ter se encontrado comigo ontem à noite. — Hellier soava firme. Sabia dominar. — Não gosto de ser enganado.

— Eu só quero ajudar o senhor — disse a voz. — Precisa acreditar em mim.

— Por quê? — exigiu saber Hellier. — Por que quer me ajudar? Você nem me conhece.

— Tem certeza disso? — perguntou a voz.

Hellier não respondeu. Estava pensando. O interlocutor sentiu a sua dúvida.

– Corrigan. Eu posso te dar uma coisa, mostrar a você uma coisa que vai tirar o homem da sua cola. Para tirar todos eles da sua cola.

– Não estou preocupado com a polícia. – Hellier parecia ofendido. – Eles não podem tocar em mim.

– Sim, eles podem – respondeu a voz. – Corrigan. Ele não pretende levar o senhor a julgamento. Não se arriscaria a isso.

– Do que está falando? – Hellier começou a ficar mais preocupado. – O que quer dizer com isso?

– Encontre-me amanhã à noite, se valoriza seu pescoço tanto quanto eu penso que sim.

– Onde? – perguntou Hellier.

– Num lugar no centro de Londres. Ligarei novamente amanhã. Lá pelas sete. E não leve a polícia. Eles ainda estão seguindo você.

– Espere um minuto – Hellier falou tarde demais. A linha estava muda.

Os três carros descaracterizados rodavam pelo meio da Bayswater Road. O trânsito nas duas pistas os fez ligar a sirene e as luzes azuis que giravam loucamente. Eles iam para Knightsbridge. Para Hellier.

Sean tinha a prova material pela qual rezou tanto. O assassino cometeu um erro grave, mas era cedo demais para dizer algo além de que os fios pareciam ser da mesma cor do cabelo de Hellier. Cor de areia.

Sally dirigia enquanto Sean estava no banco do carona. Ela rompeu a tensão silenciosa:

– Talvez a gente deva se concentrar primeiro no cabelo, chefe. Conseguir o perfil de DNA e comparar com o banco de dados de DNA! – Ela precisou gritar para ser ouvida com o barulho da sirene.

– Hellier não está no banco de dados de DNA, lembre-se. Ele não tem antecedentes – argumentou Sean.

– Talvez o cabelo não seja de Hellier – insistiu Sally. – Podemos processar primeiro e comparar com os perfis no banco de dados. Pode se revelar que pertencem a outra pessoa, então teremos um suspeito forte. E se não conseguirmos nada no banco de dados, isso apontará mais fortemente que Hellier é o nosso homem.

– Acredite em mim – garantiu-lhe ele –, Hellier é o nosso homem.

– Então, por que não comparamos as amostras com aquelas que já tiramos dele? – Ela se referia às amostras colhidas na central de polícia de Belgravia no início da investigação do assassinato de Daniel Graydon. – Antes até de o prendermos, saberíamos que ele matou Linda Kotler.

– Você sabe que não podemos usá-las! – gritou Sean acima do barulho dentro do carro. – E esse foi um crime diferente. Vão acabar conosco se formos descobertos. – Era verdade. Eles não podiam usar amostras retiradas de suspeito ou testemunha de um crime para provar que ele estava envolvido em outro. O suspeito teria de ser notificado especificamente em que investigação suas amostras eram usadas, ou elas seriam eliminadas por terem sido colhidas ilegalmente.

– Não podemos fazer isso sem que ninguém mais saiba? – continuou Sally. – Só o faremos para ter certeza de que foi Hellier. Não conte a ninguém. Não fale nisso em seu interrogatório inicial, guarde para si, depois faça o mesmo legalmente. Pegue novas amostras, o que pudermos ter, mas pelo menos já saberíamos que foi ele. Interrogue-o e deixe que ele se enforque com suas mentiras.

– Não. – Sean balançou a cabeça. – Não posso correr esse risco. Vamos fazer tudo direito. É Hellier, eu sei disso. Não há necessidade de pegar atalhos.

Sally segurou o volante com mais força e não disse nada.

Sean pegou o celular e ligou para o número do chefe da equipe de vigilância.

– Sargento Handy. – Sean podia ouvir as vozes do rádio ao fundo.

– Don... é Sean. Onde está o meu homem?

– Está em movimento – disse o sargento Handy. – Acaba de sair de seu escritório a pé.

– Indo para casa? – perguntou Sean.

– Para a estação do metrô.

– Vamos nos encontrar com você. Vamos prendê-lo.

– Espere um minuto – disse o sargento Handy. – Ele está parando um táxi. – Houve uma pausa. – Quer que eu o prenda para você?

– Não. Pode seguir o táxi?

– Não deve ser difícil demais, porque esse é verde-lima com um pacote gigante de Skittles na lateral.

– Siga o táxi. – Sean tomou a decisão. – Mas me mantenha informado. Você vai atrás dele e nós vamos atrás de você.

– Tudo bem.

Sean sentia Sally olhando entre ele e a rua enquanto dirigia rapidamente pelo trânsito.

– Espero que saiba o que está fazendo, senhor – disse ela.

– Tem mais coisa lá fora para nós, Sally. Esta pode ser nossa última chance de deixar Hellier nos levar a alguma coisa.

– E do que mais precisamos? Temos o cabelo dele. O DNA dele vai bater. – Ela estava nervosa pelos dois. Sean se arriscava. Talvez fosse um risco que ele não precisasse assumir.

– Temos o cabelo – observou Sean. – Não necessariamente de Hellier. E isso me incomoda. Fácil demais. De repente ele deixa cair dois fios de cabelo com raiz bem onde podemos encontrá-los. Hellier é inteligente. Certamente inteligente o bastante para plantar o cabelo de outra pessoa na cena. Imagine o que isso pode fazer a qualquer caso contra ele. A defesa dele teria um prato cheio. Nunca iríamos a tribunal. Se acho que posso conseguir mais, vou aproveitar essa chance.

– Só porque isso é fácil, não quer dizer que não seja direito.

Sean não respondeu. Ela tentou novamente:

– A lei diz que quando temos provas para prender, devemos prender. – Sally citava a lei de provas criminais e policiais. Ela estava certa e Sean sabia disso.

– Só até ele chegar em casa – tentava tranquilizá-la Sean. – Se ele não nos levar a alguma coisa antes, então vamos prendê-lo.

Sally suspirou e tentou se concentrar na rua.

– Bryanston Street. Marble Arch – disse Hellier calmamente ao taxista, que assentiu e arrancou sem dizer nada. Hellier tentou relaxar no banco traseiro, mas sabia que estava sendo seguido de novo e que desta vez haveria mais deles – já contara catorze. Ele podia rodar pelo metrô, mas havia uma possibilidade de eles terem efetivo suficiente para acompanhá-lo. Tentaria outra coisa.

O táxi entrou na Bryanston Street. Hellier bateu na divisória de vidro projetada para manter longe bêbados e psicóticos.

– Aqui está bom – disse. O táxi parou juntou ao meio-fio. Hellier pagou com uma nota de dez libras, saiu e andou sem esperar pelo troco. Entrou numa locadora Avis de veículos. Ele sabia que ainda estariam vigiando.

O telefone de Sean tocou, dando-lhe um susto. Estava andando numa corda bamba que o deixava nervoso demais.

– Sargento Handy, chefe. Parece que seu garoto vai alugar um carro.

– Problemas? – perguntou Sean.

– Não. Prefiro que esteja num carro do que andando por aí a pé.

– Muito bem. Vamos continuar com ele até segunda ordem. – Sean desligou. Sally não disse nada.

Hellier alugou o carro maior e mais rápido que eles tinham. Usava a carteira de habilitação no nome de James Hellier e pagou com um cartão American Express Black no mesmo nome. Sentia falta de James Hellier.

O Vauxhall preto deslizou para a Bryanston Street. O motor V-6 de três litros tinha um ronco tranquilizador. Hellier começou a relaxar um pouco ao ouvir os cilindros do motor batendo suavemente em marcha baixa.

No final da rua, virou à esquerda na Gloucester Place e entrou no trânsito de três pistas que ia para o norte. Manteve-se no mesmo ritmo do trânsito, não mais do que isso. Parava atentamente nos sinais e não demonstrou pressa de arrancar. Não precisava olhar pelo retrovisor. Sabia que o estavam seguindo, correndo pelas ruas paralelas adjacentes, ultrapassando cruzamentos à frente, alternando os carros imediatamente atrás dele com a maior frequência que podiam.

Ele entrou à esquerda na Marylebone Road e seguiu para oeste. O trânsito estava mais livre do que ele esperava. Uma falta de sorte. Ele dirigiu com atenção.

Seguiu pela Marylebone Flyover e entrou no Westway, um elevado sobre o coração do oeste de Londres projetado para levar mais rapidamente os motoristas aos engarrafamentos da M4 e da M40 que inevitavelmente os esperavam.

Ele começou a vigiar os retrovisores constantemente. Agora eles não conseguiam vir paralelamente a ele. Enquanto ele passava por cima de Paddington e Notting Hill, só havia uma maneira de continuarem com ele: segui-lo pelo Westway.

Hellier começou a memorizar todos os carros na frente e atrás dele. Qualquer um deles podia ser da polícia: era melhor se lembrar de todos e supor o pior. Uma contravigilância eficaz dependia de o alvo supor o pior.

Ele dirigiu por cerca de dez minutos antes de chegar a sua saída. A placa dizia *Shepherd's Bush e Hammersmith*. Ele viu vários carros ligando a seta, sinalizando que também saíam do Westway. Qualquer carro da polícia à frente dele já estaria fora da perseguição. Eles teriam de continuar pelo elevado até conseguirem sair em Acton, a 6,5 quilômetros dali. Quando voltassem a encontrar os colegas, ele teria desaparecido.

Ele saiu do Westway e pegou a larga via secundária, a West Cross Route, que o levou a um trevo. Só no trevo foi que ele decidiu o seu destino. Podia virar à esquerda em Holland Park, voltando para o centro de Londres. Ou seguiria em frente para Earl's Court, pela Holland Road. Não. Precisava de trânsito. Ele pegou à direita no trevo e passou pela Shepherd's Bush Green à sua direita, depois entrou à esquerda na Shepherd's Bush Road, indo para Hammersmith.

Os três carros da equipe encarregada da prisão esperavam por uma atualização em Hyde Park. Sozinhos no carro do meio, Sean e Sally ouviam pelo rádio a conversa em código da equipe de vigilância. Fazia pouco sentido para eles. Tentavam entender onde poderia estar a equipe, mas era em vão. Dependiam somente das atualizações por telefone.

O telefone de Sean tocou novamente.

– Sujeito esperto esse seu garoto – disse o sargento Handy. – Pegou uma rota que eu não queria que ele pegasse. Pelo Westway. Caiu na Shepherd's. Já perdemos nossos dois carros da frente. Estão tentando voltar de Acton.

– Ainda está atrás dele? – A tensão de Sean era palpável.

– Estou. Temos muita cobertura. – Handy, por sua vez, parecia calmo.

– E onde está agora?

– Aproximando-se de Hammersmith.

– Estamos a caminho – disse Sean. – Tempo de viagem a partir de Marble Arch. Não o perca, Don. Faça o que fizer, não o perca.

Hellier foi para o caótico sistema de mão única de Hammersmith, que não passava de um retorno gigante. Quatro pistas de trânsito contornavam um complexo central de shoppings. O trânsito era sempre um desastre.

Os sinais imediatamente à frente estavam verdes, mas ele ainda não estava pronto para entrar no sistema de mão única. Parou no sinal verde e olhou pelo retrovisor central e pelas laterais. O furgão branco atrás dele buzinou educadamente duas vezes. Como ele não se mexeu, o motorista soltou uma buzinada longa e zangada. O sinal ainda estava verde. Ele continuava parado no sinal.

Hellier podia ver o motorista do furgão pelo retrovisor, agora se curvando para fora da janela, gritando palavrões. Outra buzinada do furgão. O furgão seria uma barreira útil entre ele e seus perseguidores, mas ele sozinho não seria suficiente.

O sinal mudou para vermelho quando o motorista do furgão estava saindo do carro, com uma intenção maldosa espalhada na cara. Hellier não esperou por uma pausa no trânsito acelerado na frente dele. Pisou fundo no acelerador. As rodas traseiras agarraram quase instantaneamente e lançaram o grande carro automático na direção dos veículos que passavam.

– Anda! Anda! Anda! – gritava o sargento Handy para seu motorista. – Acelere! Puta que pariu, não o perca de vista. Merda! – Ele podia ver que Hellier estava bem mais à frente. – Você está perdendo o homem.

– Mas de que adianta, porra? – vociferou o motorista. – A gente se fodeu. Ele nos despistou. Não podemos seguir o cara dirigindo desse jeito sem aparecer.

– Não se preocupe em disfarçar! – gritava Handy. – Tire o cara da pista! Tire!

Hellier já entrava à direita na Hammersmith Road. Ele acelerou o Vauxhall para o leste, na direção de Kensington. Motoristas confusos obstruíram a rua na frente dos carros de vigilância. Eles não conseguiram se mexer, presos no trânsito. Hellier escafedeu-se.

Sean falava ao telefone. Não dizia muita coisa, só uma palavra ou outra.

– Como? Onde? – Quanto mais ouvia, mais pálido ficava. – Volte para Knightsbridge e dê cobertura na casa dele também.

Ele se sentia nauseado. Perderam Hellier de novo. Ele tomou uma decisão ruim, com que teria de conviver. Esfregou os olhos avermelhados com força. A exaustão ameaçava dominá-lo. Ele olhou para Sally.

– Mas que droga.

– Vamos encontrá-lo – tranquilizou-o Sally.

– Só se ele quiser. Só se ele ainda estiver jogando conosco. Comigo.

Hellier parou o carro e procurou ter certeza absoluta de que estava sozinho antes de andar a curta distância até a estação do metrô da High Street Kensington e descer calmamente às plataformas. Pegou o primeiro trem para dali a duas paradas – South Kensington. Saindo da estação, andou rapidamente pela Exhibition Road, procurando policiais na área. Não havia nenhum. Entrou à direita, na Thurloe Place, e andou pela fila de lojas. Sabia exatamente para onde ia.

Parou na vitrine da Thurloe Arts, seu olhar experiente concentrado nos espelhos antigos que enfeitavam o interior da loja. Era mais uma minigaleria do que uma loja, embora ele concluísse que a maior parte daquilo era lixo.

Uma sineta antiga acima da porta tocou quando ele a abriu. Quase de imediato o dono apareceu do fundo da loja, abrindo um sorriso de boas-vindas ao ver Hellier.

– Sr. McLennan. Que surpresa agradável. Como vai?

– Vou muito bem – respondeu Hellier. – Como a vida tem tratado você nos últimos anos?

– Não posso me queixar. Os negócios são meio imprevisíveis, mas podia ser pior.

– Então espero que nosso arranjo tenha lhe servido de alguma ajuda financeira.

– De fato serviu, senhor – respondeu o lojista. – E posso presumir que é esse o propósito de sua visita?

– Pode.

– Se puder fazer a gentileza de esperar aqui um momento.

Hellier assentiu. O proprietário foi até o fundo da loja, voltando alguns minutos depois. Deixou aberta a porta para a área dos fundos.

– Por aqui, por favor.

Hellier foi para trás do balcão e entrou pelo fundo da loja, onde foi levado a uma salinha sem janelas, iluminada por uma única lâmpada nua. Havia uma mesa e uma cadeira no meio, cercadas por paredes amarelas e nuas. Na mesa havia uma caixa de metal, de 30x30, e um cadeado de combinação pesado pendurado de lado. Hellier entrou na sala e a encontrou exatamente como se lembrava de sua visita anterior, três anos antes. O lojista pediu licença e saiu.

Sentando-se, Hellier examinou a caixa por fora. Parecia intacta. Ele olhou atentamente o cadeado. Estava imaculado. Nenhum arranhão revelador no metal. Os números continuavam na posição em que ele deixara três anos antes. Ele pegou luvas de couro finas no bolso e passou as mãos pelo forro de seda.

Virou os números da combinação e puxou o cadeado. Três anos era muito tempo. Com algum esforço, o cadeado se abriu. Ele o soltou da caixa e colocou com cuidado na mesa.

Em seguida, levantou a tampa como se abrisse uma caixa de joias preciosa. Retirou o objeto embrulhado em tecido branco e colocou ao lado do cadeado. Olharia depois. Precisava primeiro verificar outra coisa.

Levantou o pacote pesado de dentro da caixa. Estava embrulhado em várias flanelas amarelas, que ele desenrolou pacientemente como se tirasse as pétalas de uma flor tropical. O metal preto-esverdeado em seu interior brilhava. Ele ficou satisfeito por ter feito o esforço de lubrificar a pistola automática Browning 9mm antes de trancá-la na caixa. Fez muitos inimigos com o passar dos anos. Duvidava que pudessem encontrá-lo, mas, caso conseguissem, ele tinha suas garantias.

Ele verificou os dois pentes: ambos estavam totalmente carregados com 13 balas de 9mm e alta velocidade. Foram mais difíceis de obter do que a própria arma. Os soldados ficavam felizes em vender armas roubadas de arsenais mal guardados, mas por algum motivo relutavam em vender as balas que as acompanhavam.

Hellier puxou a parte de trás da arma. O slide deslizou para trás suavemente e destravou a arma. Ele apertou o gatilho. O cão bateu no percussor com um clique metálico tranquilizador. Satisfeito, ele encaixou um pente na coronha da arma. O outro colocou no bolso interno do paletó. Prendeu a pistola pelo cinto na base de suas costas.

Ele abriu o outro pacote. Riu ao ver seu conteúdo. Uma peruca escura com sobrancelhas da mesma cor. Um bigode, sem barba. Óculos de grau. Ele os experimentou. Afetavam sua visão, mas ainda podia enxergar com eles. Ele pegou o tubo de cola de maquiagem teatral. Apertou uma bola no indicador esquerdo e esfregou no polegar. A cola ainda estava boa. Ele enrolou de novo o pacote de tecido e o colocou no bolso da calça ao se levantar.

Fechou a caixa e recolocou o cadeado. Ajustou nos números que tinha encontrado e saiu da sala. O lojista esperava por ele.

– Está tudo como deve ser? – perguntou.

– Sim. Tudo estava ótimo – respondeu Hellier. – Diga-me: há alguma loja de material esportivo perto daqui?

Sally e os outros decidiram se retirar ao único pub que frequentavam, perto da central de polícia de Peckham. O proprietário ficava muito feliz em administrar um "pub da polícia". Tudo isso garantia que seu estabelecimento ficasse livre de problemas, a não ser pela briga ocasional entre policiais. E isso sempre era resolvido internamente, para que não houvesse nenhuma mancha em sua licença.

O telefone de Sally tocou.

– Aqui é Sally Jones.

– Sargento Jones, sou o oficial prisional English, da Penitenciária de Wandsworth.

Sally não esperava que eles telefonassem para ela fora do horário de trabalho.

– Tem alguma coisa para mim?

– Sua investigação sobre um antigo prisioneiro: Korsakov, Stefan, libertado em 1999. Queria saber por que pedimos as digitais dele?

– Sim.

– Não pedimos as digitais dele à Scotland Yard.

– Tem certeza?

– Absoluta. Nossos registros estão corretos. Não há engano nenhum.

– Não – disse Sally, mais para si mesma do que para ele. – Tenho certeza de que não há. Obrigada. – Ela desligou.

Donnelly apareceu ao lado dela.

– Problemas?

– Alguém andou mentindo para mim.

– Sobre o quê?

– Deixa pra lá – disse ela. – Vamos conversar sobre isso amanhã. Agora preciso de outra bebida.

***

Hellier achou facilmente a pequena loja de material esportivo. Escolheu um moletom azul-escuro da Nike, o mais simples que conseguiu encontrar. Acrescentou a sua cesta de compras uma camiseta branca, tênis Puma brancos e um par de meias brancas. Pediu que os artigos fossem colocados em sacolas plásticas separadas. Foi um cliente tranquilo que pagou em dinheiro. O vendedor ficou mais do que feliz em agradá-lo com sacolas plásticas a mais.

Ele saiu da loja, voltou para o metrô e pegou um trem para Farringdon. Não precisou procurar muito para encontrar o que queria. Um bar onde homens e mulheres de terno se misturavam tranquilamente com outros que vestiam roupas informais, até moletons.

Ele pediu um gim-tônica forte no bar. Gim, muito gelo, lima, e não limão. O barman era bom. O drinque logo o refrescou e ao mesmo tempo deu um estímulo alcoólico em seu cérebro, sem afetar sua clareza de raciocínio – seu controle.

Hellier se sentou e se familiarizou com a planta do bar. Satisfeito, foi ao banheiro, entrou num reservado e fechou a porta. Era bem sólida. Isso era bom. Ele olhou a janela no alto. Era bem alta. Se tentasse sair por ela, seria visto. E provavelmente devia estar lacrada.

Ele verificou a caixa de descarga. Era baixa na parede. Isso era bom. Levantou a tampa da caixa. Depois esvaziou o conteúdo das sacolas plásticas na tampa da privada, tirando a arma do cinto e o pente extra do bolso do paletó. Colocou-os no moletom. Em seguida, tirou os tênis da caixa e os embrulhou, com a camiseta e a meia, no moletom, formando uma trouxa apertada; os calçados se achataram a pouco mais do que a espessura do solado, o tecido leve da camiseta e do moletom se dobraram a quase nada. Ele os colocou em uma das sacolas plásticas menores e amarrou a ponta com um nó. Colocou essa sacola dentro de outra e amarrou com um nó apertado.

No último minuto, lembrou-se de que o homem que se descreveu como amigo telefonaria para seu celular amanhã às sete. Ele tirou o telefone do bolso e o olhou pensativamente. Se a polícia estivesse esperando por ele, certamente apreenderia o telefone. Sempre faziam isso. Era a única maneira que ele tinha de permitir que o "amigo" entrasse em contato com ele. Ele decidiu que não podia assumir o risco, mas, independentemente do que acontecesse, teria de recuperar o telefone antes das sete da manhã do dia seguinte. Separando o telefone de sua bateria, ele abriu as sacolas plásticas e colocou telefone e bateria dentro delas. Depois amarrou as sacolas novamente.

Hellier ia colocar o saco plástico na caixa de descarga quando parou de repente. A arma era um risco grande demais. Talvez devesse ficar em um hotel esta noite, em vez de ir para casa, assim poderia se manter escondido até chegar a hora de encontrar o homem dos telefonemas. Ele afugentou suas dúvidas. Iria para casa. A polícia estaria esperando por ele lá, lógico, mas não ia prendê-lo. O que tinham contra ele? Nada. Se tivessem alguma coisa, o teriam prendido mais cedo, em vez de tentar segui-lo. E, mesmo que o prendessem, e daí? Ele sairia dali para o encontro e saberia também o que a polícia estaria pensando. Era um jogo desigual. Sempre que a polícia avançava contra ele, eles tinham de contar o que sabiam. A lei exigia isso. Este era um país justo. Ele, por outro lado, não precisava contar nada. E se eles eram idiotas o bastante para tentar segui-lo de novo depois do dia de hoje, e Hellier acreditava piamente que eram, então ele tinha planos para isso também.

Agora, livre das dúvidas, ele sorriu consigo mesmo e enfiou a sacola plástica com as roupas e a pistola na caixa de descarga, habilidosamente apertando-a em volta das peças como já treinara centenas de vezes, garantindo que o pequeno tanque se enchesse de água suficiente. Deu descarga uma vez, para ter certeza de que ainda funcionava, e observou a caixa encher novamente. Satisfeito, recolocou a tampa e saiu do bar carregando a sacola plástica maior, contendo apenas a caixa de sapatos vazia. Ele a achataria e largaria numa lixeira a caminho do metrô e de sua casa.

Eram quase dez da noite de quinta-feira. Sean estava sentado sozinho em seu escritório. A sala de investigação estava escura e silenciosa. O resto da equipe tinha ido para um pub próximo, onde discutiriam o que dera errado. Debateriam se Hellier deveria ter sido preso mais cedo, que foi um risco desnecessário tentar segui-lo por Londres contando com a eventualidade de ele os levar a alguma prova. A ausência de Sean no pub teria sido notada, mas também muito bem-vinda. Eles podiam falar com mais liberdade se ele não estivesse presente.

Ele destrancou a última gaveta da mesa e pegou uma garrafa fechada de rum escuro e um copo pesado e curto. A garrafa estava ali havia meses. Só guardava por tradição. Raras vezes sentia a necessidade de usar, até agora.

Ele serviu uma dose de três centímetros de rum no copo e o rodou. Hesitante, levou o copo aos lábios e bebeu um quarto dele de um gole só. Era muito para ele. O fundo da garganta ardeu dolorosamente, mas ele gostou do calor do líquido.

Estendeu a mão para o telefone na mesa. Precisava ligar para Kate. O toque de seu celular o impediu. Ele atendeu com um ar cansado e desanimado.

– Chefe. É Jean Colville. – A sargento Jean Colville chefiava a equipe de vigilância substituta e viera para dar cobertura enquanto a equipe do sargento Handy se reagrupava e lambia as feridas coletivas. – Achei que gostaria de saber que seu homem acaba de chegar em casa, como se nada tivesse acontecido.

Sean se levantou de um salto, como se de repente se colocasse em posição de sentido.

– Que roupa está usando? – perguntou ele.

– Paletó e gravata – respondeu Jean.

– Como ele lhe parece?

– Bem. Normal, eu acho. – Ela ficou confusa.

– Tudo bem. – Ele olhou o relógio. Droga. A essa altura, metade da equipe estaria semiembriagada, a outra metade teria partido para o canto de Londres onde morava. Será que houve tempo, desde que eles perderam o rastro, para Hellier encontrar uma vítima, matá-la e voltar para casa como se nada tivesse acontecido? Sean duvidava.

Não, esta noite ele estava aprontando outra coisa. Era melhor deixar que a equipe descansasse um pouco. O que mais ele podia perder?

– Preciso que vocês o mantenham em observação esta noite – disse ele para a sargento Colville. – Estarei lá de manhã para prendê-lo. Vamos torcer para que ele não saia de novo até lá.

– Tudo bem, chefe – respondeu Jean. – Se ele sair, eu o informarei.

– Obrigado. – Sean desligou, esperou alguns segundos e telefonou para Sally. Quando ela atendeu, ele pôde ouvir que ela estava no pub.

– Sally. É o Sean.

– Por favor, me diga que não está no trabalho ainda. – Ela parecia suficientemente sóbria.

– Entre em contato com Donnelly e o resto da equipe. – Ele sabia que Donnelly pelo menos estaria perto. – Reunião às seis da manhã aqui. Vamos prender Hellier antes que ele saia para trabalhar.

– Antes que ele saia para trabalhar? – perguntou ela. Ele podia sentir a confusão em sua voz. – Ele foi para casa?

– Não me pergunte por quê – respondeu Sean. – Não sei o que ele está aprontando, mas vamos dar um fim nisso amanhã.

A luz que brilhava pelo vidro da porta da frente não era um bom sinal. Já passava das onze e ele esperava que estivesse tudo tranquilo e escuro do lado de fora. Ele girou a chave no maior silêncio que pôde e abriu a porta com cuidado. O cheiro da família que morava ali dentro invadiu agradavelmente seu sistema olfativo. Ao entrar, ele ouviu o som baixo da TV na sala de estar. Seguiu o som. Kate estava deitada no sofá e Louise atravessada em seu peito, dormindo profundamente.

– O que ela está fazendo fora da cama? – perguntou Sean à mulher.

Ela fez sinal para ele se calar, antes de responder:

– Ela está com febre. Pegou alguma coisa na creche.

– Ela está bem?

– Vai ficar boa. Dei a ela um Calpol. Só espero que ela não passe para Mandy. Só me faltava ter de cuidar de duas crianças doentes. – Louise se agitou no peito de Kate.

– Se isso acontecer, tiro um tempo do trabalho e venho ajudar.

– Tirar um tempo do trabalho? – sussurrou ela. – Como pretende fazer isso?

– Tivemos um intervalo no caso. Agora as coisas devem começar a acontecer com muita rapidez. Com sorte, vamos conseguir acusar nosso suspeito e resolver tudo em alguns dias.

– E então, sem dúvida, você herdará outro caso e vamos voltar à velha rotina de sempre.

– É tarde e vou ter de começar cedo manhã – disse ele. – Esta não é uma boa hora para discutirmos esse assunto. Você está cansada e estressada. Essa conversa não vai ajudar.

– Sim. Tem razão. Estou cansada e estressada, como você mesmo ficaria se ficasse em casa sozinho com duas crianças pequenas, uma delas doente. – Ela conseguia manter a voz baixa, apesar da frustração.

– O que quer que eu faça, Kate? Eu largo o trabalho o mais cedo que posso, mas às vezes não é possível sair às cinco. Não tenho esse luxo. Não faço um trabalho normal.

– Essa porcaria de esquadrão de homicídios. É tão imprevisível. Nunca sei quando vou ver você. Quando as crianças vão ver você. Não posso planejar nada, como fazem as pessoas normais. Quando foi a última vez que fizemos alguma coisa em família? Quando foi a última vez que você teve férias decentes? Quando foi a última vez que você ajudou a dar banho nas crianças, Sean? Sabia que eu trabalho também? Às vezes preciso que você esteja aqui para me ajudar.

– Eu quero estar aqui – disse-lhe ele. – Mas não sei como posso facilitar as coisas. Eu não sou uma merda de vendedor de sapatos, Kate. Eu resolvo assassinatos. Prendo as pessoas que matam. Não posso fazer esse trabalho com uma das mãos amarrada nas costas.

Houve um silêncio, antes de Kate responder:

– É isso que somos para você, Mandy, Louise e eu? Algum tipo de obstáculo que seria melhor não ter?

– Não. Não – insistiu ele. – Não foi isso que eu quis dizer. Você sabe que não é o que quero dizer, mas eu preciso que minha mente esteja clara para ter alguma chance de pegar essa gente rapidamente. Se eu me preocupar constantemente em chegar em casa para a hora do banho ou do jantar, não vou conseguir pensar direito. Não poderia raciocinar do jeito que preciso. Você e as crianças não têm lugar nesse mundo, acredite em mim.

– Mas você as está perdendo, Sean. Quando menos perceber, elas estarão saindo de casa e você não vai conseguir recuperar o tempo perdido. Estará acabado.

– Você quer que eu saia da polícia? É isso que está dizendo?

– Não – garantiu-lhe ela. – Essa é a última coisa que eu quero. Fazer o que você faz o torna quem você é. Você precisa ser policial. Para você é uma vocação, não um emprego. Mas talvez seja a hora de pensar em fazer outra coisa na polícia. Algo sobre o qual você possa ter mais controle. Algo mais previsível. Deixar de lado todas essas... mortes.

– Mas é nisso que eu sou melhor. Onde posso fazer coisas que ninguém mais pode.

– Você já fez sua parte, Sean. Já deu o suficiente de si. Ninguém vai menosprezá-lo se você pedir uma transferência.

Sean olhou o relógio e suspirou.

– Talvez você tenha razão. Vou começar a perguntar por aí para ver o que tem à disposição, mas vai levar algum tempo. Só vão me deixar sair quando encontrarem um substituto.

– Eu entendo. E não quero que você entre precipitadamente em nada. Basta pensar no assunto. É só o que peço.

19

Nada disso importava mais. A polícia. Minha mulher. Meus filhos. Ficar aqui, em Londres. Eu sempre soube que seria só uma questão de tempo até ter de me mudar, mas não que viria assim tão rápido. Há mais uma partida a jogar.

Meu alvo tinha sido escolhido. Nada podia salvá-los agora. Acontecerá exatamente como imaginei. Mas não fique triste por eles: fique triste por eu não ter escolhido você. Depois que minha mão os tocar, eles serão mais na morte do que nunca foram na vida.

O próximo será mais difícil e, portanto, ainda melhor. Valerá correr todos os riscos. Além disso, eu fiz concessões. A polícia está bebendo de uma miragem. E deixarei que encham a barriga de areia.

Queria poder me revelar a vocês. Deixar que partilhem de meus segredos. Infelizmente, não posso. No momento, só o que posso lhes dar é o presente de minha natureza.

Para mim, nada seria melhor do que assinar minha obra, mas tão poucos de vocês seriam capazes de entender. Vocês deveriam cantar loas a mim como um gênio, mas em vez disso me colocariam numa jaula. Como seus psiquiatras e psicólogos gostam de fazer. Eles perderiam seu tempo sondando e me futucando. Rasgariam seus livros didáticos quando eu dissesse que fui uma criança feliz? Que nunca mordi meus colegas de turma nem torturei animais? Nunca matei o gato da família e enterrei na floresta?

Não ouço vozes em minha cabeça. Não alegaria que Deus ordenou que eu matasse. Não sou um discípulo de Satã. Não acredito em nenhum dos dois. Não odeio vocês. Vocês simplesmente não são nada para mim.

Eu tirava notas altas em minhas provas. Participava das peças de teatro da escola. Jogava hóquei e críquete por meu condado. Era o irmão favorito de minhas irmãs, o filho favorito de minha mãe e de meu pai. Frequentei uma universidade famosa e tirei um diploma em contabilidade. Era admirado por meus colegas e respeitado por meus professores. Tive várias namoradas, algumas sérias, outras não. Tomava meus porres às sextas-feiras e ficava de ressaca na maioria dos sábados. Levava a roupa para minha mãe lavar uma vez a cada quinze dias. Eu era popular.

Nada disso significa coisa nenhuma.

Não sei que idade tinha quando senti pela primeira vez. Talvez 5, talvez mais novo. Eu me olhava constantemente no espelho. Como podia parecer o mesmo quando claramente era tão diferente? Eu ficava ao mesmo tempo assustado e eufórico. Tão novo para ser absolutamente sozinho. Tão novo para ser libertado da mediocridade e da falta de sentido de uma vida normal.

Apesar de minha idade, eu sabia que não devia falar disso com ninguém. Eu precisava ganhar tempo. Adaptar-me. Imitar quem estava a minha volta. Eu me saí muito bem na escola, mas tinha o cuidado de não me destacar. Não aparecer. Percebi que eu era só uma crisálida que protegia o embrião em seu interior.

Os anos se passaram aflitivamente lentos. Eu ainda resistia à tentação de explorar minha força crescente. Esperei pacientemente. Não sabia quando viria a hora, só que ela chegaria.

À medida que eu envelhecia, continuei a colecionar os adereços de uma vida normal. Um emprego. Uma mulher. Uma casa. Filhos. Eles eram minha pele de cordeiro. Minha máscara sorridente. E esse tempo todo, eu esperava.

Então, alguns meses atrás, despertei. Olhei-me no espelho e entendi que o momento havia chegado. Para todos os outros, eu era o mesmo, mas não para mim. Uma nova criação olhava para si mesma. Enfim.

Meu primeiro instinto foi abater minha família, mas rapidamente percebi que ainda não tinha força suficiente. Eu tinha acabado de nascer. Ainda estava coberto da placenta da Natureza.

Ainda precisava da proteção deles. Mas a cada visita eu ficava mais e mais forte. E me tornei mais completo, me tornei o que devia ser: não um homem, mas um homem acima dos homens. Uma linhagem evolutiva diferente de homem. Para vocês, quase um deus.

20

Manhã de sexta-feira

Sean fez uma reunião rápida e simples. Eles iriam de Peckham à casa de Hellier, em Islington. Sean o prenderia. Sally chefiaria outra busca na casa. Ele sabia que a plateia de detetives de olhos embaçados não seria capaz de absorver muita informação às seis da manhã – a maioria parece ter optado por uma saideira, em vez de se abastecer com o mais precioso bem para um detetive: o sono. Se já estavam cansados agora, seria pior mais tarde.

Donnelly bateu na porta da casa georgiana de Hellier. A grossa tinta preta brilhava como água a cada batida. Sean e Sally estavam bem atrás dele. O resto da equipe ficou mais atrás. Ninguém esperava que Hellier resistisse.

James Hellier apareceu na frente deles. Estava quase completamente vestido e pronto para sair para trabalhar. Parecia bem. Em boa forma e forte. Imaculadamente arrumado, fechava despreocupadamente uma abotoadura de ouro na manga.

Sean avançou um passo e antes de falar sentiu o cheiro da colônia cara de Hellier. Este pareceu levar um segundo para reconhecê-lo. Quando reconheceu, começou a sorrir.

Sean colocou sua ordem de prisão perto da cara de Hellier. Ele não recuou.

– James Hellier. Sou o inspetor Sean Corrigan e estes policiais estão comigo.

– Por favor, inspetor – interrompeu Hellier. – Não há necessidade de apresentações. Acho que todos já nos conhecemos.

Sean teve vontade de bater no sujeito. Se Hellier não parasse de sorrir, ele provavelmente o faria. Em vez disso, ele o empurrou para dentro de casa e o girou, colocando-o de frente para a parede do hall. Ele podia ver Elizabeth Hellier descendo a escada.

– Quem é, James? – chamou ela. – O que está havendo? – Seu pânico crescia.

– Nada com que se preocupar, querida – disse-lhe Hellier. – Mas ligue para Jonathon Templeman e diga que fui preso de novo. – Ele se virou para Sean. – Estou sendo preso, não estou, inspetor?

Sean puxou os braços de Hellier para as costas e fechou uma algema com força em cada um dos pulsos.

– Desta vez você é meu – cochichou Sean no ouvido de Hellier. Ele recuou um passo e falou para que todos ouvissem, especialmente a mulher de Hellier: – James Hellier, você está preso pelo assassinato de Linda Kotler.

Hellier ainda sorria.

– O quê? – Ele não tentou esconder o desdém. – Isso é ridículo. Nunca ouvi falar dessa mulher.

– Não precisa dizer nada, a não ser que queira – falou Sean junto com os protestos de Hellier. – Mas o que disser pode prejudicar sua defesa quando interrogado mais tarde no tribunal.

– Diga-me, inspetor – Hellier quase gritava –, vai me prender em cada crime que não consegue resolver?

– Qualquer coisa que disser poderá ser usada como prova contra o senhor – continuou Sean.

Hellier esticou o pescoço para ver Sean por sobre o ombro direito.

– Você é um rematado imbecil. Não conseguiu merda nenhuma contra mim. – Sua cara sorridente e o hálito doce deram náuseas em Sean.

– Quem é você? – perguntou-lhe Sean. – Mas que merda é você?

O sorriso de Hellier só se alargou. Ele cuspiu as palavras na cara de Sean:

– Vai se foder!

Sean olhou pelo visor da cela de Hellier. O filho da puta presunçoso estava sentado reto na cama, como se estivesse numa espécie de transe. Quisera ele poder descobrir o que ele estava pensando. Sean afastou-se da porta da cela e voltou à sua sala. Interrogaria Hellier quando o advogado dele chegasse.

Ele entrou na sala de investigações. A equipe sentiu seu estado de espírito. Contagiava a todos. Sean agora tinha a vantagem.

– Alguma novidade do laboratório, Stan? – gritou Sean do outro lado da sala.

– Mais três dias para saber do DNA, chefe – respondeu Stan. – Dois, se tivermos sorte. Eles vão precisar de amostras de nosso suspeito ao meio-dia para terem alguma chance de fazerem isso rapidamente, mas será apenas uma comparação inicial que não nos dará uma combinação definitiva. Uma comparação total e uma combinação definitiva levarão uma semana. No mínimo.

– Não está muito bom – respondeu Sean. – Ligue para o laboratório e diga a eles que uma em 40 mil não é o bastante. Preciso de probabilidades melhores do que isso amanhã a esta hora, no mais tardar.

O telefone da sala de Sean tocava quando ele entrou. Ele atendeu:

– Inspetor Corrigan.

– Bom-dia, senhor. É o detetive Kelsey, da verificação de assinantes de telefone SO11. O senhor deixou alguns números codificados comigo há algum tempo. Eu disse que ia brincar com eles.

– Continue.

– Bem, decifrei o código – disse o detetive Kelsey, sem rodeios. – Era relativamente simples, mas eficaz.

– Também verificou os assinantes?

– Sim. Alguns são números do exterior, mas ainda não temos respostas deles. Vou mandar um e-mail ao senhor com o que consegui. Mas esteja avisado, há bem pouca coisa para ver.

– Obrigado. Bom trabalho – disse Sean calorosamente. – Me informe quando voltarem os números do exterior.

– Tudo bem.

– E mais uma vez, obrigado.

Sally apareceu na porta de sua sala.

– O advogado de Hellier chegou – anunciou ela. – Eles estão reunidos.

– Que bom. Quando estiverem prontos, você pode me ajudar no interrogatório. – Sally olhou o relógio ostensivamente. – Você precisa ir a algum lugar? – perguntou ele.

– Na realidade, tenho um almoço marcado para hoje. Eu tinha esperança de que Dave fizesse o interrogatório com você.

– Almoço marcado? – Sean parecia surpreso.

– Não é o que você pensa. Vou me encontrar com o chefe de Hellier, Sebastian Gibran. A ideia foi dele. Só posso supor que ele quer discutir o caso de Hellier.

Sean a olhou em silêncio por algum tempo.

– Não tenho muita certeza disso, Sally. Essa gente cuida dos seus. Duvido que ele queira nos ajudar. A não ser que ele tenha outras motivações para se encontrar com você.

– Por exemplo?

– Você sabe o que quero dizer.

– Acho que nunca se sabe o que a sorte nos reserva.

Mais uma vez Sean a olhou por um tempo.

– Tudo bem. Encontre-se com ele. Veja o que ele tem a dizer.

– Tem mais uma coisa – continuou Sally. – Lembra do suspeito que apareceu no Catálogo de Métodos... Stefan Korsakov?

Sean deu de ombros. Pensou que já tinham tratado desse probleminha.

– Sim.

– Estive tentando concluir essa história, mas não tem sido assim tão fácil.

– De que jeito?

– As digitais da prisão dele deviam estar na Yard, só que não estão.

– Pegaram emprestado?

– O policial da investigação original me disse que o presídio de Korsakov pediu as digitais, só que verifiquei com eles e eles não pediram nada.

– Então ele está mentindo para você. Alguma ideia do motivo?
– Ainda não.
– Quer envolver o Ética e Padrões?
– Talvez – respondeu Sally. – Mas talvez a gente deva começar a tratar Korsakov como suspeito viável, até termos certeza de que não é.
– Tudo bem – concordou Sean. – Mas se ele começar a dar sinais de que é pra valer, me diga logo. Não saía por aí agindo sozinha, tentando ser Cagney sem Lacey.
– Não farei isso. Eu prometo.
Sally girou nos calcanhares e saiu da sala.
– A propósito – disse Sean a suas costas –, bom almoço para você.

Hellier e Templeman estavam sentados próximos na sala de interrogatório que servia como sua sala de consulta particular.
– Preciso sair desta merda de calabouço no máximo às seis – disse-lhe Hellier. – Não tem desculpa, Jonathon. Você precisa me tirar daqui.
– É difícil prometer isso – respondeu, nervoso, Templeman. – A polícia não me dirá muita coisa. Até saber o que eles conseguiram, não pode esperar que eu julgue nossa situação.
– *Nossa* situação? – perguntou Hellier. Ele pôs a mão na coxa de Templeman e apertou com força. Templeman estremeceu. – Aconteça o que acontecer, você vai sair andando daqui. É a mim que eles querem pregar na parede. Não se esqueça disso.
Hellier soltou sua perna e colocou delicadamente a mão no ombro de Templeman. Ele sabia que o homem tinha medo dele.
– Sei que você fará o máximo possível – falou ele suavemente. Isto só aumentava sua ameaça.
Templeman engoliu seus temores e falou:
– Antes que possamos sequer pensar numa fiança, temos de nos preparar para o interrogatório. Se o prenderam de novo, devem ter alguma coisa. Se você souber o que pode ser, precisa me dizer agora. Eles querem começar o interrogatório assim que for possível,

mas só estão me dizendo o mínimo que são legalmente obrigados a fazer. Você precisa me ajudar para que eu o ajude. Não queremos entrar numa armadilha. Você deve responder a tudo com um "sem comentários".

Hellier não conseguiu disfarçar seu desprezo:

– Armadilha! Acha que eles são inteligentes o bastante para me pegarem numa armadilha? Eles não têm nada e Corrigan sabe disso. Ele está tentando me deixar em pânico. Bom, ele que se esforce. Você fique de boca fechada e procure parecer profissional. Eu falo e você me acompanha. Se Corrigan quer brincar, que brinque. Diga a eles que estamos prontos para o interrogatório.

Sean começou o interrogatório com as formalidades de praxe, Hellier respondendo com a cabeça quando indagado se compreendeu que foi informado de seus direitos legais no momento da prisão. Assentiu novamente, quando Sean repetiu que ele foi preso por suspeita do assassinato de Linda Kotler. Seu rosto não exibia expressão nenhuma.

Esforçando-se para ganhar credibilidade com Hellier, Templeman imediatamente partiu para a ofensiva:

– Gostaria de deixar registrado que me foi quase impossível orientar adequadamente meu cliente, uma vez que os investigadores nada me disseram sobre a alegação. Nada sobre qualquer prova que possam ter que indique que meu cliente possa estar envolvido de alguma maneira nesse crime.

Sean esperava por isso.

– A alegação é de suspeita de estupro e homicídio. Ocorreu há menos de 36 horas. Tenho certeza de que seu cliente será capaz de responder a minhas perguntas sem ter recebido informações antecipadamente. – Sean esperou por um protesto. Não veio nenhum. – Minhas perguntas serão simples e diretas. – Ele e Hellier se olharam fixamente pela mesa, depois Sean começou o interrogatório:

– Você conhecia Linda Kotler?

– Não – respondeu Hellier.

– Não conhecia ou não quer comentar?

– Não conheci ninguém com o nome de Linda Kotler.

– Já esteve na Minford Gardens, em Shepherd's Bush? – Sean tentava pegá-lo no laço.

– Não sei. Talvez – respondeu Hellier.

– Talvez?

– Já estive em Shepherd's Bush, então talvez tenha passado por lá.

– Por Minford Gardens? – repetiu Sean.

– Talvez.

– Já esteve no número 73 de Minford Gardens?

– Não.

– Tem certeza?

– Absoluta. – Hellier parecia entediado.

– Tem certeza absoluta? – Sean tinha de ser exato. Qualquer ambiguidade agora seria explorada mais tarde pela defesa. Hellier não respondeu. – Vou tomar isso como uma confirmação. Mas você está mentindo. Você esteve lá – continuou Sean.

Hellier não teve outra reação além de erguer uma sobrancelha levemente. Sean percebeu.

– Você conheceu Linda Kotler. Encontrou-se com ela na noite em que a matou.

– Francamente, inspetor – interferiu Templeman. – Se tem alguma prova que corrobore sua alegação de que meu cliente está envolvido no crime, então por que não diz simplesmente o que é? Caso contrário, este interrogatório está encerrado. – Sean o ignorou. Durante toda a interrupção, ficou olhando fixamente nos olhos de Hellier.

– Onde estava anteontem à noite? – perguntou Sean.

– Quer dizer que vocês não sabem? – Hellier queria provocá-lo. – Todos esses policiais me seguindo e vocês precisam me perguntar onde estive. Que tormento deve ser para vocês.

– Nada de joguinhos. – Sean tentava manter o ritmo. – Onde você estava?

– Isso é problema meu – rebateu Hellier.

Ótimo. Ele estava perdendo a calma.

– E agora é meu – disse Sean. – Com quem você estava?

– Sem comentários.

As perguntas e respostas vinham rapidamente. Templeman ficou atento para fazer uma interrupção, uma oportunidade de protestar, mas sabia que nenhum dos dois lhe daria ouvidos. Isto era entre eles. Era pessoal.

– Se você tem um álibi, é melhor me dar agora – disse-lhe Sean.

– Não tenho de provar porcaria nenhuma – retorquiu Hellier.

– Você não estava em casa.

– E daí?

– Também não estava no trabalho.

– E daí?

– Daí que entre as sete da noite e as três da madrugada, onde você estava? Durante o período em que Linda Kotler foi assassinada, onde você estava? – A voz de Sean se elevava.

Hellier revidou:

– Onde *você* estava, inspetor? É o que as pessoas realmente vão querer saber. Ela estaria viva agora se você tivesse feito o seu trabalho direito? Você está desesperado e transparece isso. Você fede a medo. Isso o está cegando. O que você tem? Nada além de hipóteses. Você não sabe onde eu estava na noite em que essa mulher foi morta. Isso não prova nada. – Hellier se recostou, satisfeito.

– Quanto tempo você ficou vigiando? – perguntou de repente Sean. – Por uma semana, como fez com Daniel Graydon, ou por mais tempo? Você passou dias e dias fantasiando em matá-la, as imagens em sua mente ficando cada vez mais nítidas, até que você não podia mais respirar? Você a seguiu até a casa dela, não foi, James? Depois olhou as janelas da casa, esperando que as luzes apagassem. E quando apagaram, você esperou até ter certeza de que ela dormia para subir pelo cano e trepar pela janela do banheiro. Depois você a deixou inconsciente com um murro, amarrou-a em sua posição preferida de bondage, a estuprou e sodomizou. E quando terminou, você a estrangulou... Não foi?

Hellier fez menção de responder, mas Sean ergueu a mão para impedi-lo enquanto as imagens em sua mente revelavam mais detalhes.

– Não, espere, estou enganado... Você a estrangulou *depois* de tê-la estuprado. Você a matou enquanto ainda estava dentro dela, não foi? A morte dela e seu orgasmo aconteceram ao mesmo tempo... É assim que precisa ser para você, não é? Não é?

Os olhos de Hellier estavam furiosos por trás de sua cara pétrea, os músculos nas mandíbulas visivelmente se flexionando enquanto ele lutava para se controlar. Por fim, ele falou:

– Essa é uma bela historinha que você inventou, inspetor. Mas não prova nada... Nada de nada.

– Tem razão. – Sean parecia humilde. – Não prova nada. Mas isto prova. – Ele deslizou pela mesa uma cópia de formulário. – Item número 4 – disse Sean. – O número 4 deve ser de particular interesse para você.

Hellier passou os olhos pela lista de objetos entregues ao laboratório da perícia. Viu que o item número 4 era de dois fios de cabelo. Ele meneou a cabeça como se não reconhecesse sua importância.

– Como isso tem relação comigo?

– Precisamos de amostras de seu cabelo e seu sangue, para comparação de DNA – informou-lhe Sean.

– Vocês já pegou amostras.

– Não posso usar aquelas. Esse é um caso diferente. Preciso de novas amostras.

Hellier olhou de lado para Templeman, que assentiu, confirmando que Sean dizia a verdade.

– Tudo bem – disse Hellier. – Peguem suas amostras e me deixem sair daqui.

– Lamento muito – disse Sean. – Deixar que saia daqui? Não, isso não seria possível. Vai ficar em custódia até termos a comparação do DNA.

– Vai se foder! – explodiu Hellier. Ele agora estava de pé. – Não pode me deixar trancado nesta merda de jaula! – Templeman o puxou para sua cadeira.

Sean falou apenas para que ficasse gravado:

– Interrogatório encerrado às 12 horas e 23 minutos. – Ele desligou o aparelho. – Vou pedir que alguém venha pegar suas amostras. – Depois saiu da sala de interrogatórios, deixando que Donnelly lidasse com os protestos de Templeman. Ele sorriu ao fechar a porta, ouvindo as vozes elevadas sumirem ao fundo.

Featherstone bebia um café enquanto esperava na frente da cadeia. Sabia que Sean passaria por ali em algum momento. Por mais que gostasse do sujeito e até acreditasse nele, estava ciente de que, no que dizia respeito à chefia, Sean tinha a tendência de velejar perto demais do vento.

– Sean. – Featherstone o surpreendeu ao bater na porta. – Tem um minuto? – Ele gesticulou para uma sala desocupada.

– Isso não pode esperar?

– Melhor não. Não vamos demorar muito.

Com relutância, Sean seguiu Featherstone à sala.

– Parece que algumas pessoas influentes estão começando a meter o nariz em sua investigação – avisou Featherstone. – Deram telefonemas à Yard e o diretor está ficando nervoso. Vou manter os cachorros a distância, mas é melhor você ter certeza de que conseguiu alguma prova em apoio a qualquer atitude que tomar.

– Encontramos fios de cabelo na última cena – disse-lhe Sean. – Podemos obter o DNA deles. Vamos comparar com os de Hellier e depois estará tudo acabado.

– Isso é um começo – disse Featherstone. – Mas não podemos manter um suspeito detido enquanto esperamos por uma comparação de DNA. Logo, qual é o plano?

– Preciso que ele continue abalado. Que fique desequilibrado. Deixe-me manter o sujeito trancafiado por algumas horas. – Sean falava em voz baixa, reprimindo sua raiva. – Depois o libero, depois que ele estiver bem tenso, sem raciocinar direito. A equipe de vigilância pode pegá-lo no segundo em que ele sair da estação.

Featherstone respirou fundo.

– Tudo bem. Vamos fazer do seu jeito, mas tenha cuidado com esse, Sean. Hellier tem amigos muito poderosos.

– Obrigado por me avisar.

– Mais uma coisa – disse Featherstone enquanto Sean se virava para sair. – Que história é essa que eu soube de a vítima de Shepherd's Bush dizer que conheceu você na noite em que foi morta?

– Você soube?

– Não há muita coisa que eu não saiba.

– Hellier gosta de fazer joguinhos.

– Você precisa ter cuidado – Featherstone de novo alertou-o. – Tenha cuidado. As pessoas estão observando esse caso. Estão observando você. Meu conselho... trate de provar onde e com quem você estava na noite da morte de Linda Kotler.

– Não pode estar falando sério – disse Sean, sem acreditar. – Você não acha realmente que...?

– Eu, não – garantiu-lhe Featherstone. – Mas essa investigação está ficando muito mais complexa do que se esperava. Está deixando os poderosos muito nervosos, Sean.

Sean sentiu um peso imenso pressionando-o para baixo, como se as palavras e a suspeita inferida de Featherstone aos poucos o esmagassem.

– Eu me lembrarei disso – disse ele rispidamente, dando as costas ao superintendente e saindo da sala.

Ele andou pelo corredor e entrou no banheiro comunitário. Depois de ver se estava sozinho, encheu a pia de água fria e se curvou sobre ela, pegando a água com as mãos e enterrando a cara antes de se endireitar e ver seu reflexo olhando do espelho. Seus olhos estavam fundos de cansaço e desidratação. As palavras de Featherstone ainda ecoavam em sua cabeça. Ele estendeu a mão para o reflexo, mas a imagem que o olhava foi se deformando até se transformar em outra pessoa: na imagem desfigurada de Daniel Graydon, na cara apavorada de Heather Freeman, por fim em Linda Kotler, contorcendo-se de agonia e medo. Ele esfregou o espelho, manchando-o com água, e esperou que clareasse. Quando clareou, era seu próprio rosto novamente, olhando-o e fazendo a pergunta: ele pode ter matado Linda Kotler? Ele engoliu em seco, lembrando-se das imagens que vira em sua mente na cena do assassinato e em outras cenas de crime do passado. Não era a primeira vez que se via fazendo outra pergunta: essas imagens eram uma projeção de sua imaginação, ou eram lembranças – lembranças de crimes que ele cometeu?

– Você estava em casa com Kate na noite em que Linda Kotler morreu e também quando Daniel Graydon foi assassinado... Você estava em casa. – Desesperadamente, ele tentou lembrar onde estava na noite em que Heather Freeman foi morta, mas não conseguiu. Sentiu o pânico invadir a própria alma. – Você estava com sua mulher – sibilou ele para o espelho, mas não conseguiu se livrar da dúvida, da possibilidade de que ele não fosse diferente de metade dos presidiários de Broadmoor. Seria sua vida doméstica uma fantasia, sua mulher, uma fábula de sua imaginação, toda sua família nada mais do que uma miragem – uma projeção do que ele mais queria, mas nunca teria?

– Não! – Ele socou o espelho com a base do punho. – Pelo amor de Deus, controle-se. Você está cansado, é só isso. Você resolveu esses outros crimes. As pessoas que os cometeram estão trancafiadas pela vida toda graças a você. – Ele respirou fundo. – Hellier matou essas pessoas, não eu. Eu sou real. Minha vida é real. Isso é real.

De repente a porta foi aberta por um guarda desesperado para ir ao banheiro. Ele parou por um segundo ao ver Sean diante do espelho, de cara molhada, as mãos agarradas à pia. Assentindo brevemente a Sean, desapareceu em um reservado. Quando a porta se fechou, Sean rapidamente secou as mãos em um monte de toalhas de papel e foi para a saída.

Sally entrou no Che logo depois da uma da tarde e imediatamente localizou Gibran sentado a uma mesa, bebendo uma taça de vinho de cor âmbar. Ele se levantou quando a viu. Um garçom puxou uma cadeira para ela enquanto Gibran indicava que se sentasse com um gesto e um sorriso.

– Sargento Jones. Estou muito agradecido que tenha podido se encontrar comigo.

– Por favor – disse ela. – Pode me chamar de Sally.

– Sally, é claro. E você deve me chamar de Sebastian... Combinado?

— Combinado — concordou Sally.

— Posso lhe pedir uma bebida? Ou isso contraria as regras? Não quero meter você em problemas. — Ele abriu um sorriso juvenil, cheio de malícia. Ela já estava relaxada em sua companhia.

— Por que não? O que você estiver bebendo, para mim está bom.

Gibran assentiu uma vez para um garçom próximo, que partiu dali imediatamente.

— A carne de caça daqui é excelente — informou ele —, mas é meio cheia de frescura para meu gosto. Vai descobrir que sou um homem simples com um gosto simples, exceto quando se trata das pessoas, é claro.

Pareceu a Sally que ele queria impressioná-la com sua modéstia e simplicidade, apesar da riqueza e influência evidentes. Ela ficou devidamente impressionada, mas não ia demonstrar. Ainda não.

— E então, o que posso fazer por você, Sebastian?

— Direta ao assunto. — Ele se interrompeu enquanto o garçom servia o vinho de Sally. — Espero que goste. O Dominico aqui me disse que é um Sancerre muito refinado e eu não sou tão bem informado nesses assuntos, estou inteiramente nas mãos dele. — Gibran esperou que o garçom saísse, antes de voltar a falar: — Você precisa me dizer se o vinho é bom, assim saberei se Dominico andou me depenando pelos últimos anos.

Ela bebeu um gole e sorriu para ele, sustentando seu olhar por um tempo longo demais. Ela se concentrou em parecer objetiva.

— É muito bom, obrigada. Agora, por que estou aqui?

— Queria poder dizer que é puramente por prazer, mas acho que você já pressupôs que não é esse o caso.

— Sou detetive. Procuro não fazer pressuposições.

— É claro. Desculpe — disse Gibran com um charme natural. — Estamos aqui porque temos um interesse mútuo em certa parte.

— James Hellier?

— Sim — confirmou ele, sua expressão de repente séria, a personalidade juvenil e sedutora evaporando num instante.

— Sr. Gibran... Sebastian. Se veio aqui para tentar influenciar de alguma maneira minha opinião sobre o envolvimento de Hellier nesse caso, devo avisá-lo de que...

– Não é essa minha intenção – insistiu Gibran, batendo na taça enquanto falava. – Eu não insultaria sua inteligência. Pensei que você deveria saber de meus sentimentos sobre essa questão, é só isso.

– Seus sentimentos sobre essa questão só me interessariam se tivessem alguma relevância para nossa investigação. E então, eles têm?

– Para ser franco, não tenho certeza se são relevantes ou não. Só pensei que alguém ligado à investigação devia saber, por isso telefonei para você.

– Por que não entrou em contato com o inspetor Corrigan?

– Tenho a sensação de que ele não gosta muito de mim.

– Bom, eu estou aqui – disse Sally com um ar resignado. – Então, o que acha que eu deva saber?

– Como posso colocar isso? – começou Gibran. – Quando James ingressou em nossa empresa, era um funcionário-modelo. Serviu à empresa acima e além de todas as expectativas por vários anos. – Ele parou. – Porém...

– Porém o quê? – encorajou-o Sally.

– Desculpe. – Gibran meneou a cabeça. – Não é da minha natureza falar da vida alheia. Imagino que seja assim no seu trabalho também: a regra número um é cuidar uns dos outros.

– Bem, você ainda não infringiu nenhuma regra, porque até agora não me disse nada.

– E em circunstâncias normais eu não diria a você. – Os olhos azuis de Gibran penetraram profundamente os de Sally, mostrando-lhe um lampejo de seu verdadeiro poder e status. Ela não o achou menos atraente por isso. – É só que, ultimamente, bem, eu tenho achado seu comportamento um tanto... errático. Imprevisível. Problemático até. Na metade do tempo não sei onde ele está, nem com quem está. Ele faltou a várias reuniões importantes nas últimas semanas e tudo isso é pouco característico dele. – Gibran parecia genuinamente preocupado.

– Quando foi a primeira vez que você percebeu essa mudança na personalidade dele? – perguntou Sally.

— Acho que começou há alguns meses. E agora esse último episódio, a polícia invadindo nosso escritório, arrastando James como um criminoso comum. Não é exatamente a imagem que queremos que retrate a Butler & Mason.

— Não. Acho que não é.

Gibran se curvou para a frente e falou em voz baixa:

— Acredita realmente que ele matou aquele homem? James é capaz de uma coisa dessa?

— O que você acha? — perguntou Sally.

Gibran se recostou novamente, antes de responder:

— Não tenho certeza, para ser sincero. Não agora. Minha cabeça anda dando voltas no momento. Estou sob muita pressão de cima para resolver esse problema.

— Aconteceu alguma coisa para que se sinta assim?

Gibran bebeu o vinho, antes de responder:

— Outro dia, fui à sala de James para falar com ele, ver o que conseguia descobrir.

— Espero que não esteja bancando o detetive amador — alertou-o Sally. — Isso pode nos causar problemas processuais, especialmente se você o interrogou.

— Não — respondeu apressadamente Gibran. — Não é nada disso. Mas precisa entender que sou responsável por muitas coisas de vulto na Butler & Mason e por muitos funcionários. Se preferir, sou como a força policial interna da Butler & Mason. Farei o que for preciso para proteger a empresa e seu pessoal. Se James estiver colocando as duas coisas em risco, então... — Gibran deixou que sua declaração se estendesse.

— Faça o que precisa fazer. Mas cuide para não atravessar nossa investigação criminal. Isso deixaria a nós dois numa situação comprometedora.

— Eu entendo — garantiu-lhe Gibran. — Você deixou tudo muito claro. Não é meu desejo me desentender com a polícia, especialmente com você.

— Que bom — encerrou Sally o debate. — Então, o que Hellier tinha a dizer sobre ele mesmo durante a conversinha que vocês tiveram?

– Nada de específico. Ele parecia muito distraído.

– Não admira – disse Sally com desdém.

– É verdade. Mas foi mais um pressentimento que eu tive – explicou Gibran. – Conheço James há vários anos e essa foi a primeira vez que me senti... bem, pouco à vontade em sua presença, até um tanto intimidado.

– Continue.

– Quase me senti como se pela primeira vez eu estivesse conhecendo o verdadeiro James Hellier, e que essa pessoa que conheci até agora não existia realmente. – Ele fez uma pausa e depois perguntou com um tom repentinamente mais leve: – Diga-me, Sally, está familiarizada com a obra de Friedrich Nietzsche?

– Não posso dizer que sim – admitiu Sally.

– Pouca gente está. – Gibran desprezou o desconhecimento de Sally antes que isso a deixasse constrangida. – Nietzsche era um filósofo que acreditava que os homens deviam ser governados por um seleto grupo de super-homens benevolentes. É claro que é um absurdo. Eu estava falando com James sobre isso, tentando conseguir que ele relaxasse, que não sentisse que estava sendo interrogado, mas quase parecia que James acreditava nessa ideia. Quero dizer que *realmente* acreditava. Ele começou a falar de viver a vida além do bem e do mal, como decretava Nietzsche. Normalmente eu não teria dado importância, mas em vista de tudo o que aconteceu, de repente parecia... sinistro.

– É mesmo?

– Como eu disse – respondeu Gibran, recostando-se em sua cadeira confortável –, é só um pressentimento.

– Bem – disse Sally depois de uma pausa. – Se você descobrir ou sentir mais alguma coisa, sabe como entrar em contato comigo.

– É claro. – Gibran olhou em volta, pouco à vontade. – Você coloca alguém debaixo da sua asa. Confia nele, acha que o conhece. Depois acontece tudo isso. – Ele bebeu o vinho. – Ele não é o homem que eu conhecia. Parece o mesmo, mas está diferente. Para responder a sua pergunta original: se eu acho que James pode estar envolvido na morte dessas pessoas? A verdade é que simplesmente não sei mais. O fato de não poder desprezar essa ideia já é bem ruim, tenho medo de pensar...

– De uma forma ou de outra, logo todos vamos saber a resposta.
– Como disse? – perguntou ele.
– Nada – disse ela rapidamente, se recuperando. – Não é nada.
– Que bom – declarou ele. – Agora que esclarecemos isso, podemos aproveitar o nosso almoço. Espero que você não tenha de sair correndo daqui. Será uma mudança ter um almoço civilizado com alguém que não está me matando de tédio com sua mais recente ideia para enriquecer rapidamente.
– Não – disse ela. – Estou num intervalo. Além disso, acho que não suporto nem ver outro sanduíche.
– Então, a você – disse ele, erguendo levemente a taça. – A nós.
Sally correspondeu ao brinde com um sorriso cauteloso.
– A nós.
– Deve ser difícil – disse Gibran, de repente enigmático.
– O quê?
– Aprender a usar todo esse poder que você tem sem abusar dele. Quero dizer, conheci muita gente que verdadeiramente acredita que é poderosa, mas o poder pelo dinheiro e pela influência tem seus limites. Ser uma policial, ter o poder de literalmente suspender os direitos humanos de alguém, tirar sua liberdade... Isso é o verdadeiro poder.
– Não suspendemos os direitos humanos das pessoas, só podemos suspender temporariamente seus direitos civis – explicou Sally.
– Dá no mesmo – continuou Gibran –, deve ser muito difícil.
– Talvez, no início. Mas você acaba se acostumando e logo nem mesmo pensa no assunto.
– Estou imaginando que isso pode dificultar o relacionamento com os homens. Muitos ficam intimidados com mulheres poderosas. Preferimos pensar que o poder está sempre conosco; assim, se envolver com uma policial seria, eu acho, um desafio.
– E você? – perguntou Sally. – Está intimidado?

— Não — respondeu Gibran, com a expressão mais séria que Sally já vira. — Mas eu não sou como a maioria dos homens.

Sally o olhou pelo tempo que pôde sem falar nada, tentando ler seus pensamentos. Gibran interrompeu o silêncio:

— Uma coisa que sempre me fascinou — continuou ele — é como as pessoas que parecem ter nascido para matar de algum modo se encontram, como se pudessem reconhecer sua própria espécie quando topam uma com a outra: Hindley e Brady, Venables e Thompson, Fred e Rosemary West, e Deus sabe quantos outros mais. Como eles podem se encontrar?

— Não sei — respondeu Sally. — Essa é a especialidade do meu chefe. Ele é um pouco mais instintivo do que a maioria.

— O inspetor Corrigan? Que interessante — disse Gibran. — Quando você diz instintivo, o que quer dizer?

— Só que ele parece saber das coisas. Ele vê coisas que ninguém mais consegue enxergar. — De repente Sally se sentiu desconfortável discutindo Sean com alguém de fora, como se de algum modo o estivesse traindo. Gibran sentiu seu estado de espírito.

— Um homem interessante, o seu inspetor Corrigan. Acha que talvez seja seu lado sombrio que o torna tão bom?

Sally ficou impressionada. Ocorreu-lhe que muitas virtudes que ela via em Sean estavam presentes em Gibran. Ela concluiu que se Sean pudesse ir além de suas ideias preconcebidas de Gibran, talvez gostasse dele.

— O inspetor Corrigan é muitas coisas, mas nunca vi nada do que você chama de lado sombrio. É mais uma questão de ele estar disposto e ser capaz de procurar por respostas naqueles lugares sombrios que temos medo demais de atravessar, para não vermos algo sobre nós mesmos que não nos agrada.

Gibran assentiu com um sinal de aprovação.

— É porque ele está preparado para aceitar suas responsabilidades — disse ele. — E parece que temos mais em comum do que qualquer um de nós compreende. Talvez, quando tudo isso acabar e ele enxergar em mim o que eu sou, e não o que ele pensa que seja, teremos a chance de falar em termos amistosos.

– Não espere muito por isso – avisou-lhe Sally.

– Não – respondeu Gibran. – Acho que não vou esperar. – Novamente eles se olharam em silêncio por um momento, antes de Gibran voltar a falar: – Mas há uma coisa que preciso deixar claro para você... Não posso e não vou deixar que nada nem ninguém coloque em risco a reputação da Butler & Mason. É claro que respeito o fato de que sua investigação policial tem prioridade, mas farei o que deve ser feito para encerrar essa questão com James de uma maneira ou de outra, custe o que custar a ele.

Sally virou o rosto por um momento como se refletisse sobre o que ele disse. Depois o olhou nos olhos.

– Eu entendo – disse ela. – Faça isso. Desde que você nos conte tudo o que precisamos saber sobre Hellier, tem a minha palavra de que não vamos interferir em nenhuma decisão interna que sua empresa tome a respeito dele. Mas tenha cuidado, Sebastian, pelo bem de todos nós.

Hellier olhou rapidamente o relógio. Quase cinco e meia da tarde. A polícia foi deliberadamente lenta em sua soltura. O inspetor Corrigan deixou clara sua ausência. Não importa. Ele tinha tempo suficiente. O tempo exato.

Ele vestiu as roupas limpas que Templeman tinha arrumado. A polícia apreendeu aquelas que ele estava usando e mais uma vez esvaziaram seu guarda-roupa e as gavetas de sua casa. Desta vez não tiveram muito que levar. Ele ainda estava no processo de reabastecê-los depois da primeira ida à polícia, quando apreenderam cada peça de roupa que ele possuía. Corrigan estava lhe custando uma fortuna.

Não havia tempo para ir em casa primeiro. Não importava. Fizera bem em planejar com antecedência. Tinha uma muda de roupas, o telefone e a arma esperando por ele. Não que esperasse uma briga. Era um mestre de conquistar o controle imediato. Anos de prática garantiram que sua força não tivesse par. Não temia nada nem ninguém, mas a arma ainda assim era uma boa garantia.

Ele parou na escada da frente da central de polícia de Peckham. Já havia se despedido de Templeman, que nem desconfiava de como Hellier pretendia ser definitivo. Só mais uma coisa para resolver e então ele iria embora. Não previa precisar dos serviços de Templeman novamente.

Ele olhou os dois lados da rua. Eles estavam de volta. Mas será que Corrigan não aprendeu a lição? Tudo bem. Se queriam ser enganados novamente, ele estava feliz em ceder. Procurou um táxi. Ora, ali era Peckham. Não havia nenhum. Percebendo que ele aparecia muito mais do que queria, começou a andar na direção do que passava por centro naquele subúrbio do sudeste de Londres.

Hellier entrou no primeiro escritório de minitáxis que encontrou. Um grupo de antilhanos idosos e animados estava sentado por ali, fumando e rindo ruidosamente de alguma piada que Hellier perdeu. Um dos homens falou. A voz lenta e cuidadosamente contendo o sotaque o suficiente para Hellier entender.

– Sim, senhor. O que posso fazer pelo senhor? – perguntou ele.

– Preciso chegar à Ponte de Londres.

– Não tem problema, senhor. Eu mesmo o levarei – respondeu o taxista. Segundos depois o carro arrancava e, ao fazer isso, outros seis carros e quatro motos começaram a se mover com ele. O taxista não estava consciente de que se tornara foco de tanta atenção policial, mas Hellier sabia que eles estavam ali. De vez em quando roubava um olhar no espelho retrovisor lateral. Viu uma das motos, nada mais; mas não precisava vê-los para saber que estavam lá.

– Um lindo dia – disse Hellier ao motorista.

– É, cara. – O motorista sorriu, radiante. – É como se eu estivesse na Jamaica de novo. – Os dois riram.

Sean estava de volta a sua mesa, pesando as opções. Até agora chegara a uma dúzia de hipóteses, mas nenhuma delas ajudava na investigação. Nenhuma o ajudava. Não teve alternativa senão deixar que Hellier saísse da cadeia. Respirando fundo, lembrou a si mesmo para ser paciente. Quando viessem os resultados do DNA, ele poderia enterrar Hellier. Tinha certeza disso.

Esfregou os olhos cansados com a lateral dos dois punhos. Por um segundo não conseguiu enxergar direito. Quando os olhos clarearam, ele se viu concentrado na tela do computador, lembrando-se de que precisava verificar os e-mails. Era a primeira chance que tinha de ver sua caixa de entrada. Entre as dezenas de e-mails havia um do S011. Os detalhes dos números de telefone da caderneta de endereços de Hellier. Ele não estava com humor para mergulhar em nomes e números. Sua cota de paciência se esgotara havia horas. Ele olhou a sala principal, procurando alguém a quem pudesse delegar essa tarefa, mas todos pareciam ocupados. Sua consciência levou a melhor, e começou a ler ele mesmo a lista.

A maior parte parecia ser de números de bancos, tanto no Reino Unido como no exterior. Outros números eram de contadores, negociantes de diamantes, negociantes de ouro, comerciantes de platina. Centenas de nomes, mas apenas alguns números pessoais. Ele deu uma atenção especial a esses. Leu os nomes vagarosamente. O número de Daniel Graydon estava ali, como ele esperava: tanto de sua casa como do celular. E daí? Não significava nada, agora que Hellier admitiu que o conhecia. Ele procurou os nomes das outras duas vítimas, Heather Freeman e Linda Kotler. Não esperava encontrar o nome da jovem fugida de casa, mas talvez o de Kotler. Não estava ali. Ele ficou decepcionado, mas não surpreso.

O minitáxi deixou Hellier no pátio externo da Ponte de Londres. Ele ficou deliciado ao ver milhares se juntando à multidão de passageiros e até pensou em acenar para a polícia que seguia pela rua. Não conseguiu vê-los, mas sabia que eles o estariam vendo. Um adeusinho daria o que pensar, mas ele resistiu à tentação – não era hora de se exibir. Logo ele iria embora, mas primeiro tinha alguns assuntos a tratar. O número um da lista era seu amigo misterioso.

Chegou a pensar em ir embora sem nem mesmo se dar ao trabalho de encontrar o homem, mas ele não era um jogador. Só apostava quando podia administrar os riscos, e isso significava descobrir o que esse homem sabia, se soubesse de alguma coisa. Poderia ele prejudicá-lo? Machucá-lo? Hellier precisava descobrir. Sem pontas soltas, lembrou a si mesmo. Deixe as coisas bem arrumadas, exatamente como ele gostava. Isso não queria dizer que não havia tempo para uma última emoção. Uma última indulgência.

Hellier entrou rapidamente na estação de trem, se metendo numa banca de jornais, vendo a entrada principal através da prateleira de revistas, esperando que a equipe de vigilância entrasse. Eles eram bons, só uma se destacava quando passava os olhos pela multidão, procurando por ele. Os passageiros nunca olhavam em volta. Estavam no piloto automático. Ela se destacava como uma amadora, mas os outros eram invisíveis.

Ele pegou a outra saída da banca e voltou ao pátio usando a mesma saída que usara para entrar, enquanto tentava se lembrar dos rostos por que passava. Se os visse de novo, presumiria que fossem policiais. Ele atravessou a curta distância até a estação do metrô, parando de repente no alto da escada e girando o corpo. Ninguém reagiu. Um sorriso se espalhou por seus lábios. Eles eram mesmo muito bons.

Mais uma vez, ele desceu ao metrô, que o servira tão bem no passado. Seguiu seu padrão de vigilância normal, partidas projetadas para despistar até os melhores: percorrer curtas distâncias em trens e sair na última hora, andando rapidamente pelos túneis, passando por passageiros zumbificados, deixando-os ao mesmo tempo irritados e impressionados. Não importa. Como sempre, James Hellier estava um passo à frente.

Enfim, ele chegou em Farringdon e foi para o bar que havia escolhido no dia anterior. Estava bem movimentado, mas não lotado. O ideal. Ele foi direto ao banheiro, sem ser percebido. O reservado que ele queria não estava ocupado. Dois clientes estavam no mictório, sem perceberem quando ele fechou a porta. Ele não tinha tempo para esperar que saíssem – na verdade, era melhor que estivessem ali. Logo a polícia entraria no bar, procurando por ele. Começou a tirar a roupa.

O celular de Sean vibrou na mesa diante dele. Ele ainda lia o e-mail e o atendeu distraidamente.

– Alô.

– Chefe. É Jean Colville. – Sean reconheceu a sargento da equipe de vigilância. – Seu homem certamente conhece táticas de contravigilância.

– Já percebi – disse Sean ironicamente. – Onde você está?

– Em Farringdon. Tentando acompanhar seu alvo. Ele entrou num bar da Farrington Road. Ele nos deu uma volta, mas ainda estamos com ele. Somos poucos, mas os outros estão fazendo o máximo para acompanhá-lo.

– Estão cobrindo o bar? – perguntou Sean, preocupado.

– Sim. Coloquei uma unidade nos fundos... Só tem uma saída ali. Três estão no bar e outros dois na frente. Ao que parece, seu homem está no banheiro. Não há outro jeito de sair se não for pela porta que leva ao bar. Assim, enquanto estiver ali, estamos firmes.

– Muito bem. – Sean respirou com mais facilidade. – Não dê um centímetro a esse aí. Se não conseguir ver o que está fazendo, pressuponha que faz algo que preferimos que não faça.

– Entendido. Eu ligo se a situação mudar.

– Vai mudar – alertou-a Sean. – Esteja preparada quando acontecer. – Ele desligou.

– Problemas? – perguntou Donnelly, aparecendo na porta aberta de Sean.

– Ainda não – respondeu Sean. – Eles seguiram Hellier até Farringdon.

– Bom, desde que não o percam desta vez. A propósito, você devia saber que Jonnie Dempsey apareceu. Ele se entregou em Walworth. Os caras de lá o estão segurando para nós. Ao que parece, ele confessou que andou metendo a mão em parte da féria da caixa registradora com certa regularidade. Pensou que a gerência estivesse em cima dele, então deu o fora. Quando soube que o lugar estava lotado de policiais, decidiu se esconder. Acabou concluindo que as coisas ficaram meio sérias demais para ele ignorar e achou melhor se entregar.

– Risque um suspeito – disse Sean.

Ele viu Sally entrar na sala principal. Não falava com ela desde aquela manhã. Capturou seu olhar e acenou para ela se aproximar.

– Como foi seu encontro com Gibran? – perguntou ele.

Sally se sentou sem ser convidada.

– Foi bem interessante. Ele certamente não me deu nenhum motivo para desconfiar menos de Hellier. Disse que ele anda agindo estranhamente, perdendo compromissos e assim por diante, e que ele acha que só agora está conhecendo o verdadeiro James Hellier. Que o outro Hellier, antes de tudo isso acontecer, era falso. Também disse que Hellier vivia falando de viver sua vida além do bem e do mal.

– Nietzsche – disse Sean involuntariamente.

– Como? – perguntou Donnelly.

– Nada – disse Sean. – Não é importante. Mais alguma coisa? – perguntou ele a Sally.

– Na verdade, não – respondeu ela. – Provavelmente ele só estava tentando descobrir o que sabíamos.

– Desde que ele tenha pagado o almoço – disse Donnelly.

– Na realidade, pagou – disse-lhe Sally. – O que é mais do que você já fez na vida – acrescentou ela.

– Que grosseria, mas é justo – disse Donnelly.

– O que você fez no resto da tarde? – perguntou Sean, sem pretender dar a impressão de que a estava controlando.

– O almoço demorou mais do que eu esperava. – Ela ficou vermelha, lembrando-se do tempo que passou com Gibran e de que não teve pressa de encerrar o encontro. – Depois disso, fui atrás de umas investigações no Registro Público, mas eles ainda não tinham os meus resultados. Soube que Hellier foi solto.

– Não podemos ficar com ele até a confirmação dos resultados de DNA – explicou Sean. – Demora demais.

– E se o DNA não for de Hellier? – perguntou ela.

– Eu estarei na merda – disse Sean asperamente. – Então, é melhor não chegar perto demais.

Hellier ficou menos de um minuto no banheiro. Ouvia gente entrando e saindo do lado de fora do reservado. Ele agora agia rapidamente. Sem se preocupar com o barulho. Ficou ali, apenas de cueca e meias.

Retirou a tampa da caixa de descarga e a colocou em cima do vaso sanitário. Com cuidado, desfez o pacote e dispôs a arma e o pente de balas. Consultou o relógio. Seis e quarenta e cinco. Ainda tinha 15 minutos. Encaixou a bateria no celular. Ligaria o aparelho depois que saísse do bar.

Ele vestiu o moletom e a camiseta e calçou os tênis. Meteu a arma no cós a suas costas e amarrou firme o cordão da calça. Pôs o telefone num dos bolsos do casaco e o pente de balas no outro.

Por fim, desembrulhou as roupas restantes. Tirou a tampa do tubo de cola teatral e passou um pouco no verso do bigode falso. Prendeu-o sobre o lábio, usando o tato para se certificar de que estava bem colocado. Em seguida, fez o mesmo com as sobrancelhas. A peruca, colocou no fim. Não precisava de um espelho para saber que sua aparência fora transformada. Ele sorriu consigo mesmo.

Dobrou bem as roupas que havia tirado e as colocou junto com os sapatos no saco plástico. Recolocou tudo na caixa de descarga. Podia precisar depois. Nunca se sabe. Recolocou delicadamente a tampa da caixa. Respirou fundo uma vez para se recompor e saiu do reservado. Deu uma olhada em si mesmo no espelho ao sair. Ele sorriu. Saiu do banheiro e depois do bar.

A sargento Colville olhou o relógio. Tinham se passado dez minutos e a única atualização que ela ouvia dos rádios plantados de sua equipe era "sem alterações". As palavras de Sean soavam altas em sua cabeça. Ela falou no rádio:

– Não estou gostando disso. Tango Quatro, verifique dentro do banheiro.

Seu rádio estalou duas vezes. O policial com o codinome Tango Quatro tinha recebido e entendido sua transmissão. Ela esperou por uma atualização. Dois minutos se passaram. Pareciam ser duas horas. Seu rádio sibilou.

– Controle. Controle. Tango Quatro.

– Fale. Fale – instruiu ela.

– Temos um problema, Controle.

A sargento Colville trincou os dentes.

– Explique, câmbio.

– Alvo Um não está no banheiro, câmbio.

– Alguma unidade viu o Alvo Um? – disse ela no rádio. O silêncio foi sua única resposta. – Procurem por ele, gente. Alguém viu o Alvo Um? – Silêncio.

Ela se virou para o detetive que dirigia o carro civil.

– Não acredito nisso – resmungou. – Tudo bem. Perdemos o alvo. Repito, perdemos o alvo. Todas as unidades, dispersar. Unidades a pé, procurem no bar. Todos os outros varram a área circundante. Encontrem o homem.

Jogando o rádio no painel, revoltada, ela pegou o celular. Procurou o número de Sean na lista de contatos.

Sean ouvia a sargento Colville lhe dizer o que ele mais temia. Hellier estava mais uma vez à solta.

– Como? – disse ele ao telefone.

– Não sabemos – respondeu a sargento Colville. – Mas o encurralamos no banheiro num minuto, depois ele desapareceu. Ninguém o viu sair. Não deixamos passar nada. Ele simplesmente sumiu. Vamos continuar dando uma busca na área até o localizarmos.

– Não precisa ter esse trabalho – disse Sean, cansado. – Só vão encontrá-lo se ele quiser. Cubra a casa dele e o trabalho. Me ligue quando ele aparecer. – Ele desligou.

– Por favor, me diga que não é o que estou pensando – disse Sally.

– Quisera eu.

– Como?

– Não importa como.

– E agora? – perguntou Donnelly.

– Vamos ficar calmos – disse-lhes Sean. – Com sorte, ele vai reaparecer. Nesse meio-tempo, entre em contato com a polícia alfandegária e deem a eles uma fotografia de Hellier. Peça que circulem por todos os portos, aviões, trem, em todo lugar.

– Acha que ele vai tentar sair do país? – perguntou Sally.
– É difícil argumentar com a prova de DNA, e Hellier sabe disso. Talvez ele tenha decidido que não tem alternativa senão fugir.
– E é do estilo dele fugir? – Sally não parecia convencida.
– Ele é um lutador – disse Sean. – Vai fazer o que for necessário para sobreviver. Se isso significa fugir, então ele vai fugir.

Hellier estava sentado num banco no Regent Park esperando que o amigo ligasse. Ele disse que ligaria às sete. Eram quase sete e meia.
Mas que porcaria de jogo era aquele? Hellier não tinha amigos. Nenhum amigo de verdade. Mais provável que fosse um jornalista, tentando armar pra cima dele. Ele olhou fixamente o telefone na palma de sua mão, desejando que tocasse. Precisava saber quem era o amigo. Sua necessidade dominadora de controlar tudo exigia isso, ele simplesmente tinha de saber. Depois que soubesse, depois que decidisse se era ou não uma ameaça, cuidaria do assunto. Depois disso, casa. Os filhos ele deixaria em paz, mas sua mulher... ela seria seu presente de despedida para o investigador Corrigan.
A polícia, porém, estaria vigiando sua casa. Ele precisaria ter cuidado. Deixaria que a mulher levasse os filhos para a escola de manhã. Fingiria estar doente. Quando voltasse, ele estaria esperando por ela. Depois que acabasse com ela, passaria o resto do dia fazendo a polícia correr pela cidade. Ele lhes daria um baile por horas. Nunca ficariam de olho nele por muito tempo. Não ele. Conhecia muito bem as táticas da polícia. E depois que tivesse certeza de tê-los despistado, ele desapareceria.
Quando ficassem desconfiados e invadissem sua casa, seria tarde demais. Ele estaria 30 mil pés acima de todos. O passaporte falso já esperava por ele na loja de porcelanas finas de Hampstead. Depois que pegasse as passagens, tomaria um trem até Birmingham. Seu avião para Roma partiria às oito da noite. Depois de uma espera de duas horas no aeroporto de Roma, ele estaria a bordo de uma conexão para Cingapura. Dois aviões depois, chegaria a seu novo lar.
Seu telefone começou a vibrar. Ele atendeu calmamente:
– James Hellier.

– Sou eu – disse a voz do amigo. – Desculpe pelo atraso.

– Não gosto de ficar esperando. – Hellier queria dominar. – É sua última chance de me impressionar.

– Oh. Você vai ficar impressionado. Posso lhe garantir. – Hellier sentiu uma mudança na voz do amigo. Pensou ter detectado uma arrogância que não estava ali antes. Havia uma sugestão de perigo também. Ele não gostou.

– Vou te fazer uma pergunta – disse Hellier, decidido a ter o comando, a mostrar sua força. – Você responderá sim ou não. Tem três segundos exatos para responder. Se responder não ou deixar de responder no tempo que lhe dei, vou desligar e nunca mais voltaremos a entrar em contato. Entendeu?

– Entendi. – A voz não discutiu. Hellier esperava pelo contrário.

– Vai se encontrar comigo? – perguntou Hellier. – Esta noite?

– Sim – respondeu o amigo na contagem de dois. – Desde que me prometa que fará uma coisa.

– Não faço promessas a quem não conheço – respondeu Hellier.

– Fique afastado dos outros até nosso encontro – pediu a voz, apesar de tudo. – Nada de bares nem restaurantes, não vá para casa, nem para seu trabalho. A polícia estará esperando lá. Fique sozinho. Fique escondido.

Agora Hellier entendia. Naquele segundo, tudo ficou muito claro para ele. Tudo fazia sentido. Seus olhos se arregalaram enquanto ele percebia com quem estava falando. Quem mais poderia ser?

– Tudo bem – disse ele. – Farei como você quiser até nos encontrarmos.

– E eu ligarei para você, esta noite ainda, e informarei quando e onde. Concorda?

– Concordo. – Hellier desligou.

O que seu amigo esperava? Que ele se escondesse numa moita no parque, como um bicho assustado e ferido? Ele, não. Ali era Londres, um de seus playgrounds preferidos. E ele tinha muito pouco tempo para brincar.

Não. Tinha coisas melhores a fazer do que se entocar e esperar.

— Sei quem você é, meu amigo. — Ele falava consigo mesmo. — E quando nos encontrarmos, você vai me dizer umas coisinhas. Depois terá de comer seus próprios testículos, antes que eu o estripe feito um porco.

Sean chegou tarde em casa, mais uma vez. Tinha esperanças de que Kate já estivesse dormindo, mas ao abrir silenciosamente a porta da frente, sentiu a presença dela. Seguiu o brilho que vinha da cozinha e a encontrou digitando no laptop, de cabelo puxado para trás e óculos pesados enfeitando seu rosto fino.

— Está acordada até agora — foi só o que ele conseguiu pensar em dizer.

— Você não é o único que tem de trabalhar até tarde. Eu também trabalho, lembra? — Não era assim que Sean queria que a conversa começasse. Ele já tivera conflitos suficientes por um dia. — Preciso terminar este plano para a reestruturação do pronto-socorro ou não farei parte da nova estrutura. — Novamente, Sean não respondeu. — Você não está realmente interessado, está?

— Como? — perguntou Sean por sobre o ombro.

— Deixa pra lá — rebateu ela, balançando a cabeça com reprovação. — Fomos convidados para jantar na casa de Joe e Tim no fim de semana que vem, então trate de reservar esta noite, está bem?

— Err... — escapou dos lábios de Sean.

— Bom, estou comovida com seu entusiasmo com a ideia de passar uma noite comigo — disse Kate com sarcasmo.

— Não se trata de você — tentou garantir Sean a ela.

— Pensei que você gostasse do Tim, e haverá outras pessoas lá também — encorajou-o Kate.

— Eu não conheço o Tim. Já nos encontramos, mas não o conheço.

— Sem essa, Sean — apelou Kate. — Basta reservar a noite.

— Não é assim tão fácil, é?

— Por quê? — perguntou Kate. — Não suporta ficar longe de seus amigos policiais nem por uma noite?

— Eles não são meus amigos — respondeu Sean rápido demais.

– Tanto faz, Sean, mas você sabe e eu sei que você não suporta ficar com gente que "não é da polícia". – Kate fez aspas como os dedos. – Porque você é importante pra caralho e nós, reles mortais, podíamos muito bem nem existir. Não é verdade?

Sean esperou muito tempo antes de responder:

– Não xingue. Não gosto quando você fala palavrão.

– Ora, então vem aqui me impedir de xingar, porra. – Sean se virou de costas. – O que é isso, Sean? – Kate amansou. – Eu não vendo seguros para viver, sou médica da emergência do Guy's. As coisas horríveis que você viu, eu também vi, mas eu consigo descer de meu pedestal para falar com as pessoas que têm uma vida normal... Por que você também não pode?

– Porque elas são... – Sean conseguiu se conter e não dizer a verdade, mas era tarde demais.

– Porque elas são o quê? – pressionou-o Kate. – Porque elas são chatas, porque te dão tédio?

– Meu Deus, Kate – protestou ele. – Dá um tempo, sim?

– Então você nunca mais vai falar com ninguém que não seja policial?

– Isso é ridículo.

– Não, não é. É a verdade.

Sean pegou uma garrafa de conhaque num dos armários da cozinha, um copo em outro e se serviu de uma dose generosa. Tomou um gole, antes de voltar a falar:

– Meu Deus, Kate, você sabe como é. Assim que as pessoas descobrem o que eu faço, todas querem falar comigo sobre o trabalho, procurando os detalhes sórdidos. Elas não têm a menor noção. Se tivessem, não perguntariam.

– Talvez quem não tenha noção seja você, Sean – disse Kate em voz baixa. – Talvez nós é que entendemos tudo errado, desperdiçando nossa vida, chafurdando na merda.

– Ora essa, porque nós sabemos a verdade? Porque sabemos que a vida não é um anúncio publicitário reluzente? – argumentou Sean. – Prefiro estar desperto e viver isolado a ser como todos esses bobalhões aí fora, andando por aí totalmente sem noção.

Kate respirou fundo e clareou a cabeça. Já havia lidado com isso antes e sabia que teria de lidar novamente.

– Isso tudo tem a ver com sua infância ou com o fato de ser detetive?

– Ah, tenha dó, Kate. Não vamos entrar nessa agora – respondeu Sean.

– Tudo bem – concordou Kate. – Mas se um dia precisar falar no assunto, eu estou aqui.

– Estou cansado, é só isso. Eu estou bem – insistiu Sean. – Só estou muito cansado.

– É claro que está cansado – concordou Kate. – Você não dorme mais de três horas por noite desde que começou esse novo caso. Olha, vou pra cama. Por que não vem comigo?

– Preciso de um ou dois minutos para desanuviar. Vou pra lá daqui a pouco.

– Venha agora – pediu Kate. – Faço uma massagem nos seus ombros enquanto você adormece.

– Vou daqui a alguns minutos... eu prometo – mentiu. A ideia de ficar se revirando na cama, lutando com os demônios sempre presentes, era insuportável.

– Não demore – disse ela, afastando-se dele.

Ele a viu sair da mesa da cozinha e deslizar para a escada, depois olhar por sobre o ombro e sorrir para ele, já esquecidas as palavras ásperas de segundos antes, pelo menos por ela. Depois que Kate saiu de vista, Sean pegou a garrafa de conhaque e se serviu de outra dose generosa.

Sally estacionou o carro perto de seu apartamento. Sean mandou todo mundo para casa. Eles precisavam mesmo de algumas horas de sono antes de Hellier aparecer novamente, se aparecesse. Ela procurou a chave da porta no fundo da bolsa. Quebrando uma de suas próprias regras – nunca ficar parada na porta, remexendo em busca da chave.

– Pelo amor de Deus – resmungou ela, soltando sem querer a bolsa e derramando seu conteúdo no chão. Ela olhou o desastre. – Mas que ótimo.

Sally se ajoelhou e começou a pegar seus pertences. Pelo menos encontrou a chave. Algo a fez girar, ainda ajoelhada, e olhar a área a seu redor. De repente não conseguia lembrar do que a havia assustado. Soltou um riso nervoso e pegou o resto de suas coisas.

Ela se levantou e olhou a rua. Estava quase estranhamente sossegada. Como só as ruas de uma cidade podem ser à noite. Em algum lugar, distante dali, um cachorro latiu. O som de algum modo fez com que se sentisse melhor. Ela destrancou a porta do edifício, entrou e fechou. Apertou o interruptor de luz do corredor, que lhe dava trinta segundos de luz antes que a escuridão voltasse.

Apressadamente, ela subiu a escada a seu apartamento no segundo andar, mais uma vez atrapalhada com as chaves e se xingando. Por que estava nervosa? Calma. Coloque a chave na fechadura e gire. A porta se abriu. Ela quase caiu para dentro do apartamento. Não tinha percebido que estava se encostando tanto na porta. Fechando a porta depois de entrar, ela correu as trancas do alto e de baixo.

Não gostava das luzes severas do teto, preferindo, em vez disso, andar pela sala escura que conhecia muito bem até a luminária do canto. Ela estendeu a mão para o interruptor, mas algo tocou sua mão. Tecido. De seda ou náilon. Ela não entendeu. Retraiu a mão como se tivesse tocado uma teia de aranha, mas a curiosidade foi maior do que o medo. Avançou a mão pelo escuro até a luminária. Novamente o tecido. Passou a mão por ali, encontrando o interruptor e acendendo a luminária. A luz brilhou através da echarpe de seda vermelha que agora cobria a luminária. Foi um presente que ela deu a si mesma de Natal. A sala tinha um brilho vermelho. Isso não estava certo. Uma brisa fria soprou em seu rosto. Vinha da cozinha. Não podia ser. A janela não devia estar aberta.

Ela o sentiu a suas costas. Perto o suficiente para ouvi-lo respirar. Ela quase desmaiou. Depois quase vomitou. Ele esperava que ela fizesse algum movimento. Como uma serpente estendida a distância do bote, mas ela ficou onde estava. O medo a controlava.

Por fim, ela obrigou seu corpo a se mexer, se virando para ele, devagar, tentando desesperadamente se lembrar de seu treinamento de defesa pessoal. Mirar o joelho na virilha. Que Deus a ajudasse se ela errasse. Um joelho na virilha, depois fugir.

Ela se obrigou a falar:

– Por favor. Você sabe o que eu sou. Saia agora e isso não irá adiante. Eu prometo. – Ela estava cara a cara com ele. Quase desmaiou novamente. Ele estava acima dela. Tinha um e setenta e cinco, mas parecia um gigante.

Ele estava de moletom escuro e luvas de borracha. Um gorro de tricô cobria a cabeça. Ela podia ver cada músculo de seu corpo tenso, os braços erguidos ao lado do corpo. A iluminação vermelha fazia com que os dentes dele brilhassem como rubis.

Sally examinou seu rosto. Estava distorcido pela luz e seus músculos contorcidos, mas ela conseguia vê-lo com clareza. Ele deixava que ela visse seu rosto. Ela sabia quem ele era. Sabia que ele não a deixaria viva. Ela ia morrer e ninguém mais no mundo saberia. Tinha tantas coisas que queria fazer. Queria dizer às pessoas, mas agora ia morrer.

Ele agiu com tanta rapidez que ela mal o ouviu. Ela não teve tempo de reagir. A mão a pegou pelo pescoço, apertando lentamente sua garganta. Ele era tão forte. É assim que ele fazia? Esmagar a garganta. A outra mão mostrou uma faca diante de seu rosto. Ela pensou tê-la reconhecido da própria cozinha. Ele a puxou para tão perto que ela conseguia ver as rugas finas em sua pele.

– Faça qualquer ruído e você morre. Lute e você morre. Faça o que eu disser e viverá.

Era mentira. Ela não era como os outros. Agarrando-se à esperança de que ele pudesse estar dizendo a verdade, eles fizeram tudo pela possibilidade de viver. Mas ela vira seu rosto. Ela sabia que ele não a deixaria viva. Mesmo assim, ela concordou com a cabeça.

– Sabe a sorte que tem por ter sido escolhida? – Ele falava lentamente entre os dentes cerrados. Ele segurou a faca em seu pescoço e afrouxou a mão.

– Vou fazer o que você quiser. Eu prometo – suplicou ela.

Ele sorriu e lambeu os lábios. Ela sentiu a faca descer por seu pescoço lentamente. Só alguns milímetros. Teria de ser o suficiente.

De repente, ela bateu o punho direito com a maior força que pôde na parte de baixo de seu queixo. A faca voou por seu pescoço, mas ela já havia se curvado para trás. A faca cortou o ar. Ela levou o joelho à virilha dele. Ele começou a se curvar. Ela correu para a porta da frente. Ela viveria.

O alto de sua cabeça de repente ardeu de dor. Sua correria parou num choque, quando as pernas desabaram abaixo do corpo. Ele a pegou pelo cabelo, torcendo seu pulso enquanto a puxava de volta. Ela sentia as lágrimas ardendo por trás dos olhos. Precisava gritar.

Ela encheu os pulmões enquanto girava e ficava de frente para ele. Viu que ele fez um movimento rápido, o braço livre em um golpe na direção dela. Ela ficou sem ar, mas ainda não gritava. Não conseguia gritar.

Pareceu um murro, como ter o ar arrancado dos pulmões. Nada além de uma dor surda no peito. Sua cabeça se curvou forçosamente para a frente. Ele queria que ela visse a faca enterrada até o cabo do lado direito de seu peito. Ele puxou a faca. Ela não saiu com facilidade. Os músculos de seu peito tinham agarrado o corpo estranho, tentando fechar a brecha. Ela ofegava terrivelmente. Podia sentir fisicamente o ar sair de seu pulmão pela ferida.

Ele a puxou para mais perto.

– Sua puta de merda. Sua vaca. Não devia ser assim. Não foi assim que vi. Não era assim que devia ser.

Empurrando-a, ele a segurou à distância de um braço. Outro movimento rápido de sua mão. Ela sentiu a mesma dor surda, mas também algo mais. A faca tinha atingido uma costela. Ele soltou, mas ela não se mexeu. Estava presa em sua costela.

A dor e o choque eram demasiados. Ela ficou inconsciente. A única coisa que a impedia de cair no chão era que ele a segurava pelo cabelo e pela faca enterrada no peito. Por fim, ele a deixou deslizar para o chão. Colocou o pé do lado esquerdo de seu peito e puxou a faca. Ela não se mexeu.

– Sua puta – sibilou ele. Ele queria cuspir nela, mas não podia correr o risco de deixar seu DNA da saliva na cena.

Ele ficou em pé acima dela, vendo o vermelho se espalhar por sua blusa branca. A respiração dela era superficial, mas estava viva. De repente ele ficou hipnotizado por ela. Tombou a cabeça de lado como uma ave de rapina vendo sua presa se contorcer, apanhada em suas garras.

Mas estava estragado. Não era assim que ele tinha previsto. Não importa. Ele se acalmou. Terminaria com ela rapidamente e iria embora. Todos os grandes homens sofriam frustrações, ele se tranquilizou. Ele aprenderia com os próprios erros.

Puxou a faca que se projetava do peito de Sally. Ainda não se mexia. Ela estava acabada, mas ele não se arriscaria a deixá-la assim. Olhou para a cozinha através da sala. Somente tentou se lembrar de que outras facas ele tinha visto na gaveta quando escolheu essa que agora estava incrustada no peito de Sally. A maioria parecia rombuda. Ele se lembrou de passar o dedo cuidadosamente pelo gume, cego. Ela não cuidava das facas. Dane-se. Ele cortaria sua garganta com uma faca cega. Demoraria mais. Não seria um trabalho limpo. Ela só podia culpar a si mesma.

Ele a examinou mais uma vez. O ar que vazava da perfuração em seu peito fazia com que o sangue em volta do ferimento de entrada borbulhasse e sibilasse. Lembrou-se de quando ele era garoto, consertando furos no pneu da bicicleta. Deveria arrastá-la para a cozinha, para que ficasse perto dele? Não. Seria mais rápido se a deixasse ali.

Tomada a decisão, ele se virou e foi à cozinha. Apesar da decepção, ainda se sentia magnífico. Poderoso. Intocável. Como um deus. Ele sabia que gaveta abrir. As facas não estavam em ordem. Ele remexeu nas facas com a mão enluvada, ignorando as maiores. Tentando encontrar algo com uma lâmina de dez centímetros. Lisa ou serreada, isso não importava, mas precisava ser rígida. Grossa e forte do cabo à ponta. Seria melhor uma faca de fatiar. Ele já usara a melhor, mas encontraria uma substituta. Uma faca de cabo preto para descascar legumes. Ele levou a faca até o rosto, um pouco acima da linha dos olhos. Essa serviria.

Ele se virou para voltar à sala, esperando ver a cabeça e a parte superior do corpo de Sally no chão, o resto dela escondido pelo sofá. Em vez disso, viu que ela abria a porta da frente e cambaleava para o corredor do edifício. De algum jeito ela conseguiu se levantar. Ele viu a mancha de sangue na tranca de cima da porta. Ele havia subestimado sua força. Sua vontade de viver. De sobreviver. Tinha sido um erro.

Deveria ele fugir? Ele olhou por sobre o ombro para a janela aberta da cozinha. Olhou novamente para Sally. Poderia alcançá-la antes que ela começasse a socar a porta do vizinho da frente? Ela conseguiria chegar à porta deles? Ficava a menos de três metros, mas para ela parecia uma maratona. Ele desejou que ela desmaiasse.

Não podia deixar que isso acontecesse. Ela o havia visto. Sua mão se fechou mais em volta da faca. Ele a viu cambalear de lado, mas continuar de pé. Partiu para ela, com passos largos e confiantes impelindo-o para a frente.

Ela caiu, chocando-se na porta do vizinho, e bateu o punho duas vezes na porta, com a maior força que pôde. Ele ainda seguia atrás dela, interrompendo a luz vermelha e fraca que agora se derramava no corredor. Ela precisava morrer. Podia destruí-lo. Ele não deixaria que isso acontecesse.

Já passava das onze da noite quando George Fuller, dentro do apartamento quatro, ouviu alguma coisa bater na sua porta. A surpresa o fez pular e derramar parte da cerveja. As gotas geladas caíram no rosto de sua mulher, que dormia em seu colo no sofá. Ele estava vendo um filme ruim de ficção científica. Ela acordou com um gemido.

– George – reclamou Susie Fuller –, você derramou cerveja em mim!

Ele ficou irritado porque Susie tinha acordado. Agora ela ia querer ver outro canal.

– Deve ser aquela maldita mulher do outro lado do corredor de novo. – Ele já estava se levantando e indo para a porta. Era um homem corpulento. Seus dois lugares preferidos eram a academia e o bar. O resultado intimidava. – Ela deve ser uma prostituta ou coisa parecida, com o horário que faz.

Ele estava a pouca distância da porta quando ouviu dois baques. Vinham da parte de baixo da porta. Como se alguém estivesse se sentando do outro lado. Talvez alguém com problemas? Algum bêbado? Bêbado, concluiu ele.

– George – ouviu a esposa perguntando. – Quem é? O que foi?

– Fique aí – disse ele. Ela sentiu a raiva em sua voz. Ele chegou à porta e a abriu de repente. Seu peito estava cheio, pronto para soltar um ataque verbal a quem encontrasse. A porta se escancarou de um golpe só. O corpo imóvel de Sally arriou pesadamente no chão a seus pés. Ele via que ela sangrava, mas não viu a faca.

Ele sentiu o perigo. Cinco anos como oficial no Regimento de Paraquedistas tinham refinado seus instintos. Ele não pensou. Não hesitou. Abaixou-se rapidamente e pegou Sally pelo braço. Arrastou-a para dentro de seu apartamento. Um movimento chamou sua atenção. Algo no apartamento de Sally. Ele levantou a cabeça para a fraca luz vermelha. Alguma coisa se movia rapidamente. Rápido demais. Era um homem? A forma escura passou pela pequena janela da cozinha e sumiu.

Ele voltou a entrar em ação, arrastando Sally para sua casa e batendo a porta. Abaixou-se para examiná-la e voltou a atenção para a porta da frente. Fechou cada tranca que conseguia ver. Sua mulher apareceu no hall.

– George? – perguntou ela. A preocupação era alta em sua voz.

– Chame a polícia – gritou ele, alto o suficiente para fazer Susie se abraçar. – E uma merda de ambulância. – Ele estava de volta ao Afeganistão, gritando ordens para soldados adolescentes.

A mulher encarava Sally prostrada no chão. Começou a chorar de medo.

– O que está acontecendo, George? O que foi?

George olhou as próprias mãos ensanguentadas.

– Não sei. Não sei. – Sua voz ficava mais calma. – Vi uma coisa por ali. Um cachorro, ou uma merda de gato grande ou coisa assim. Escapou pela janela da casa dela.

Ele examinou Sally mais de perto. Seu treinamento em trauma médico no campo de batalha lhe voltou enquanto ele a rolava de lado e procurava ferimentos. Ele viu a faca, o que o fez se retrair. O que ele viu tinha de ser um homem.

– *Meu Deus* – sussurrou. – Pegue esparadrapo e uns sacos plásticos! – Ele gritava novamente. – Anda. Anda – falava ele com Sally. – Aguente, garota. A ajuda já vai chegar. Só mais um pouco. Só mais um pouco.

O celular tocou alto. Kate acordou primeiro. Sean dormia profundamente, sedado pelo álcool. Ele bebeu muito conhaque depois que Kate o deixou sozinho. Era o único jeito de tirar de sua mente a discussão dos dois e Hellier por tempo suficiente para ele dormir. Ela acendeu o abajur da mesa de cabeceira e olhou o marido adormecido. Queria poder deixar assim, mas um telefonema às duas da madrugada devia ser importante. Ela o sacudiu com a maior gentileza que pôde enquanto o acordava.

– Sean. – Ela falava suavemente. Queria acordá-lo, mas não as crianças. – Sean.

Ele gemeu e rolou para ela, como os olhos turvos, vagando entre os mundos real e onírico. Mas ainda não tinha ouvido o telefone.

– Seu celular – sussurrou Kate.

– Que horas são? – perguntou ele.

– Umas duas horas. E fale baixo.

Sean gemeu novamente e pegou o telefone.

– Alô.

– Desculpe por ligar a essa hora. – Ele não reconheceu a voz. – Sou o inspetor Deiry, de serviço noturno em Chelsea e Fulham. Procuro o inspetor Sean Corrigan.

– Está falando com ele – disse Sean. Sua cabeça latejava impiedosamente. A náusea se espalhava do estômago para a garganta. Ele lembrou por que raras vezes bebia mais de um ou dois copos de cerveja.

– Lamento que seja eu a lhe dar essa notícia... – o inspetor parecia severo. – Você trabalha com alguma sargento Sally Jones?

A boca de Sean ficou seca e seu coração disparou. Ele conseguiu responder:

– Sim. Ela é da minha equipe. O que aconteceu com ela?

– Ela foi atacada, no início da noite. Em casa. Está gravemente ferida.

O sangue fugiu de sua cabeça, depois rapidamente a inundou de volta. Ele nunca sentiu tanto frio.

– Mas ela está viva?

– Sim.

– Meu Deus – disse Sean. – Onde ela está?

– No hospital Charing Cross. Ainda está em cirurgia.

Sean olhou o relógio.

– Estarei lá em menos de uma hora.

Ele desligou e jogou as pernas pela lateral da cama, cambaleando um pouco ao se levantar. Kate percebeu.

– O que houve?

– Sally foi atacada. Em sua própria casa. Ela está mal. Tenho de ir ao hospital Charing Cross.

– Ah, meu Deus! Quem ia querer machucar a Sally? – Sean a olhou sem dizer nada. – É o homem que você está perseguindo? Você me disse que eles nunca vão atrás de policiais.

– Esse é diferente.

– Diferente como?

– De cada jeito imaginável – disse Sean. – Preciso ir.

– Tome um banho – insistiu ela. – Eu levarei você.

– Não. Eu estou bem.

Kate já estava fora da cama.

– Vou telefonar para Kristy. Ela pode cuidar das crianças até de manhã.

– Não se incomode com isso – argumentou ele. – Eu mesmo posso dirigir.

Ela colocou as mãos em seu rosto e olhou em seus olhos.

– A última coisa de que Sally precisa é que você enfie o carro embaixo de um ônibus. Eu levarei você. Depois de você tomar um banho para se arrumar um pouco.

Sean sabia que ela estava com a razão. Foi para o banheiro, vacilando com os efeitos do choque. Tinha de telefonar para Donnelly. A equipe precisava saber o que acontecera. Qualquer um deles poderia ser o próximo.

Quando Kate parou o carro na frente do Charing Cross, os últimos efeitos do álcool tinham quase desaparecido. Kate e Sean encontraram o inspetor uniformizado na sala de espera da emergência. Ele estava com uma sargento uniformizada. Sean se apresentou ao inspetor. Não apresentou Kate e o inspetor não apresentou a sargento.

– Onde está? – perguntou asperamente Sean. – Posso vê-la?

– Não. Ela ainda está em cirurgia – disse-lhe o inspetor. – Vai levar algumas horas antes que alguém possa vê-la.

– O que aconteceu com ela?

– Ela não falou nada desde que o vizinho a encontrou. Só o que sabemos é que ela foi atacada em sua própria casa. E ela tem duas feridas graves de facada no peito, as duas do lado direito. Está entre a vida e a morte, mas está se aguentando.

– Quem é o vizinho?

A sargento olhou seu bloco de notas.

– George Fuller. Ex-capitão dos paraquedistas. Agora trabalha no conselho municipal. Encontrou-a lá pelas onze horas, arriada no corredor, encostada em sua porta. Dois ferimentos no peito. A faca ainda estava nela. – Ela ergueu a cabeça de suas anotações a tempo de ver Sean estremecer. – O sr. Fuller era médico nos tempos do exército. Usou fita adesiva e sacos plásticos de compras para fechar as feridas e a cavidade do peito. O médico que a recebeu no hospital disse que ele sem dúvida salvou a vida dela.

– E onde ele está agora? – Sean queria ver o homem que salvou Sally.

– Foi para casa – respondeu o inspetor. – Insistiu em vir com a sargento Jones na ambulância, mas eu o mandei para casa algum tempo atrás.

– O que fizeram no apartamento dela? – perguntou Sean.

– Nada – disse o inspetor. – Por enquanto, está lacrado.

– Ótimo. Coloque um guarda no apartamento. Ninguém tem permissão de entrar sem minha autorização.

O inspetor o olhou em dúvida.

– Desculpe, mas essa é uma questão local. Nosso departamento estará encarregado da investigação. A cena está segura. Não há necessidade de guardá-la.

– Errado. – Sean estava com raiva e cansado. Não queria que suas instruções fossem questionadas. – Sou o encarregado dessa investigação. Qualquer problema com isso, telefone para o superintendente Featherstone, do Grupo Sul de Crimes Graves. – Ele apostava que o inspetor não faria isso. Não a essa hora. – Eu farei a ligação com seu setor e colocarei todo mundo a par.

Sean percebeu que o inspetor precisava de mais do que isso.

– Esse ataque está relacionado com uma série de homicídios que estou investigando. A sargento Jones fazia parte da equipe de investigação. Quem cometeu esses crimes é o mesmo homem que a atacou. Então, coloque um guarda no apartamento – exigiu Sean. – Que segurança você deixou aqui?

– Coloquei um policial uniformizado para ficar com ela – explicou o inspetor.

– Quero pelo menos dois policiais vigiando-a – insistiu Sean.

– Farei o que puder. – O inspetor parecia abalado.

Sean viu Donnelly andando pelo corredor. Ele se apressou para o grupo.

– Aquele filho da puta está morto – foram suas primeiras palavras. – Isso não vai ficar barato. Ele vai direto para o inferno. É, eu te garanto isso. – Seu sotaque escocês de repente ficou mais forte.

Sean ergueu a mão e estava prestes a dizer a ele para se acalmar quando foi distraído pelo celular que tocava.

– Sean Corrigan.

– É a sargento Colville, senhor. Desculpe pela hora, mas pensei que quisesse saber que Hellier acaba de chegar em casa.

Sean e Donnelly se aproximaram da casa de Hellier. O investigador de serviço naquela noite tinha chegado para ajudá-los. Eles eram quatro no total. Encontraram-se na rua, a uns quatro metros da casa. Trocaram nomes e apertos de mãos.

– Então é só isso? – perguntou Sean. Ele torcia para que a central de polícia do bairro, Islington, providenciasse mais assistência.

– Já temos alguns guardas escondidos nos fundos – informou um dos policiais.

Donnelly olhou para Sean.

– Você manda, chefe. Podemos esperar por reforços. Podemos ter uma equipe de atiradores em uma hora.

Sean teria preferido pegar ele mesmo Hellier, ter algum tempo a sós com ele. Claramente ele não teve coragem de ir atrás dele ou de Donnelly, então foi atrás de Sally. Agora eles é que estavam atrás de Hellier.

– Vamos agora – disse Sean. – Chega de esperar.

O detetive mais jovem de Islington abriu a mala do carro e pegou um pesado aríete de metal. Era conhecido como Enforcer.

– Trouxemos isto – anunciou ele. – Só por precaução.

– Uma pena ter de desperdiçar – disse Sean sombriamente. – Escute, ele pode não parecer grande coisa, mas já matou pelo menos três pessoas. E agora foi atrás de um dos nossos. Não baixem a guarda.

Todos assentiram, mostrando compreensão, e andaram em silêncio mais rapidamente até a casa. Com cuidado, abriram o portão de ferro batido preto e foram à porta de entrada. Havia três degraus de pedra. O detetive mais velho falou com os policiais nos fundos da casa pelo rádio, sua voz pouco acima de um sussurro:

– Unidades nos fundos. Unidades nos fundos. Vamos entrar pela frente.

O rádio estalou e todos ouviram a resposta.

– Entendido e na espera, câmbio.

O detetive jovem que segurava o Enforcer assentiu para Sean. Sean fez a contagem regressiva com ele nos dedos. Três. Dois. Um. O detetive bateu o Enforcer na tranca da porta. Ele explodiu, mas a porta aguentou. Tinha trancas de segurança no alto e embaixo.

Ele se posicionou e bateu com força na tranca de cima. A porta começou a se abrir. Ele se agachou e pegou a última tranca. A porta implodiu.

Eles correram pela porta segurando cassetetes de metal extensível e gritando *"Polícia! Polícia! Polícia!"*.

Sean e Donnelly correram para a escada. Os detetives de Islington corriam pelo primeiro andar. Enquanto Sean se aproximava do alto da escada, Hellier apareceu. Sean o viu bem a tempo. Ele evitou parcialmente o chute apontado para sua cabeça. Atingiu seu osso molar. Ele arriou contra a parede da escada por um segundo, sacudindo-se dos efeitos do chute, mas estava atrás de Hellier antes que Donnelly conseguisse pegá-lo.

Hellier subiu o lance seguinte da escada e desapareceu. Sean foi atrás dele, mas reduziu o passo ao se aproximar do alto. Não seria apanhado novamente. Avisou a Donnelly para ir mais devagar. De baixo, veio o barulho dos detetives de Islington começando a subir a escada.

Sean andou pelo patamar do segundo andar. Hellier estava ali em algum lugar. Ele encontrou o interruptor de luz na parede e acendeu. Havia cinco cômodos.

Alguém apareceu na porta mais perto dele. Por instinto, ele quase atacou, mas percebeu a tempo que era a mulher de Hellier. Ele se curvou para a frente e a apanhou, arrastando-a para o chão, onde a prendeu antes que ela pudesse falar.

– Fique aqui e não se mexa! – gritou ele. Ela estava assustada demais para se mexer ou discutir. Assustada demais para falar.

Ele andou com cuidado pelo patamar, de costas para a parede. Donnelly e os outros detetives o seguiam. O elemento surpresa estava perdido. Agora eles precisavam ser furtivos.

Ele acendeu a luz do quarto em que a mulher de Hellier estivera, abrindo a porta com o pé para olhar seu interior antes de entrar. Uma olhada por sobre o ombro lhe disse que Donnelly estava perto. Os detetives de Islington tinham começado a dar uma busca no cômodo do outro lado do patamar. Agiam com cautela.

Ele entrou no quarto, de costas para a parede. Donnelly o seguiu. Sean agachou-se e olhou embaixo da cama. Nada. Foi até o guarda-roupa, esticando o braço para pegar a maçaneta sem se expor a um ataque frontal. Abriu as portas de rompante. Roupas ainda embrulhadas em sacos plásticos de lavanderia a seco voaram pelo quarto. Nada.

Para ele já bastava. Seu coração precisava descansar. Ele fez um gesto de cabeça para Donnelly olhar atrás das cortinas. Donnelly obedeceu. Nada. Ele apontou para a porta e saiu primeiro. Eles foram ao cômodo seguinte.

Uma voz de criança gritou do patamar abaixo. Parecia estressada. A mãe olhou para ele, suplicante. Ele pôs o dedo nos lábios. A última coisa que queria era uma criança chorando e andando no meio de tudo isso.

A distração foi suficiente. Hellier aproveitou a oportunidade. Sean sentiu uma pressão incrível se fechar em seu pulso direito. Tentou pegar o cassetete telescópico, mas o aperto forçou seus dedos a se abrirem. Sua arma caiu no chão. Ele foi puxado para dentro do quarto e rodou com um forte empurrão. Sentiu o braço direito se torcer a suas costas. Um metal frio apertava seu pescoço. O instinto lhe disse para não se mexer. Disse que ele cambaleava na beira de um penhasco.

Ele sentiu a barba por fazer de Hellier roçar sua orelha. Sentiu seu hálito doce. Teve vontade de vomitar, de se afastar. Hellier apertava a lâmina com mais força no seu pescoço.

– Ah, ah, inspetor. – Ele reconheceu a voz de Hellier.

Alguém acendeu a luz do quarto. Era Donnelly, que ficou paralisado quando viu os dois. Hellier sorriu. Donnelly se recuperou.

– Baixe a faca, cara. – Parecia um pedido, não uma ordem. Hellier soltou um riso seco. Virou a cara para Sean, mas ainda de olho em Donnelly. Sua língua saiu da boca lentamente, deliberadamente lambendo a face de Sean, seu corpo tremendo da emoção de sentir o gosto do medo de Sean. Ele apertou o lóbulo da orelha entre os dentes e fechou os olhos em êxtase. Afrouxou a mão e parou de sorrir. Parecia mortalmente sério. Sussurrou no ouvido de Sean:

– Lembre-se de quem deixou você viver.

Hellier jogou a faca no chão e recuou, colocando as mãos atrás da cabeça. Sean girou o corpo e o pegou em cheio na boca com um gancho de esquerda. Seus dias de boxe amador produziram um movimento sem nenhum esforço.

Hellier caiu para trás na penteadeira. Caiu pesadamente. Porta-retratos se quebraram sob seu peso. O espelho se espatifou. Ele rolou para o chão, caindo de quatro, e olhou para Sean, sorrindo entre os dentes ensanguentados. Sean o encarava, só que não via a cara de Hellier, mas a de seu pai. Seu torturador.

Sean meteu um forte chute na caixa torácica que ergueu Hellier do chão. Ele caiu de costas, mas ainda sorria. Sean se ajoelhou ao lado dele e começou a esmurrar a cara de Hellier. Não sabia quantos socos tinha dado quando Donnelly o puxou dali, nem que ele gritava "Filho da puta!" a cada soco que dava. Não percebeu tampouco que tinha quebrado o osso da mão direita e que os nós dos dedos foram cortados nos dentes de Hellier.

Ele precisou de um tempo para voltar à realidade. Quando voltou, se soltou das mãos de Donnelly e olhou a massa ensanguentada que era a cara de Hellier. Este estava deitado de costas, semiconsciente, cuspindo sangue. Seu nariz estava quebrado.

Os dois detetives de Islington entraram correndo no quarto. Viram Hellier deitado no próprio sangue. A faca no chão. Sean respirava como um louco. As mãos ensanguentadas inchadas. Eles não fizeram perguntas.

Sábado, dez da manhã, e se espalhara a notícia dos acontecimentos da noite. A sala zumbia. Hellier tinha ido atrás de um deles.

Sean apertava um saco de gelo enrolado em uma camiseta velha no inchaço que o chute de Hellier deixou em sua face. A outra mão estava muito inchada. Seus dedos mínimo e anular estavam unidos com esparadrapo, assim como o indicador e o dedo médio. Ele se recusou a ir a um hospital e teve de colocar uma tala. O médico da polícia fez o melhor que pôde. Ele usava a mão quebrada para pressionar o telefone na orelha. O hospital lhe dava notícias do estado de Sally.

Ela sobreviveu à operação, a primeira de várias. Ainda estava na UTI. Não tinha recuperado a consciência. A sedação garantiria que continuasse assim. Pelo menos por enquanto.

Uma silhueta conhecida apareceu em sua porta. Featherstone veio para ver e ser visto. Entrou na sala de Sean sem nenhuma cerimônia.

– Você está péssimo. – Ele não parecia preocupado.

– Obrigado – respondeu Sean.

A expressão de Featherstone ficou séria.

– Como está ela?

– É cedo demais para saber. Está na UTI.

– Bem, se houver alguma coisa que eu possa fazer. – Ele deixou a oferta se estender. Sean não disse nada. – E você... devia estar trabalhando?

– Eu estou ótimo.

– Se quiser alguém para assumir o leme por algumas horas enquanto você descansa um pouco, basta me dizer.

– Vou ficar bem – repetiu Sean.

– Claro que vai. – Ele parou, antes de continuar: – Tem provas suficientes para acusar Hellier?

– Tenho uma equipe dando uma busca no apartamento de Sally e outra na casa de Hellier.

– E no trabalho dele? – perguntou Featherstone.

– Não precisa. – Sean foi abrupto. – A vigilância confirma que ele não voltou ao trabalho. Estamos nos concentrando em sua casa e na de Sally.

Eles foram interrompidos por Donnelly batendo na porta.

– O laboratório está ao telefone, chefe. – Sean sabia que Donnelly estava animado, uma animação que saltou pela sala e entrou no peito de Sean. Seu batimento cardíaco se acelerou, se tornando irregular. – Eles conseguiram uma combinação com os fios de cabelo encontrados no apartamento de Linda Kotler. – Donnelly fez uma pausa, desfrutando do drama. – São de Hellier.

Sean deu um salto de sua cadeira. Featherstone deu um tapa na coxa e sorriu. Acabou. Sean tinha uma prova fundamental. Os poucos segundos de pulsação acelerada foram substituídos por um alívio avassalador. Enfim tinha acabado. Ele provou que tinha razão. Hellier estava acabado.

Uma detetive apareceu na porta.

– Alguém ao telefone procurando a sargento Jones, senhor.

– Transfira para meu aparelho – instruiu Sean. Ela assentiu e saiu. Ele esperou pelo toque e atendeu: – Inspetor Corrigan falando. Receio que a sargento Jones não esteja disponível. Alguma coisa que eu possa fazer por você?

– Aqui é do Escritório de Registro Público de Richmond – explicou a voz de homem. – A sargento Jones me pediu umas pesquisas. Tenho os resultados para ela.

– Pode passar para mim – disse Sean. Ele pegou uma caneta. – Farei com que cheguem às mãos da sargento Jones.

– Ela queria a certidão de nascimento e o atestado de óbito de dois indivíduos: um Stefan Korsakov e um James Hellier. – Sean sentiu o coração parar. – Tem uma certidão de nascimento de Korsakov, mas não o atestado de óbito, assim, se ele ainda estiver no país, está vivo.

– E Hellier? – perguntou Sean.

– Certidão de nascimento e atestado de óbito dele. O coitado não passou do primeiro aniversário.

– Como disse?

– Ele morreu na infância. – As possibilidades passaram pela mente de Sean.

– Em que ano Korsakov nasceu?

– Em 1971. – Foi a resposta.

– Quando Hellier morreu?

– Que interessante – disse o funcionário. – Também em 1971.

Tinha de ser. De algum modo Sean sabia disso. Tinha de ser.

– Obrigado – disse ele. – Mandarei alguém pegar os documentos. – Ele desligou e se virou para Donnelly. – Lembra do suspeito que Sally procurava?

— Aquele do Catálogo de Métodos? — perguntou Donnelly.

— Sim. Stefan Korsakov. Sabe onde ela guardou o arquivo da investigação?

— Na mesa dela, imagino.

Sean atravessou rapidamente a sala até a mesa de Sally. Donnelly o seguiu, intrigado. Sean puxou as gavetas trancadas.

— Você tem alguma chave mestra para essas porcarias? — A maioria dos bons sargentos tinha, embora raras vezes admitissem isso. Donnelly não pareceu satisfeito, mas pegou a chave assim mesmo. Sean abriu a primeira gaveta apressadamente. Continha uma pasta marrom com o nome "Korsakov" na frente. Ele abriu e começou a ler.

— Quer me dizer o que está acontecendo? — perguntou Donnelly.

— Sally conversou sobre essa investigação com você?

— Na verdade, não.

— Não falou nada? — insistiu Sean.

— Só o que ela me disse era que alguém estava mentindo para ela.

— Quando foi que ela te disse isso?

— Acho que foi na quinta-feira.

Sean continuou a examinar o arquivo, avançando e voltando, quase distraído da presença de Donnelly. Por fim, levantou a cabeça.

— O filho da puta teve ajuda.

— Como?

— Sally me disse que as digitais dele tinham desaparecido da Yard. A fotografia dele sumiu do arquivo da Inteligência. Ela disse a você que alguém mentiu... Mas quem?

— Chefe — Donnelly mantinha a voz baixa —, do que está falando?

— Você não entende? — perguntou Sean injustamente. — Hellier é Korsakov, o homem que Sally identificou pelo Catálogo de Métodos como um possível suspeito para nosso assassinato. Stefan Korsakov é Hellier, mas o que ela precisava para fazer essa ligação desapareceu. Apesar disso, ela estava chegando cada vez mais perto de descobrir a verdade, mesmo que ela própria não soubesse.

— Espere um minuto — pediu Donnelly. — Hellier é Stefan Korsakov?

— Aposto minha vida nisso — respondeu Sean. — Quando Korsakov saiu da prisão, precisou se reinventar, ou estaria acabado neste país. Precisava pegar seu dinheiro e fugir. Esse não era o estilo dele. Ele só precisava de uma nova identidade e alguém na polícia para fazer seu passado desaparecer para sempre. É fácil conseguir uma identidade nova. Ele foi a um cemitério e escolheu alguém que nasceu no mesmo ano dele, mas morreu na infância, e, quanto mais novo, melhor. Menos história.

— E subornou um policial para dar sumiço nas fotos e nas digitais — concluiu Donnelly por ele. — Por isso Hellier atacou Sally, porque ela estava chegando perto demais de descobrir seu segredo.

— Hellier não era o único que queria deter Sally. Quem estava ajudando tinha tanto a perder quanto Hellier.

— Nosso amigo corrupto — supôs Donnelly.

— É possível — admitiu Sean.

— Então talvez o ataque a Sally não tenha relação com os outros ataques.

— Tem — garantiu-lhe Sean. — Todos têm uma ligação. Precisamos fechar o círculo de eventos. Depois que fizermos isso, vamos saber como tudo se encaixa.

— E por onde começamos?

— Encontrando esse policial corrupto.

— Como?

Sean passou os olhos pelo arquivo. Descobriu o que procurava: o nome do policial original no caso. Sargento-detetive Paul Jarratt.

— Eu conheço esse nome.

— Como é? — perguntou Donnelly.

— Paul Jarratt. O policial original da investigação, eu conheço esse nome.

— Quem sabe você já não trabalhou com ele?

— Não — murmurou Sean. — De alguma coisa recente. Alguma coisa que vi.

* * *

Sean examinou o homem que abriu a porta da casa arrumada em Surbiton. Ele e Donnelly mostraram os distintivos e se apresentaram. Jarratt estava nervoso, mas composto.

– Creio que você conhece uma colega minha – disse Sean. – Uma sargento Sally Jones.

– Sim – respondeu Jarratt. – Ela veio aqui umas duas vezes, perguntando de um antigo caso meu.

– Eu sei – disse-lhe Sean. – Infelizmente tenho más notícias sobre a sargento Jones.

– Más notícias?

– Ela foi atacada e se feriu gravemente ontem à noite. Ela está estável, mas em estado crítico. Achei que, como você ajudou, deveria saber.

– Sim – gaguejou Jarratt. – Obrigado. Obrigado por se lembrar de mim. Posso perguntar como aconteceu?

– Pode – disse Donnelly, apontando para dentro com a cabeça.

– Sim, é claro – respondeu Jarratt. – Por favor, entrem. – Ele os levou à cozinha e se sentou. Sean e Donnelly continuaram de pé.

– Não sei muito dos detalhes – explicou Sean. – Sabemos que foi atacada com uma faca em sua própria casa e teve dois ferimentos graves. Ela conseguiu escapar e chamar o vizinho. Teve sorte de sobreviver.

– Meu Deus – disse Jarratt. – Quem atacaria uma policial em sua própria casa?

– Quem sabe você não pode nos ajudar nisso? – perguntou Sean. O queixo de Jarratt caiu um pouco. Sean percebeu.

– Claro – respondeu Jarratt. – Vou ajudar da forma que puder, só não sei como.

– A sargento Jones estava tentando localizar um suspeito... Stefan Korsakov, um homem com quem você lidou alguns anos atrás.

– Sim.

– Soube que ela teve problemas para localizar as digitais dele.

– Sim, eu me lembro de ela ter falado nisso.

– As investigações a levaram a descobrir que você solicitou a retirada das digitais. Ao que parece, a Penitenciária de Wandsworth precisava delas para fazer cópias para seus registros.

– Sim, eu disse tudo isso à sargento Jones.

– E tem certeza de que a penitenciária as requisitou? – perguntou Sean.

– Sim. Meu colega na época, Graham Wrigth, pegou as digitais para mim e as devolveu. Talvez ele possa ajudá-lo.

– Conhece um homem chamado James Hellier? – perguntou Sean de repente.

Jarratt ficou em silêncio por um tempo. Parecia estar se esforçando para se lembrar do nome.

– Não, acho que não conheço ninguém com esse nome.

– Tem certeza?

– Não é um nome que signifique alguma coisa para mim – respondeu Jarratt.

Sean pegou um envelope no bolso do paletó.

– Pode me fazer um favor? Dê uma olhada nessas fotos. Diga se reconhece o homem nelas. – Sean espalhou as fotos de vigilância de Hellier na mesa, diante de Jarratt.

Jarratt se curvou para a frente e mexeu nas fotografias, aparentemente sem interesse.

– Não – disse ele. – Não reconheço esse homem. Já disse à sargento Jones que não sei quem é. Ela me mostrou uma foto dele quando me procurou aqui pela primeira vez.

– Tem certeza? – perguntou Sean. – Tem certeza absoluta de que o homem nessas fotos não é Stefan Korsakov?

– Stefan Korsakov? – perguntou Jarratt, com incredulidade na voz. – Este não é Stefan Korsakov.

– Se não é Korsakov, então é James Hellier? O homem nesta foto é James Hellier? – insistiu Sean.

– Não conheço ninguém chamado James Hellier, então não sei se é ou não ele – respondeu Jarratt, e a crescente ansiedade em sua voz agora era palpável.

Sean não disse nada, jogando, em vez disso, uma folha de papel na frente de Jarratt.

– O que é isso? – perguntou Jarratt.

– Dê uma olhada – disse-lhe Sean.

Jarratt pegou o papel na mesa e leu a lista de nomes e números de telefone no impresso do e-mail do SO11.

– Não entendo – disse ele, balançando a cabeça.

– Qual é problema? – perguntou Sean. – Não reconhece o próprio nome, seu próprio telefone? – Ele se curvou para Jarratt e meteu o dedo no impresso. – Bem aqui: Jarratt, Paul. E aqui: seu endereço e seu telefone.

– O que é isso? – perguntou Jarratt.

– Uma lista de números telefônicos retirada de um caderno pertencente a James Hellier, que atualmente está sob investigação de homicídio. O que seu número de telefone está fazendo no caderno dele, sr. Jarratt?

– Não tenho ideia – suplicou Jarratt. – Então ele tem meu telefone, o que isso quer dizer? Pode haver vários motivos para ele ter meu número.

Sean ficou calado. Sentou-se ao lado de Jarratt.

– Se fosse só o número telefônico no caderno dele, eu podia acreditar em você. Mas você se enforcou. Entenda que eu descobri que a sargento Jones verificou com a penitenciária e eles disseram que nunca pediram as digitais de Korsakov. Você mentiu. – Jarratt não respondeu. – E tem também isto aqui – continuou Sean, batendo nas fotografias de Hellier. – Antes de virmos para cá, ligamos para um ex-colega seu, o sargento Graham Wright, e mostrei a ele essas mesmas fotos. E sabe o que ele me disse, sem nenhuma hesitação? Disse que o homem nas fotos é Stefan Korsakov. O mesmo Stefan Korsakov que agora tem o nome de James Hellier. Mas você já sabe disso, não sabe, sr. Jarratt?

– Eu... Eu... – gaguejou Jarratt, apanhado.

– Acabou – disse Sean. – Você já foi detetive. Sabe quando o show acaba. É hora de salvar a sua pele. Fale conosco. Hellier tentou matar Sally? Você avisou a ele que ela estava investigando o passado dele e ele ficou preocupado de ela estar chegando perto demais, então tentou impedi-la do único jeito que podia... Matando-a.

– Não – insistiu Jarratt. – Ele não a atacou.

– Então admite que o conhece? – perguntou Donnelly.

– Sim... Quer dizer, não.

– O que quer dizer? – exigiu saber Donnelly.

– Tudo bem, pelo amor de Deus. Sim, tive contato com ele – admitiu Jarratt. – Mas não tive nada a ver com o ataque à sargento Jones.

– Mas você sumiu com as fotos e as digitais de Korsakov, não? – perguntou Sean.

O corpo de Jarratt arriou.

– Se eu falar, vocês me protegem, concordam? Garantam que não vou para a prisão e eu falo.

– Não posso fazer uma promessa dessa mas farei o que puder. Agora fale.

– Pouco antes de Korsakov ser solto da prisão, eu decidi lhe fazer uma visita.

– Por quê? – perguntou Sean.

– Porque nunca recuperamos o dinheiro das fraudes dele. Milhões de libras pendentes.

– E você imaginou que podia ganhar um presente de aposentadoria antecipada, hein? – acusou Donnelly.

– Não – alegou Jarratt. – Não foi isso. Ou pelo menos não no início. Em geral, vale a pena visitar as pessoas pouco antes de sua soltura para lembrar a elas que você está de olho. Deixar claro que assim que elas começarem a gastar os lucros ilícitos você estará lá para pegar tudo o que elas têm. – Sean estava ciente dessa prática. – Às vezes dá para fazer um acordo, conseguir que entreguem a maior parte do dinheiro, em troca permitimos que fiquem com uma proporção como recompensa por jogar limpo. É tudo extraoficial, mas todo mundo ganha. Mostramos o dinheiro recuperado, as vítimas têm uma compensação e o ladrão fica um pouco mais dócil.

"Mas não era assim que Korsakov queria jogar. Ele não ia entregar um centavo. Porém, entendeu que era melhor garantir que a polícia não ficasse no seu pé."

– Continue – estimulou-o Sean.

– Ele me ofereceu uma parte. Eu só precisava dar sumiço numas coisas.

– Como as digitais e fotografias?

Jarratt deu de ombros.

– Quanto ele pagou a você? – perguntou Donnelly.

– No início, dez mil, com outras prestações depois, mas... – ele parou. – Da vez seguinte em que nos encontramos, ele me mostrou umas fotos. Algumas eram de nós dois juntos, eu contando o dinheiro.

– Ele armou pra você? – disse Donnelly.

– Foi, mas tinha mais. Ele tinha outras fotos... de meus filhos, pelo amor de Deus, na escola, no parque, em meu próprio jardim.

– Ele os ameaçou? – questionou Sean.

– Não precisou fazer isso – respondeu Jarratt. – Eu sabia do que ele era capaz. Não ia passar o resto da minha vida com medo de tudo, esperando pelo inevitável.

– Assim que ele fez isso, você devia tê-lo impedido, cortar as perdas e parar tudo – disse Sean.

– E acabar na prisão? A polícia não é bem recebida lá dentro. Decidi ganhar tempo e torcer para que um dia Korsakov se mudasse e se esquecesse de mim. Depois, de repente, sua sargento veio xeretar, fazendo todas as perguntas erradas. E como se não bastasse, Korsakov entra em contato comigo, pedindo para tirar você do pé dele. Era um pesadelo se tornando realidade.

– Você avisou a ele sobre a sargento Jones? – acusou-o Sean. – Disse a ele que ela estava perguntando sobre Korsakov?

– Não – disse Jarratt. – Por que eu faria isso? Se dissesse, ele teria me pedido para tomar alguma providência. As coisas já estavam bem ruins sem que eu precisasse piorar ainda mais.

– Está me dizendo que Hellier não sabia que Sally procurava por Korsakov? – perguntou Sean.

– Até onde eu sei, ele não sabia. Ele estava convencido de que eu tinha feito seu passado desaparecer. Eu pensei o mesmo, até que sua sargento veio me procurar e percebi que tinha deixado passar alguma coisa. O arquivo dele no Catálogo de Métodos. Eu nem mesmo sabia que as informações dele tinham sido enviadas para lá. Graham deve ter decidido que Korsakov seria do interesse deles e mandou as informações de seu crime, mas nunca me disse que fez isso e então eu não sabia, até agora.

– Ele fez – disse Sean. – Achei que você não teria sabido disso, caso contrário nem existiria. Então perguntei a Wright e ele confirmou que foi ele que mandou o arquivo para o catálogo.

– E as digitais? – perguntou Donnelly. – Como você as fez sumir?

Jarratt sorriu pela primeira vez desde que eles se encontraram.

– Foi ideia de Korsakov. Pedi a Graham que pegasse as digitais para mim, mas sabíamos que o departamento ia querer de volta, então Korsakov me disse para destruir as digitais verdadeiras e substituir por outro conjunto, todas preenchendo os formulários adequados, tudo certinho. Só usamos uma tinta nova que Korsakov comprou em uma loja de mágica. Dois dias depois, a tinta desaparece e você fica com uma folha de papel em branco, ou nesse caso um formulário de digitais em branco. Quando Graham devolveu as digitais, elas pareciam em ordem e sem dúvida foram arquivadas. Depois simplesmente sumiram. Korsakov achou isso hilariante.

Sean e Donnelly se olharam, sem acreditar.

– Está brincando? – perguntou Donnelly.

– Você conhece Korsakov? – perguntou Jarratt. – Ou acho que eu devo dizer Hellier. Ele é tão inteligente que chega a ser cruel. Imaginativo e perigoso, mas ele não atacou a sargento Jones e eu duvido que tenha matado as outras pessoas como vocês pensam.

– Por quê? – perguntou Sean.

– Porque ele teria me falado.

– Por que ele faria isso?

– Para me lembrar do que eu me tornei. Para me lembrar que eu pertencia a ele.

Sean e Donnelly se olharam em silêncio. Por fim, Sean falou:

— Sr. Jarratt, está na hora de conhecer um amigo meu. — Uma figura atarracada, vestindo um terno escuro e amassado entrou na cozinha. — Este é o inspetor Reger, da Ética e Padrões Profissionais, ou, como deve se lembrar, a Corregedoria.

Reger mostrou despreocupadamente seu distintivo a Jarratt.

— Paul Jarratt, está preso por roubo e cumplicidade com um criminoso. Pegue o que precisar... Você virá comigo.

As duas fitas cassete no gravador rodavam simultaneamente. Hellier não dizia nada. Ficou sentado em silêncio. A cara muito machucada, o nariz quebrado com uma abertura no esparadrapo para deixá-lo respirar. Ele se recusou a confirmar seu nome. Que Templeman falasse até que achasse necessário falar ele mesmo. Primeiro ele esperaria e veria se a polícia estava desperdiçando seu tempo de novo.

A detetive Fiona Cahill estava sentada ao lado de Sean. Ele queria ter uma policial no interrogatório, para ver como Hellier reagia à alegação de que tinha atacado Sally. Se os olhos dele disparassem para a detetive Cahill, seria um bom indício de que ele sentia alguma culpa. Será que Hellier sentia culpa?

Sean ansiava por esse interrogatório. Até agora, ele estivera em desvantagem, mas a descoberta de que Hellier era Korsakov tinha tombado a balança a seu favor. Ele completou os procedimentos pré-interrogatório, ansioso por continuar.

— Sr. Hellier, James, está na hora de falar conosco — começou Sean. — Acabou. — Hellier não disse nada. — Será muito melhor se o senhor falar conosco — continuou Sean. — Ajude-me a entender por que fez essas coisas.

Nada.

— Por que matou Daniel Graydon? — perguntou Sean. — Por que matou Heather Freeman? Por que matou Linda Kotler? Por que tentou matar a sargento-detetive Sally Jones?

Sean sabia que tinha de continuar pressionando. Ele sabia que Hellier não conseguiria continuar em silêncio por muito mais tempo. Seu ego não permitiria.

– O que essas pessoas significavam para você? – insistiu ele. – Você as conhecia? Elas fizeram alguma coisa para deixá-lo com raiva? Elas mereciam morrer?

– Você não sabe de nada – rebateu Hellier.

– Por que você matou essas pessoas? – exigiu saber Sean, agora com a voz se elevando.

Hellier voltou a seu estoicismo:

– Sem comentários.

– Ela ainda está viva, sabia? A sargento Jones está viva... e ela é durona. Ela vai conseguir. Vai confirmar que foi você que a atacou.

– Sério? – disse Hellier.

– É. Sério.

– Rá. – Hellier riu. – Você é um idiota fodido.

– O fodido aqui é você – contra-atacou Sean.

– Pode ser. – Hellier parecia satisfeito com a perspectiva. – Mas no momento só estou de saco cheio.

– Quem sabe não desperto seu interesse? Em seu último interrogatório, você nos deu amostras de sangue e cabelo. Lembra?

– Sem comentários.

– Pode responder a essa pergunta – aconselhou Templeman. Hellier virou a cabeça lentamente para ele. Ele o encarou, de olhos fixos.

– Sem comentários.

– Para a gravação – explicou Sean. – O sr. Hellier foi preso ontem por suspeita de ter estuprado e assassinado Linda Kotler. Na ocasião, forneceu amostras de cabelo e sangue para comparação pericial com fios de cabelo encontrados no apartamento de Linda Kotler. Isso refresca sua memória? – Hellier fingiu desinteresse. – Essas amostras desde então foram analisadas em nosso laboratório forense. Foi confirmado que as amostras retiradas da cena do crime têm DNA compatível com as amostras fornecidas por você.

Com essa, Hellier se concentrou em Sean, de olhos semicerrados, a cabeça ligeiramente virada de lado. Sean percebeu a reação.

– Acabou – disse ele. – Chega de jogos. Não pode discutir com a prova de DNA. Como eu disse, é melhor começar a falar.

Hellier não disse nada. Sean falou num tom quase solidário:

– Conte-nos das coisas que você fez – encorajou-o ele. – Quero saber das... coisas *excepcionais* que você fez.

– Sem comentários.

– Que sentido tem fazer as coisas que você fez se você não conta ao mundo? – tentou Sean apelar a seu ego.

– Você e eu sabemos que você está mentindo, inspetor. Meu DNA não pode ser compatível com o encontrado com essa mulher porque eu nunca pus os olhos nela.

A resposta de Hellier surpreendeu Sean. Ele não esperava por isso. Não esperava uma negativa tão peremptória. Ele supôs que Hellier tentaria explicar a prova de DNA, como fez com Daniel Graydon. Apesar de tudo, o homem era capaz de surpreendê-lo, azedando o que devia ter sido seu momento de triunfo. Não importa, só a prova de DNA basta para pegar Hellier.

Hellier examinava Sean. Seus olhos se agitavam de concentração.

– Acha que estou mentindo? – perguntou Sean. – O sr. Templeman confirmará que não posso mentir sobre as provas. Só os suspeitos podem mentir.

– Acho que estamos na fase em que você deve ser específico sobre a prova de DNA que tem – disse Templeman.

– Dois fios de cabelo – respondeu Sean com confiança. – Os dois coletados no local do crime, o apartamento de Linda Kotler. Um no corpo. O outro ao lado do corpo. Sabemos, por suas posições, que tinham sido recentemente depositados e que os dois fios pertencem a você, sr. Hellier.

Hellier não demonstrava emoção nenhuma.

– Sem comentários.

– Pode explicar como seu cabelo foi parar no apartamento de Linda Kotler?

Hellier o encarou com desprezo.

– Sem comentários.

– Esta é a evidência material da cena. Quero lembrá-lo de que se você se recusar a explicar agora como seu cabelo estava no apartamento de Linda Kotler, um júri poderá ter uma inferência negativa de sua recusa em fazê-lo. Compreende, sr. Hellier?

– Sem comentários.

Sean se curvou para a frente, mais perto de Hellier.

– Não culpo você por não responder. Sei por que faz isso, porque só há uma explicação, não é verdade? Você foi ao apartamento dela e a matou.

– Sem comentários – respondeu Hellier rapidamente.

– Você a estuprou e a matou.

– Sem comentários.

– Você a estuprou. Você a torturou. E você a matou. – A raiva de Sean aumentava.

– Sem comentários. – Hellier elevou a voz para fazer frente à de Sean.

– Faça uma coisa decente que seja na sua vida – vociferou Sean. – Se puder achar um fiapo de humanidade no seu corpo, use para ajudar as pessoas cuja vida você destruiu. Dê um desfecho aos familiares das vítimas. Confesse esses crimes.

– Se tem a prova, então dê você o desfecho a eles – provocou Hellier. – Acuse-me. Diga-lhes que você colocou atrás das grades o homem que matou sua querida filha ou filho. Por que precisa que eu confesse? Está lhe faltando convicção, inspetor?

– Convicção não tem nada a ver com isso, James... ou devo começar a chamá-lo por seu verdadeiro nome, sr. Korsakov? Sr. Stefan Korsakov?

Sean esperou pela reação de Hellier. Um leve sorriso, nada mais.

– Como eu disse, não se trata de minhas convicções, trata-se do que posso provar e posso provar quem você é na verdade e que o ex-sargento-detetive Jarratt o esteve ajudando a acobertar seus crimes durante anos.

– Então o porco finalmente guinchou – cuspiu Hellier. – Que conveniente.

– E foi por isso que você tentou matar a sargento Jones. Precisava fazer isso. Você sabia que ela estava chegando perto da verdade. Jarratt o avisou e você não teve escolha. Ela ia fazer com que todo o seu castelo de cartas desabasse, então você invadiu a casa dela e tentou matá-la.

— Você está delirando. Acha que matei para proteger Jarratt?

— Não. Para proteger a si mesmo.

Hellier se inclinou para mais perto de Sean que a mesa lhe permitia.

— Não importa se você acha que sabe quem sou, ou mesmo se você sabe quem eu sou. Posso ser quem eu quiser. Posso ir aonde eu quiser. Faço o que eu quero fazer. Jarratt, um policial corrupto... Isso tem aos montes, inspetor. Não é motivo para matar nem o seu bichinho de estimação.

Sean engoliu a fúria crescente o melhor que pôde.

— Aliás, foi um bom toque — disse ele a Hellier.

— Do que está falando agora? — perguntou Hellier. — Mais delírios, inspetor?

— Usar meu nome quando abordou Linda Kotler. Dizer a ela que você era eu. Você tem um distintivo falso? Ou Jarratt lhe deu um verdadeiro, com meu nome? Você mostrou o distintivo a ela quando dizia que era eu?

— Não sei do que está falando. Você é louco, cara.

— Não — disse Sean, com uma calma gélida. — Eu não. O louco aqui é você. Só pode ser. — A sala ficou em silêncio, Sean e Hellier presos num combate enquanto Templeman e a detetive Cahill pareciam pouco à vontade, sabendo que era um pouco mais do que invasores em um duelo particular.

— Acho que este interrogatório já durou o suficiente — interrompeu Templeman, a cabeça girando com as novas revelações, mesmo que a de Hellier não estivesse. — Dados os ferimentos que o sr. Hellier sofreu durante sua prisão, creio que este interrogatório deve ser encerrado até que meu cliente receba tratamento médico.

A mão quebrada de Sean latejava, distraindo-o. A dose dupla de analgésicos que ele tomou duas horas antes perdia o efeito. Ele não tinha pressa. Eles fariam uma pausa. Ele olhou o relógio.

— Agora é uma hora e trinta e seis minutos e estou suspendendo este interrogatório para que o sr. Hellier possa ter seus ferimentos examinados por um médico. Continuaremos o interrogatório depois. – Sean ia desligar o botão. Hellier o impediu:

– Espere – insistiu ele. – Espere só um segundo.

O que era agora? O que Hellier tinha na cabeça? Será que finalmente estava pronto para dar um fim a esse teatro?

– Não me importa o que seu laboratório diz ou não diz. Eu não matei essas pessoas e não ataquei a sua preciosa sargento Jones.

– Não estamos chegando a lugar nenhum – interrompeu Sean. – Este interrogatório está encerrado.

– Nós dois estamos sendo usados, inspetor – rebateu Hellier. – Na noite passada, em que sua sargento foi atacada, recebi um telefonema de um homem. Ele me ligou lá pelas sete e meia. O mesmo homem que tinha me ligado na noite em que a Kotler foi assassinada, por volta das sete da noite. Ele sempre telefona para meu celular, exceto na primeira vez. Essa foi no início da tarde, também no dia em que Kotler foi assassinada. Na ocasião, ele telefonou para meu trabalho. A secretária pode confirmar isso.

"Quem deu esses telefonemas estava garantindo que não tivesse álibi. Ele sempre marcava de me encontrar em lugares onde não havia ninguém que pudesse se lembrar de mim, mas nunca aparecia. Ele cuidou para que eu tivesse um trabalho danado para despistar a vigilância da polícia. Sempre insistiu que eu despistasse a vigilância... E agora sei por quê."

– E imagino que esse mesmo homem misterioso tenha plantado seu cabelo na cena do crime de Linda Kotler? – Hellier deu de ombros. – Não tenho tempo para ouvir essa bobagem – vociferou Sean.

– Acho que você não tem escolha – lembrou-lhe Hellier. – É seu dever investigar minha declaração de defesa, como sei que o sr. Templeman estava prestes a observar. Você não tem escolha, senão tentar descobrir quem me telefonou naqueles dias e naquela hora, mesmo pensando que é um desperdício de seu precioso tempo. Se não o fizer, não haverá juiz na Terra que não retire as acusações contra mim no tribunal.

Sean sabia que Hellier tinha razão. Por mais ridículo que esse álibi fosse, ele precisava investigar. Tinha de provar que era falso.

– Muito bem – disse Sean. – Vou precisar do número do sujeito.

– Eu não tenho.

– Você disse que ele ligou para seu celular, então o número deve ter aparecido no visor.

– Sempre que ele ligava, o número era bloqueado. O visor não dizia nada.

– Você tentou discar 1-4-7-1?

– Deu no mesmo. O número era protegido.

– Então não há muito que eu possa fazer.

– O que é isso, inspetor – disse Hellier. – Nós dois sabemos que o número da chamada pode ser obtido com as ferramentas certas. Você já tem meu celular. Sugiro que mande seus ratos de laboratório o examinarem.

– Será feito – disse Sean. – Mas será preciso mais do que isso para salvar sua pele. Este interrogatório está concluído. – Sean estendeu a mão para o botão de desligar, mas parou quando ouviu uma urgência repentina na voz de Hellier.

– Eu sinto sua dúvida – disse Hellier. – Por trás de sua determinação de provar minha culpa por crimes que não cometi, sei que na verdade você não tem certeza, não é? Tem alguma coisa lhe roendo por dentro, empurrando você numa direção que você não quer seguir, empurrando para a crença de que talvez, só talvez, você tenha apanhado o homem errado. E embora você não dê a mínima se vou apodrecer na prisão, esse pensamento sempre estará com você, não é? A ideia de que alguém lá fora escapou de pagar por seus crimes.

Sean balançou a cabeça e soltou uma leve risada.

– Sabe de uma coisa, estranhamente eu pensei que você fosse capaz de mais do que isso. Não sei exatamente o quê, mas alguma coisa. Mas por acaso você é só outro fracassado tentando salvar seu pescoço imundo. Não há nada de especial em você. Você pensou que não podia ser apanhado, que nunca comete erros, mas cometeu... Não só o cabelo na cena do crime de Linda Kotler, mas as digitais no apartamento de Daniel Graydon.

– Acho que não – disse Hellier com frieza. – Como já lhe falei, eu conhecia Graydon, estive na casa dele. Qualquer coisa pertencente a mim que tenha encontrado lá não significa nada.

– É bem verdade – concordou Sean. – Mas uma coisa esteve me devorando desde que encontramos suas digitais no apartamento e é exatamente isto: o fato de que só encontramos uma digital, na parte de baixo da maçaneta do banheiro.

– O que quer dizer com isso? – perguntou Hellier.

– *Uma* digital? Isso não faz sentido – explicou Sean. – Se você não tinha motivos para esconder o fato de que esteve lá, então por que não encontramos outras digitais suas? Deveríamos ter encontrado dezenas. Sabe o que isso me diz? Diz que você limpou a cena, esfregou tudo em que tocou, mas deixou passar uma coisa: a maçaneta.

– Daniel era muito cioso de sua casa – argumentou Hellier. – Minhas outras digitais devem ter sido eliminadas quando ele a limpou.

– Não – rebateu Sean. – Não pode ter feito isso, porque encontramos várias digitais pertencentes a outras pessoas que estiveram no apartamento depois do encontro que você afirma ter tido lá. Daniel não limpou suas digitais... Foi você. Por que você faria isso se não tivesse matado? Por quê, James?

– Porque é assim que tenho de viver minha vida – respondeu Hellier. – Eu cuido de mim mesmo. Sempre cuidei. Ninguém nunca fez nada por mim, nunca.

Era a primeira fissura que Sean via em Hellier. A primeira rachadura em sua *persona*, permitindo o vislumbre de um segundo em sua alma. E nesse segundo ele podia ver que Hellier, como ele, era feito das mesmas circunstâncias terríveis de seu passado. Que circunstâncias eram essas, Sean provavelmente nunca saberia, mas agora sabia que Hellier não tinha nascido mau, outra pessoa o fez assim. Ele sentiu uma onda de empatia pelo homem, mas não era hora de imaginar como teria sido Hellier quando criança. Uma criança cuja infância podia muito bem espelhar a dele próprio.

– Prefiro ser paranoico – continuou Hellier, trazendo Sean de volta ao presente. – Isso me mantém à frente no jogo. Eu toquei pouco no apartamento dele e o que toquei, eu limpei. Gente como Graydon não merece confiança. Ele podia me causar problemas.

– Então você o matou antes que ele tivesse essa chance. Por que não? Você já havia matado Heather Freeman, mas ia matá-lo do mesmo jeito. Você o escolheu como sua vítima seguinte e uma semana depois o matou.

– Não! – gritou Hellier. – Eu não matei nenhum deles! Você está errado. Completamente errado.

– Não estamos chegando a lugar nenhum – disse Sean, a frustração evidente na voz. Ele estava tão cansado que duvidava de que pudesse estruturar corretamente uma frase, que dirá fazer alguma pergunta inteligente. – Vamos fazer um intervalo de uma hora e tentar novamente. – Ele estendeu a mão para desligar o gravador, mas Hellier o impediu mais uma vez.

– Ela tem segurança? – perguntou apressadamente Hellier. – No hospital, sua sargento Jones. Ela tem segurança?

– Não é uma coisa que eu esteja preparado para discutir com você – respondeu Sean.

– É claro que tem – continuou Hellier. – E eles estão armados também, os seguranças? Acho que sim. Eu tenho razão, não tenho, inspetor? O que me faz perguntar o seguinte: por que você colocou guardas armados com ela se acredita verdadeiramente que fui eu que tentei matá-la, quando estou trancado aqui com você? Essa eu não consigo entender. Você entende?

– Procedimento padrão – respondeu Sean com indiferença.

– Ah, não acho que seja isso – argumentou Hellier. – Eu realmente não penso assim. Você colocou seguranças na porta dela porque sabe que não sou culpado. O agressor dela ainda está lá fora e você sabe disso, não sabe? Não sabe, inspetor?

– Não tenho tempo para isso. – Sean tentou afastar a névoa de dúvidas da mente.

– Eu sei quem é, inspetor. Sei quem matou aquelas pessoas e tentou matar a sargento Jones. Tive essa percepção como uma revelação. Um momento de absoluta clareza. Só pode ser ele. Só ele conheceria tanto de mim. Só ele podia me vigiar tão de perto.

– Quem? – perguntou Sean, elevando a voz. – Vamos fazer o seu joguinho. Me diga quem.

– Você já sabe. – A voz de Hellier também se elevou.

– Me diga, ora essa – exigiu Sean. – Você precisa me dizer e precisa fazer isso agora, ou este interrogatório estará encerrado e você vai acabar apodrecendo em Broadmoor pelos crimes de outra pessoa.

– Você já sabe – repetiu Hellier. – Se eu sei, você sabe. Use a imaginação. Pense como ele pensa. Pense como nós pensamos.

Sean se inclinou para a frente para responder, mas de repente parou, cena após cena repentinamente passando em sua mente, sem nenhum controle seu: a primeira vez que entrou no apartamento de Daniel Graydon; o corpo no chão numa poça de sangue; a autópsia; entrar no escritório de Hellier; o fedor de sua maldade; Sebastian Gibran observando os dois. As fotografias de Heather Freeman, sua garganta cortada, os olhos azuis fixos e sem vida; a cara de ódio de Hellier quando foi preso no trabalho; Sebastian Gibran observando. O corpo retorcido e torturado de Linda Kotler; Hellier admitindo que praticava sexo sadomasoquista; Sebastian Gibran observando. Sebastian Gibran entrando em contrato com Sally, se encontrando com ela, a observando. Sally atacada em sua própria casa. Os telefonemas que Hellier alegava ter recebido, as instruções que lhe deram e lhe negaram um álibi; Sebastian Gibran observando, observando a todos, brincando com todos – ele contra Hellier e Hellier contra ele, levados pelo nariz como dois cordeiros ao sacrifício. Mas Hellier deduziu tudo, sua ânsia de sobreviver o impelindo à resposta. Agora a revelação também dominava Sean – *Sebastian Gibran, Sebastian Gibran, Sebastian Gibran*.

Seus olhos foram ao chão enquanto as peças do quebra-cabeça se encaixavam em sua mente prejudicada.

– Meu Deus – finalmente declarou ele enquanto um rosto se formava por trás seus olhos. – Preciso ir ao hospital. Preciso ir agora.

Sean se levantou de um salto, derrubando a cadeira, com o riso crescente de Hellier ferindo seus ouvidos.

– Corra até ela, inspetor – atormentou-o Hellier. – Corra até ela antes que ele pegue o prêmio.

Sean saiu às pressas da sala de interrogatório, quase derrubando Donnelly a caminho da saída e do estacionamento.

– Problemas? – perguntou Donnelly, aturdido.

– Preciso ir ao hospital. Preciso ver Sally. – Sean continuava em movimento.

– Por quê? – Donnelly tentava acompanhá-lo. – E Hellier?

– Deixe sair.

– Depois do que ele tentou fazer com você?

Sean olhou a própria mão inchada; a imagem da cara ensanguentada de Hellier apareceu em sua mente.

– Eu disse que estamos quites. Livre-se dele e diga que nunca mais quero vê-lo novamente. – Ao chegar à saída, ele se virou para Donnelly. – E depois vá para o hospital o mais rápido que puder. – Ele se voltou para a saída e sumiu.

Só quando a porta se fechava, ouviu a resposta de Donnelly:

– Alguém, por favor, pode me dizer que merda está acontecendo?

21

Tarde de sábado

Eu estava sentado no banco em um pequeno e lindo jardim do terreno do hospital. É ali que saem para fumar as pessoas que se recuperam de amputações causadas pelo câncer. Ninguém presta muita atenção em mim, vestido como estou, de uniforme azul-escuro de enfermeiro. Uma peruca, bigode e óculos escondem minhas verdadeiras feições, e o fino arame de aço enrolado e escondido no meu bolso pinica desconfortavelmente meu quadril. Uma arma rudimentar, mas silenciosa e eficaz nas mãos certas.

Parto para a entrada principal do hospital Charing Cross, sentindo a seringa colada no meu peito puxar minha pele raspada enquanto caminho. A faca embainhada metida na base das minhas costas é desconfortável, mas tranquilizadora.

Gosto de planejar meticulosamente, mas não houve tempo para isso. Devo ser pragmático, tocar de ouvido. Será perigoso para mim e ainda mais para quem se meter em meu caminho, mas não há alternativa, não agora. Se essa vagabunda sobreviver, dirá ao mundo que fui eu que a visitei ontem à noite. Minha linda farsa se acabaria. Eu teria de fugir... Mas, se conseguir consertar meu erro, continuarei anônimo.

Foi bem fácil descobrir onde ela estava. Todo mundo nesta área ou é levado para o Chelsea, ou para o hospital de Westminster, ou, como aconteceu com ela, ao Charing Cross. Bastaram alguns telefonemas para eu descobrir qual deles e que ela estava na UTI. Eles também me fizeram a gentileza de dizer que esperavam que ela se recuperasse dos ferimentos. As pessoas precisam ser mais cuidadosas com as informações que dão. Nunca se sabe com quem está falando.

Andei com confiança pelos corredores intermináveis e sinuosos até a lavanderia. A equipe médica e os zeladores entravam e saíam sem parar, ninguém prestando muita atenção em ninguém. Esses hospitais gigantes são quase tão impessoais quanto uma estação de trem na hora do rush. Sua segurança é uma piada.

Peguei vários lençóis limpos e bem dobrados, todos embrulhados em plástico transparente, e fui para o elevador que me levaria diretamente à unidade de tratamento intensivo e a ela. Enquanto o elevador subia, meu coração começou a disparar. O poder corria por minhas veias. Eu me sentia tonto de excitação. Deu-me vontade de atacar as outras pessoas no elevador, puxar a faca de minhas costas e cortar todas em pedaços, mas não fiz isso. Eu me controlei. Tenho outros assuntos a tratar hoje.

Quando as portas do elevador se abrem, vejo a unidade de tratamento intensivo se estender diante de mim. É diferente do resto do hospital: ali é mais escuro, mais quente e mais silencioso. Parece seguro. Entro naquela paz e deixo que o elevador desça para se juntar ao caos. De imediato sei em que quarto ela está, devidamente anunciado pelo policial armado do lado de fora. E eu já previa isso. Ótimo. Farei um bom uso do uniforme dele. Depois que eu o pegar, passarei alguns poucos momentos de despedida com a piranha. Depois usarei a seringa que trouxe para injetar uma bolha de ar em seu corpo já frágil e mandá-la tranquilamente ao encontro de seu Criador. Afinal, quem vai confrontar um policial armado?

Uma enfermeira sai de um quarto no corredor e me olha de cima a baixo com desprezo, meu uniforme tornando a criatura que o usa um inferior na hierarquia do hospital. Baixo os olhos para os lençóis que carrego.

– A lavanderia disse que vocês estão com poucos – digo na voz mais efeminada que consigo fazer.

– Que novidade. – É só o que a puta arrogante consegue dizer. – O armário de roupas limpas fica no canto, na frente do banheiro.

Nenhum obrigada, nenhum agradecimento. Eu bem que podia lhe ensinar boas maneiras. Talvez em outra hora.

Sigo suas informações, cumprimentando o porco armado com a cabeça ao passar. Coloco os lençóis limpos no armário e vou até o banheiro, abrindo a porta. Mas não entro. Em vez disso, torço a cara para fingir uma expressão de preocupação e ando rápida e silenciosamente na direção do porco. Falo com voz de homossexual, mantendo-a baixa, para que as enfermeiras não possam ouvir.

– Com licença. Acho que tem uma coisa no banheiro que você deve ver.

Ele me lança um olhar feio, mal sendo capaz de disfarçar a repulsa, como se quisesse me enxotar feito uma mosca irritante. Por fim, ele vai até o banheiro, destemido, como fazem todos os porcos armados, seguro no falso conhecimento de que são intocáveis. Mantenho a porta aberta enquanto ele entra.

– Qual é o problema? – pergunta ele. É a última coisa que ele vai dizer na vida. Passo o arame por seu pescoço e puxo com força. Ele consegue colocar vários dedos sob o arame, numa tentativa inútil de se salvar. Se for preciso, cortarei através de seus dedos. Arrasto-o em silêncio para o meio do banheiro, onde ele tenta alcançar alguma coisa que faça barulho, qualquer coisa que soe o alarme. Ele percebe que não pode. Ofega, tentando respirar, seus sapatos de solado de borracha esperneando em silêncio no piso de ladrilhos. Por fim, ele cai, imóvel. Há sangue em sua camisa e no colete à prova de balas. Mas nada que eu não possa esconder. Devo matar as enfermeiras? Não. Isso consumiria tempo demais. Se perceberem que o porco mudou de aparência, vão simplesmente tomar isso por uma troca de guarda.

Agora, é hora de corrigir um erro.

22

A sirene de Sean bradava no trânsito sempre engarrafado das ruas de Hammersmith enquanto se aproximava cada vez mais do Charing Cross e de Sally. A luz azul presa magneticamente ao teto do carro descaracterizado dava a outros motoristas um alerta pequeno e com frequência tardio de sua aproximação quase descontrolada. Se ele batesse com o carro agora, não teria reforços, ninguém que continuasse a corrida até Sally. Mesmo em seu medo e pânico, ele sabia que devia ter entrado em contato com a polícia local e pedido que dessem cobertura no hospital, mas quanto tempo levaria para explicar seus temores? Quanto tempo levaria para conseguir que as autoridades enviassem mais guardas armados? E se ele estivesse enganado? E se esse fosse o último grito de vitória de Hellier para fazê-lo de bobo? Para desacreditá-lo como detetive? Não, ele precisava fazer isso sozinho. Donnelly organizaria o apoio, faria o que era sensato, mas Sean precisava ir sozinho. Certo ou errado, ele precisava ir sozinho. De algum modo, sabia que tudo terminaria em breve. Tudo.

Ao dar uma guinada para o estacionamento do hospital, ele desligou a sirene e as luzes, sentindo de repente a necessidade de ser discreto. Ignorando as placas da entrada principal, seguiu diretamente para a emergência. Estacionou o carro em uma vaga de ambulância e o abandonou com a chave na ignição e a porta aberta.

Sean correu pelas portas giratórias com a maior rapidez que se atrevia a usar. Não conhecia o hospital tão bem quanto os hospitais do sudeste de Londres e do East End, mas se lembrava de onde tinha visto os elevadores na noite em que trouxeram Sally para ali.

Ele socou o botão do elevador para chamá-lo e esperou, muito impaciente, pela chegada da caixa de metal, enquanto olhava o mapa do andar do hospital, procurando a UTI. Encontrou assim que o elevador chegou. Sem esperar que as portas se abrissem inteiramente, ele pulou para dentro e socou a lateral do punho no andar que precisava. Graças a Deus não tinha mais ninguém no elevador, ninguém para retardar sua subida a Sally. A dois andares de seu destino, o elevador de repente parou e as portas se abriram dolorosamente lentas. Uma turma de enfermeiras tagarelas vinha para a entrada. Sean mostrou o distintivo que já segurava.

– Desculpe – quase gritou ele. – Assunto policial. Usem outro elevador. – Ele socou o botão do elevador e as portas se fecharam num misto de protestos e risos de incredulidade.

Enfim o elevador parou suavemente no andar da UTI. As portas se abriram em silêncio, o calor e a quietude da unidade envolvendo Sean; zumbidos e bipes metálicos que pareciam muito tranquilizadores.

Ao sair do elevador, ele viu um policial armado na frente do que supôs ser o quarto de Sally. O policial estava de costas para a parede; Sean presumiu que assim ele pudesse ver os dois lados do corredor. Seus olhos foram imediatamente atraídos à pistola automática na coxa do policial, como fariam os olhos de qualquer policial. O quepe do policial estava baixo na testa, em estilo militar, escondendo quase totalmente a parte superior de sua face. Sean imaginou que ele teria sido soldado, uma conjectura que podia ser ainda mais verdadeira pelo bigode de machão que exibia orgulhosamente. Os olhos de Sean dispararam pela unidade, procurando outros sinais de vida. Duas enfermeiras da UTI se ocupavam silenciosamente de outra alma torturada num quarto a duas portas de Sally.

Sean estendeu seu distintivo.

– Inspetor Corrigan. Preciso ver a sargento Jones. – O policial assentiu sua permissão enquanto Sean entrava pela porta já aberta. Ele foi lentamente a Sally, já temendo o pior, o coração martelando descontrolado, dificultando sua respiração, o estômago dolorido, parecendo ter um nó. Mas ao se aproximar, percebeu os sons reconfortantes e ritmados que emanavam dos aparelhos que cercavam Sally. Monitores de batimento cardíaco, monitores de pulsação, monitores de pressão sanguínea, todos o tranquilizavam de que ela estava viva. Até o tubo feio e incrivelmente grande que entrava pela garganta de Sally, levando oxigênio, de algum modo fez com que Sean ficasse à vontade. Ele finalmente puxou uma longa golfada de ar e soltou pelos lábios franzidos.

Ele colocou a mão na testa de Sally e acariciou gentilmente seu cabelo para trás. Lutava para ter alguma coisa para dizer quando de repente sentiu uma presença atrás dele, uma mudança na atmosfera do quarto. Ele girou nos calcanhares, com o coração disparado, a adrenalina já começando a preparar seu corpo para o combate.

– Maldição – disse Sean ao ver Donnelly entrando no quarto. – Você chegou rápido.

– É. Peguei carona com um pessoal de um carro de resgate, com a sirene aberta o tempo todo. Sem poupar despesas. – O tom de voz de Donnelly mudou: – Ela está bem?

– Acho que sim – respondeu Sean.

– Pode me dizer o que está acontecendo? Por que estamos aqui? Por que deixamos Hellier sair de novo como um homem livre?

Sean abriu a boca para explicar, mas não veio nenhuma explicação, só uma pergunta:

– Onde está o guarda? O guarda armado? Você o viu?

– Não vi guarda nenhum – respondeu Donnelly. – Só você.

– Não. Você entrou aqui logo depois de mim. – O medo estava de volta, o nó no estômago pior do que nunca. – Havia um guarda do lado de fora deste quarto.

– Tudo bem – disse calmamente Donnelly. – Eu acredito em você, chefe. Meu Deus, ele deve ter ido ao banheiro.

– O banheiro – disse Sean. – Tenho de olhar o banheiro.

– Por quê? – perguntou Donnelly. – Qual é o problema?

– Sei quem é o assassino – respondeu Sean, já correndo em busca do banheiro, agora gritando: – Ele está aqui! Sei que ele está aqui!

– O assassino é Hellier – argumentou Donnelly. – Mas você o deixou sair.

As palavras de Donnelly teriam magoado Sean, mas ele não ouvia, procurando freneticamente pelo banheiro e o guarda. Enfim ele encontrou o banheiro comunitário e abriu a porta. As pias se estendiam por um lado e, do outro, três reservados. Só uma das portas dos reservados estava fechada. Sean andou lentamente até lá.

– Olá – chamou ele a ninguém. – Sou o inspetor Corrigan. Preciso saber se tem alguém aqui... Tem alguém aqui? – Silêncio. Ele foi até o reservado fechado e colocou a mão na porta. O pequeno quadrado verde disse a Sean que a porta não estava trancada. Delicadamente, ele a empurrou e abriu.

Sean não pôde deixar de dar dois passos para trás, repelido pela visão do homem praticamente nu arriado na privada, os olhos grotescamente esbugalhados, a língua roxa e inchada se projetando da boca, rolada de lado. A cor vinho de seu rosto fazia um contraste lamentável com a pele branca e agora cerosa do resto do corpo. Sean olhou a cena, a mente processando a informação. Viu um dos braços do homem atravessado no colo, enquanto o outro ainda estava erguido, os dedos agarrando desesperadamente o fio de metal fino cravado em seu pescoço e na garganta. Sangue seco sujava as mãos e o peito do morto, um sangue que tinha escorrido de dedos praticamente decepados.

Donnelly apareceu junto ao ombro de Sean, pronto para continuar a discussão até que viu o corpo.

– Meu Deus do céu – disse Donnelly. – O que, em nome de Deus, está acontecendo?

– É Gibran – disse-lhe Sean. – Sebastian Gibran matou este e todos os outros.

– Mas quem é este infeliz?

– Nosso policial armado. Gibran deve ter pegado seu uniforme. Eu passei direto por ele, o filho da puta. – Sean se virou e partiu correndo para o elevador, atraindo olhares preocupados de duas enfermeiras que vieram ver do que se tratava aquela comoção.

– Aonde você vai? – chamou Donnelly atrás dele.

– Fique aqui e vigie Sally – ordenou Sean, socando o botão do elevador. – Eu vou atrás dele. Ele não pode ter usado o elevador, ou você o teria visto, então deve ter descido de escada. Posso alcançá-lo no térreo.

– Essa não é uma boa ideia, chefe! – gritou Donnelly. – Se ele pegou o uniforme, então também pegou a arma. Deixe que uma unidade armada...

A porta do elevador se fechou, interrompendo o resto da frase. Ao começar a descer, Sean deixou o mundo de Donnelly e entrou em outro que poucas pessoas podiam verdadeiramente compreender e outras menos ainda nele sobreviver.

Sean corria freneticamente pelo saguão lotado do hospital, esticando o pescoço, procurando em todo lado por qualquer sinal de Gibran, qualquer sinal de uma farda policial andando pela multidão. Cada vez mais desesperado, ele se aproximava de quem passava, enfiando seu distintivo na cara das pessoas.

– Um policial uniformizado – disse ele. – Alguém viu um policial uniformizado?

A maioria se retraía dele por medo, mas enfim ele deu com um assustado zelador do hospital que assentiu em resposta a sua pergunta.

– Há quanto tempo? – O zelador só ficou boquiaberto para ele. Sean pegou o homem pela gola.

– Há quanto tempo?

– Há alguns minutos – gaguejou o homem.

– Para que lado?

– Pela saída principal, para o estacionamento.

Sean soltou o zelador e foi para saída, agora correndo, sem se importar com quem o via, ou quem tirava do caminho, desligado do pânico que podia estar causando. Continuou correndo para o estacionamento, mais por esperança cega do que por crença.

Ele correu acelerado por mais de um minuto e seus pulmões e coxas estavam em brasa, mas ainda não havia sinal de Gibran. Sean se curvou em dois, descansando com as mãos nos quadris, tentando desesperadamente puxar oxigênio novo para seu sangue exausto. Depois de alguns segundos, endireitou o corpo e começou a examinar o amplo estacionamento. Seu celular vibrou no bolso. O nome de Donnelly apareceu na tela. De algum modo ele conseguiu falar:

– Eu o perdi. – Foi só que ele disse.

– Mas onde você está? – perguntou Donnelly.

– No estacionamento principal – respondeu ele, sem fôlego. Depois, uns cem metros à frente dele, andando pela legião de carros estacionados, ele viu uma figura com uniforme de policial, o quepe se destacando. – Ele está aqui, no estacionamento. Estou vendo. – Ele desligou sem esperar pela resposta de Donnelly.

A tensão eletrizava o sangue de Sean. A dor no peito e nas pernas logo foi esquecida enquanto ele corria mais rápido do que sabia que podia na direção da figura que andava, tão rápido que ele sabia que podia alcançar o homem – mas se era Gibran, por que não estava correndo? O que ele está esperando?

Quando Sean se aproximava nos últimos metros, o homem virou a cara com a velocidade de uma serpente. Sean não viu nada além da faca na mão do homem. A faca reluzente para a qual Sean estava prestes a correr. Sean tentou parar, mas sabia que seria tarde demais. Preparou-se para a dor insuportável que sabia que viria ao cortar seu estômago, o fígado ou o peito.

A última coisa que Sean viu antes de fechar os olhos foram os dentes brancos de Gibran, seus lábios repuxados para trás em um sorriso, preparando-se para empalar Sean com a lâmina curta e afiada. Mas nenhuma dor cortante atravessou o corpo de Sean. Em vez disso, ele foi atingido por uma força incrivelmente poderosa no peito, como que uma bola de peso disparada por um canhão. Isso o arrancou do chão e o jogou para trás. Ele caiu no capô de um carro e rolou para o chão, voltando a se levantar imediatamente, instintivamente procurando sangue no peito. Não havia nenhum.

Sean rapidamente recuperou o equilíbrio, os olhos procurando por Gibran, a mente tentando entender o que o havia atingido. Enquanto a cena diante dele clareava, sua mente se esforçava para compreender o que ele via.

James Hellier segurava Gibran num forte aperto do qual nem ele poderia escapar. A faca que antes estava na mão de Gibran agora aparecia na de Hellier. Ele a apertava com força no pescoço de Gibran, cortando sua pele, soltando um filete de sangue. A outra mão de Hellier pressionava na altura do rim a pistola que ele já havia tirado do coldre de Gibran. Enfiando rapidamente a pistola no cós da calça, Hellier usou a mão livre para melhorar seu domínio físico de Gibran, que se remexia em protesto.

– A-a – avisou-o Hellier, e apertou a lâmina um pouco mais fundo em seu pescoço. Sean viu que de repente Hellier puxava um dos braços de Gibran a suas costas. Sean ouviu o estalo e entendeu o que estava acontecendo. Gibran estremeceu visivelmente. Com facilidade e experiência, Hellier puxou o outro braço para trás e ouviu-se outro estalo. Mais uma vez Gibran estremeceu enquanto as algemas eram fechadas em seus pulsos. Nesse tempo todo, Hellier mantinha a faca apertada em seu pescoço.

Hellier falou com Gibran, Sean era um mero observador:

– Se você me enganou, tem de pagar o preço.

– Não faça isso, James – pediu calmamente Sean, tentando de algum modo ter o controle da situação. – Está ouvindo isso? – Acima dos sons da cidade, o gemido de sirenes que se aproximavam anunciava a aproximação dos reforços. – Sei que você não mataria ninguém, James – continuou Sean. – Mas se o matar, vai apodrecer na prisão do mesmo jeito.

– Não posso deixar que ele viva – explicou Hellier. – Ele tentou me enganar. Ele me usou. – Gibran se retorceu, protestando. Hellier exigiu sua obediência com um puxão.

Sean tentou encontrar as palavras que alcançassem Hellier. Ele sabia que ameaças ou promessas normais teriam pouco efeito.

– Levei meus filhos ao zoológico – disse-lhe Sean. – Algumas semanas atrás, sabe, eu prometia a minha mulher, então... – Hellier olhava, mas continuou em silêncio. – Tinha um tigre lá, um lindo tigre na jaula, mas só o que ele fazia era andar de um lado a outro, de cabeça baixa, como se tivesse desistido. Como se só quisesse que alguém o tirasse de sua infelicidade. Passei dias só pensando nisso. Foi... foi uma das coisas mais tristes que já vi, e eu vi muitas coisas tristes. Você não pode sobreviver numa jaula, não depois da última vez, James. E você sabe disso. Solte o homem.

Os olhos de Hellier se estreitaram, mas imediatamente ficaram animados e arregalados, com um sorriso se espalhando por seu rosto.

– Não se preocupe, inspetor. Eu não vou matá-lo. Ainda não, de qualquer modo. Quero que ele viva com medo por um tempo. Quero que ele sinta o gosto do medo todo dia, até chegar a hora em que eu decidir que já viveu por tempo suficiente, então vou fazer com ele o que alguém deveria ter feito. – Hellier empurrou Gibran pela curta distância até Sean, que o segurou, atrapalhado pela mão quebrada que latejava, surpreso e um tanto intimidado com a força de Gibran. Como Hellier o dominou com tanta facilidade?

– Considere isso meu presente de despedida – disse Hellier, radiante. – Não é bem o que eu tinha em mente, mas terei de fazer, por enquanto. Ah, a propósito, tenha cuidado, inspetor: ele é tão perigoso quanto pensa, eu sei bem disso.

– Verei você no inferno – cuspiu Gibran para Hellier.

– Estarei esperando por você lá – respondeu Hellier categoricamente.

As sirenes deixaram o fundo e tomaram a frente. Sean olhou por sobre o ombro e viu as viaturas policiais parando no perímetro do estacionamento, os agentes saindo dos veículos.

– Me dê a arma, James. Vamos precisar de uma declaração sua. Você nos ajudou, podemos fazer um acordo no caso de Jarratt.

– Acho que não, Sean. – Foi a primeira vez que Hellier o chamou pelo nome. – Nem todos de sua espécie serão tão compreensivos. Além disso, está na hora de eu ir andando. Você já matou James Hellier, Sean.

Hellier começou a se afastar, pronto para se misturar à cidade que foi seu playground por tanto tempo.

– James – chamou-o Sean. – James, não pode simplesmente ir embora.

— Lembre-se do que eu lhe disse: eu posso ser quem eu quiser e ir aonde quiser. Adeus, Sean.

— James — chamou Sean, a distância entre eles ficando cada vez maior.

Hellier se virou para ele pela última vez.

— Vou ficar com a arma, se não se importa, para o caso de alguém tolamente decidir me seguir. Adeus, Sean. Se cuida. — Hellier deu as costas a Sean, acenou sem olhar e desapareceu atrás de um furgão estacionado.

— James! — gritou Sean. — Stefan! Stefan! — Mas Hellier já se fora.

A visão dos policiais uniformizados se aproximando incitou Gibran a fazer um último esforço para se soltar. Sean o empurrou sobre um capô e se deitou sobre ele. Apesar das algemas, foi preciso toda sua força para controlá-lo.

— Não pode provar porra nenhuma — desafiou-o Gibran.

— Você está com o uniforme de um policial morto, seu monte de merda. Você está acabado, Gibran. Eu mesmo vou cuidar disso.

Sean saiu do elevador e foi rapidamente para o quarto de Sally. A UTI estava silenciosa. Ainda não havia o caos da cena de crime, mas logo aconteceria. Sean entrou no quarto de Sally. Donnelly estava de pé ao lado dela.

— Não esperava ver você de volta, chefe. Ouvi pelo rádio que você pegou o homem.

— Tenho muito tempo para cuidar dele depois — disse Sean. — Imagino que devo agradecer a você por ter chamado a cavalaria. — Donnelly acenou com o celular à guisa de resposta, mas Sean já procurava algo no armário ao lado do leito de Sally.

— Procurando alguma coisa? — perguntou Donnelly.

— Os objetos pessoais de Sally — respondeu Sean.

— Por quê?

— Eu preciso deles. Preciso ter certeza.

— Do quê?

– De que Gibran pague pelo que fez com ela. – Sean apontou para Sally.

– Os objetos pessoais dela devem estar trancados e registrados.

– Não necessariamente. Ela entrou aqui pela emergência, lembre-se. Eles têm mais o que fazer do que se preocupar com ensacar e etiquetar as coisas direito.

Ele abriu a porta de baixo e viu o que rezava para encontrar: o saco plástico contendo os objetos pessoais de Sally. Seu relógio simples, algumas joias, até um elástico de cabelo e o objeto que Sean mais procurava – seu distintivo.

– O saco está lacrado? – perguntou Donnelly aos sussurros.

– Não. – Sean quase sussurrou a resposta. – O distintivo dela está num saco próprio, mas não lacrado. – Sean segurou delicadamente a identificação policial suja de sangue com sua mão ferida. Ele sabia o que precisava fazer.

– Isso precisa ser encontrado na casa de Gibran quando derem uma busca – disse ele a Donnelly.

– Eu entendo – garantiu-lhe Donnelly.

– É melhor que não seja encontrado por você. Deixe para um dos outros policiais da busca. Entendeu?

– Perfeitamente, chefe. Deixa comigo.

– Você é um bom homem, Dave.

– Eu sei. – Foi a única resposta de Donnelly.

Gibran estava sentado, impassível, descansando as mãos artificialmente na mesa diante dele. Sean e Donnelly se sentavam do outro lado. Não havia mais ninguém na sala de interrogatório. Sean não ficou surpreso quando Gibran dispensou seu direito de ter um advogado presente. Era arrogante demais para acreditar que alguém pudesse protegê-lo melhor do que ele próprio.

Sean completou as apresentações e lembrou a Gibran de seus direitos. Gibran reconheceu educadamente tudo o que Sean lhe perguntava.

– Sr. Gibran, sabe por que está aqui? – perguntou Sean.

Gibran ignorou a pergunta.

— Nunca estive dentro de uma central de polícia – disse ele. – Não é bem como eu imaginava. É mais clara, mas estéril, não é tão ameaçadora como pensei que fosse.

— Sabe por que está aqui? – repetiu Sean.

— Sim, entendo perfeitamente, obrigado. – Gibran sorriu gentilmente, sem se perturbar, em paz consigo mesmo.

— Então sabe que foi acusado de vários assassinatos, inclusive de um policial e a tentativa de assassinato de outra?

— Estou consciente de minha situação, inspetor.

— Sim – continuou Sean. – Por que não falamos de sua situação, sr. Gibran?

— Por favor, me chame de Sebastian.

— Tudo bem, Sebastian. Quer falar das coisas que você fez?

— Quer dizer as coisas de que sou acusado de ter feito.

— Está negando que matou Daniel Graydon? Heather Freeman? Linda Kotler? O guarda Kevin O'Connor? Está negando que você tentou matar a sargento-detetive Jones?

— O que você quer, inspetor? Uma linda confissão? Que eu diga a você onde, como e por quê?

— Seria o ideal – admitiu Sean.

— Por quê?

— Assim posso entender por que essas pessoas morreram. Para eu poder entender por que você as matou.

— E por que você quer entender essas coisas?

— É esse meu trabalho.

— Não – disse Gibran, ainda sorrindo um pouco. – Esse motivo é simples demais.

— Então por que eu quero saber? – arriscou-se Sean a pedir a opinião de Gibran.

— Medo – respondeu Gibran. – Porque temos medo do que não compreendemos. Então rotulamos tudo: uma boa explicação pendurada no pescoço de um assassino. Ele matou porque gostava. Matou porque odiava. Matou porque é esquizofrênico. Os rótulos afastam o medo.

– Então que rótulo devemos colocar em você? – perguntou Sean.

O sorriso de Gibran ficou ainda maior enquanto ele se afastava da mesa.

– Por que não deixamos em branco? Seria muito mais interessante, não concorda?

– Não vai ajudar você no tribunal – lembrou-lhe Sean. – Prisão perpétua não precisa significar perpétua.

– Entendo que está tentando me ajudar, inspetor, mas pelo que sei, terá de se esforçar muito para me condenar por alguma coisa.

– Você será condenado – garantiu-lhe Sean. – Não tenha dúvida disso.

– Você parece ter muita certeza de algo incerto – disse Gibran. – Mas vou fazer um trato com você. Se eu for condenado por esses crimes, vamos conversar novamente, talvez em maiores detalhes. Se suas provas fracassarem e eu sair como um homem livre, então nunca discutiremos a questão novamente.

– Confissões depois da condenação não valem de nada – disse-lhe Sean.

– Talvez não no tribunal, mas para você podem valer muito, acredito.

Sean sentiu que Gibran tentava terminar o interrogatório. Ele estava se cansando? O esforço de tentar parecer são e educado o exauria? Sean precisava continuar.

– Fale-me de você – disse ele. – Fale de Sebastian Gibran.

– A história curta e resumida de Sebastian Gibran. Muito bem. Nasci há 41 anos em Oxfordshire. Sou o segundo mais velho de quatro filhos: dois meninos e duas meninas. Meu pai ganhava um bom dinheiro com a agricultura, enquanto minha mãe ficava em casa para nos criar. Estávamos bem de vida, mas não éramos ricos. Estudei numa boa escola particular, onde me saí bem o bastante para conquistar uma vaga na London School of Economics.

"Armado com um diploma em economia, conquistei o mundo grande e mau e me tornei um funcionário valioso da Butler & Mason International Finance. Subi na hierarquia até me tornar um dos sócios seniores. Sou casado e tenho dois lindos filhos. Um de cada. Uma vida nada extraordinária, receio dizer."

– Até recentemente – disse Sean, examinando atentamente Gibran. – Até que aconteceu algo verdadeiramente extraordinário. Você mudou. Algo dentro de você não podia mais ser contido.

– Não sou doente mental, inspetor. Não ouço vozes em minha cabeça me dizendo para matar. Não há nada em mim que não possa ser contido. Nada que eu não controle. Não sou um monstro humano criado por minha formação. Minha infância foi feliz. Meus pais eram amorosos, meus irmãos me apoiavam e meus amigos eram muitos. Eu não arrancava pernas de aranha quando criança. Não mordia meus colegas da creche nem torturava e matava os bichos de estimação da família.

– Então, por quê?

– Por que o quê?

Sean engoliu a crescente frustração.

– Por que você matou aquelas pessoas? Daniel Graydon. Heather Freeman. Linda Kotler. Por que era tão importante para você que elas morressem?

– E você quer que eu lhe diga para que possa entender? – perguntou Gibran. – Quer que eu afaste seus medos.

– Sim – respondeu Sean.

– Isso não tem sentido – disse com desprezo Gibran. – Não há uma resposta que possa satisfazer sua necessidade de saber o porquê. Não há nada que possa lhe dizer que o ajude a entender. De certo modo, eu gostaria que houvesse, mas na verdade não há.

– Experimente – insistiu Sean.

Mais silêncio, depois Gibran falou:

– Diga, inspetor, conhece a fábula do sapo e do escorpião?

– Não – respondeu Sean.

– Um dia – começou Gibran –, um sapo estava tomando banho de sol na margem de um rio quando de repente seu descanso foi perturbado por uma voz ansiosa. Quando o sapo abriu os olhos, viu um escorpião parado a centímetros dele. Compreensivelmente nervoso, o sapo pulou para longe, depois uma voz suplicante o deteve: "Por favor, senhor sapo", disse o escorpião. "Preciso atravessar este rio, mas não sei nadar. Por favor, posso montar nas suas costas e o senhor me carrega para o outro lado?"

"'Não posso fazer isso', respondeu o sapo, 'porque você é um escorpião e vai me dar uma ferroada.'

"'Não', disse o escorpião. 'Não vou te dar uma ferroada. Eu prometo'.

"'Como posso confiar na palavra de um escorpião?', perguntou o sapo.

"'Porque se eu te der uma ferroada enquanto estivermos atravessando o rio', explicou o escorpião, 'nós dois nos afogaremos.'

"O sapo pensa no que o escorpião disse. Vencido por sua lógica, concorda em levá-lo ao outro lado. Mas enquanto eles estão atravessando o rio, o escorpião dá uma ferroada no sapo.

"Nos estertores da morte, o sapo pergunta: 'Por que você fez isso, já que agora certamente nós dois vamos morrer?'

"'Não pude evitar', diz o escorpião. 'É a minha natureza.'

"Eu sempre lamentei pelo escorpião", continuou Gibran, "nunca pelo sapo."

Sean deixou que alguns minutos se passassem antes de falar:

– Está me dizendo que você matou quatro pessoas por nenhum motivo além de acreditar que é de sua natureza fazer isso?

– É só uma história – respondeu Gibran. – Uma história que pensei que teria um apelo particular a você.

– Vou lhe dizer por que eu acho que você matou essas pessoas – disse Sean. – Você as matou porque isso fez com que se sentisse especial. Você se sente importante. Sem isso, sua vida parece não ter sentido. Ganhar dinheiro para os outros: não tem sentido. Você se sentia inútil. E não suportava esse vazio, todo dia ter de admitir a si mesmo que você era só outro ninguém, com uma vida de ninguém. A cada dia, a mesma sensação de vazio, de nada. Isso o deixava louco.

"Você podia ter tudo o que queria. A vida lhe deu todos os privilégios e oportunidades, mas você não teve coragem de fazer nada verdadeiramente especial, fazer alguma coisa que o destacaria de outros homens. Você acredita que todos devemos nos curvar a você apenas por você ser quem é. Mas ninguém fez isso e você ficou com raiva, com raiva do mundo.

"Então você decidiu nos dar uma lição, não foi? Decidiu nos mostrar como você era especial, fazendo a única coisa que sua mente fraca pode conceber. Sua presunção distorcida o convenceu de que tinha razão, seu destino era matar. Isso desculpou seus crimes... E foram todos crimes, independentemente do que você possa pensar.

"Mas matar não o torna especial. Não faz de você alguém diferente de mais um fracassado doente, não é melhor do que os fracassados doentes trancafiados em Broadmoor. Você pode falar de escorpiões, de sua natureza e da besteira que quiser, mas nós dois sabemos que no fundo, por baixo de sua fachada educada, dessa falsa ameaça, você não é nada. Absolutamente nada."

– Se acreditar nisso deixa você confortável – respondeu Gibran. – Se isso afasta seu medo, então deve se agarrar a essa crença.

Sean entendeu então que Gibran não ia falar, não ia confessar e explicar tudo. Ele precisava admitir o fato de que talvez jamais soubesse o porquê. Sentiu que Gibran o examinava, inexpressivo.

– E Hellier? – perguntou ele, fazendo um último esforço para trazê-lo de volta. – Qual é o papel dele nisso tudo? Vocês trabalharam juntos?

– James nunca podia ser nada além de meu empregado – respondeu Gibran. – Eu nunca sujaria minhas mãos trabalhando com ele como um igual. Isso jamais aconteceria. Ele foi uma ferramenta usada por mim para alcançar o que precisava. Não passou de uma ilusão. James foi fruto da circunstância, uma réplica barata e artificial. Na verdade, ridículo. Eu nasci para realizar tudo o que realizei. O caminho decretado para eu seguir se formou enquanto eu ainda estava no útero de minha mãe.

– Você o usou como isca – acusou Sean. – Elaborou os crimes para que dessem a impressão de que foram cometidos por Hellier.

– Crimes? – Gibran fingiu surpresa. – Desculpe. Pensei que estivéssemos falando de finanças corporativas.

– É claro. – De repente começava a fazer sentido. Ansioso por explorar a revelação inexplicada antes que ela voltasse aos recessos sombrios de sua mente, Sean continuou: – Agora eu entendo. Você deu um emprego a Hellier na Butler & Mason, não foi? Assim que você o conheceu, quando e onde tenha sido, você entendeu, não foi? Você sabia que era ele que você estava esperando, aquele atrás do qual você podia se esconder. E você se certificou de ser o único responsável pela verificação de seus antecedentes, que não podia correr o risco de outra pessoa descobrir que Hellier era uma fraude. Você se deu ao trabalho de verificar suas referências, seu histórico de emprego, ou isso era tão irrelevante que você nem se incomodou? Não era o talento dele nas finanças que você queria... Era ele que você queria. Você precisava dele onde pudesse vigiá-lo, saber tudo dele, manipulá-lo, não é?

– Hellier era um subordinado, de toda maneira um subordinado, colocado neste planeta por poderes que você nunca compreenderá para ser manipulado por pessoas como eu – respondeu Gibran. – É a lei da natureza.

– É mesmo? – respondeu Sean. – Então Hellier é inferior a você? Não é tão inteligente quanto você?

Gibran respondeu dando de ombros e abrindo um sorriso:

– Mas, se for assim, como no fim ele foi mais esperto? Provavelmente ele já está se ajeitando numa nova vida de luxo e privilégios, enquanto você está sentado aqui conosco, se preparando para passar o resto de sua vida apodrecendo numa prisão. Então me diga, Sebastian, quem é o inteligente agora?

Sean examinou a reação de Gibran, vendo seu sorriso desaparecer, os lábios se estreitando e ficando mais claros, os dedos antes relaxados começando a se fechar em garras. Enfim Sean tinha encontrado um jeito de arrancar a fachada de Gibran.

– Quero dizer, Hellier praticamente me entregou sua cabeça de bandeja. Ele leu você como um romance barato, previu cada movimento seu e, quando chegou a hora certa, me serviu você numa travessa.

Sean observou a respiração de Gibran ficar superficial, depois acelerando. *Continue pressionando. Empurre até que ele estoure e encha a sala dos estilhaços da verdade inegável.*

– Ele fez você de bobo – provocava-o Sean. – Fez você parecer um completo idiota. Um idiota previsível, e não há nada que você possa fazer a respeito disso. Ele venceu.

Sean esperou pela explosão, certo de que tinha feito o suficiente para induzi-lo a dizer a verdade. Mas não veio nenhum desvario arrogante, nenhuma declaração do gênio do crime saiu dele. Em vez disso, para pavor de Sean, o sorriso voltou à cara de Gibran.

– É muito presunçoso de sua parte, inspetor, se declarar vencedor antes que o jogo tenha terminado – respondeu Gibran, agora calmo.

– Isso não é um jogo – respondeu Sean –, mas acabou. Para você, está tudo acabado.

Sean sabia que estava perdendo tempo. Só o que ele fazia era dar um palco para que Gibran se apresentasse. Cansado de ouvi-lo falar por enigmas, ele decidiu encerrar o interrogatório.

– Sr. Gibran, há mais alguma coisa que queira me dizer? Qualquer coisa?

– Eu sei o que você é – disse Gibran de repente.

– Como? – perguntou Sean.

– Farejei você como tinha farejado James. Você pode se esconder dos outros, mas não de mim. Você se tornou o que é pelas circunstâncias, como James. Só que você não é igual a ele. Ele controlou sua natureza, seus instintos inaceitáveis, mas você reprimiu os seus. Você vive com medo deles. Jamais os abraça. Que desperdício.

– Não sei do que está falando.

– Treinaram você como um animal selvagem em cativeiro – continuou Gibran, agora num tom agressivo, assertivo, mas controlado. – Ensinaram você a se conformar, a se submeter a sessões intermináveis de terapia e a drogas para reprimir o comportamento. Você poderia ter sido muito mais do que é.

– Você não sabe nada de mim – rosnou Sean.

– Eu sei que sempre que olha para seus filhos você pensa na própria infância. Foi o seu pai, não foi? Ele abusou de você. Era seu pai que tocava você naqueles lugares especiais, que dizia que era um segredo especial que só você e ele partilhavam. E à medida que você ficou mais velho e não quis ser tocado, foi seu pai que o obrigou, que bateu em você quando você disse não.

Sean sentia o sangue escapando do rosto. Como Gibran sabia? Como ele sabia?

– Você está acabado. – Ele cuspiu as palavras para Gibran.

– Eu nasci como sou – rebateu Gibran. – Você foi criado pelas circunstâncias, mas foi criado. Quanto tempo pode negar sua natureza? Quanto tempo antes que suas próprias mãos se estendam para seus filhos? Quanto tempo até que você e eles tenham um segredo especial que eles jamais contarão à mamãe? Por isso você conseguiu ver quem James realmente era, porque sempre que se olhava no espelho, via James Hellier e todos os outros supostos assassinos que prendeu olhando para você. Mas você nunca me viu, não é? Você e ele são apenas reflexos um do outro, enquanto eu sou algo que você não pode sequer começar a compreender.

Sean tentou se levantar, as mãos já fechadas em punhos. Sentiu um braço pesado em seu peito. Donnelly o colocava de volta à cadeira.

– Faça os seus joguinhos, se quiser – disse Sean. – Você acha que não pode cometer erros, mas comete. A sargento Jones está viva e vai se recuperar. E quando isso acontecer, ela vai confirmar que foi você que a atacou. Por quê? Porque ela viu seu rosto. Você queria que ela visse que era você. Você queria que ela visse seu assassino. Queria que todos vissem seu rosto. Queria que fosse a última coisa que eles veriam na vida. Você tinha orgulho demais de si mesmo para se esconder atrás de uma máscara. No momento em que permitiu que a sargento Jones escapasse, acabou para você.

– Duvido que a sargento Jones tenha tido mais do que um leve vislumbre de seu agressor – argumentou Gibran. – E, pelo que sei, o ataque aconteceu à noite, provavelmente com pouca luz. Como poderia ela ter certeza de alguma coisa? Sua identificação seria inútil.

— E há também as fitas de segurança do metrô – continuou Sean. – Gravações que mostrarão você seguindo Linda Kotler. Agora que sabemos quem procuramos, será só uma questão de tempo até encontrarmos você naquelas gravações.

— Então talvez consiga provar que eu estava na mesma área. Não há o bastante para condenar um homem por homicídio.

— Haverá as fitas da boate em que estava Daniel Graydon na noite em que morreu. E os seguranças lá? E se eles apontarem você numa fila de identificação de suspeitos?

— E se puderem, inspetor? – Gibran sorriu com malícia. – Você não tem nada.

— Está se esquecendo da visita que fez à sargento Jones na UTI do hospital. O policial que você matou lá. Você ainda estava com o uniforme dele quando foi preso. Erros, Sebastian. Erros demais. Provas demais que você precisa explicar. Sem falar na seringa grudada em seu peito.

— Uma seringa vazia e inofensiva – explicou Gibran.

— Já falamos com a equipe médica. Se você injetasse ar na corrente sanguínea de Sally, quase certamente teria provocado um ataque cardíaco ou AVC. Ela teria morrido e ninguém saberia que foi homicídio. Com a sargento Jones morta, você podia se misturar ao fundo, deixando que Hellier tivesse a culpa.

— Teorias e esperanças, inspetor. É só o que você tem.

— E o uniforme que você estava vestindo?

— Então me acuse de imitar um policial.

— Você matou um homem e pegou seu uniforme.

— Pode provar isso? Que eu o matei? Tem realmente alguma prova incontestável disso? Minhas digitais na arma do assassino? Meu DNA no corpo dele? Talvez imagens minhas no circuito interno em pleno ato, por assim dizer? Mas você não tem, não é?

Sean ficou sentado em silêncio, considerando a melhor maneira de jogar sua última cartada, tentando adivinhar como Gibran reagiria. Sua raiva aumentaria e ele revelaria sua verdadeira personalidade? Seria ele humilhado e confessaria? Continuaria ele com suas negações calmas e ambíguas? Aos poucos, deliberadamente, ele tirou um saco de prova transparente do bolso do paletó que estava pendurado no encosto da cadeira. Despreocupadamente jogou o saco contendo o distintivo ensanguentado de Sally pela mesa.

Sean viu Gibran baixar os olhos para o saco. Pela primeira vez, pensou ter visto alguma confusão em seu rosto.

– O distintivo da sargento Jones – disse ele. – Encontrado escondido embaixo da roupa de cama de uma gaveta em sua casa. Como o distintivo dela pode ter parado na sua casa?

Gibran levantou o saco de provas e examinou o conteúdo.

– Parece que subestimei sua determinação – disse ele.

– Como foi parar lá? – Sean repetiu a pergunta que ele sabia que Gibran não podia responder.

– Nós dois sabemos que isso não é importante – respondeu Gibran. – Você tentará convencer o tribunal de que eu o levei como troféu. Que eu o levei devido a uma necessidade de manter uma ligação com minha vítima. Que usei para reviver a noite em que ela devia ter morrido. Eles podem acreditar em você. E talvez não.

– E o que você vai dizer no tribunal? – perguntou Sean. – O que vai dizer para convencê-los de que você não é o que eu digo que é?

Gibran se curvou para frente, sorrindo, confiante. Sean pensou poder começar a sentir o mesmo cheiro almiscarado de animal que sentiu em Hellier.

– Para isso, inspetor – disse Gibran com presunção –, teremos de esperar para ver. Não é?

Donnelly se juntou a Sean em sua sala, onde os dois estavam sentados, ouvindo a gravação do interrogatório de Gibran. Quando terminou, Donnelly foi o primeiro falar:

– Ele deu um foda-se a todos nós.

– Ele nunca vai falar – disse Sean. – Mas eu precisava ficar perto dele por um tempo. Para observá-lo. Para ouvi-lo.

– E? – perguntou Donnelly.

– Ele é o nosso homem. Desta vez não tenho dúvida. Hellier não passou de um peão para ele.

– Jesus – disse Donnelly. – Ele deve ter passado anos planejando isso. Que tipo de homem passa anos planejando matar estranhos?

– Um homem que não quer parar nunca – respondeu Sean. – Ele sabia que um dia nós o pegaríamos, a não ser que não estivéssemos procurando por ele; e só pararíamos de procurar por ele depois de prender alguém. Alguém que estivéssemos convencidos de ser o culpado dos crimes. Quase deu certo também. Eu mordi a isca como um idiota. Deixei que meus sentimentos por Hellier ofuscassem meu senso crítico. Quase mandei o homem errado para a prisão.

– Ninguém choraria muito por Hellier – disse Donnelly.

Sean meneou a cabeça.

– Não é isso que me incomoda – disse ele. – O único lugar seguro para Hellier é atrás das grades, mas eu quase deixei Gibran escapar, quase fiz o jogo dele. Se Sally não tivesse sobrevivido, quem sabe? Talvez nunca o tivéssemos apanhado.

– Mas nós o pegamos – lembrou-lhe Donnelly. – *Você* o pegou.

– Eu sei, mas quantas pessoas ainda estariam vivas se eu não tivesse perdido tanto tempo perseguindo Hellier?

– Nenhuma delas – respondeu Donnelly, sem se abalar. – Gibran foi como um raio. Surgiu do nada. Não o teríamos apanhado tão cedo. Não era possível. Fizemos o que sempre fazemos. Seguimos as provas, concentrados no principal suspeito. Balançamos as árvores e esperamos para ver o que ia cair. E por fim caiu o homem certo.

"Se outra pessoa estivesse encarregada do caso, Gibran ainda estaria lá fora e Sally estaria morta. Você precisa saber disso."

– Dá no mesmo, isto não me parece um sucesso.

– E alguma vez parece? – perguntou Donnelly.

– Não. Acho que não.

– A propósito, Steven Paramore apareceu.

– Quem? – perguntou Sean, o nome escapando de sua memória.

– O cara que foi solto logo depois de cumprir oito anos por tentativa de homicídio de um gay, não lembra?

– Sim. Desculpe. Agora me lembro.

– A imigração o pegou entrando no país com passaporte falso. Ele estava curtindo os prazeres de Bangcoc por algumas semanas. Outro suspeito eliminado... Mas você não achava que era ele, achava? – Sean não respondeu. – Como sabia, aliás? Como sabia que Gibran iria atrás de Sally?

– Uma coisa que Hellier disse: que só podia ser um homem. Só um homem sabia tanto sobre ele. Depois me lembrei de Sally falando de seu encontro com Gibran, as coisas que ele disse sobre Hellier, alimentando deliberadamente nossas suspeitas. De repente tudo ficou claro para mim. Ficou claro quem era o assassino e mais claro ainda que ele teria de pegar Sally, mesmo que isso significasse revelar que Hellier não era o verdadeiro assassino. Pelo menos ele teria nos impedido de descobrir que era ele. Se Sally não tivesse sobrevivido à noite em que foi atacada, Gibran ainda estaria aí fora e não teríamos a menor pista. A sobrevivência de Sally desmoronou as fundações de tudo que Gibran tinha construído.

– Por que acha que ele escolheu Hellier? – perguntou Donnelly.

– De algum modo ele sabia o que Hellier era. Ele soube no momento em que o conheceu. De maneira nenhuma podia imputar seus crimes a um sujeito qualquer na rua. Precisava de alguém em quem acreditássemos. Hellier era perfeito. Talvez ele tenha até descoberto o verdadeiro passado de Hellier. Quem sabe? Mas depois que o encontrou, ele mostrou sua paciência, seu controle. Passou anos observando, apreendendo tudo o que podia sobre ele. Até se certificou de que ele fosse empregado pela Butler & Mason para mantê-lo por perto. E Hellier nunca desconfiou de nada, não até o fim.

"Ainda não posso provar isso, mas tenho certeza absoluta de que o advogado de Hellier também é um homem da empresa. A Butler & Mason é que estava pagando a conta, e não Hellier. Sem dúvida ele ficou muito feliz em manter Gibran informado do andamento da investigação."

– Isso teria sido útil – disse Donnelly.

– Muito – concordou Sean. – Só precisamos provar isso, de algum modo. – Ele afugentou suas dúvidas, pelo menos por enquanto.

— E os fios de cabelo no apartamento de Linda Kotler? — perguntou ele. — Ainda estou esperando que alguém explique como o cabelo de Hellier foi encontrado na cena do crime.

— Sim — disse Donnelly timidamente. — Eu pretendia contar a você sobre isso. Lembra quando conhecemos Hellier em Belgravia?

— É claro.

— Pegamos as amostras de sangue dele...

— Estou ouvindo.

— Inclusive fios de cabelo...

— Ah, meu Deus — disse Sean com um sorriso irônico. — De quem foi essa ideia?

— Minha. Imaginei que não faria mal guardar dois fios de cabelo, deixar numa cena apropriada, se as coisas começassem a ficar desesperadoras.

— Então você plantou na cena de Kotler para o dr. Canning encontrar? Muito bom.

— Não — disse Donnelly. — Não fui eu. Para falar a verdade, eu não estava convencido de Hellier, então pedi para segurarem, mas...

— Mas o quê?

— Eu pedi para que Paulo cuidasse deles, até precisarmos...

— E Paulo estava convencido de Hellier e decidiu não esperar?

— Parece que foi isso mesmo.

— Ele te contou tudo isso?

— Foi. Depois que você prendeu Gibran, Paulo confessou. Mas não precisa entrar em pânico... Já cuidei para que pareça erro administrativo. Para todo mundo, Paulo mandou por acidente as amostras erradas ao laboratório. Ele confundiu as amostras tiradas de Hellier com os fios coletados na cena de Kotler, então não é surpresa que tenham sido compatíveis. Mas está tudo arrumado. Confie em mim.

— Imagino que ele entenda que terá de explicar esse erro administrativo no tribunal.

— Sim — respondeu Donnelly. — Ele não tem muita alternativa.

— Ele aprendeu a lição?

Donnelly sabia o que ele queria dizer.

– Ele estava tentando fazer a coisa certa, mas não fará novamente, não sem verificar primeiro.

– Muito bem – disse Sean –, eu mesmo vou cuidar disso, antes que alguém tenha a oportunidade de fazer algum estardalhaço. Vou informar a ele quando deve dar uma ajuda na investigação.

– Te devo uma – disse Donnelly.

– Não, não deve. – Foi a resposta de Sean.

– E o que vamos fazer com Gibran?

– Entregar à promotoria. Dizer a eles que achamos já ter o bastante para acusá-lo de dois crimes. A tentativa de homicídio de Sally e o assassinato do guarda O'Connor. – Sean se recostou na cadeira. – Pelo menos temos uma boa chance de conseguir uma condenação. Enquanto ele está detido, vamos continuar cavando os outros assassinatos. Talvez a gente tenha sorte.

– E se não tivermos? – perguntou Donnelly.

– Reze para conseguirmos um juiz simpático com miolos para ler nas entrelinhas. Se conseguirmos, Gibran passará o resto da vida atrás das grades.

– Mudando de assunto, a família do guarda O'Connor está sendo assistida?

– O melhor que podemos – disse Donnelly. – O oficial de contato com familiares já está com eles, embora isso seja de pouco consolo.

– Algum filho?

– Três.

– Pelo amor de Deus. – Sean não pôde deixar de imaginar sua própria família sentada, se abraçando, chorando sem acreditar quando ouvia que ele nunca mais passaria pela porta da frente. Ele sentiu uma tristeza na boca do estômago. – Ter um herói morto como pai não vai servir de muita coisa para eles, vai?

Donnelly respondeu, dando de ombros:

– E por fim, mas não menos importante – disse Donnelly –, o que vamos fazer com Hellier? Ou melhor, Korsakov?

– Isso é problema do inspetor Reger, da Ética. Ele pode fechar um pacote com Hellier e Jarratt, supondo-se que conseguiu encontrá-lo. E boa sorte para ele.

— É isso que eu não entendo em Hellier – disse Donnelly. – Ele tinha o dinheiro e os meios de desaparecer quando quisesse. Por que não fugiu quando começamos a xeretar a vida dele? Por que não mandou tudo simplesmente às favas? Pensando bem, por que ele estava trabalhando para a merda da Butler & Mason, antes de mais nada? Ele não precisava do dinheiro. Tinha uma pequena fortuna escondida onde o sol não brilha. Podia ter colocado o pé numa praia em algum lugar onde o sexo é barato e a bebida, gelada, e ficar feliz por lá pelo resto da vida. Por que ficar em Londres, fingindo ser um financista? Ele pode ter sido uma fraude, mas ainda trabalhava para viver. Isso não faz sentido.

Mas fazia sentido para Sean. Quanto mais ele sabia sobre Hellier, mais o compreendia.

— Para Hellier, o problema não era o dinheiro. Para ele é o jogo, sempre o jogo: provar que é mais inteligente do que todos os outros.

— Provar para quem? – perguntou Donnelly.

— Para si mesmo – respondeu Sean. – Sempre para si mesmo. Provar a si mesmo que tudo que diziam a respeito dele estava errado.

— "Diziam"? – perguntou Donnelly. – Quem dizia?

Sean tinha falado o suficiente.

— Isso não importa. Não é importante.

— Tanto faz – desprezou Donnelly a questão. – Aliás, por falar em Hellier, Korsakov ou seja quem for, como acha que ele chegou ao hospital logo depois da gente?

— Nada me surpreende quando se trata de Hellier. Talvez seja melhor verificar se desapareceu alguma de nossas viaturas. – Sean abriu um leve sorriso.

— É verdade – respondeu Donnelly, e se levantou para sair, mas parou na porta. – De que se tratava tudo aquilo? No interrogatório, quando Gibran ficou falando toda aquela besteira de sua infância e como você e Hellier eram parecidos?

— Não foi nada – disse-lhe Sean, num tom alto demais. – Não quis dizer nada. Só papo furado. A última chance de Gibran tentar causar algum dano.

– Tá bem. Foi o que pensei. – Ao se virar para sair da sala de Sean, ele quase esbarrou em Featherstone. – Chefe – cumprimentou-o ele.

Featherstone assentiu seu reconhecimento e viu Donnelly sair antes de se virar para Sean. Sem dizer nada, fechou a porta e se sentou. Sean não sabia se estava prestes a ser elogiado ou repreendido.

Por fim, Featherstone falou:

– Normalmente, eu daria os parabéns... Mas estou apostando que agora seria meio oco.

– Seria – concordou Sean.

– Ninguém podia ter feito um trabalho melhor – tranquilizou-o Featherstone. – Devo dizer que você demonstrou um discernimento incomum. Se não fosse por você, Gibran ainda estaria à solta. Acho que você salvou algumas vidas hoje, Sean. – Ele não respondeu. – De qualquer modo – continuou Featherstone –, o trabalho árduo começa agora, não? Então vou deixar que você continue com ele, mas não se mate. Seria bom praticar a arte da delegação. Sua equipe é capaz. Você precisa usar essa ajuda e descansar um pouco. Passe algum tempo em casa. Vai se sentir melhor assim.

– Verei o que posso fazer – prometeu Sean.

Featherstone se levantou para sair, depois afundou na cadeira desconfortável.

– Há mais uma coisa que você precisa saber. – Suas palavras fizeram com que Sean se afastasse dele. – Seus... devo dizer, talentos especiais foram notados. Algumas pessoas começaram a se interessar por você. – Featherstone não sorria.

– Quem, por exemplo? – perguntou Sean.

– Principalmente o pessoal do serviço. Nossos superiores, sentados em suas torres de marfim na Yard.

– Principalmente? – perguntou Sean.

– Como? – respondeu Featherstone.

– Você disse *principalmente* gente do serviço. Quem de fora poderia estar interessado?

– Ninguém que queira lhe fazer algum mal – respondeu Featherstone. – Estávamos todos trabalhando juntos ultimamente.

Abordagem de parceria, lembra? Meu conselho... se você quiser... é fazer o jogo quando for preciso e não se surpreender se alguns casos de destaque e *interessantes* começarem a entrar por sua porta. Bem, vou deixar você trabalhar, mas não se esqueça do que eu disse sobre descansar um pouco.

Sean olhou em silêncio Featherstone se levantar e sair, seguindo-o com os olhos até não poder vê-lo mais.

Ele sabia do que Featherstone estava falando – ele estava prestes a se tornar uma ferramenta, uma mercadoria que não devia ser desperdiçada em investigações de assassinato corriqueiras, em que marido mata mulher, traficante de drogas mata traficante de drogas. Eles o usariam. Uma aberração para pegar aberrações.

Epílogo

Uma forte turbulência sacudiu o jato de dois motores e acordou Hellier de um sono leve. Ele ouvia as vozes preocupadas dos outros passageiros, desacostumados com os abalos que os aviões comerciais recebiam ao se aproximar do aeroporto de Queenstown, na South Island da Nova Zelândia. Ele olhou pela janela e viu a cadeia montanhosa Remarkables se estendendo até onde a vista alcançava, ao sul. Do pico à base, as montanhas eram refletidas nas águas claras e paradas do lago Wakatipu. Ele deixou para trás um verão no hemisfério Norte e chegou no meio do inverno do hemisfério Sul. As montanhas estavam cobertas de neve e era principalmente por isso que seus colegas passageiros tinham ido para ali. Mas não Hellier. O sistema de som do avião aconselhou os passageiros a se prepararem para o pouso em cinco minutos. Com relutância, ele fechou o cinto de segurança e olhou pela janela, com um leve sorriso, distraído do revirar no estômago enquanto os ventos do inverno pegavam o avião. Finalmente eles bateram no solo e os motores reverteram até que o avião parou na pista curta e perigosa. Seus companheiros de viagem soltaram um suspiro coletivo de alívio.

Trinta e seis horas antes, Hellier estava do outro lado do mundo. Logo estaria seguro em seu retiro há muito tempo estabelecido. Ele pegou um avião de Londres a Cingapura usando um passaporte britânico, mas, em vez de embarcar numa conexão para seu destino, pegou sua mala contendo uma muda de roupas e produtos de toalete e passou pela alfândega. Do lado de fora do aeroporto, ele chamou um táxi, que o levou à reluzente metrópole de arranha-céus que Cingapura tinha se tornado, um centro de negócios genérico e sem alma da nova era do Oriente.

Por fim ele chegou a Old Chinatown, com sua arquitetura que misturava chinês, malaio e indiano. Pessoas de pele morena e agitadas enchiam as ruas, negociando, falando, comendo, vivendo. Essas ruas eram muito mais adequadas para ele do que os vales espelhados que enchiam o restante da ilha. Ele foi a uma loja de enfeites e suvenires discreta na Temple Street. O dono o reconheceu imediatamente e pegou um pequeno cofre que entregou a Hellier. Ele colocou seu passaporte britânico na caixa e pegou outro, australiano, no nome de Scott Thurston. Depois voltou ao aeroporto. Duas horas mais tarde, estava na classe executiva de um avião da Air New Zealand rumo a Auckland.

Depois de uma viagem de onze horas, ele desembarcou no Aeroporto Internacional de Auckland se sentindo renovado e vivo, tendo dormido pela maior parte da viagem. Mais uma vez, em vez de pegar um voo de transferência direta, ele passou pela imigração e saiu do aeroporto. Um táxi dirigido por um samoano muito comunicativo o levou a Mount Eden, uma área popular com moradores jovens e bem-sucedidos. O dono da loja de antiguidades quase ficou paralisado de medo quando viu Hellier entrar. Não precisava ter medo; minutos depois, Hellier estava voltando ao aeroporto para pegar seu avião para Queenstown. Desta vez viajava com passaporte neozelandês que trazia sua fotografia e o nome de Phillip Johnston.

Agora passava pelo desembarque dos voos domésticos no aeroporto de Queenstown sem chamar a atenção dos seguranças que andavam despreocupadamente pelo terminal. As pessoas iam para lá para se divertir; fosse verão ou inverno, não importava. Ninguém esperava problemas. Ninguém suspeitava de quem ou o que ele fosse.

Uma curta corrida de táxi o levou aos escritórios de um corretor de imóveis no centro da cidade. Hellier entrou na Otago Properties Ltd. e procurou por rostos conhecidos. O homem de meia-idade reconheceu-o no momento em que Hellier o viu. Os dois homens sorriram, o gerente se levantando e atravessando a sala, de mão estendida, amistoso. Hellier aceitou o cumprimento.

– Ora essa, Phillip Johnston, onde diabos você se meteu? – disse o gerente com seu sotaque anasalado de South Island. – Pensei que tivesse morrido!

– Ainda não – respondeu Hellier. – Ainda não.

Vinte minutos depois, ele usou a chave que pegou na Otago Properties para abrir a pesada porta de madeira da casa construída na encosta de uma montanha. Entrou e passou vários minutos olhando o ambiente, anotando mentalmente cada item que via. Depois de um tempo, ficou satisfeito por tudo estar como devia. Baixou a mala e fechou a porta da frente, seguindo diretamente à sala e à vista panorâmica das imensas portas de vidro de correr. Uma longa mesa de centro de madeira estava posicionada na frente das janelas, cercada de poltronas de couro antigas. Um laptop novo estava no meio da mesa, exatamente como Hellier havia arrumado, sua luz verde piscando na espera, atraindo-o para ele.

Ele parou acima do computador e o abriu, a tela imediatamente se enchendo com o site que ele programou para ser exibido do outro lado do mundo: informações bancárias da Butler & Mason International Finance. A mensagem na tela perguntava a ele: *Tem certeza de que quer continuar a transferência de fundos?* Ele parou por um tempo, sem querer apressar esse doce momento. Depois de mais ou menos um minuto, finalmente apertou a tecla Enter e observou, mas seus olhos não mostraram nenhuma emoção enquanto disparavam animados pela tela acompanhando as filas e colunas de números que aos poucos caíam a zero. Dezenas de milhões de libras voaram da principal conta bancária da Butler & Mason para contas em todo o mundo abertas por Hellier. Nem um centavo desse dinheiro entrou em suas próprias contas; ele já possuía mais dinheiro do que podia gastar. Foi para contas de pessoas de quem ele podia precisar no futuro: gente de influência, gente que conseguiria para ele coisas que sem eles seriam de difícil obtenção. E outros milhões foram despejados em contas bancárias de instituições de caridade para as quais ele não dava a mínima, disfarçados de benfeitores anônimos. E nada daquilo podia ser rastreado. Quando as transações foram concluídas, ele desligou o computador e tirou da tomada. Jogaria no lago depois que anoitecesse. Seu rosto não mostrava nenhuma emoção, nem felicidade. Um suspiro satisfeito traiu o seu prazer.

Ele foi às imensas janelas e abriu as trancas. Escancarando as portas, saiu para uma varanda do tamanho de uma quadra de tênis. O lago e as montanhas se estendiam diante dele até onde a vista alcançava. Aparentemente quilômetros abaixo, o TSS *Earnslaw*, um vapor de cem anos, deixava uma esteira rasa que se espalhava de uma margem à outra. Ele foi à beira da varanda e segurou a grade. Fechando os olhos, deixou que o ar gelado da montanha batesse em seu corpo, varrendo o ar viciado da longa viagem.

Parado ali na varanda de seu antigo esconderijo, sua vida em Londres como James Hellier passou acelerada por sua mente, do início ao fim. Era hora de matar James Hellier, enterrá-lo onde nunca fosse encontrado, assim como fez com Stefan Korsakov. James Hellier desapareceu para sempre e tudo acabou junto com ele. Tudo, isto é, exceto por dois nomes: inspetor Sean Corrigan e Sebastian Gibran. Esses dois ele jamais esqueceria.

Hellier abriu os olhos, estendeu os braços em cruz e começou a rir.

Duas semanas depois

Sean estava sentado sozinho em sua sala. Labutava com uma montanha de requisições da promotoria, a maioria totalmente irracional, nada mais do que uma lista de desejos de provas. Claramente eles não estavam inteiramente satisfeitos com as provas contra Sebastian Gibran. Nem ele.

Ele pensou em Sally. Sentia falta de sua presença ali. Todo mundo sentia. Ele se perguntou se um dia a veria entrando de rompante em sua sala novamente, enchendo-a de vida. Ela ainda estava na UTI, mas tinha fases de consciência e esperava-se que sobrevivesse. Durante uma dessas fases, ela confirmou que Gibran foi seu agressor.

Uma batida na porta aberta fez Sean levantar a cabeça. Um guarda que ele não reconhecia esperava ser recebido.

– Sim?

O policial entrou e estendeu um envelope pardo A4 para ele.

– Isto chegou na recepção – disse ele. – Está endereçado ao senhor.

Sean se levantou um pouco e se curvou sobre a mesa. Mais pedidos da promotoria, sem dúvida. Agradecendo ao policial, ele pegou o envelope.

Os selos exóticos disseram a Sean que o envelope não continha memorandos da promotoria, nem nada dessa natureza. Foi enviado de Cingapura. Colocando o envelope com cuidado na mesa, ele deu uns tapinhas cautelosos, procurando objetos pequenos e duros: os sinais reveladores de uma carta-bomba. Era algo que ele nunca tinha feito antes de Gibran e Korsakov entrarem em sua vida.

Não havia nenhum volume suspeito. Mesmo assim, Sean o abriu com cautela, cortando uma borda fina da lateral do envelope com uma tesoura. Evitou as áreas dobradas, onde deveria ter rasgado. Só por precaução.

Ele se lembrou quando era tarde demais. Largando o envelope, abriu a última gaveta e pegou a caixa de luvas de látex que guardava ali. Calçou um par, as mãos instantaneamente quentes e suadas. Depois ergueu o envelope e derramou o conteúdo na mesa.

Os primeiros objetos a sair eram fotografias. De excelente qualidade. Coloridas. Pareciam ter sido tiradas por um profissional. Ele reconheceu os dois homens nas fotos: Paul Jarratt e Stefan Korsakov. As fotos formavam uma sequência que cobria cerca de trinta segundos. Korsakov entregava a Jarratt um envelope pardo simples. Jarratt o abria. Puxava metade de um maço de notas de 50 libras. Colocava de volta. Um aperto de mãos. Jarratt se afastava. O inspetor Reger ficaria muito interessado nessas fotos.

Enquanto ele via as fotografias, caiu uma folha de papel dobrada. Uma carta. Ele abriu. Tinha sido dobrada apenas uma vez. Ele viu a letra em tinta azul, elegante, mas não ornamentada. Elegante, mas não impressa. Não havia nome de remetente nem endereço. Só pode ter vindo de uma pessoa. Ele começou a ler:

Pensei que seria útil. Usei-as para garantir a lealdade dele por um tempo, mas agora não tenho mais utilidade para ele. Ele falhou comigo. Não devia ter feito isso. Só me arrependo de não poder testemunhar em seu julgamento.

Desculpe por escapulir. Tenho certeza de que entenderá. Não tenho a intenção de me tornar um cadáver para os abutres da mídia. A culpa é toda sua. Eu não esqueci.

Imagine Gibran pensando que podia me superar. Estou ansioso para vê-lo novamente. Terei uma linda surpresa esperando por aquele escroto pretensioso.

Como estão minha esposa e meus filhos? Rezando por minha volta, sem dúvida. Eles não sabem o que pedem. Se soubessem, não pediriam.

Sei que vamos nos encontrar novamente. Sinto que ainda te devo uma coisa.

Sean segurou a carta por um bom tempo. Tinha esperanças de saber do paradeiro de Stefan Korsakov, mas no fundo sabia que não tinha. Korsakov gostava demais de jogar.

O telefone de sua mesa tocou, dando-lhe um susto. Ele jogou a carta de lado e atendeu. Era Kate.

– Como você está? – perguntou ela. Ela telefonava para ele com mais frequência nessas últimas duas semanas. Ele costumava parecer tão invulnerável. Agora havia algo de frágil nele. Como se ele pudesse se romper facilmente.

– Eu estou bem – disse ele, antes de ela continuar. – Escute, eu andei pensando. Talvez a gente deva sair de Londres.

– E vamos nos mudar para onde? – perguntou Kate.

– Bem – respondeu Sean. – Outro dia, recebi um e-mail. A polícia da Nova Zelândia está recrutando policiais britânicos. Posso até conseguir uma transferência direta com o inspetor. Teremos auxílio-residência completo. As crianças iam adorar.

– E eu? – perguntou Kate.

— Tenha dó, Kate — tranquilizou-a ele. — Você é médica. Não há um só país no mundo que não queira mais médicos.

— O que o fez chegar a esse ponto? — perguntou animadamente Kate.

Sean olhou a carta em sua mesa.

— Nada. — Ele mentiu, lembrando-se de como chegou perto de cair no abismo, lembrando-se de ficar sozinho no banheiro, olhando o espelho e vendo a escuridão turbilhonante de sua natureza. — Acho que estou enjoado do trânsito.

Livre, eu era um pesadelo. Agora, em minha jaula, me tornei o objeto de um fascínio mórbido. Vocês me trancam aqui para trancar seus medos. Vocês me veem de uma distância segura. Os jornais e a TV são sua janela para minha jaula. É pelos espaços entre as grades que vocês olham.

E o que mais assusta vocês? É que existe um pouco de mim em todos vocês? Esse tanto de loucura esperando para ser solto? Quando aquela pessoa parada perto demais no metrô pisa no seu pé, ela pede desculpas e você diz que está tudo bem. Não importa, mas na verdade você quer pisar na cabeça dela, até que o sangue e o cérebro cubram seus pés, mas você engole a violência. Guarda a loucura bem no fundo de si.

Quanto a mim, ainda não terminei. O sistema judiciário britânico me dará uma chance. Tudo é possível. O juiz dirá que minha prisão e meu processo são uma paródia. A polícia levará uma surra. A mídia fará alarde por minha causa. Serei entrevistado por Jeremy Paxman. Sairei do tribunal em liberdade. Haverá uma multidão gritando? Tantos outros assassinos foram recebidos por multidões animadas, por que não eu? Erguerei meus braços vitoriosos ao andar para os fotógrafos que me esperam. Direi a eles: "Inocente. Comprovadamente inocente."

Título original
COLD KILLING

Copyright © Luke Delaney 2013

Este livro é uma obra de ficção. Nomes, personagens, lugares e incidentes retratados são produtos da imaginação do autor ou foram usados de forma fictícia. Qualquer semelhança, com acontecimentos reais ou localidades ou pessoas, vivas ou não, é mera coincidência.

O direito moral de Luke Delaney de ser identificado como autor desta obra foi assegurado.

Nenhuma parte desta obra pode ser reproduzida, ou transmitida por qualquer forma ou meio eletrônico ou mecânico, inclusive fotocópia, gravação ou sistema de armazenagem e recuperação de informação, sem a permissão escrita do editor.

Copyright da edição brasileira © 2015 *by* Editora Rocco Ltda.

FÁBRICA 231
O selo de entretenimento da Editora Rocco Ltda.

Direitos para a língua portuguesa reservados
com exclusividade para o Brasil à
EDITORA ROCCO LTDA.
Av. Presidente Wilson, 231 – 8º andar
20030-021 – Rio de Janeiro, RJ
Tel.: (21) 3525-2000 – Fax: (21) 3525-2001
rocco@rocco.com.br
www.rocco.com.br

Printed in Brazil/Impresso no Brasil

CIP-Brasil. Catalogação na fonte.
Sindicato Nacional dos Editores de Livros, RJ.

D378b	Delaney, Luke
	Brutal / Luke Delaney; tradução de Maira Parula.
	– 1ª ed. – Rio de Janeiro: Fábrica 231, 2015.
	Tradução de: Cold killing
	ISBN 978-85-68432-12-9
	1. Ficção inglesa. I. Parula, Maira. II. Título.
14-18701	CDD-823
	CDU-821.111-3

Impressão e Acabamento:
GRÁFICA STAMPPA LTDA.
Rua João Santana, 44 - Ramos - RJ